Arbeiter NULL
Band 1: Willkommen
von Sascha Hoops

1 Auflage (Re-release 2019)
Copyright © 2018 Sascha Hoops
Instagram: sascha.hoops
www.facebook.com/ArbeiterNULL/

Published by Amazon Media EU S.à r.l., 5 Rue Plaetis, L-2338, Luxembourg

Illustration: Larissa Moritz
Korrektorat: Sabrina Schumacher

Das Werk, einschließlich seiner Teile, ist urheberrechtlich geschützt. Jede Verwertung ist ohne Zustimmung des Verlages und des Autors unzulässig. Dies gilt insbesondere für die elektronische oder sonstige Vervielfältigung, Übersetzung, Verbreitung und öffentliche Zugänglichmachung.

Inhaltsverzeichnis

Prolog 1

Erstes Kapitel.: Richard 3

Zweites Kapitel: Rebecca 37

Drittes Kapitel: Takamasa 77

Viertes Kapitel: Zero …..133

Fünftes Kapitel: Der Bunker 197

Sechstes Kapitel: Schöne neue Welt 247

Danksagung

Ich möchte mich herzlich bei meinen Eltern und meinem Bruder für ihre Unterstützung bedanken.

Bei Franziska Greiner, aka Franziska Sternentanz, die an meiner Seite kämpft. Eine bessere beste Freundin kann man sich nicht vorstellen.

Bei Melanie Österle (Hörmann) & Peanut, die mich sehr bei meinem Start unterstützt hat und deshalb immer einen Platz in meinem Herzen hat :3

Bei Larissa Moritz, welche die neuen Cover und Illustrationen gestaltet und der Geschichte damit Leben einhaucht.

Bei Sabrina Schumacher, die weitaus mehr gemacht hat, als eine normale professionelle Korrektur. Vielen Dank! Das werde ich dir nicht vergessen. Ich hoffe du bist auch wieder bei Band 2 dabei :)

Bei Michael Haack, der vorab die gröbsten Fehler in den Rohfassungen eliminiert und mich von Anfang an unterstützt hat.

Bei Jens Schirrmacher, Sarah "Minda" Kaps, Helge Kaps, Carina Zube, Lisa Dzierzon, Marina Arendt, Thomas "Damian" Keller und allen anderen Testlesern und Freunden, die mir geholfen haben die Geschichte runder zu machen oder einfach mal gefragt haben wie es läuft. Ein nettes Wort hier und dort kann Wunder wirken :)

Mein besonderer Dank geht an das gesamte Team von Asterix & Obelix. Danke, dass ich meine Hommage verwenden darf, das bedeutet mir sehr viel :)

Danke.

Besonders möchte ich mich bei jedem Leser bedanken, der mir eine Chance gibt :) Ich hoffe, euch gefällt die Geschichte.

Prolog

Auch wenn es in der Vergangenheit immer wieder zu schrecklichen Kriegen, Massenmorden und Tötungen Unschuldiger kam ... Auch wenn Terroranschläge so vielen geliebten Menschen den Tod brachten und jeden Tag in der Presse erneut eine unfassbare Tat stand ... Nach alldem, was wir sahen und wussten, glaubten wir immer noch, uns würde so etwas nicht passieren. Unsere hochentwickelte Gesellschaft würde doch nie zulassen, dass es dazu kommt. Die Menschheit ist nun gebildet und wird nie wieder einen großen Krieg führen ...
Wirklich? Wer mit offenen Augen durch die Welt geht, sieht, wie ungerecht sie ist. Wie Unschuldige Tag für Tag leiden oder sogar sterben. Wie die Mächtigen auf dem Rücken der Kleinen reicher und reicher werden. Erstaunlich, wie Macht die Anführer unserer Welt korrumpiert und ihre Seelen verdirbt. All dies waren Vorboten, die kaum jemand wahrhaben wollte. Doch die Geschichte der Menschen zeigt eines. Wenn es etwas Sicheres gibt, dann, dass die Menschen sich gegenseitig töten. Wegen Land, Öl, Wasser, Geld ... Ja selbst wegen der Liebe ... Einen Grund gibt es immer. Auch wenn er manchmal geradezu lächerlich ist.
Und so kam das Unausweichliche. Ein Krieg, der die Welt für immer verändern würde. Ein Krieg, der als Apokalypse in die Geschichtsbücher einging – falls sie denn überhaupt noch jemand verfassen konnte ...

Kapitel 1
Richard

Für einen Augenblick ist er wieder wach, doch Dunkelheit umgarnt ihn, seine Augen geschlossen, sein Geist wirr und nicht imstande, nur dem kleinsten Befehl Folge zu leisten. Sein Körper wird hin und her geschleudert, als sei er nur das billige Gepäckstück eines Reisenden auf dem Laufband eines Flughafens. Es knattert und rattert um ihn herum. Ein Summen nähert sich, ein scharfer Stich in seinem Oberarm schickt ihn wieder ins Land der Träume. Dorthin, wo noch alles in Ordnung und die Hoffnung nicht vor langer Zeit gestorben ist.

Das Piepen eines alten Monitors summt munter in seinem Ohr. Schon immer haben ihn solche Geräusche fast wahnsinnig gemacht, besonders, wenn alle um ihn herum dies nicht wahrgenommen oder es einfach ignoriert haben. Doch kaum ist diese Erinnerung erwacht, verschwindet sie wieder. Als hätte es sie nie gegeben. Er klammert sich an ihr fest, doch gleitet sie ihm aus seinen Fingern, hinab in die Finsternis des Vergessens. Langsam öffnet er seine Augen, doch es bleibt stockfinster. Konturen in Schwarz bilden sich vor seinen Augen, als wäre die Welt mit einem Bleistift gezeichnet. Das Schwarz verwandelt sich in grau, die Linien werden kräftiger, runder und formen sich zu dreidimensionalen Formen. Sie pulsieren und Farbe erwacht in ihnen.
Er blickt an seinem Körper hinab. Metallschellen an Händen und Füßen fesseln ihn an einen Eisenstuhl. Kalt und hart, nur durch seine Körperwärme ein wenig aufgewärmt. Seine Füße und Hände kribbeln und erwachen mit einem stechenden Schmerz zum Leben. Er blickt auf einen zerkratzten Metalltisch, nur ein alter Monitor

steht darauf, seine Kabel führen in die Decke. Auf seinem Schirm nur Gekräusel, schwarze und weiße Punkte, Millionen grauer Ameisen, die um die Wette kriechen. Ein Aufkleber eines Vergnügungsparks, dessen Kanten schon abstehen und sich wölben, ist auf der unteren rechten Seite befestigt.

Sein Kopf hämmert, immer stärker, bis er einen Namen vor seinen Augen sieht.

»Richard ... Ja, das ist mein Name«, murmelt er vor sich hin. »Aber wo bin ich hier ... und wer bin ich? Was ist passiert?«

Ein Brummen an der Decke kündigt die große Leuchtstoffröhre an, kurz bevor sie anspringt und den Raum erhellt. Richard kneift seine Augen zusammen, endlich kann er auch den Rest seiner Umgebung erkennen, wenn auch unter Schmerzen. Das Licht bohrt sich durch seine Augen in den Schädel.

»Alles aus Metall ... interessant. Was ist das hier? Ein Bunker? Was haben wir noch? Eine Tür, verriegelt mit drei Riegeln, und ein Lüftungsschacht in der oberen Ecke. Könnte ein Weg raus sein, wenn ich nur diese verdammten Fesseln loswerden könnte.«

Richard zieht und ruckelt an den Armlehnen, doch sie sitzen bombenfest und der Stuhl ist im Boden verankert. Nicht einen Millimeter bewegt er sich. Zahnräder greifen ineinander und mit einem Quietschen schieben sich die drei Riegel in die Wand. Die Tür teilt sich in der Mitte und verschwindet im Boden und in der Decke. Gespannt blickt Richard zu dem Ausgang.

Als sich die Tür öffnet, kommt eine junge, etwa 1,50 Meter große Frau in den Raum. Ihre Haut ist pink, ihre Augen schimmern jadegrün, die Pupillen sind verspiegelt. Ihre langen blonden Haare sind locker zu einem Zopf gebunden. Ihr Hosenanzug ist blau kariert. Unter ihrem Arm klemmt eine Ledertasche.

Sie setzt sich ihm gegenüber und blickt ihm in die Augen. »Hallo, mein Name ist JU-B1L-33, aber du kannst mich ruhig Jubilee nennen. Ich bin dein zugeordneter Rechtsbeistand von City Zero. Also merke dir meinen Namen gut, damit du weißt, wen du rufen musst, wenn was passiert und du einen Rechtsbeistand benötigst.

Ich weiß, du bist verwirrt, keine Sorge, so geht es allen, die hier aufwachen. Auch wenn du wahrscheinlich ein Trauma durch die Gehirnoperation hast, musst du mir nun gut zuhören, denn es ist sehr wichtig und entscheidet über dein Leben. Hast du alles verstanden?«

Richard versucht sich zu konzentrieren. Sein Kopf hämmert und versucht, seine Gedanken zu ordnen. Heimlich denkt er: *»Gehirnoperation? Na großartig ... Mal schauen, was sie von mir wollen ... Warum ist ihre Haut pink? Und ist das ein Name oder eine Bezeichnung? Ich blick gar nicht mehr durch. Ich brauche erst mal mehr Informationen, bevor ich noch was Falsches sage. Ich sollte abwarten und mich ruhig verhalten.«*

Richard atmet tief durch und nickt ihr zu. Jubilee drückt einen Knopf auf dem Tisch. Auf dem alten Monitor wird ein Video abgespielt.

Die Zeichentrickfigur eines Pandas erscheint und erklärt: »Willkommen, Arbeiter NULL, dies ist deine neue Bezeichnung und gleichzeitiger Rang, jedoch als Willkommensgeschenk von uns erhältst du eine Bonusstufe und wirst befördert! Glückwunsch Arbeiter EINS. Du bist hier, weil wir dich gerettet haben und du ein neues, produktives Mitglied unserer Gesellschaft werden sollst. Befolge die Regeln, denn wenn du auf Rang NULL zurückfällst, kommst du in die Bioverwertung und das möchtest du nicht, glaub mir. Als Erstes meldest du dich bei deinem Vorarbeiter ...« Die Stimme verändert sich kurz, wird mechanisch und eintönig. »**Hamley Rucko.**« Dann erzählt sie in der normalen Tonlage weiter. »Bei ihm kannst du dir eine Arbeit zuteilen lassen und dir wird eine Behausung gestellt. Dies gibt dir die Möglichkeit, dich einzuleben. Hast du genug Arbeitspunkte gesammelt, steht es dir frei, den Berufszweig zu wechseln. Es gibt sehr viele Möglichkeiten, höre dich einfach bei den anderen Arbeitern um. Wenn du ein guter Arbeiter bist, steigst du in deinem Beruf Ränge auf. Dies schaltet dir einen besseren Verdienst und viele andere Annehmlichkeiten frei. Es lohnt sich also für dich. Denk daran, die

Aufseher kennen keine Gnade. Verstoße gegen das Gesetz und falle auf Rang NULL zurück und es ist dein Ende. Es klingt hart, ich weiß, aber glaube mir, es ist ein Geschenk, dass du hier sein darfst. Dein zugeteilter Vorarbeiter **Hamley Rucko** wird dir deine restlichen Fragen beantworten.«

Richards Fesseln lösen sich und er versucht aufzustehen. Ihm ist schwindelig, sein Kopf dreht sich und es fühlt sich an, als hätte ihm jemand einen Dolch durchs rechte Auge gestochen und die Spitze würde am hinten Teil seines Schädels kratzen. Kurz verlieren seine Knie die Kraft und er stützt sich auf dem Tisch ab. Richard atmet durch und versucht es erneut. Wie ein neugeborenes Kalb steht er wackelig auf seinen Beinen.

Er packt sich an seinen Kopf und denkt: *»Ich spiele erst mal mit, bevor ich im Fleischwolf lande. Ich finde schon heraus, was hier los ist ... Was haben die nur mit meinem Schädel gemacht? Als würde er gleich in tausend Stücke zerspringen ...«* Er blickt blinzelnd zu Jubilee. »In Ordnung, ich bin dabei. Wie funktioniert das mit den Rängen?«

Sie holt eine Fernbedienung heraus und tippt auf ihr herum. Auf dem alten Monitor erscheinen Listen und Tabellen. »Jeder Neuankömmling wird zu einem Eignungstest einberufen. Dort wird festgestellt, ob man für spezielle Berufsgebiete geeignet ist. Nur dann darf man dort arbeiten! Zum Beispiel für das Militär, den Wachdienst, alle technischen Berufe oder im medizinischen Bereich. Zu Arbeitsplätzen, die keine Sonderkenntnisse erfordern, kann man einfach wechseln und wird ausgebildet. Aber erst sobald man sich die benötigen Punkte erarbeitet hat und ein Platz im gewünschten Beruf frei wird. Wenn du Bauarbeiter wirst, entfällt deine alte Bezeichnung Arbeiter Rang 1 und du wirst Bauarbeiter Rang 1. Man fängt immer mit Rang 1 an, auch wenn man sich zuvor einen höheren Rang erarbeitet hat. Außer bei einer Doppelbeschäftigung durch die Ausnahmeregelung §125 oder §365. Wenn du fleißig bist, wirst du befördert zu Bauarbeiter Rang 2, dann irgendwann Rang 3 und so weiter, bis du zu einer

Abbiegung kommst. Dann musst du dich entscheiden, wohin dich dein Berufsweg führen soll. Erreichst du diese Abzweigungen als Bauarbeiter, sieht es so aus.« Jubilee zeigt auf den Bildschirm.

- Bauarbeiter 1
- Bauarbeiter 2
- Bauarbeiter 3
- Auswahlmenü
- Zimmerer 1
- Elektroniker 1
- Rohrleitungsbauer 1
- Dachdecker 1
- Für weitere Möglichkeiten hier klicken.

»Du siehst, man erlernt erst den Grundberuf und kann dann in den Berufszweig seiner Wahl wechseln, in den man dann eingelernt wird. Bei einigen Berufen wird man auch zur Universität geschickt oder zu einem Lehrgang. Natürlich ist es gut, wenn man vorab den gesamten Berufszweig kennt, damit man weiß, wo man hin möchte. Wenn du Polizist werden möchtest, müsstest du zuerst zum Wachdienst.« Sie drückt auf einen Knopf der Fernbedienung und zeigt auf den Monitor.

- Wache 1
- Wache 2
- Wache 3
- Auswahl
- Wachschutz 1
- Polizist 1
- Sondereinheit 1
- Für weitere Möglichkeiten hier klicken.

»Nur wenn du in die Sondereinheit gehst, kannst du später zur Eingreiftruppe oder Scharfschütze werden. Nur wenn du zum Wachschutz gehst, kannst du später Leibwächter in City Zero werden. Nur wenn du zur Polizei gehst, kannst du später Ermittler werden. Und so weiter ... Ich hoffe, du weißt, was ich meine. Das System ist recht komplex und je mehr man weiß, desto besser kommt man zurecht. Du siehst, Wissen ist Macht.«
Richard nickt. »Interessant. Danke, ich glaub, nun weiß ich so ungefähr, wie es funktioniert«, sagt er und denkt: »*So weit, so gut, wie es scheint, ist Jubilee in Ordnung, sonst hätte sie mir nicht so viele Informationen mitgeteilt.*«
Der pochende Schmerz in seinem Kopf beginnt erneut und erinnert ihn an den Dolch in seinem Auge.
»Bitte warte an der Maschine neben der Tür, bis deine Kleidung bereitgestellt wird, und ziehe sie an. Du musst immer deinen Arbeiteroverall tragen, denn nur so können dich die Wachen erkennen! Wenn sie dich nicht zuordnen können, klassifizieren sie dich möglicherweise als Feind. Wenn du meine Unterstützung benötigst, kontaktiere mich einfach über die Vermittlungsstelle. Du musst ihnen nur meinen Namen nennen und sie werden dich zu mir durchstellen.« Ihr Blick fällt auf ihre goldene Armbanduhr an ihrem zierlichen Handgelenk. »Mist, schon so spät? Viel Glück, ich muss los!« Jubilee läuft durch die Tür, welche sich automatisch öffnet, als sie sich dem Ausgang nähert.

Richard wankt, alles dreht sich um ihn herum, Blut tropft aus seiner Nase. Er stützt sich beim Gehen an allem ab, was er in die Finger bekommt. Erst an seinem Stuhl, dann am Tisch. Schnell taumelt er zur Wand, um Halt zu finden, und tastet sich an ihr entlang, hin zur ratternden Maschine neben dem Ausgang, der an einen Kleiderschrank erinnert. Nur dass dieser hier komplett aus Eisen ist, Rost angesetzt hat und Geräusche wie ein kaputter Kühlschrank im Sommer von sich gibt. Es knattert und quietscht, als sich die Maschine öffnet. Ein kleiner Greifarm streckt ihm einen Overall entgegen. Stiefel und Unterwäsche fallen aus einem Rohr in einen Behälter am Fuße des Schrankes. Richard nimmt ihn entgegen und schaut ihn sich genauer an. Auf dem rechtem Ärmel ist ein digitales Feld, auf dem die Kennzeichnung ID:05061980-ARB_1-Z=ERZ, bestehend aus vielen kleinen gelben Punkten, aufblinkt. Auf der rechten, oberen Brustseite ist eine ID-Karte befestigt. Darauf ein Passfoto von ihm und die gleiche Nummer wie auf dem Ärmel.

»Dieses Foto ... Das stammt aus einer Militärakte. Moment ... Was habe ich gerade gesagt? Mist. Ich kann einfach keinen klaren Gedanken fassen ...«

Richards Sicht schwankt, als würde er an Deck eines Schiffes bei schwerem Seegang stehen. Er lässt sein OP-Hemd auf den Boden fallen und kleidet sich an. Nachdem er in die Stiefel gestiegen ist, legt er seine Hand an die Wand und stützt sich ab. Ein Rüssel fährt aus der Maschine und saugt das OP-Hemd ein. Taumelnd verlässt er den Raum.

Im langen Gang vor ihm sieht er links und rechts geöffnete Türen, die in baugleiche Räume wie den seinen führen. Auf dem Boden blinken Pfeile auf, denen er folgt, bis er an einer gepanzerten Doppeltür ankommt. Eine Kamera am oberen Türrahmen piept und ihr Warnlicht blinkt orangefarben auf. Ein roter Lichtstrahl fächert sich auf, fährt über seinen Körper hinweg und bleibt an seiner ID-Kennung hängen. Es piept zweimal und das Licht an der Kamera wird grün. Die Tür entriegelt sich und verschwindet in der Wand. Eine Hitzewelle schlägt Richard entgegen. In der großen Halle vor ihm rollen Erzbrocken über ein Laufband in einen Schmelzofen. Die Bänder sind unglaublich laut und quietschen vor sich hin. Gigantische Schmelztiegel werden mit glühendem Material befüllt und fahren an der Decke entlang, durch eine Öffnung in die nächste Halle. Nur eines ist lauter als die Maschinen. Ein hektischer Mann, der den Arbeitern lauthals Befehle zuschreit und mit seinen Händen wild gestikuliert. Eine der Handbewegungen scheint Richard zu gelten, denn der Mann

zeigt mit dem Zeigefinger auf ihn und winkt ihn danach zu sich heran.
»Du musst der Neue sein! Mein Name ist Hamley Rucko, Aufseher Rang 10 der Erzverarbeitungsanlage. Mann, siehst du scheiße aus ... Ich hoffe, es geht so weit? Bist ja blasser als 'ne Leiche. Ich weiß, dass alles hier muss für dich echt verwirrend sein, aber ich kann dich beruhigen. Ich dachte auch damals, was ist denn hier los. Aber man hat ein gutes Leben. Du fragst dich bestimmt, wer du warst und wie du hier gelandet bist, aber diese Fragen solltest du lieber nicht stellen. Lass dein altes Leben hinter dir und beginne ein neues. Ist nur ein Ratschlag, was du daraus machst, ist deine Sache. Komm mit! Hier kann man ja kaum seine eigenen Gedanken verstehen!«
Hamley geht vor und Richard folgt ihm. Sie durchqueren die Haupthalle und mehrere Gänge. An jeder Tür steht ein zwei Meter großer Robotersoldat, humanoide Bauform, nur dass sie keine Rundungen wie Menschen haben, sondern eher eckig sind, wie alte Panzer. Sie sind pechschwarz lackiert und haben eine Kamera mit drei grünen Linsen, die wie eine Pyramide angeordnet sind, als Augen. Ihre Schultern zieren verblasste, abgekratzte Flaggen. Durch die großen Gänge fahren Bagger, die Erz in ihren Schaufeln transportieren.
Hamley zieht seine Schlüsselkarte, die um seinen Hals baumelt, durch einen Scanner und sie gelangen durch einen Seitenausgang nach draußen. Richard schaut hoch in den Himmel und atmet erst mal kräftig durch. Die Sonne strahlt ihm ins Gesicht und erfüllt seinen kalten Körper mit Wärme. Die wohltuenden Strahlen kribbeln auf seiner Haut und ein molliges Gefühl macht sich in seinem Körper breit. Kurz fühlt er sich, als würde er seinem Grab entsteigen, doch die Realität holt ihn ein. Sein Kopf hämmert erneut und sein Körper beginnt zu zittern.
Hamley schaut seinen neuen Arbeiter an. »Alles in Ordnung?«
»Mein Name ist Richard. ID:05061980-ARB_1-Z=ERZ.«
»Du lernst schnell. Das ist gut. Wenn es dir nicht so gut geht,

musst du auf die Krankenstation und dich durchchecken lassen.«
»Geht schon ... danke ...«
»Schön, mal wieder ein neues Gesicht zu sehen. Ist schon eine Weile her, seitdem der letzte Arbeiter aufgetaut wurde.«
Richard blickt sich um. »Wo ... wo bin ich hier?«
»Du bist hier in in den westlichen Bergen von Zero. In der Nähe gibt es noch ein paar Minen und kleinere Dörfer. Die ganze Gegend ist von einem riesigen Gebirge umschlossen. Und frage erst gar nicht nach, was sich außerhalb befindet! Ich weiß es nicht und ich will es nicht wissen. Ich habe mir das hier nicht alles erarbeitet, nur um dann in der Bioverwertung zu landen.« Hamley nimmt ein Stofftaschentuch aus seiner Hosentasche und reicht es Richard. »Du hast Nasenbluten. Sicher, dass alles in Ordnung ist?«
Richard nimmt es und steckt es sich in die Nase. »Ehrlich gesagt nicht.«
»Eyy, Paulino, du bist hier nicht beim Sonntagspicknick! Leg mal einen Zahn zu und bringt die Erzlieferung rein!«, schreit Hamley und blickt wieder zu Richard. »Deine Augen sind blutunterlaufen, du könntest ein Trauma von der Behandlung haben, du solltest zur Krankenstation, dann nach Hause und dich ausruhen. Aber falls du arbeiten kannst, gibt es eine Menge Bonuspunkte, da du gleich am ersten Tag loslegst. Das hilft dir bei der Berufsauswahl später ungemein. Ich habe eine Idee, ich teile dich dem alten Hausmeister zu, ist ein super Job, kaum Arbeit und an der frischen Luft. Er heißt Luffy und ist schwer in Ordnung. Was meinst du?«
Richard greift sich an den Kopf und wankt leicht. »Kein Problem, ich schaff das schon.«
»Harter Knochen, was? Das lobe ich mir, aber wenn es nicht geht, dann lass dich behandeln.«
Hamley blickt über Richards Schulter. »Cristo! Du sollst die Tonnen nicht aufeinander stapeln, wie oft muss ich dir das noch sagen?!«, schreit er, bevor er ihn wieder anschaut. »Richard, du musst einfach um die Ecke der Halle dort drüben, Luffy ist meist auf dem Rasen, du erkennst ihn an seinem grünen Overall. Ich

trage dich ins System ein, damit du die Bonuspunkte bekommst und die Wachroboter Bescheid wissen. Ich muss mich nun erst mal um Joran kümmern, bevor er wieder die Sortiermaschine ... Verdammt, Joraann!!!« Hamley reißt seinen Helm vom Kopf, pfeffert ihn auf den Boden und stampft wütend los.
In Richards Kopf dreht sich alles. Das Denken fällt ihm schwer. *»Ein von Bergen umschlossenes Gebiet also. Wird nicht leicht, hier herauszukommen, aber vielleicht ist es ja nur im Westen des Landes so. Obwohl ... ich glaube kaum. Die haben bestimmt ihr Gebiet vom Rest der Welt abgeschottet. Aber wer weiß. Ich brauche einfach mehr Informationen, bevor ich einen Plan schmieden kann. Nur die ganzen Robotersoldaten, die hier herumlaufen ... die könnten ein echtes Problem werden, wenn man abhauen will.«* Ein Kratzen schabt sich vom Auge bis zur Schädeldecke entlang. Er langt sich an die Stirn. *»Mein Kopf bringt mich um. Aber zur Krankenstation? Ob die dann wieder an meinem Gehirn herumdoktern? Lieber nicht ... Also zu Luffy.«*

Richard schlendert los, mit einer Hand an der Hallenwand, um sich zu stützen. Als er um die Ecke biegt, erblickt er einen alten asiatischen Mann mit weißen Haaren und langem Spitzbart. Richard muss kurz an die alten Kung-Fu-Filme denken, die er als Kind so gerne geschaut hat. Dann verblasst die Erinnerung.
Luffy sitzt in seinem grünen Overall in einem Klappstuhl auf einer grünbewachsenen Klippe. Ein großer bunter Sonnenschirm spendet ihm Schatten. Hinter ihm am Zaun fährt ein Rasenmäher herum, der die Größe eines Golfwagens hat.
Richard geht zu ihm und steht stramm. »Mein Name ist Richard. ID:05061980-ARB_1-Z=ERZ. Ich soll mich hier zum Dienst melden.«
Der alte Mann blickt zu ihm auf. »Mann, Junge ... Du siehst aber nicht gerade gut aus, nimm dir einen Stuhl und setze dich zu mir, bevor du umkippst. Und sei nicht so förmlich. Luffy reicht.«
»Danke«, erwidert Richard und setzt sich neben ihn.

»Willkommen in der verdammten Postapokalypse«, sagt Luffy angetrunken und greift zu seinem Sake, der auf einem runden Tisch zwischen den beiden steht, und trinkt einen kräftigen Schluck aus der Flasche.
»Apokalypse? Was ist hier eigentlich los?«
»Es gab einen großen Krieg, alles ging den Bach runter, die ganze Welt war am Arsch und nun sind wir hier. Mehr weiß ich auch nicht. Und wer zu viele Fragen stellt, wird unfreiwilliger Organspender. Aber eines kann man ihnen nicht vorwerfen, sie lügen einen nicht an. Man hat hier ein gutes Leben, wenn man sich drauf einlässt. Glaube mir einfach, du willst gar nicht wissen, was da draußen ist, denn sad ajwdj dwdiwaj waidj dawdj adwjiwdjw wdkaokkd dwkw dwk.«
Richard schließt die Augen, die Wörter von Luffy verschwimmen in seinem Kopf und setzen sich falsch zusammen.
»Ortrfa wu la Ordnung?«, fragt Luffy und blickt zu Richard.

Das Brummen eines Motors hallt durch die Luft. Ein Transportpanzer fährt die Auffahrt hoch und wird am Tor kurz von den Wachrobotern angehalten und kontrolliert. Eine junge Frau mit langen blonden Haaren und strahlend grünen Augen springt von ihrem Fahrersitz herunter und geht auf sie zu. Ohne auch nur ein Wort zu sagen, wird sie immer schneller, als sie Richard sieht, und spurtet schlussendlich auf ihn zu.
Sie legt ihre Hand auf seine Stirn. »Mist, er hat hohes Fieber. Großvater, warum ist dir das nicht aufgefallen?«, meckert sie und rennt los. Schnell spurtet sie durch den Nebeneingang und holt aus der Krankenstation ihren medizinischen Notfallkoffer. Zurück bei Richard zieht sie eine Spritze heraus und verabreicht sie ihm direkt in die Halsvene. Aus verschiedenen Dosen entnimmt sie drei Tabletten und steckt sie in seinen Mund. Sie dreht eine Wasserflasche auf und hält sie ihm an die Lippen.
»Trink!«, sagt sie und stützt seinen Hinterkopf mit einer Hand ab, während die andere die Wasserflasche hält.

Luffy steht auf und wankt herüber. »Mist ... ist mir echt nicht aufgefallen, Elizabeth. Tut mir leid ... heute ist der Tag ...«
»Stimmt ... das habe ich verdrängt.«
Luffy senkt den Kopf und atmet tief durch. Er schmeißt die Sake-Flasche über die Klippe. »Genug getrunken ... erst nächstes Jahr wieder ...«

Alles ist dunkel um Richard herum. Seine Gedanken sind weit, weit entfernt. Schatten bilden Umrisse von Personen, die durch Explosionen zerrissen werden. Seine blutgetränkten Hände schmerzen. Ein Kind steht vor ihm, blickt ihn mit großen Augen an und weint. Seine Füße stehen auf Gebeinen von Millionen von Toten. Ein Meer aus Knochen, dessen Zwischenräume mit Blut volllaufen. Aus seiner Kehle dringt ein Schrei, doch er bleibt lautlos, verhallt in der Unendlichkeit ...

Richard schreckt auf. Aufgerichtet sitzt er in einem Doppelbett in einem gemütlich eingerichteten Schlafzimmer. Sein Herz rast und pocht so laut, dass es kurz alles andere übertönt. Unter mehreren Decken begraben, beginnt er, sich freizuwühlen.
Elizabeth kommt hereingelaufen. »Du bist wach! Gut.«
»Wer ... wer bist du? Wo bin ich hier?«, fragt Richard verwirrt und schaut sich hastig um.
»Ich bin Elizabeth, Elizabeth Black. Den Nachnamen habe ich mir selber ausgesucht. Wenn man lang genug hier lebt, macht das fast jeder so. Du hast echt Schwein, dass ich dir noch helfen konnte. Sonst wärst du mittlerweile tot ... Du hast das Hollow-Syndrom. Ich konnte dir gerade noch rechtzeitig die richtigen Medikamente verabreichen.«
»Hollow-Syndrom? Durch die Gehirnoperation?«, fragt Richard und hält sich seinen Kopf. Sein Schädel brummt und ein Summen in seinen Ohren lenkt seine Aufmerksamkeit kurz ab.
Elizabeth schüttelt den Kopf. »Nein, durch den Kälteschlaf. Aber viele verwechseln es mit Nebenwirkungen der Operation, weshalb

auch fast alle daran sterben. Ich war früher Krankenschwester und hatte einige dieser Fälle. Dein Glück.« Sie hebt den Finger.
»Ich weiß nicht, was ich sagen soll ... Vielen Dank, Elizabeth. Mein Name ist Richard.«
»Ich weiß, Großvater hat ihn mir verraten. Du kannst mich Lizzy nennen«, sagt sie und setzt sich zu ihm aufs Bett. Vorsichtig legt sich ihre Hand auf seine Stirn. »Dein Fieber sinkt, ein gutes Zeichen.«
»Wo bin ich hier? Ist das dein Haus?«, fragt Richard und blickt sich um.
»Nein, aber ich wohne gleich nebenan. Das Haus gehört nun dir. Wir sind hier in Siedlung 28. Sie wurde erst letztes Jahr erbaut. Alles brandneu. Nur wir leben hier, also hat man seine Ruhe, was echt toll ist. Aber nächstes Jahr, wenn die neue Fabrik eröffnet wird, werden wohl alle Häuser belegt. Zwei Stockwerke, Keller und Dachboden, automatische Müllentsorgung und vieles mehr. Alle Verbrauchsgüter und Grundlebensmittel werden dir automatisch monatlich nachgeliefert. Für spezielle Wünsche bin ich da. Ich bin die zuständige Transporteurin für diese Zone. ID:16081991-TRA_5-Z=ALL. Zu deinen Diensten«, antwortet sie lächelnd.
»Sagtest du nicht, dass du Krankenschwester bist?«
»Ich *war* Krankenschwester, aber das wurde auf Dauer mir zu langweilig. Immer nur auf der Krankenstation herumgammeln, Medizintransporte und Prellungen und Schnittwunden der Arbeiter behandeln. Als sich jemand auf den Posten beworben hatte, ergriff ich die Gelegenheit und wechselte. Nun kann ich herumfahren, an der frischen Luft arbeiten, Menschen kennenlernen und das ganze Land sehen. Ich habe sogar schon City Zero besucht!«
»City Zero? Was ist das?«
»City Zero ist das Herz von all dem hier. Unsere Hauptstadt. Wunderschön und ehrfurchtgebietend. Gigantische, spiegelnde Türme, die in den Himmel ragen. Kugelrunde Gebäude, die von Wasser umringt sind. Pyramidenförmige Hightech-Fabriken, die

kleine Wunder herstellen. Ein Rohrsystem, das Menschen durch die ganze Stadt befördern kann. Und so viel mehr ... Dinge, die man nur glaubt, wenn man sie mit eigenen Augen erblickt hat, und manchmal selbst dann nicht. Und in ihrem Zentrum liegt ...«
Richards Augenbraue zuckt hoch. »Liegt was?«
»Darüber darf man nicht reden ...«
»Bitte, Lizzy.«
»Du darfst niemandem davon erzählen«, sagt sie und rückt näher heran.
Richard nickt und wartet gespannt.
»Im Zentrum steht eine Bunkerfestung. Sie ist das Herzstück der Stadt, des ganzen Landes. Kein Mensch darf sie betreten, ja nicht einmal von ihr reden! Niemand weiß, was da drinnen vor sich geht. Man munkelt jedoch, dass dort ein besonderer Roboter lebt. Du darfst darüber nie sprechen! Die verstehen da keinen Spaß. Verstanden?«
Richard nickt. »Interessant ... Keine Sorge, meine Lippen bleiben versiegelt.«
»Aber nun genug geredet. Ruhe dich aus. Mach dir keine Sorgen, ich wache heute Nacht über dich.«
»Danke, Lizzy.«
Elizabeth lächelt. »Kein Problem.«

Am nächsten Morgen öffnet Richard seine Augen. Die Sonne scheint durchs gekippte Fenster und frische Luft weht durch einen leichten Windzug herein. Vögel zwitschern munter auf den Ästen des Kirschbaumes vor seinem Fenster und hüpfen von Ast zu Ast. Der Schmerz in seinem Kopf ist nur noch ein Schatten. Das Pochen hinter seinem Auge gering. Auch sein Blick ist wieder besser, schärfer und fokussierter, nicht mehr ganz so verschwommen wie am Vortag.
Elizabeth sitzt auf einem Stuhl neben dem Bett. Wobei, eigentlich ist sie nach vorne gefallen, sie liegt halb auf ihm drauf und schläft tief und fest. Vorsichtig steht Richard auf und legt sie ins Bett. In

seinem Overall vom Vortag geht er durchs Haus und verschafft sich einen Überblick. Im Badezimmer entkleidet er sich, blickt in den Spiegel und entdeckt eine große Narbe, welche auf der rechten Schulter beginnt und sich über den ganzen Rücken zieht. Am Bauch befindet sich eine verheilte Schusswunde. Er geht dichter an den Spiegel heran und schaut in seine grau-grünen Augen.
»Wer bist du und woher haben wir diese Narben?«, murmelt er, wendet sich ab und steigt unter die Dusche. Unter dem heißen Wasserstrahl vergisst er kurz seine Sorgen und blendet die Welt um sich herum aus.
Richard trocknet sich ab, zieht den Overall an und öffnet die Tür. Ein Duft von frisch gebratenen Eiern und getoastetem Brot liegt in der Luft. Mit knurrendem Magen folgt er ihm gierig und fast sabbernd.
In der Küche bereitet Elizabeth, die inzwischen aufgestanden sein muss, das Frühstück vor. »Du siehst schon viel besser aus.«
»Das habe ich dir zu verdanken.«
Lizzy lächelt ihn an und stellt ihm einen gefüllten Teller hin. Richard setzt sich und schlingt das Essen hinunter.
»Ist das gut! Kommt mir vor, als hätte ich jahrelang nichts gegessen«, sagt er mit halb vollem Mund.
»Hast du ja auch nicht«, antwortet Lizzy grinsend. Sie stellt sich neben ihn und sticht ihm eine Spritze in den Hals. »Stillhalten!«
Richard beißt die Zähne zusammen. »Hättest du mich nicht vorwarnen können?«
»Nö!«, erwidert sie frech und stellt drei Dosen auf den Tisch. »Von jeder eine nach dem Essen. Morgens und abends.«
»Jawohl! Muss ich nun wieder zu Luffy? Oder wie läuft das hier ab?«
»Genau, er ist erst mal dein Vorarbeiter. Mach einfach, was er sagt. So wie du ihn gestern getroffen hast ... Er ist nicht immer so ... Nur an einem Tag im Jahr.«
»Was ist passiert?«
»Er ... wir ... haben jemanden verloren.«

»Das tut mir leid. Auch ich habe viel verloren. Ich sehe ihre Gesichter, aber ich kenne ihren Namen nicht mehr. Ich spüre nur tief in meinem Herzen diesen dumpfen Schmerz ... Warte mal, was meinst du mit *wir*?«
»Luffy ist mein Großvater.«
Richards Augen werden größer. »Er ist dein Großvater?«
»Jepp, sieht man das nicht?«, fragt sie kichernd.
»Nein, eher nicht«, antwortet er erstaunt und schüttelt den Kopf.
Lizzy zwinkert ihm zu. »Ich kann dich absetzen und nach der Arbeit abholen, wenn du willst.«
»Ja, das wäre klasse. Ich habe nämlich keine Ahnung, wo ich hier bin und wie ich zu meiner Arbeit gelange, geschweige denn, wie ich wieder zurückkomme.«
»Ich springe kurz unter die Dusche, iss du erst mal weiter. Wir brechen danach auf.«

Als sie das Haus verlassen, blickt Richard verwundert auf den Transportpanzer, der in seiner Auffahrt steht. »Ist das dein ... Auto?«
»Schick, was? Das ist mein Transportpanzer Fuchs. Steht jedenfalls so im Handbuch drin. Ich weiß, er ist uralt, fast antik, und stammt wohl aus einem Museum, aber ich liebe ihn! Sechs Räder, gepanzert, Allradantrieb, was will man mehr?«
»Nicht schlecht«, antwortet Richard, verzieht die Mundwinkel nach unten und nickt dabei.
»Los, steig ein.«
Der mausgraue Transportpanzer brummt, als Elizabeth die Zündung anwirft. Sie fährt los, geradewegs an der Garage vorbei, durch den Hintergarten und mitten durch die Hecke hindurch.
»Ups«, sagt Elizabeth und lächelt verlegen, schlägt das Lenkrad ein und gelangt auf die Straße.
»Nun weiß ich, wieso du ein gepanzertes Fahrzeug brauchst ...«
Elizabeth knufft Richard in die Schulter. »Sehr witzig!«
Auf dem Werksgelände, vor dem Haupttor, lässt Elizabeth Richard

raus. »Bis nachher, ich muss noch nach Kleinstadt 8, einkaufen. Besonders für deinen Hausstand steht noch einiges auf meiner Liste.«

»Oh, danke.«

»Nichts zu danken. Ist mein Job«, antwortet sie, brettert los und überfährt dabei fast ein Straßenschild.

»Mann, hat die einen Bleifuß«, murmelt Richard vor sich hin.

Am Haupttor hebt eine der zwei Wachen ihren Arm, während die andere ihr Sturmgewehr warnend hoch hält. »Bereitmachen zur Identifikation, Bürger!«

Richard bleibt stehen. Das grüne Kameralicht der Linse leuchtet auf und zoomt auf seine ID-Kennung. »Bestätigt. Bitte eintreten.«

»Danke«, sagt Richard, geht an den Wachen vorbei und erblickt schon Luffy, der ihm zuwinkt.

»Morgen, Richard.«

»Guten Morgen, Luffy. Was liegt an?«

»Ich muss dieses riesige Mistvieh von Katze verjagen.«

»Wo ist sie denn?«

»In meinem Kopf, Junge.«

Richard grinst. »Tja ...«

»Du siehst schon viel besser aus. Alles in Ordnung?«

Richard nickt. »Wird schon.«

»Gut. Du willst bestimmt wissen, wie es nun weitergeht?«

»Wäre ein Anfang.«

»Erst mal hilfst du mir hier ein paar Wochen, dann kommst du zur Prüfung.«

»Prüfung?«

»Da müssen alle Neuen durch. Sie testen dich. Deinen körperlichen Zustand, deine Fähigkeiten, deine Zielsicherheit. Alles Mögliche halt. Wirst du dann schon sehen. So eine Art Test, für welche Arbeiten du qualifiziert bist. Nichts Schlimmes dabei, keine Sorge.«

»Verstehe. Solange sie von meinem Gehirn wegbleiben ...«

Luffy klopft Richard auf die Schulter. »Komm, folge mir.« Er geht

mit ihm zum Geräteschuppen neben der Haupthalle. »Mach dir erst mal keine Gedanken. Werde gesund und packe mit an. Dann ist alles gut.«
Luffy öffnet das Garagentor und drückt einen runden, grünen Schalter. Der geparkte Rasenmäher fährt los und beginnt seine Arbeit.
Richard blickt ihm nach und fragt: »Muss den denn niemand fahren?«
»Nö, der macht das von allein.«
»Und was tun wir?«
»Sicherstellen, dass er seine Arbeit macht. Aber wir müssen heute auch noch einigen Geländern einen neuen Schutzanstrich verpassen. Schnapp dir die Farbe da drüben und ein paar Pinsel. Dann folge mir.«

Der Vormittag vergeht wie im Flug. Richard quatscht mit Luffy über seine Aufgaben als Hausmeister und wie das Leben hier so ist. Er erfährt zwar nichts Wissenswertes, aber hört ein paar witzige Geschichten aus dem Leben eines Hausmeisters. Sie streichen ein paar Geländer an und beobachten den Rasenmäher bei seiner Arbeit. Mittags gibt es ein weniger schmackhaftes Essen in der Kantine, welches aussieht wie rosafarbener Brei, in dem bunte Kaugummikugeln liegen.
Nach dem Mittagessen streckt Luffy die Arme in die Luft. »Wieder einen Arbeitstag gut überstanden.«
Auf dem Weg nach draußen schaut Richard ihn an. »Du arbeitest nur bis mittags?«
»Klar, aber ich hänge hier meistens den ganzen Tag rum. Ich kenne hier alle, außerdem ist meine Wohnung auf dem Gelände. Vorteil eines Hausmeisters. Zum Glück habe ich noch Elizabeth. Seitdem ich meine Tochter verloren hab, ist alles so ...«
»Deine Tochter ... Sein Kind zu verlieren, muss das Schrecklichste auf der Welt sein.«
Luffy lässt den Kopf hängen. »Eltern sollten ihre Kinder nicht

überleben.«
»Was ist passiert?«
»Ich möchte darüber nicht reden, Richard.«
»Verstehe, tut mir leid. Ich wollte keine alten Wunden aufreißen. Wenn ich was für dich tun kann, sag es einfach«, antwortet Richard und legt seine Hand auf Luffys Schulter.
»Wenn es nicht verheilt ist, kann man es nicht aufreißen.«
»Verstehe.«

Ein Brummen bewegt sich den Bergweg hinauf und wird immer lauter. Die Wachen am Tor nehmen einen gesunden Abstand zur Straße, nachdem sie das Tor geöffnet haben.
Luffy horcht. »Was höre ich denn da? Ich glaube, da kommt meine kleine Lizzy.«
Als Elizabeth auf dem Parkplatz neben dem Geräteschuppen anhält, kuschelt ihr Transportpanzer mit dem Müllcontainer, der durch seine Räder ein paar Zentimeter nach hinten rollt.
Sie öffnet ihre Seitentür und springt herunter. »Wie war der erste Tag?«
»Gut. Ich wusste nicht, dass er nur so kurz ist.«
»Wenn dir langweilig ist, kannst du mich ja begleiten. Ich kann immer Gesellschaft gebrauchen, besonders auf den langen Fahrten in die Berge.«
»Klar, wieso nicht?«
»Super«, antwortet sie und gibt ihrem Großvater eine Kiste. »Hier, deine neuen Figuren.«
»Danke, bist ein Schatz.«
Elizabeth lächelt ihren Großvater an und wendet danach ihren Blick zu Richard. »Steig ein, ich muss noch ein paar Auslieferungen machen.« Sie gibt ihrem Großvater einen Kuss auf die Wange und klettert rauf zum Fahrersitz.
Kaum hat Richard die Beifahrertür geschlossen, fährt sie los, den Berg hinab, an ihrer Siedlung vorbei und auf die Hauptstraße. Nur wenige Autos sind hier draußen in den Bergen unterwegs. Immer

wieder geht es auf und ab. Richard blickt aus dem Fenster und beobachtet die Landschaft. Berge und grünbewachsene Hügel so weit das Auge reicht. Unzählige Bäume auf den Bergen, wie Stacheln auf dem Rücken eines Igels.

Er dreht seinen Kopf zu Elizabeth und fragt: »Hier ist aber nicht viel los, oder?«

»Wir sind am Rand der Welt, wenn man es mal so ausdrücken will. Je näher man City Zero im Zentrum kommt, umso mehr Leute und Verkehr gibt es.«

»Ist das ganze Land von Bergen umschlossen?«

»Nein, aber die Roboter haben alle Lücken mit unüberwindbaren Hindernissen, Fallen und Mauern versiegelt, um sich so von der restlichen Welt abzuschotten. Es gibt nur im Nordosten und im Süden jeweils eine Passage in die alte Welt, jedoch wurden Festungen dort errichtet, welche den Zugang bewachen. Du planst doch nicht etwa deine Flucht?«

»Ich? Ich doch nicht ...«

»War ja nur Spaß. Ist doch natürlich, dass man erst mal weg will.«

»Du etwa nicht? Wurdest du hier geboren?«

»Es gibt Geschichten, was da draußen los sein soll. Gruppierungen, die Krieg führen, Kannibalen und mutierte Bestien. Da bringen mich keine zehn Flusspferde raus. Und nein, wir wurden vor vielen Jahren aufgetaut, genau wie du. Eigentlich wird man ja alleine erweckt, aber wir gehörten zu einem Testlauf, in dem versucht wurde, mehrere Familienmitglieder gemeinsam zu wecken und ihre Erinnerung, die sie verbanden, intakt zu halten. Bei uns klappte es gut, bei den anderen Familien nicht.«

»Fragst du dich nicht auch, wo wir herkommen?«

»Natürlich ... Was denkst du denn? Aber wir sind nun mal hier. Du weißt, was mit neugierigen Leuten passiert. Es gibt viele Regimetreue, die dich sofort verraten würden, wenn sie Lunte riechen. Du darfst darüber nicht so offen reden.«

»Ich weiß, aber ich vertraue dir, Lizzy.«

»Danke. Jemandem das Leben zu retten, bringt wohl einen

Vertrauensvorschuss?«
»Sieht ganz so aus.«
»Wenn du mir wirklich vertraust, dann pass auf dich auf. Warte erst einmal ab, wie sich alles entwickelt. In Ordnung? Ich kannte so einige, die vorschnell handelten ... und sie alle landeten in der Bioverwertung. Verstehst du, wie ernst die Lage ist, Richard?«
»Keine Sorge, ich halte mich zurück. Ich will erst mal abwarten, welche Möglichkeiten sich ergeben. Mir ein besseres Gesamtbild verschaffen.«
»Gut. Ich möchte dich nicht verlieren. Ich meine, das wäre doch blöd, weil ich dich gerade erst gerettet habe und so ... du weißt schon ...«, sagt sie, errötet und wendet ihren Blick aus dem linken Fahrerfenster.
»Keine Sorge, ich kann auf mich aufpassen. Wo geht es überhaupt hin?«
»Ich muss zu Yuri, seine wöchentliche Lieferung an Versorgungsgütern abliefern und dazu eine Kiste Robot-Coke. Sieht aus wie Cola, aber schmeckt wie Motoröl. Nein, warte! Umgedreht! Sieht aus wie Motoröl und schmeckt wie Cola. Jetzt stimmt's.« Lizzy schüttelt den Kopf. »Yuri arbeitet hoch oben in den Bergen, als Grenzer. Das liegt nicht auf der Route der normalen Versorgungseinheiten von City Zero, also ist er auf mich angewiesen.«
»Was ist ein Grenzer?«
»Die passen auf, dass keine wilden Tiere über die Berge kommen. Es gibt zwar ein Sicherheitsnetzwerk dort oben, aber auch das fällt mal aus«, antwortet sie. Nach einigen Sekunden seufzt sie.
»Alles in Ordnung, Lizzy?«
»Ich musste nur an Mama denken. Ich habe mich gefragt, ob du Post bekommst, und da musste ich an sie denken.«
»Post?«
»Früher lebte ich mit meiner Mutter im Süden des Landes. Sie arbeitete dort als Ärztin in Kleinstadt 4. Nachdem ich mit der Schule fertig war, hatte ich mich für verschiedene Berufe

beworben und bis dahin frei. Ich war viel mit meiner Mutter unterwegs. Sie fuhr oft raus, um Patienten zu behandeln, die abgelegen wohnten. Eine schöne Zeit, an die ich mich gerne erinnere.« Sie stockt. »Es war ein Sonntag. Mama machte wie immer ihre Cupcakes. Ich hörte ein Brummen und schaute aus dem Fenster. Ein kleiner Transporter hielt vor dem Haus an und ich meine, er war wirklich klein. Auf der Seite stand: *World Robot Post. WRP – Wir liefern überallhin, solange es auf diesem Planeten liegt.* Ein gelber Roboter mit schwarzer Mütze auf dem Kopf stieg aus, kam an die Tür und klingelte. Ich rannte hin und öffnete ihm. Der Postbote ging mir gerade mal bis zur Hüfte und ich bin ja auch nicht gerade groß. Er überreichte mir einen weißen Briefumschlag. Auf ihm stand meine Identifikationsnummer. Dann verschwand er so schnell, wie er aufgetaucht war. Im Brief war eine Blechpostkarte. Auf der Vorderseite war ein Bild zu sehen, eine kleine Hütte auf einem Hügel. Im Hintergrund der Nachthimmel, an dem der Mond strahlte. Darunter stand: *Home is wherever I'm with you.* Und auf der Rückseite: *Höre auf dein Herz und KÄMPFE!* Unten war eine Signatur. Eine schlecht gezeichnete Möwe oder besser gesagt eine Drei, die auf den Bauch liegt.«
»Woher kam sie?«
»Ich habe keine Ahnung und es wird noch mysteriöser. Als ich ein wenig nachforschte, fand ich heraus, dass die WRP nicht mehr existiert. Heutzutage ist das Zero Post Office zuständig. Die WRP war im Krieg aktiv, wie es scheint. In all den Jahren bin ich nur zwei weiteren Personen begegnet, die auch eine Blechpostkarte erhalten haben. Also gibt es nicht viele, die überhaupt eine bekommen. Aber sie wollten mir nicht sagen, was drauf stand. Wer verschickt sie nur? Und was will er uns damit sagen?«
»Gute Frage.«
»Ich habe es so im Gefühl. Du bekommst auch eine.«
»Glaubst du?«
»Jedenfalls hoffe ich es und wehe du verrätst mir nicht, was draufsteht.«

Richard hebt die Hände. »Das riskiere ich lieber nicht.«

Vier Stunden später fahren sie den Berg hinauf, auf dem Yuri wohnt. Die kleine Holzhütte wird durch einen Generator, der neben dem Gebäude im Schuppen vor sich hin rattert, mit Strom versorgt und steht am Waldrand.
»Seltsam, eigentlich wartet Yuri immer schon auf mich, wenn ich ankomme ... Der ist süchtig nach Robot-Coke und kann seinen Nachschub kaum erwarten. Ich hole die Lieferung hinten raus. Schau du mal, wo er steckt.«
»Klar, mache ich«, antwortet Richard, steigt aus und schaut sich bei der Holzhütte um. Auf dem Dach quietscht ein alter Wetterhahn, der sich im warmen Sommerwind dreht. Die Hütte wurde erst vor Kurzem in einem dunklen Braun angestrichen. Über dem Eingang hängt ein Insektenvernichter. Sein blaues Neonlicht lockt die kleinen Flugviecher in ihr Verderben.
»Hallo?«, ruft Richard laut.
Stille, keine Antwort.
Auf dem Holzboden der Veranda bleibt Richard stehen und schaut runter. Mit seinem Stiefel ist er in eine dunkelrote Flüssigkeit getreten. Er kniet sich hin und tippt seinen Finger hinein.
»Lizzy! Ich habe was gefunden!«
Ein Kreischen lässt die Luft erzittern.
»Lizzy!«, brüllt Richard und rennt los.
Er entdeckt Lizzy vor der Veranda. Aber nicht nur sie. Ein über zwei Meter großer Grizzlybär stellt sich auf seine Hinterbeine und brüllt, als er Elizabeth erblickt. Sein Fell ist nicht weich und kuschelig, wie üblich bei Bären, sondern glibschig und seine Haut mit Beulen übersät, einige Stellen sind felllos und entzündet. Sein Gesicht ist entstellt und ein Knochen ragt aus seiner Wange. Lange, blutverschmierte Krallen fahren aus seinen Tatzen und er rennt los. Richard packt die erstarrte Lizzy und zieht sie hinter sich her.
Er blickt sich um. »Mist, bis wir in den Transporter steigen

würden, hätte er uns schon ... Wohin? Wohin nur?«
»Ins Haus!«, schreit Lizzy, übernimmt das Kommando und reißt ihn mit sich.
Der Bär hetzt blutdürstend hinter ihnen her. Leicht panisch laufen sie auf die Holzhütte zu, ihre Herzen klopfen um die Wette, in ihrem Nacken spüren sie den verwesenden Mundgeruch des Bären. Lizzy öffnet die Tür, Richard schubst sie hinein, als die Krallen des Bären über seinen Rücken fetzen und tiefe blutende Wunden hinterlassen. Richard fällt auf den Boden der Hütte, während Lizzy die Tür zuknallt. Mit aller Kraft schafft sie es, ein Regal umzustoßen, welches die Tür blockiert. Immer wieder hämmert der Bär mit seiner Pranke gegen die notdürftige Barrikade. Das Glasfenster der Holztür zerbricht unter den Schlägen, die Tür gibt langsam nach. Der Grizzlybär steckt seinen gierigen Schlund durch das Loch und blickt hinein. Mit seiner Nase schnuppert er nach der Beute. Kopfschüttelnd zieht er sein Maul wieder heraus und schlägt erneut gegen die klapprige Tür, die nur durch den Holzschrank gerade so standhält.
»Richard! Du blutest!«, stellt Lizzy entsetzt fest.
Er beißt die Zähne zusammen, drückt sich mit seinen Händen vom Boden hoch und konzentriert sich. Langsam richten sich seine zitternden Knie auf. Der Schmerz brennt in seinen Rückenwunden, als würden glühende Eisenstangen auf ihm liegen. Der Bär muss ihn erwischt haben.
Mit seinen Augen durchsucht er den Raum nach einem Rettungsanker und er wird fündig. Über dem Bett hängt eine alte Doppelflinte, auf die er zeigt. Elizabeth folgt seinem Blick und reagiert prompt, klettert aufs Bett, schnappt sie sich und wirft sie ihm zu.
Richard klappt das Gewehr auf. »Leer ... verdammt! Wir brauchen Munition! Schnell, durchsuch die Schränke! Ich halte ihn so lange auf!«
Lizzy durchwühlt die Schubladen, während der Bär erneut seinen Kopf durch das immer größer werdende Loch steckt. Richard

klappt das Gewehr zu und schlägt mit dem Gewehrkolben auf ihn ein. Immer und immer wieder, doch das scheint den Bären nur wütender zu machen.

»Lizzy?! Hast du was gefunden? Ich fühle mich hier, als würde ich einen Elefanten mit Weintrauben bewerfen.«

»Hier ist nichts ... Warte mal, da unter dem Bett liegt eine Schachtel!« Lizzy kniet sich hin und öffnet sie. »Munition!«, ruft sie und rennt zu Richard. Sie hält ihm die geöffnete Schachtel vor die Nase.

»Laufgeschosse! Genau das, was wir brauchen!«, sagt er und greift nach ihnen. Die vergessene Professionalität eines Soldaten bricht innerlich durch. Sein Atem beruhigt sich, sein Puls geht runter. Mit ruhigen Händen, als ob nichts wäre, stopft er sie in die Flinte. Er atmet ein und aus, zielt und wartet. Als der Bär erneut seinen Schädel durch das Loch steckt, schießt er.

Die Flinte feuert. Das große, massive Geschoss fliegt aus der Waffe und in den Schädel des Bären. Es knackt und Blut spritzt, doch der Bär macht ungehindert weiter. Richards Finger erfasst den zweiten Abzug und feuert erneut. Die Kugel durchbricht den Schädelknochen, der Bär brüllt auf und bricht leblos zusammen.

»Verdammt ... Was für ein Monster ...«, sagt Richard und atmet durch.

Lizzy zittert am ganzen Körper. »So etwas habe ich noch nie gesehen.«

Die Flinte klappt auf und die leeren Patronen fliegen zu Boden. Ein Geruch von Schwarzpulver liegt in der Luft, als Richard die Waffe neu befüllt und zuklappt.

Elizabeth macht einen Schritt vor, auf den Bären zu.

Richard packt sie an der Schulter. »Geh lieber nicht näher ran.«

»Meinst du, er lebt noch?«, fragt sie und macht drei Schritte zurück.

»Schwer zu sagen bei dem Vieh ... Gehen wir auf Nummer sicher.«

Lizzy dreht ihren Kopf weg, als Richard erneut anlegt und den Kopf des Bären zum Platzen bringt.

»So, nun sollte es erledigt sein«, sagt Richard.
Elizabeth nimmt einen herumstehenden Besen und stupst die Leiche des Grizzlybären an. »Sieht so aus. Irgendwie tut er mir nun leid.«
Richard öffnet ein Fenster. »Raus hier.«
»Meinst du, er war alleine?«
»Denke schon. Ich sehe da draußen nichts, aber wir haben ja notfalls die Flinte«, sagt er und lädt nach.
Draußen schaut sich Lizzy um. »Was wohl mit Yuri passiert ist? Wo kann er nur sein?«
»Nur ein bisschen Blut, keine Leichenteile. Ich denke, der Bär hat ihn lediglich verletzt. Yuri ist dann hierher zurück und der Grizzlybär ist der Blutspur gefolgt. Hatte er ein Fahrzeug?«
»Ja, ein Quad. Das erklärt auch, wieso wir ihn nicht auf der Straße gesehen haben. Er hat bestimmt den schnellsten Weg durch die Berge genommen, um ins Krankenhaus zu kommen. Kleinstadt 8 kann man so gut erreichen.«
»Hoffen wir es mal. Konnte er keine Hilfe rufen? Gibt es hier keinen Funk oder so was?«
Lizzy schüttelt den Kopf. »Nein, das Eisen im Gestein der Berge blockiert hier oben fast alle Signale.«
»Das ist ja mal unpraktisch ... Was nun?«
»Erst einmal versorge ich deine Wunden! Setz dich da drüben auf die Bank. Ich hole meinen Erste-Hilfe-Koffer aus dem Transporter.«
Er nickt und hockt sich auf die alte Holzbank unter der Eberesche. Elizabeth kommt schnell mit ihrem Koffer zurückgerannt und hilft Richard dabei, seinen Overall bis zur Hüfte auszuziehen. Vorsichtig reinigt sie die Fleischwunden auf seinem Rücken.
»Nicht so schlimm, wie ich dachte. Das Glück scheint dich zu verfolgen, aber ich muss das auf jeden Fall nähen.«
»Mach einfach.«
Richard beißt die Zähne zusammen, als die gebogene Nadel das Fleisch durchdringt. Geschickt näht Lizzy die Wunden zu und trägt

eine Salbe auf. Mit schnellen Handgriffen verbindet sie im Anschluss seinen Rücken.

»Puh, geschafft. Ich glaube, ich muss mir neue Verbände besorgen«, sagt Lizzy und zieht sich ihre Einweghandschuhe aus. Sie streicht sich mit ihrem Handrücken über ihre verschwitzte Stirn und atmet durch.

Richard zieht sich seinen zerfetzten Overall über und schaut sie an. »Danke. Langsam häuft sich das an.«

Elizabeth grinst ihn an. »Oh ja, mich wirst du nicht so schnell los. Nicht, bis alle deine Schulden beglichen sind.« Sie lacht kurz.

Ein Geräusch kommt auf sie zu. Leise, es durchschneidet die Luft. Als würde etwas blitzschnell umherwirbeln. Es wird lauter und lauter.

»Was ... was ist das?«, fragt Richard, steht auf und schaut in den Himmel.

Elizabeth nimmt ihre Hand hoch, um ihre Augen vor der Sonne zu schützen, und schaut nach Westen. »Ein Militärhubschrauber. Oh nein ... bitte lass es nicht Hauptmann Olaf sein!«

Das Geräusch wird immer lauter und ein dunkel-olivfarbener Hubschrauber kommt über den Bäumen zum Vorschein. Vier große Rotoren, in kreisrunden Abschirmungen, die wie große schwarze Metallringe aussehen, halten ihn am Himmel. Immer wieder bewegen sie sich leicht, um den Helikopter zu stabilisieren. Auf der Seite steht in großen Buchstaben seine Kennung: ZeroM-ID-MHeli-7. Er bleibt über einer Lichtung stehen, schwebt in der Luft und geht langsam herunter. Wie ein Taucher im Wasser gleitet er sanft zu Boden und landet. Die Rotoren werden still.

Elizabeth greift zur Schrotflinte. »Gib sie mir, du darfst sie nicht besitzen!«

»Aber du?«

»Vertrau mir einfach!«

Richard nickt und reicht sie ihr schnell.

Aus dem Hubschrauber steigen vier Robotersoldaten, ähnlich denen, die Richard auf dem Gelände der Erzverarbeitung gesehen hat, jedoch schwer gepanzert und ihre Kameralinsen leuchten nicht grün, sondern lila auf. Mit ihren Sturmgewehren im Anschlag sichern sie den Landeplatz. Ein großer, blonder Mann mit Bürstenhaarschnitt, in seinem Mundwinkel ein Zahnstocher, auf dem er herumkaut, steigt aus. Er schultert sein Våpensmia NM149 Scharfschützengewehr und schaut sich um. Als er Elizabeth erblickt, grinst er unheimlich, wie eine Ratte, die einen unbewachten Laib Käse entdeckt.

»Olaf ...«, sagt sie angewidert und wendet ihren Blick ab.

Richard schaut sie an. »Kennst du den Typen?«

»Hauptmann Olaf überwacht das Grenzgebiet in den westlichen Bergen.«

Langsam geht der blonde Hüne auf sie zu, hinter ihm seine treuen Robotersoldaten.

»Elizabeth, wie schön, dich hier zu treffen«, sagt er grinsend und hebt seine Hand. Die Robotersoldaten schwärmen aus.

Sie kneift ihre Augen zusammen. »Hauptmann ... Was machen Sie denn hier?«

»Wir verfolgen einen mutierten Grizzlybären, aber wie ich sehe, habt ihr ihn erledigt. Warst du das etwa, Elizabeth?«

»Sonderparagraf 74-B. Ein Transporteur darf im Grenzbereich Waffen zu seiner Verteidigung einsetzen, um sich und seine Transportgüter zu schützen.«

»Aber das war doch kein Vorwurf, Elizabeth. Ich kenne die Gesetze. Alles in Ordnung«, sagt er und will seine Hand auf ihre Schulter legen, als sie zurückzuckt.

»Wie kommt der Bär eigentlich hierher? Ich dachte, alle Grenzen sind zu?«

»Die Bergrücken sind gesichert, keiner kann rein, keiner kann raus. Jedoch erhielten wir den Sonderauftrag, einen der Bären an der Grenze gefangen zu nehmen und ihn zum Forschungsinstitut zu bringen.«

»Und warum läuft er dann hier rum?«

»Er war stärker als erwartet und ist ausgebüchst«, erklärt Olaf und

mustert ihren Körper. »Hast du dir mein Angebot überlegt? Wollen wir mal zusammen ausgehen?«
»Er ist euch einfach so entkommen? Großartig! Zuerst ein gefährliches Tier hereinlassen und dann nicht mal die nötigen Vorsichtsmaßnahmen treffen können ... Komm, Richard, lass uns nachschauen, ob es Yuri geschafft hat«, sagt Elizabeth und will an Olaf vorbeigehen, doch er packt sie an ihrem Handgelenk.
»Ich warte noch auf eine Antwort!«
Richard macht zwei Schritte vor und steht dicht vor Olafs Gesicht.
»Du solltest sie sofort loslassen, bevor ich dir deine Hand breche.«
»Oh, wie niedlich. Hast du nun einen Beschützer?«, erwidert er schmunzelnd.
»Lizzy braucht keinen Schutz, sie kann gut auf sich selbst aufpassen. Hier geht es mir ums Prinzip. Deine Art gefällt mir nicht, genauso wenig wie dein Gesicht. Also lass sie los, bevor ich dir die Scheiße herausprügel.«
Olaf löst seinen Griff. Elizabeth hält sich ihr Handgelenk.
»ID:05061980-ARB_1-Z=ERZ. Das merke ich mir.«
Richard starrt in seine blauen Augen. »Jederzeit.«
Olaf pfeift. »Packt den Bären ein und Abmarsch.«
Lizzy greift nach Richards Arm. »Komm, lass uns hier verschwinden.«

Schnell steigen sie in ihren Transportpanzer und fahren los. Den Berg hinab in Richtung Kleinstadt 8.
Elizabeth ist ungewöhnlich still und Richard lässt sie in Ruhe. Sie schweigt eine ganze Weile, bis sie zu ihm schaut. »Danke.«
»Wie geht's deinem Handgelenk?«, fragt er und sieht ihr in die Augen.
»Tut weh, könnte verstaucht sein. Der hatte schon immer ein Auge auf mich geworfen. Dieser widerliche Mistkerl.«
»Woher kennst du ihn?«
»Früher wurde ich ab und zu als Krankenschwester für das Militärlager in den Bergen angefordert, wenn ihr Sanitäter mit auf

Patrouille war. Da hat er mich das erste Mal gesehen, und seitdem ist er irgendwie von mir besessen ... Ich wurde immer öfter angefordert, nur damit er mich beobachten konnte. Wegen jeder Kleinigkeit. Das war auch einer der Gründe, weshalb ich als Krankenschwester aufgehört habe. Das Problem ist, dass er einen hohen Rang hat, dadurch Macht besitzt und bestimmt einige einflussreiche Leute kennt.«
»Verstehe ... Keine Sorge, um den kümmere ich mich, wenn er noch mal was versucht.«
»Richard ...«
»Ich weiß, ich passe schon auf, aber du glaubst doch nicht wirklich, dass ich einfach daneben stehe und zusehe, wenn er dich belästigt, oder?«
»Nein, aber ... Er wird einen Weg finden, dir das Leben schwer zu machen. Er ist unberechenbar. Mit dem stimmt was nicht.«
»Das soll er mal versuchen.«
»Richard ...«
»Eine Frage habe ich noch«, sagt er und wechselt schnell das Thema.
»Was denn?«
»Du bist doch Transporteurin. Meinem Rechtsbeistand zufolge kann man immer nur einen Beruf haben. Wieso hast du noch die Rechte als Krankenschwester?«
»Wurde dir das nicht erklärt?«
»Ich muss zugeben, mein Kopf war ziemlich angeschlagen und ich habe nicht alles behalten, was sie mir erzählt hat.«
»Es gibt Ausnahmen. Unterbesetzte Berufe wie Techniker oder Mediziner dürfen Doppelrechte beantragen. Hat große Vorteile, deshalb war ich sofort dabei. Außerdem helfe ich ja gerne Menschen, wenn es nicht gerade die Olafs dieser Welt sind.«
Richard grinst, Lizzy zwinkert ihm zu.

Spät am Abend, schon fast in der Nacht, fährt Elizabeth auf die Auffahrt von Richards Haus und sie steigen aus.

Sie streckt sich. »Schön, dass es Yuri gut geht. Ich hoffe, sie können seinen Arm retten. Ich werde morgen noch mal vorbeifahren.«

»Die schaffen das bestimmt. Das Krankenhaus war ja voller Hightech.«

»Ich bin hundemüde. Schlaf gut, Richard, ich gehe mal rüber in mein Haus, wir sehen uns dann morgen. Und vergiss nicht deine Tabletten«, sagt Elizabeth und zeigt aufs Nachbargrundstück.

»Schlaf gut.«

»Werde ich«, sagt sie lächelnd und geht los.

Vor Richards Haustür liegen mehrere Pakete.

Er mustert sie. »Da steht ja meine ID drauf. Sind wohl für mich.«

Im Wohnzimmer auf dem Stubentisch packt er sie aus. Unterwäsche, Stiefel, Overalls und Verbrauchsgüter für den Haushalt. Er ist müde und ihm fallen fast die Augen zu, also räumt er sie nur grob weg, zieht sich seine Stiefel aus, nimmt seine Tabletten und fällt ins Bett. Kaum zwei Sekunden und er ist im Land der Träume.

Am nächsten Morgen wecken ihn der Duft und das brutzelnde Geräusch von bratenden Eiern. Richard steht auf, zieht sich frische Unterwäsche und einen der neuen Overalls an.

Er schlendert noch halb verschlafen in die Küche. »Lizzy ...« Da erblickt er Olaf, der das Essen zubereitet und auf den Tisch stellt.

»Du?!«, fragt Richard erschrocken.

»Guten Morgen, Sonnenschein«, antwortet Olaf grinsend und zielt mit seiner 15 mm Pistole auf Richards Kopf. Seine Mimik verändert sich. »Hinsetzen. Oder ich kürze das hier ab«, sagt er trocken und gefühllos.

Richard sieht, wie Olaf langsam den Finger beugt und den Abzug zieht. Er nickt widerwillig und setzt sich an den Küchentisch. Die Sonne scheint durch das weit offene Küchenfenster, auf dessen Sims ein Apfelkuchen steht und abkühlt. Die Spatzen zwitschern fröhlich und tollen im Vogelbrunnen vor dem Fenster herum.

»Was willst du?«, fragt Richard und blickt in Olafs kalte, fast leblose Augen.
»Was ich will? Was ich will?! Was ich will, fragt er«, sagt er vor sich hin und läuft auf und ab. »Denkst du wirklich, du kannst hier einfach auftauchen und mir Elizabeth wegnehmen? Nein, nein, nein!« Er zielt wieder auf Richard. »Ich werde das nicht zulassen. Sie gehört mir, nur mir! Ob sie will oder nicht! Auch wenn es mit den anderen nicht geklappt hat, mit ihr wird alles anders. Hast du das verstanden?!«, fragt er wütend.
»Elizabeth trifft ihre eigenen Entscheidungen. Du kannst niemanden zwingen, dich zu lieben.«
»Ach, kann ich nicht? Ein wenig Macht und Gewalt und alles ist möglich. Glaube mir ...«, sagt er mit einem unheimlichen Funkeln in den Augen.
»Lass uns rausgehen, Olaf, und das wie Männer klären.«
Olaf lacht. »Ach Richard, du irrst dich, wenn du denkst, dass ich nur mein Revier markieren will oder dich zu einem Duell herausfordere. Dies hier wird deine Hinrichtung werden und das vor dir ist deine Henkersmahlzeit. Ich bin ja kein Unmensch.«
»Denkst du wirklich, du kommst damit durch?«
»Ich werde es als Selbstmord hinstellen. Die glauben mir schon. Ist nicht das erste Mal. Aber wie ich sehe, hast du keinen Appetit, dann wird es wohl Zeit. Ich will schließlich nicht in deiner Nähe gesehen werden.« Olaf zielt auf seinen Kopf, drückt langsam den Abzug. Seine Augen leuchten auf und seine Mundwinkel wandern nach oben.
Ein Knall durchfährt den Raum. Blut, Schädelteile und Haare fliegen umher. Rauch steigt aus dem Doppellauf der Flinte herauf, den Elizabeth durch das geöffnete Küchenfenster hält. Ihr Blick ist starr, doch ihre Augenlider zittern. Die Spatzen suchen panisch das Weite und fliegen weg.
Mit seinem Ärmel wischt sich Richard das Blut aus dem Gesicht. Olaf steht da, Blut gurgelt aus dem Rest, der mal sein Kopf gewesen ist, und kippt auf den Küchentisch. Es kracht und der

Tisch zerbirst unter dem leblosen Körper. Elizabeth blinzelt und lässt die Flinte fallen. Diese knallt auf den Apfelkuchen und reißt ihn mit sich zu Boden, was einen Waschbären, der neugierig durch die Hecke glotzt, erfreut und seine Augen aufleuchten lässt.
Richard eilt zur Tür hinaus, direkt zu ihr. Er blickt in ihre Augen und schließt sie in seine Arme. »Schon gut ... Ganz ruhig, Elizabeth ... Alles wird gut«, flüstert er ihr ins Ohr und drückt sie sanft an sich.

Kapitel 2
Rebecca

Sie schlägt ihre Augen auf, ihr Kopf schmerzt, als hätte ihr jemand mit einer Schaufel eins übergezogen. Ihr Körper ist fest umklammert von stählernen Greifarmen. An ihrem Körper trägt sie nur ein luftiges OP-Hemd. Sie dreht ihren Kopf nach links, dann nach rechts. Ein Kran trägt sie etwa zehn Meter über dem Boden einer Industriehalle, an dessen Wänden etwa drei Meter hohe Tanks, gefüllt mit einer grünen Flüssigkeit, stehen. Einige von ihnen sind eingeschlagen, geöffnet oder leer. Zahnräder rattern von der Decke hinunter, das Geräusch dringt direkt in ihr Ohr. Eines von den metallenen Rädern ist wohl beschädigt, denn es klemmt immer mal wieder fest.
Mit einem Ruck fällt der Greifarm ein paar Meter hinab und fährt in einen dunklen Gang. Stille ...
Es quietscht und der Greifarm fährt wie ein Teleskoparm aus. Er transportiert sie durch ein Loch im Boden und setzt sie in einer Schleuse ab. Ein Scheinwerfer in der Ecke des Raumes beleuchtet sie. Sprinkler verteilen Nebel im Raum und das Schleusentor entriegelt sich. Es riecht nach Minze und Alkohol. Sie rappelt sich vom eisigen und leicht befeuchteten Boden auf, hält sich den Kopf. Ihre Sicht verschwimmt kurz und ihr ist übel. Winzige schwarze Punkte springen durch ihr Sichtfeld. Ein Rauschen in ihren Ohren macht sie fast taub. Mit ihren Händen auf den Knien atmet sie erst mal durch und lässt ihre Augen geschlossen, bis das Kreisen im Kopf nachlässt.
»Wer ... wer bin ich?«, murmelt sie vor sich hin, bis ein zuckender Schmerz ihren Kopf durchfährt. »Mein Name ... Rebecca ... aber wer bin ich? Und wo bin ich hier nur? Was ist hier los?«, fragt sie sich selbst und richtet sich langsam auf. Ihre Knie zittern und ihre

nackten Füße sind nass und frieren. Rebecca fährt mit ihrer Hand über die alten, verrosteten Platten der Metallwand. Manche der Bolzen spitzen heraus, als hätte irgendwas das Gebäude erschüttern lassen und die Wandplatten gelockert. Einige der Sprinkler zischen nur und funktionieren nicht richtig.
»Scheint so, als wäre der Hausmeister im Urlaub«, sagt sie und macht einen Schritt vorwärts. Gewissenhaft achtet sie dabei auf jeden Tritt, nur ungern würde sie auf eine rostige Schraube oder auf ein hervorstehendes Metallteil treten.
Nachdem sie das Schleusentor durchschritten hat, schließt es sich hinter ihr und verriegelt sich mit einem lauten Knall. Rebecca dreht sich um und hämmert dagegen. Nichts zu machen. Es ist felsenfest verschlossen.
Der Raum ist düster, bis ein Brummen von der Decke die angehenden Leuchtstoffröhren ankündigt. In der Mitte steht ein im Boden verankerter Eisenstuhl, vor ihm ein alter silberner Metalltisch. Viele Kratzer ziehen sich über die Tischplatte.
Rebecca geht dichter heran, kontrolliert den Stuhl und den Tisch auf Fallen, doch alles scheint in Ordnung. Vorsichtig setzt sie sich. Eine Luke in der Wand öffnet sich und eine circa 60 Zentimeter große Metallkugel mit zwei Antriebsdüsen, die links und rechts befestigt sind und sie so in der Luft halten, schwebt herein. Sie ist pechschwarz und reflektiert alles um sich herum. Die Kugel hat auf der Vorderseite einen runden Monitor, auf dem zwei große digitale Augen und ein Mund erscheinen. Ein angenehmer Anblick, der an einen großen Smiley erinnert.
»Seien Sie gegrüßt. Meine Bezeichnung ist B-33, aber Sie können mich Bee nennen. Ich bin Ihr zugeordneter Rechtsbeistand, also merken Sie sich bitte meinen Namen, damit Sie wissen, wen Sie rufen können, falls Sie rechtlichen Beistand benötigen. Ich weiß, Sie sind verwirrt, doch keine Sorge, so geht es allen Neuzugängen. Seien Sie unbesorgt, Sie sind in Sicherheit. Auch wenn Sie möglicherweise ein Trauma durch die Gehirnoperation haben, müssen Sie mir nun gut zuhören, denn es ist sehr wichtig und

entscheidet über Ihre Zukunft. Haben Sie alles verstanden?«
Rebeccas Augen werden groß. Panik macht sich in ihr breit. Gedanken rasen durch ihren Kopf. *»Gehirnoperation?! Was zur ... Ganz ruhig ... Ich darf jetzt nicht durchdrehen! Beruhige dich, Becca. Einatmen, bis fünf zählen, ausatmen.«* Sie weiß nicht, warum, aber ihr eigener Zuspruch funktioniert, als wäre es nicht das erste Mal, dass sie sich in einer schwierigen Situation befinden würde. Sie kneift ihre Augen zusammen, das grelle Licht schmerzt und sie nickt kurz.
Auf dem Monitor wird ein Video abgespielt.
Die Zeichentrickfigur eines Pandas erscheint und erklärt.
»Willkommen Arbeiter NULL, dies ist deine neue Bezeichnung und gleichzeitiger Rang, jedoch als Willkommensgeschenk von uns erhältst du eine Bonusstufe und wirst befördert. Glückwunsch, Arbeiter EINS. Du bist hier, weil wir dich gerettet haben und du ein neues produktives Mitglied unserer Gesellschaft werden sollst. Befolge die Regeln, denn wenn du auf Rang NULL zurückfällst, kommst du in die Bioverwertung und das möchtest du nicht, glaub mir. Am Anfang meldest du dich bei deinem Vorarbeiter **Fehlercode 87 Name fehlt**. Er wird dir eine Arbeit zuteilen und dich über den Standort deiner Behausung informieren. Dies gibt dir die Möglichkeit, dich einzuleben. Hast du genug Arbeitspunkte gesammelt, steht es dir frei, den Berufszweig zu wechseln. Es gibt sehr viele Auswahlmöglichkeiten, höre dich einfach bei den anderen Arbeitern um. Wenn du ein guter Arbeiter bist, steigst du in deinem Beruf Ränge auf. Dies schaltet dir einen besseren Verdienst und viele andere Annehmlichkeiten frei. Es lohnt sich also für dich. Denk daran, die Aufseher kennen keine Gnade. Verstoße gegen das Gesetz und falle auf Rang Null zurück und es ist dein Ende. Es klingt hart, ich weiß, aber glaube mir, es ist ein Geschenk, dass du hier sein darfst. **Fehlercode 87 Name fehlt** wird dir deine restlichen Fragen beantworten.«
Auf dem Monitor erscheint erneut das freundliche Gesicht. »Haben Sie alles verstanden?«

»Ich glaube, du hast einen Programmfehler.«
»Bestätige. Neustart der Subroutinen wird durchgeführt.«
Rebecca hält sich ihre Ohren zu. »Dieses Summen ist pures Gift für meinen Kopf. Dein Antriebsaggregat auf der linken Seite muss neu kalibriert werden.«
»Bitte warten ... Selbstdiagnose wird ausgeführt. Rekalibrierung abgeschlossen.«
Das Summen erlischt.
»Ah, viel besser. Danke«, sagt Rebecca und massiert kurz ihre geschlossenen Augen.
»Achtung. Alpha Protokoll tritt in Kraft«, schallt es aus dem Lautsprecher von B-33 in einer mechanischen, dunklen Tonlage. Auf dem Monitor erscheint ein Bauplan eines Roboters. »Bitte identifizieren Sie Folgendes.«
Rebecca öffnet ihre Augen. Ohne nachzudenken, antwortet sie, als würde sie aus einem Bericht vorlesen. »B.A.U. - Bundeswehr Armee Unterstützer, befördert Munition und Vorräte an die Front. Schwer gepanzert. Unbemannt. KI der vierten Generation.«
Ein weiterer Plan erscheint auf dem Monitor.
Rebecca erklärt. »H.U.M.M.E.L. - Helfer-Modell Ulrich, Militärischer Medizinischer Elite Lazarett-Doktor.«
Eine Konzeptzeichnung erscheint.
»Tiger Ω NBP - Tiger Panzer Omega, Nuklear Betriebener Prototyp.«
B-33s Datenbank rattert. »Technikerwissen - bestätigt. Prototyp-Erkennung - bestätigt. Alpha Protokoll bewilligt.«
Ein weiteres Video wird abgespielt. »Willkommen, Techniker. Durch Ihre besonderen Fähigkeiten sind Sie qualifiziert für die Technische Universität. Glückwunsch. Ihre Bezeichnung wechselt von Arbeiter auf Techniker und Sie werden auf Rang 5 befördert. Nach Ihrer Ausbildung werden Sie ein wichtiges Mitglied unserer Gesellschaft. Wir freuen uns auf Sie. Ihre Kleidung wird gleich bereitgestellt. Ihre Identifikationsnummer lautet: ID:VIP0068-TECH_5-Z=UNI.«

Eine Maschine am Ende des Raumes, gleich neben dem Ausgang, rattert vor sich hin.

Wieder erscheint das freundliche digitale Gesicht. »Bitte kleiden Sie sich an, bevor Sie die Räumlichkeiten verlassen. Ein bereitgestellter Fahrer wird Sie zur Universität befördern. Vielen Dank für Ihre Aufmerksamkeit. Viel Glück.«

Bevor Rebecca noch etwas sagen kann, fliegt B-33 zurück durch die Luke und verschwindet.

»Na toll«, sagt Rebecca und steht auf. Langsam geht sie auf die Maschine, die an einen Kleiderschrank erinnert, zu. Es knattert und quietscht, als sie sich öffnet. Ein kleiner Greifarm streckt ihr einen Overall entgegen. Stiefel und Unterwäsche fallen aus einem Rohr in einen Behälter zu ihren Füßen. Rebecca nimmt ihn entgegen und schaut ihn sich genauer an. Auf dem rechten Ärmel ist ein digitales Feld, auf dem ihre ID aufleuchtet. Auf der rechten, oberen Brustseite befindest sich ein Ausweis mit einem Foto von ihr, darunter die gleiche Nummer wie auf dem Ärmel.

»ID:VIP0068-TECH_5-Z=UNI. Wo haben die denn das Foto her?«, grübelt Rebecca vor sich hin.

Sie zieht ihr OP-Hemd aus, schlüpft schnell in die Unterwäsche und anschließend in den Overall. Mit einem Ruck ist der lange Reißverschluss auf der Vorderseite geschlossen. Sie entnimmt aus dem unteren Behälter die dicken Wollsocken, dann die braunen Arbeiterstiefel und zieht sie sich an. In der offenen Schrankwand befindet sich ein Spiegel. Sie blickt hinein. Ihre Hände umfassen ihre langen braunen Haare, deren Farbe an Bronze erinnert, und halten sie zurück. Aufmerksam mustert sie ihren Kopf, doch erkennt sie keine Narbe, die von einer Operation stammen könnte. Kurz starrt sie in ihre dunklen, jadegrünen Augen und versucht sich zu erinnern. Doch nichts. Nur ein finsteres, schwarzes Loch, dort, wo einst ihre Erinnerungen gewesen sind. Aus der Schrankwand entnimmt sie ein Haargummi und bindet sich einen Pferdeschwanz. Der Ausgang entriegelt sich und bleibt stecken, als die Türklappen in die Wand fahren wollen. Rebecca schüttelt den

Kopf und tritt kräftig dagegen. Die Stahlkappen ihrer Stiefel erzeugen dabei ein lautes Scheppern. Die Tür schiebt sich in die Wand.
Zögerlich geht sie den langen Gang entlang. Die Hälfte der Leuchtstoffröhren an der Decke ist kaputt und gibt ein brutzelndes Geräusch von sich, als würden zwei Stromkabel aneinander gehalten. Die eisernen Platten der Wände sind angelaufen, Staub liegt in der Luft. Alte, rostige Bolzen halten die Wandplatten gerade so zusammen. Vor ihr versperrt eine massive Stahltür den Weg. Rebecca entdeckt einen Knopf im Türrahmen und drückt ihn. Der Öffnungsmechanismus wird in Gang gesetzt. Die gepanzerte Tür fährt in drei Richtungen auseinander. Vor ihr liegt eine gigantische Lagerhalle mit unzähligen Regalen, die randvoll mit Transportkisten aus Metall und Holz sind. Gabelstapler fahren hin und her. Auf der rechten Seite gibt es ein riesiges offenes Tor nach draußen. Die Fahrer beachten sie nicht.
»Schnell weg hier!«, murmelt sie und rennt los.

Die Sonne strahlt ihr entgegen, als sie die frische Luft der Freiheit einatmet. Nur ein paar dunkle Wolken am Himmel trüben den herrlichen Anblick. Sie hebt ihre Hand und schützt ihre Augen vor dem grellen Licht. Ihr Kopf schmerzt grausig und pocht. Um sie herum erstrecken sich hohe Berge. Bäume wachsen an den Berghängen und eine große betonierte Straße führt hinab ins Tal. Ein hoher Gitterzaun umschließt das gesamte Gelände. Ein alter Mann fährt im Schneckentempo mit seinem Rasenmäher über die Wiese vor der Halle. Ein Lastwagen wird durch Arbeiter an die Laderampe herangewunken.
»Sieht hier gar nicht so heruntergekommen aus wie drinnen. Sogar recht neu«, stellt Rebecca fest und erblickt das Haupttor. »Schnell weg hier. Aber wohin? Mist ... Wüsste ich doch nur mehr.«
Rebecca grübelt noch, was sie tun kann, als ein Sportwagen vorfährt. Ein gut durchtrainierter Mann in den Dreißigern, gekleidet in eine Lederjacke und mit Sonnenbrille auf der Nase,

steigt aus. »Du musst die Neue sein, hattest echt Glück, ich war gerade unten im Dorf und habe jemanden abgeliefert, sonst hättest du ein paar Stunden auf mich warten müssen. Komm, steig ein oder wolltest du gerade abhauen?«, fragt er grinsend.
»Ich?«, erwidert sie und zeigt auf sich selbst. »Das würde ich doch nie tun.«
»Glaube mir einfach, hier kommt man nicht so leicht weg. Es gibt weitaus Schlimmeres, als mit Rang 5 zu starten und dann auch noch als Technikerin. Die werden dich gut behandeln.«
»Aber ... warum?«, fragt sie und geht auf den Mann zu.
Er nimmt seine Sonnenbrille ab, seine blauen Augen kommen zum Vorscheinen. Eine lange Narbe zieht sich über sein linkes, blindes Auge hinweg. »Techniker werden hier dringend benötigt, um alles in Schuss zu halten. Mein Name ist Stefan.«
»Rebecca.« Sie reicht ihm die Hand.
»Schön, dich kennenzulernen. Du erinnerst dich also an deinen Namen? Ein gutes Zeichen. Was macht dein Kopf?«
»Brummt fleißig vor sich hin.«
Stefan kramt in seiner Jackentasche und reicht ihr eine Dose. »Hier, nimm zweimal am Tag welche davon.«
»Danke«, antwortet Rebecca und denkt. *»Wer weiß, was da drin ist ... Aber mein Kopf bringt mich um.«*
In ihrem Schädel hämmert es, als würde ein Presslufthammer hinauswollen. Sie öffnet die Dose und schluckt zwei Tabletten.
»Warte kurz«, sagt Stefan und geht zum Wagen. Er kramt aus dem Handschuhfach eine 500-Milliliter-Wasserflasche und wirft sie ihr zu. Rebecca fängt sie auf und trinkt sie leer.
»Durstig, was? Ging mir damals auch so.«
»Wie lang bist du schon hier?«
»Ungefähr fünf Jahre. Ist gar nicht so übel.«
»Was ist das hier?«
Stefan steigt in das Auto und öffnet die Beifahrertür. Rebecca schaut sich den Wagen an, als sie um ihn herum geht, und steigt ein.

»Informationen bekommt man so gut wie keine. Wir befinden uns in einem Tal am Meer. Im Süden ist der Ozean und in allen anderen Richtungen sind nur Berge. In der Mitte die Hauptstadt mit Gebäuden, die in den Himmel ragen. Gibt auch noch einige Dörfer und Fabrikanlagen. In den Bergen schürfen sie nach Rohstoffen. Alles wird von den Robotern geleitet.«
»Was ist außerhalb?«
»Ich habe keine Ahnung, Kleines, aber irgendwie habe ich das Gefühl, dass man das gar nicht wissen möchte«, antwortet Stefan grinsend und startet den Motor.
»Porsche Blue Fire. Prototyp mit Plasmaverbrennungsmotor. Nach der ersten Testphase wurden etwa 2500 Stück gefertigt und ausgeliefert«, analysiert Rebecca.
»Richtig. Woher weißt du das?«, fragt Stefan verwundert nach.
»Keine Ahnung. Schoss mir einfach so durch den Kopf.«
»Verstehe. Du scheinst ein bisschen mehr als eine normale Technikerin zu sein. Aber woher hast du dein Wissen? Du bist doch höchstens 16?«
»Ich hab keine Ahnung.« Sie schüttelt den Kopf, hält ihn dann jedoch fest, als ihr schwindlig wird. »Das sollte ich nicht machen.«
»Nein, solltest du wirklich nicht«, erwidert Stefan grinsend und brettert los.
»Wie lang dauert die Fahrt?«
»Lange. Schlaf ruhig.«
»Okay, ich werde ...«
Bevor sie den Satz beenden kann, fällt sie auch schon in einen tiefen Schlaf.

Am Abend erreichen sie die Südküste. Rebecca öffnet ihre dunkelgrünen Augen und schaut aus dem Fenster.
Dicht am Meer, nur einen Steinwurf vom Strand entfernt, liegt das Universitätsgelände. Das kugelrunde Gebäude ist zu einem Drittel im Boden versenkt. Im Osten der gigantischen Anlage stehen halbrunde Wohngebäude, die an Iglus aus Metall erinnern.

Dahinter erstreckt sich ein gesperrter Bereich. Hohe Mauern verdecken den Blick aufs Innere. Die Sonne steht am Horizont, versinkt langsam im Meer und lässt die Konturen eines einsamen Leuchtturmes auf einer Insel vor dem Festland aufleuchten.

»Da sind wir schon«, sagt Stefan und fährt sich durch seine blonden nackenlangen Haare.

»Wie lange sind wir schon unterwegs?«

»Den ganzen Tag. Eigentlich braucht man länger, aber auf den Straßen hier draußen ist nichts los und ich konnte so richtig Vollgas geben!«

Die Reifen quietschen, das Auto dreht sich um 180 Grad und bleibt vor dem Haupteingang stehen.

»Wenn du mich mal brauchst, meine Funkfrequenz ist SDNS-0512, Rufname Blue Fire.«

»Alles klar ... danke. Was soll ich nun machen?«

Die Haupttür öffnet sich. Eine Frau um die 30 kommt die Treppe hinunter. Ihre langes rotes Haar weht im Abendwind. Vorsichtig geht sie in ihren hochhackigen Schuhen Stufe für Stufe hinunter. Als sie unten ankommt, rückt sie ihren Bleistiftrock zurecht und streift sich die Haare hinter die Ohren. Ihre blauen Augen funkeln ihre neue Schülerin an.

»Hallo, du musst Rebecca sein, ich habe dich schon erwartet. Mein Name ist Sophie Williams, ich bin die Leiterin der Universität.«

»Schön, Sie kennenzulernen, Fräulein Williams.«

»So ein höfliches junges Mädchen, aber Sophie reicht, du musst nicht so förmlich sein.«

Stefan winkt durchs Fenster. »Ist immer schön, dich zu sehen Sophie.« Er zwinkert ihr zu.

Leicht genervt antwortet sie: »Ja, Stefan ... auch schön, dich zu sehen.«

»Bis bald dann!«, ruft Stefan und drückt aufs Gas.

»Rebecca, bitte folge mir. Es ist schon spät. Ich bringe dich zu deiner Mitbewohnerin. Morgen machen wir dann einen Rundgang und ich erkläre dir alles.«

»Gerne«, antwortet Rebecca freundlich und denkt: »*Sie scheint nett zu sein, aber schön aufmerksam bleiben, Becca. Erst mal abwarten, was noch so passiert.*«
Als sie gemeinsam den Campus überqueren, erzählt Sophie ein wenig. »Wie du siehst, ist das Gelände recht weitläufig, obwohl wir zur Zeit, mit dir eingerechnet, nur vier Studenten haben. Im Zentrum steht die Universität, südlich von ihr befinden sich die Unterkünfte, im Norden die Sporthalle und im Osten, hinter der hohen Mauer, liegt der Schrottplatz.«
»Ah, ich habe mich schon gefragt, was hinter der Mauer ist.«
»Aufmerksam und neugierig, ich habe nichts anderes erwartet. Hast du noch Fragen?«
»Wer ist meine Mitbewohnerin?«
»Ihr Name ist Zoe, sie müsste ungefähr in deinem Alter sein. Sie ist ein kleiner Wildfang und ziemlich frech. Tätowierungen, Piercings, gefärbte Haare. Das ganze Teenager-Rebellenpaket, aber die beste Hackerin und Programmiererin, die ich je unterrichtet habe. Sie hat sogar mal eines meiner *Haushaltsgeräte* umprogrammiert ...«
»Aha, und welches?«
»Das erzähle ich lieber nicht. Das ist nicht ganz ... Wie soll ich sagen? Jugendfrei.«
»Fräulein Williams, Sie böses Mädchen.«
Sophie wird leicht rot. »Na ja ... Ah, zum Glück sind wir da.« Sie klingelt an der Tür.
Die Kamera über der Tür stellt ihren Zoom ein, dann hören sie Schritte auf die Tür zutapsen.
Eine junge Frau reißt die Tür auf. »Ist sie das?!«, fragt sie begeistert und ihre blauen Augen leuchten auf.
Sophie schaut die nur in Unterwäsche vor ihr stehende Schülerin an. »Du solltest dir was anziehen, Zoe.«
»Ja, ja ... Du musst Rebecca sein.«
Rebecca nickt. »Das bin ich.«
Zoe wirft sich ihr um den Hals und drückt sie an sich. Ihre pinken

Haare mit lila-blauen Spitzen fliegen durch die Luft. »Endlich eine Mitbewohnerin! Du glaubst gar nicht, wie lange ich darauf gewartet habe! Fräulein Williams hat mich immer übergangen! Unglaublich, oder?«
»Warum nur?«, sagt Sophie und winkt ihnen zum Abschied.
Zoe packt Rebecca an der Hand und zieht sie rein.
»Du musst mir alles erzählen! Wer bist du, woran erinnerst du dich? Was isst du am liebsten? Welche Farbe findest du toll? Ich pink und lila, siehst du ja an meinen Haaren. Tut mir leid, ich rede immer ein bisschen viel, wenn ich aufgeregt bin. Ich hoffe, wir werden beste Freundinnen! Wenn nicht, bin ich traurig ... super traurig! Aber ich will dich nicht unter Druck setzen. Man möchte ja nur einen Freund haben, wenn er wirklich dein Freund ist. Du weißt, was ich meine, oder?«, rattert Zoe runter.
Rebecca starrt sie mit großen Augen an und nickt einfach.
»Ach, was rede ich so viel ... Komm, ich führe dich rum. Dann essen wir was und dein Kopf, der tut bestimmt noch weh, dann kannst dich erst mal ausruhen und ich belagere dich nicht weiter. Na ja, nur ein bisschen. Spaß. Hoffe, du denkst nichts Falsches von mir. Ich freue mich nur so sehr. Ich wohne alleine, seitdem ich aufgetaut wurde! Ein Albtraum, sag ich dir. Und die anderen an der Schule sind irgendwie Langweiler, aber du siehst interessant aus. Ich weiß auch nicht«, erzählt sie mit einem begeisterten Lächeln.
»*Wow, die steht ja unter Strom. Aber irgendwie mag ich sie. Oh, das sag ich ihr lieber nicht*«, denkt Rebecca und schaut sie an.
»Ich freue mich auch, Zoe. Zeigst du mir die Wohnung?«
»Oh Mann, ich rede und rede, sorry! Klar, komm mit!«, sagt sie und packt erneut ihre Hand. »Das Haus ist wie 'ne halbe Kugel. In der Mitte ist das große Wohnzimmer. Der Außenkreis ist aufgeteilt in zwei Schlafzimmer, ein Bad, Küche und Lagerraum. Habe es gemütlich eingerichtet, hoffe, dir gefällt es auch. Dein Zimmer ist noch recht karg, aber ich wollte, dass meine zukünftige Mitbewohnerin sich selbst verwirklichen kann. Wenn du was anders gestalten möchtest im Wohnzimmer, können wir darüber

reden. Dann ändern wir es um, sodass es uns beiden gefällt. Mein Geschmack ist nicht jedermanns Sache, das weiß ich selber! Aber wir machen es uns schön. Ich bin da kompromissbereit, nicht, dass du denkst, ich bin so 'ne Zicke, die alles für sich beansprucht.«
»Alles klar. Danke, Zoe«, erwidert Rebecca.
»Du setzt dich und ruhst dich aus, ich koche uns was Leckeres! Keine Widerrede! Und vielleicht sollte ich mir was anziehen«, sagt Zoe und rennt los.
Rebecca lässt sich aufs große, sichelmondförmige Sofa fallen, welches perfekt auf einen großen Flachbildschirm ausgerichtet ist. Langsam schließen sich ihre Augen.

Als sie wieder erwacht, liegt sie zugedeckt auf dem Sofa. Zoe bringt ein großes Tablett mit vier Schüsseln Nudeln und Saucen herein und stellt es auf dem Tisch vor dem Sofa ab.
»Wieder wach?«, fragt Zoe lächelnd.
»Ja, danke. Hast du mir die Stiefel ausgezogen und mich zugedeckt?«
»Klar, ich hoffe, das war in Ordnung?«
»Natürlich. Danke.«
»Deine Stiefel habe ich neben den Hauseingang gestellt, dann wird der Teppich nicht schmutzig.«
»Entschuldige, daran habe ich vorhin gar nicht gedacht.«
»Schon gut, ich habe dich ja reingezerrt.«
Beide lassen es sich schmecken.
Vollgestopft lässt sich Rebecca nach hinten aufs Sofa fallen. »Das war lecker. Du kochst echt super.«
»Danke. Sonst brutzel ich nur für mich allein. Ich war mir immer nicht sicher, ob es gut ist oder nicht. Weißt ja, ist schwer, sich selber einzuschätzen. Soll ich dir dein Zimmer zeigen? Du brauchst bestimmt Ruhe nach alldem, was heute auf dich eingeprasselt ist.«
»Ich habe heute schon viel geschlafen, aber bin immer noch müde.«

»Das war bei mir auch so. Das kommt durchs Auftauen und die Operation, also mach dir keine Gedanken.«
Zoe öffnet die Tür neben dem großen Bücherschrank im Wohnzimmer und schaltet das Licht ein. Rebecca schaut sich um. Ein gemütliches Doppelbett steht am Fenster, schon bezogen und mit Bettwäsche, Kissen und Decken versorgt. Auf der rechten Seite des Zimmers ein Kleiderschrank, auf der linken eine Kommode und neben dem Bett ein Nachttisch.
Rebecca fällt etwas auf. »Sag mal, wieso ist denn alles aus Metall? Die Wände, die Schränke, einfach alles?«
»Die Gebäude sind militärische Kleinbunker. Angeblich können sie sogar im Boden versinken. Erzählte mir jedenfalls mal eine Mitschülerin, die sich mit so etwas auskannte.«
»Verstehe, das könnte durchaus sein.«
Zoe geht zum Fenster und klopft dagegen. »Die Fenster sind kugelsicher und können mit einsetzbaren Panzerluken verschlossen werden.«
»Woher weißt du das?«
»Frag lieber nicht«, antwortet Zoe grinsend.
Rebecca fällt ins Bett. »Kein Problem, bin eh zu ...«, setzt sie an, bevor sie einschläft.

Am nächsten Morgen weckt sie das Geräusch von Regen, der gegen das Fenster prasselt. Langsam öffnet sie ihre Augen, auf ihrem Nachttisch steht Stefans Dose mit Tabletten, daneben eine Wasserflasche. Sie streckt sich und greift nach dem Heilmittel gegen ihre Kopfschmerzen, stößt dabei jedoch mit ihren Fingerspitzen den Behälter um. Mühsam, mit drei Fingern, versucht sie, den Deckel aufzubekommen. Sie ist einfach zu müde und faul, um sich aufzuraffen. Die Tabletten rollen über den runden Nachttisch. Rebecca angelt sich eine und schluckt sie, danach führt sie die Flasche zu ihren ausgetrockneten Lippen. Glücklich wie ein verdurstendes Kamel an einer Oase, trinkt sie die Flasche leer. Sie dreht sich um und schläft wieder ein.

Später am Tag klopft es an der Tür.
Rebecca reibt ihre Augen. »Ja ... herein?«, sagt sie ganz verschlafen.
Zoe öffnet die Tür. »Morgen, Rebecca, ich habe gerade Mittagspause und wollte nach dir schauen. Geht es dir gut? Was macht der Kopf? Wenn du Hunger hast, ich habe was gekocht und dir davon was in den Kühlschrank gestellt.«
»Es ist schon Mittag?«, fragt sie und setzt sich langsam im Bett auf. »Dem Kopf geht es besser, danke. Hattest du mir die Tabletten und die Wasserflasche hingestellt?«
»Klar, wer sonst?«, antwortet Zoe grinsend.
»Danke.«
»Mache ich doch gerne.«
Rebecca gähnt, streckt sich und mustert ihre neue Mitbewohnerin. Zoe trägt einen rot-schwarz gestreiften Rock und dazu ein schwarzes, schulterfreies Piratenhemd. Ihre Haare sind offen und hängen über die linke Schulter nach vorne. Ihre kniehohen Stiefel haben schwere Metallverschlüsse aus Messing. Ihre Nase und ihr Mund schmückt jeweils ein Piercing.
»Wo hast du die Kleidung her?«
»Auf dem Schulgelände dürfen wir unsere eigenen Klamotten tragen. Zum Glück müssen wir nur außerhalb unsere Overalls anziehen. Ich habe da einen alten Laden entdeckt, in der verlassenen Küstenstadt, da besorge ich mir immer Nachschub. Gefällt dir mein Outfit?«, fragt Zoe und dreht sich.
»Hat was.«
»Danke. So, ich muss wieder los. Bis heute Abend!,« ruft sie beim Loslaufen und winkt ihr zu.
Rebecca steht auf und marschiert direkt in die Küche. Aus dem Kühlschrank nimmt sie einen Pilzauflauf und verschlingt ihn. Nach einer warmen Dusche kleidet sie sich an.
»Zum Glück hat mir Zoe frische Unterwäsche hingelegt«, sagt Rebecca vor sich hin, als es an der Tür klingelt.
»Ich komme!«, ruft sie und versucht, sich beim Losgehen ihre

Strümpfe anzuziehen.
Als sie die Tür öffnet, steht Fräulein Williams vor ihr.
»Hallo, Rebecca, wie geht es dir?«
»Der Kopf brummt noch, aber geht schon.«
»Geht es dir gut genug für unseren Rundgang?«
»Klar doch«, antwortet Rebecca und schnappt sich ihre Stiefel. Als ihr Fuß hineinschlüpft, spüren ihre Zehen etwas Hartes. Rebecca greift hinein und holt den Haustürschlüssel heraus. »Zoe denkt wirklich mit.«
Sophie nickt. »Ich sagte dir ja, dass sie sehr clever ist. Und echt ...«
»Rebellisch?«
»Ja, sagen wir mal rebellisch.«
Rebecca schließt die Tür hinter sich und folgt Sophie.
»Das Wohngelände umfasst 15 Gebäude, wovon zur Zeit nur zwei belegt sind. Die Sporthalle kann jederzeit genutzt werden, dank des Hausmeisters, der das Gelände in Schuss hält. Es ist ein IR-3G.«
»Ein Instandhaltungs-Roboter der dritten Generation«, folgert Rebecca.
»Stimmt genau. Ich sehe schon, du bist hier genau richtig. Es gibt keinen generellen Unterricht, keine Schulpflichtstunden. Ich lerne jede Schülerin kennen und überlege mir dann, wie man sie am besten fördern kann. Bei einigen ist es eine komplette jahrelange Ausbildung, andere muss man einfach machen lassen und ihr Potential freilegen.«
»Zoe?«
»Richtig, sie ist eine begnadete Künstlerin der Daten, die ihren Freiraum benötigt, aber auch ganz klare Grenzen. Wenn sie diese mal wieder übertritt, muss ich sie in ihre Schranken weisen. So wird sie ihr Können perfektionieren.«
»Und was ist mit mir?«
»Im Fax stand, dass du nicht nur Robotermodelle erkannt hast, sondern auch einen Prototypen?«

Rebecca nickt. »Den Tiger Ω NBP.«
»Genau. Woher hast du dein Wissen?«
»Ich weiß es nicht. Wenn ich die Pläne sehe, strömen die Informationen einfach durch meinen Kopf.«
»Interessant. Macht es dir was aus, wenn wir dein Wissen auf die Probe stellen?«
»Nein, können wir gerne machen.«
»Sehr gut. Bitte folge mir.«

Im Büro der Schulleiterin setzt sich Sophie an ihren Schreibtisch. Rebecca blickt auf einen großen Bildschirm an der Wand. Sophie tippt ein wenig auf ihrer Tastatur herum. Auf dem Display erscheint eine große Warnung: *Streng Geheim! Nur autorisiertes Personal darf folgendes Material sichten!*
Sophie schaut Rebecca an. »Einfach nicht beachten.«
Das Bild eines gepanzerten Transporters erscheint.
Rebecca schaut es sich genau an. »HUMMEL Ausführung *Hannes kann es*. Hilfseinheit mit Uranbatterie, Militärischer Munitionsversorger der Europäischen Landstreitkräfte.«
Sophie tippt auf ihre Tastatur und das nächste Bild erscheint.
»Modell RDDS. Rettungseinheit der Deutschen Sturmtruppen. Codename: Schildkröte. Kampfroboter mit starker Panzerung, um verwundete Soldaten von der Front zu evakuieren«, erklärt Rebecca.
Das nächste Bild erscheint.
»Prototyp Gustav. Kampfroboter der achten Generation mit schwerer Plasmakanone X-9, experimentelle Waffe der Endkriegszeit.«
»Faszinierend. Diese Information haben nicht einmal wir«, sagt Sophie und klickt das nächste Bild an.
»Titan Projekt 05, Prototyp. Gebaute Stückzahl. Eins. Ein Roboter mit eingebautem Helium^3-Kernkraftwerk. Wurde erbaut, um abgeschnittene Basen oder Städte mit Strom zu versorgen. Eine Nachrüstung mit der experimentellen Laserkanone *Mond EINS*

war geplant.«
»Dein Wissen ist unglaublich, Rebecca. Nur noch eines, um sicher zu gehen. Dann lasse ich dich in Ruhe.«
Rebecca nickt und hält sich ihren Kopf. »Wäre nett, mein Gehirn brummt schon.«
Sophie nickt und klickt mit ihrer Maus einen anderen Ordner an. Einige verschiedene Blaupausen eines gigantischen Panzers erscheinen.
»Titan Projekt 23. Codename OZ. Geheimstufe Krupp. Daten dieser Waffe dürfen nicht herausgegeben werden! Auf das widerrechtliche Aneignen dieses Wissens steht der Tod.«
Rebecca kneift ihre Augen zu. Ihr Kopf hämmert vor sich hin.
Sophie schaltet den Bildschirm aus. »Tut mir leid, geht's?«
»Ja ... Ich brauche nur bisschen Ruhe. Meine Kopfschmerzen bringen mich um ...«
»Leg dich hin und ruhe dich erst mal aus. Aber eines muss ich dir noch sagen, dein Wissen ist bemerkenswert. Kenntnisse über Prototypen sind sehr selten heutzutage. Fast alle Aufzeichnungen wurden im Krieg vernichtet. Nur die ...«
»Die ...?«
»Schon gut ... Das kann nicht sein. Ruhe dich erst mal aus. Ich zeige dir morgen den Rest des Geländes. In Ordnung?«
»Okay«, antwortet Rebecca, steht auf und geht nach Hause.

Sophie sitzt alleine in ihrem Büro und blättert durch alte Dokumente. Als sie keine Antworten finden kann, schlägt sie den dicken staubigen Ordner zu und lehnt sich in ihrem Bürosessel zurück. »Nichts ... Mist ... Woher hat sie nur all ihr Wissen? Gehörte sie vielleicht zum Projekt War Child? Nein, das ist unmöglich. Das waren nur Gerüchte, es gibt keine handfesten Beweise für dessen Existenz.«

Auf ihrem Heimweg über den Campus setzt sich Rebecca auf eine Bank. Sie atmet tief durch, lehnt sich nach hinten und blickt in den leicht bewölkten Himmel. »Wo bin ich hier nur gelandet? Was mache ich jetzt nur? Erst mal mitspielen und schauen, was los ist? Ja, so mache ich das. Nicht zu vorschnell handeln, das könnte schiefgehen ... Zuerst herausfinden, ob ich Zoe vertrauen kann. Eine Verbündete könnte ich hier gut gebrauchen«, denkt sie und beobachtet ein aufblitzendes Licht weit oben am Himmel.

»Northrop Grumman RQ-4 Global Hawk, auch als MQ-4 Triton bekannt. Unbemanntes Luftfahrzeug, Drohne der United States Air Force. Abgekürzt USAF. Technologie veraltet. Hochfliegendes Langstrecken-Aufklärungsflugzeug, eigentliche Flughöhe 20 Kilometer. Warum fliegt sie so niedrig? Ob sie hier irgendwo in der Nähe landen will?«, fragt sich Rebecca selber und steht auf. Ihr Blick verfolgt noch kurz die Drohne, bis sie außer Sichtweite gerät. Ihr Kopf beginnt wieder zu schmerzen. »Mist, ich brauche eine Tablette ... oder besser zwei.«

Leicht schwankend, als wäre sie angetrunken, geht sie nach Hause, kramt in ihrer Hosentasche nach dem Haustürschlüssel und stolpert über ein großes Paket, welches vor der Haustür liegt. Auf ihm steht in großen Buchstaben: *Kleidungslieferung an ID:VIP0068-TECH_5-Z=UNI.*

Rebecca öffnet die Tür, zieht ihre Stiefel aus und schleppt das Paket rein. Mit einem Messer aus der Küche öffnet sie es. Sieben Overalls, drei Paar Stiefel in Schuhgröße 36 und dazu Unterwäsche für einen Monat. Die Haustür wird aufgeschlossen. Zoe kommt herein und erblickt Rebecca durch den Flur im Wohnzimmer beim Auspacken.

»Hi, Rebecca!«, ruft sie und beginnt, ihre Stiefel auszuziehen, was nicht gerade leicht ist durch all die Messingschnallen.

»Hi, Zoe«, antwortet sie.

»Wie ich sehe, ist deine Kleidungslieferung gekommen?«

»Jepp, war ganz überrascht. Wusste nicht, dass sie sich automatisch um so etwas kümmern. Dachte, ich muss einen Antrag oder so stellen.«

»Da sind die echt gut drin. Kleidung, Essen, Verbrauchsgüter,

alles, was man so zum Leben braucht, kommt, ohne dass man sich darum kümmern muss. Die achten gut auf ihre Arbeitsdrohnen. Aber leider nur der Standard-Kram. Ich glaube, ich nehme dich mal zum Shoppen mit«, sagt Zoe grinsend und schlüpft in ihre flauschigen Hausschuhe.
»Können wir gerne mal machen, obwohl mir der Overall irgendwie gefällt. Ist eine gute Arbeitskleidung.«
»Klar, aber du brauchst ja auch mal was Hübsches«, erwidert sie lächelnd.
»Kann nicht schaden.«
Zoe setzt sich zu ihr aufs Sofa. »Ich weiß, für dich muss das alles immer noch total verwirrend sein. War es für mich auch. Du weißt nicht, wem du trauen kannst, was sie mit dir gemacht haben, was sie von dir wollen ... Ich kann dir nur eines sagen, ich werde dich nie hintergehen und dir immer die Wahrheit sagen.«
Rebecca überlegt kurz. »Vertrauen braucht seine Zeit ... Aber ja, wir können es versuchen.«
»Super. Das freut mich«, sagt sie und fällt ihr um den Hals.
»Ähm ja ... danke.«
»Was macht dein Kopf?«
»Stimmt ja, ich wollt 'ne Tablette nehmen, irgendwie ganz vergessen ...«
»Ich hole dir eine«, sagt Zoe und springt auf.
»Schon gut, ich hole sie mir selber. Wohin mit dem Müll?«
»Die Verpackungsreste? Im Abstellraum ist ein Müllschacht.«
Rebecca geht in ihr Zimmer, schluckt eine der herumliegenden Tabletten vom Nachttisch und trinkt einen Schluck. »Und wo führt der hin?«
»Der Müll wird gescannt und automatisch aufgeteilt. Alles Recycelbare landet draußen in einem Container, der Rest in einer Verbrennungsanlage.«
»Praktisch«, antwortet Rebecca und kommt wieder zu Zoe geschlendert. »Ach ja ich habe vorhin eine Drohne gesehen, die hier rüber geflogen ist.«

»Das graue Flugzeug? Ja, das kenne ich! Das fliegt hier ab und zu rum. Das landet irgendwo bei einer Militärbasis im Westen.«
»Das ist eine RQ-4 Global Hawk Drohne.«
»Woher weißt du das?«
»Wenn ich Technik sehe, schießt mir das einfach durch den Kopf. Ist irgendwie seltsam, das Gefühl.«
»Interessant ...«
»Glaubst du, die haben was mit mir gemacht?«
»Wenn du die Roboter meinst, nein. Die Löschen nur deine persönlichen Erinnerungen. Ein Hirn-Update können die nicht, sonst würden sie sich einfach selber Arbeiter programmieren, die sie gerade gebrauchen können. Ich denke, du hast das aus deinem alten Leben. Erinnerst du dich an irgendwas?«
»Hmm ...«
»Du weißt nicht, ob du mir trauen kannst ... Wie wäre es, wenn ich anfange?«
Rebecca nickt. »In Ordnung. Und woher weißt du, dass du mir trauen kannst?«
»Ich habe die Daten gehackt, die Sophie über dich bekommen hat. Du bist clean. Keine Spionin. Ich habe die Aufzeichnungen gesehen und die Aufnahmen. Du warst ewig eingefroren.«
»Eingefroren?«
»Kryobionik oder so. Ich bin keine Biotechnikerin, sorry. Die haben dich wohl irgendwann gefangen und eingefroren.«
»Wieso haben sie mich erst jetzt aufgetaut?«, fragt Rebecca nachdenklich.
»Keine Ahnung. Vielleicht haben sie Vorschriften und Protokolle dafür«, antwortet Zoe und zuckt mit den Schultern.
»Puh ... Das ist alles bisschen viel für mich.«
»Mir ging es damals genauso ... Mach dir keine Sorgen, das wird schon. Also mein Name ist Zoe, wie du weißt, aber es gibt da was, das niemand sonst kennt, das ist mein Nachname. Er lautet Chambers. Ich erinnere mich nicht an viel, an das Gesicht meiner Mutter, Explosionen und Schüsse, aber das alleine reicht schon,

um mir eine erneute Erinnerungslöschung oder Schlimmeres einzubrocken. Also falls du dich mal an was erinnerst, sage es ihnen nicht! Du siehst, du hast mich nun in der Hand. Mein Vertrauensvorschuss an dich.«
Rebecca blickt in ihre blauen Augen und nickt. »Keine Sorge, dein Geheimnis ist bei mir sicher. Meinen Namen kennst du ja. Wenn ich Technik sehe, tauchen in meinem Kopf Baupläne auf. Daten und Hintergrundinformationen, als würde ich sie auf einem Computer abrufen. Aber meine Kopfschmerzen werden nach so einer Erinnerung immer stärker. Mehr weiß ich leider nicht ...«
»Verstehe. Das ist wirklich faszinierend. Du solltest ihnen vielleicht nicht zeigen, wie viel du weißt. Es macht dich zwar wertvoller für sie, wodurch du auf der sicheren Seite bist, jedoch wenn das die falsche Person erfährt, wird sie versuchen, sich dein Wissen anzueignen. Du solltest echt aufpassen.«
»Hast recht. Ich muss vorsichtiger sein, nur meine Kopfschmerzen, sie beeinflussen mein Denken, manchmal rede ich einfach, ohne vorher zu überlegen.«
»Das kenne ich«, erwidert Zoe grinsend.
»Nicht so.«
»Ich weiß, war doch nur Spaß.«
Rebecca lächelt.

Am Abend essen die beiden gemeinsam und legen sich früh schlafen.
Am nächsten Morgen klingelt es an der Tür.
»Boah, wer kann das denn so früh sein? Es ist doch Samstag! Kann man nicht einmal ausschlafen?«, meckert Zoe und stampft durchs Haus.
Rebecca setzt sich im Bett auf.
»Es ist für dich, Rebecca!«, ruft Zoe.
»Wer ist es denn?«, fragt sie ebenso laut.
»Fräulein Nervig ...«
Rebecca zieht sich an und macht sich auf den Weg. An der Tür

erwartet sie Sophie.

»Guten Morgen, Rebecca. Tut mir leid, euch beide so früh zu wecken, aber ich muss verreisen und wollte dir noch vorher deine Erlaubnis geben, den Schrottplatz zu benutzen«, erklärt sie und gibt ihr eine blaue ID-Card.

Rebecca nimmt sie. »Ähm, danke? Warum?«

»Du hast meine Erlaubnis, dich auf dem Schrottplatz umzusehen, vielleicht findest du ja ein interessantes Projekt dort, welches dir Spaß machen könnte.«

»Ah, sie lassen mich an der langen Leine?«

»Ich denke, es ist das Beste, dich einfach machen zu lassen und zu schauen, was dabei herauskommt. Ich bin gespannt.«

»Wohin fahren sie?«

»Richtung Hauptstadt.«

»Viel Spaß.«

»Danke«, antwortet Sophie, als man das Hupen von Stefans Auto hört und das Aufheulen seines Motors.

»Ja! Ich komm ja schon!«, ruft Sophie.

Zoe kommt mit einer heißen Tasse Kaffeeersatz in der Hand zu Rebecca und nippt daran. »Was wollte sie?«

Rebecca hält die blaue Sicherheitskarte hoch.

»Eine Zugangskarte zum Schrottplatz? Geil, da war ich noch nie! Nimmst du mich mit? Biiittteeee, ich mache auch keinen Blödsinn! Bitte, bitte, bitte ...«

»Ja, ist ja schon gut. Du kannst mitkommen.«

»Juhu! Du bist die Beste!«, kreischt Zoe, stellt ihre Tasse beiseite und umarmt sie.

Im Auto blickt Stefan zu Sophie. »Was ist denn los? Du siehst so nachdenklich aus.«

»Wegen deinem Gedrängel habe ich ganz vergessen, Rebecca zu sagen, dass sie Zoe auf keinen Fall mitnehmen soll. Die macht nur Unsinn ... Ach, was mache ich mir Sorgen? Sie wird schon nicht so unvernünftig sein.«

Nachdem Rebecca und Zoe geduscht und gegessen haben, machen sie sich gleich auf den Weg zum Schrottplatz. Am großen Metalltor zeigt Zoe auf den Kartenleser. Rebecca zieht ihre Karte durch und das massive Außentor öffnet sich. Der Schrottplatz hat die Größe von 20 Fußballfeldern. Sie erblicken große Stahlregale, in denen Wracks und kaputte Maschinen lagern. Ein einsamer Gabelstapler, gelenkt vom zentralen Schrottplatzcomputer, dreht seine Runden und stellt umgefallenen Schrott wieder auf seinen Platz. Rebecca und Zoe laufen an den Stahlgerüsten entlang und bestaunen die alten Vehikel.

»Ziemlich beeindruckend, was sie hier so lagern«, stellt Rebecca fest und zeigt auf einen Kampfbomber, der seinen Schäden zufolge notlanden musste.

»Komm, lass uns weiter hinten suchen! Die guten Sachen sind immer hinten!«, antwortet Zoe und läuft los.

Als die Regale enden, erblicken sie hoch gestapelte Autowracks, Eisenteile, die auf Bergen zusammengeschoben wurden, und Container mit unbekanntem Inhalt. Ein großes Labyrinth aus Eisen und Stahl. Stundenlang schauen sie sich um, bis Zoe an der Außenmauer zum Meer einen alten Panzer entdeckt.

»Schau mal, Rebecca, der sieht ziemlich heil aus. Vielleicht ist der Datenspeicher intakt!«, ruft Zoe und läuft auf ihn zu.

»Warte doch mal! Ich weiß nicht, ob wir damit rumspielen sollten ...«

»Die sind uralt, da passiert schon nichts«, sagt Zoe, nimmt ihren Rucksack vom Rücken, packt ihren Laptop aus und inspiziert den Panzer. »So, wie komme ich da nun rein?«, fragt sie sich selber laut und rüttelt an der Einstiegsluke auf dem Dach.

Rebecca läuft um den Panzer herum und mustert ihn. »Kanonenpanzer Hippo, Ausführung 2. Doppelgeschütz. Schwere Panzerung. Gehörte zum wiederbelebten Projekt der überschweren Panzer«, erklärt sie und klettert hinauf. Mit drei geschickten Handbewegungen entriegelt sie die Luke ins Innere. Zoe lässt sich nicht zweimal bitten und klettert hinein.

»Zoe, pass bitte auf ... Nur die Daten auslesen und raus da.«

»Klar!«, ruft sie hoch und stöpselt ihren Laptop ein.

Rebecca nutzt ihre erhöhte Position vom Panzerturm und schaut sich um. In der Ecke des Schrottplatzes erblickt sie etwas, das ihr Interesse weckt.

Auf einmal feuert das Doppelgeschütz des Panzers. Durch die Erschütterung fällt Rebecca von dem metallenen Gefährt und knallt auf den Boden. Die Geschosse explodieren in der Mauer des Schrottplatzes und hinterlassen nach einem Steinregen ein großes Loch.

Zoe klettert aus dem Panzer. »Alles in Ordnung, Rebecca?« Sie springt herunter und hilft ihr hoch.

Rebecca hält sich die Ohren und schreit: »Ich verstehe dich kaum. Was zur Hölle ist gerade passiert?«

»Ich ... Als das System wieder ansprang, hatte es noch einen alten Feuerbefehl, den es sofort umsetzte. Tut mir leid ...«

»Schöner Mist ... Meine Ohren piepen!«, schreit Rebecca.

Zoe schaut sie schuldbewusst an. »Mist! Immer mache ich alles kaputt.« Sie senkt traurig den Kopf.

»Schon okay, ist ja nichts passiert«, schreit Rebecca und legt ihre Hand auf Zoes Schulter. »Hast du was gefunden?«

Zoe blickt auf und nickt. »Ein paar Daten konnte ich auslesen, aber sie sind verschlüsselt. Das dauert einige Zeit, sie zu dechiffrieren. Ich hole kurz meinen Laptop und dann lass uns nach Hause gehen. Dein Rücken tut bestimmt weh nach dem Sturz.«

»Schon gut. Ich habe da drüben was gesehen, das ich mir noch anschauen möchte.«

»Ich komme gleich nach.«

Rebecca schüttelt ihren Kopf, langsam kann sie wieder besser hören und macht sich auf den Weg zur Mauerecke. Zugedeckt unter der Abdeckplane eines Lastwagens steht ein großes Objekt. Rebecca zieht an der Plane, doch sie ist zu schwer.

Zoe kommt angelaufen. »Was ist das?« Gemeinsam ziehen sie die Plane runter.

Ein 2,50 Meter großer Militärroboter kommt zum Vorschein. Der massive, kastenförmige Körper wird von zwei Raupenantrieben getragen. Auf seiner Brust wurde eine zusätzliche Panzerplatte angebracht, in ihr sind faustgroße Einschusslöcher. Die Arme sind lang und gepanzert, Greifer als Hände befestigt. Der Kopf hat die Form eines Zylinders. Eine kreisrunde, schwarze Kamera ist mittig als Auge angebracht. Ein Sprung zieht sich über die gewölbte Kameralinse hinweg. Ein kleiner schwarzer Kasten ist an der linken Kopfseite befestigt.

Rebecca läuft um den Roboter herum und begutachtet die Schäden. »Das ist ein M.A.U.S. Roboter. Die Kette des linken Antriebes ist gerissen und liegt am Boden, könnte aber nicht so schlimm sein. Seine Optik ist kaputt, dafür brauchen wir Ersatz. Die Einschusslöcher auf der Brustpanzerung machen mir Sorgen. Ich hoffe, die Geschosse sind nicht in seinen Kern eingeschlagen ... Dann ist er nicht zu retten.«

»M.A.U.S. Roboter? Retten? Was hast du vor?«, fragt Zoe verwundert nach.

»Militärische Arbeitereinheit der UN-Streitkräfte, kurz Maus genannt von den Soldaten. Sie wurden auf dem Schlachtfeld eingesetzt, zum Bau von Verteidigungsanlagen, zum Schutz der Arbeiter, zur Exfiltration von Verletzten und für viele andere gefährliche Aufgaben. Ein Allroundtalent. Es gab Dutzende von Aufsätzen für seine Hände, vom Bagger bis hin zur M61 Vulcan Gatling-Maschinenkanone. Den könnte ich gut gebrauchen, aber das Problem ist, dass wir einen N.R.K. für seine Reparatur benötigen und natürlich einige Ersatzteile. Außerdem müsstest du ihn hacken, ich habe keine Lust, dass er uns als Feinde ansieht, falls wir ihn wiederbeleben können.«

»Nun heißt es plötzlich wir ... Aber klar, ich helfe dir gerne. Was ist ein N.R.K.?«

»Ein Notfall-Reparatur-Koffer. Roboter wurden mit speziellen Sicherheitsmaßnahmen versiegelt, damit nicht jeder feindliche Pionier sie auseinandernehmen kann. Wir brauchen ein N.R.K.

Ausführung M.A.U.S. Ob die hier ein Werkzeuglager haben?«
Zoe grübelt. »Kann ich leicht herausfinden. Ich kapere einfach das Hauptnetzwerk vom Schrottplatz-System und schaue nach.«
»Meinst du nicht, wir bekommen Ärger, wenn wir das machen? Dachte eher, wir suchen einfach.«
»Ach, da muss ich sowieso rein. Ich muss doch noch dem Gabelstapler-Roboter sagen, dass er Schrott vor das Mauerloch stellen soll«, erwidert sie grinsend.
»Stimmt, das sollte niemand sehen. Bestimmt bekomme ich dann den Ärger.«
Zoe pfeift. »Das könnte durchaus sein.«
Rebecca verdreht die Augen. »Also gut, machen wir's. Schau außerdem bitte nach allen Ersatzteilen, die sie für eine Maus auf Lager haben.«
»Klar«, antwortet Zoe entschlossen.
Beide gehen zum Zentrum des Schrottplatzes, zum Hauptgebäude der Verwaltung. Ohne Probleme kommen sie ins unverschlossene, verlassene Gebäude und Zoe schließt ihren Laptop an. Als sie sich auf den verstaubten Bürostuhl setzt, zieht sie einen Revolver aus ihrer Hose und legt ihn neben sich auf den Tisch.
Rebecca starrt auf die Waffe. »Du hast eine Pistole?«
»Du kennst dich vielleicht mit Technik aus, aber ich mich mit Knarren. Das ist ein Kaliber .357 Taurus Revolver Modell 65. Er lag im Panzer, da habe ich ihn mir gleich geschnappt.«
»Darf man Waffen besitzen?«
»Wohl eher nicht«, antwortet Zoe ernst.
Rebecca nimmt den Revolver und öffnet die Trommel. »Sechs Schuss.«
»Und 'ne Schachtel mit Munition liegt in meinem Rucksack.«
»Vielleicht gar nicht mal so schlecht. Wer weiß, was auf uns noch zukommt ...«
»Dachte ich mir auch. Ach ja, ich habe dich noch gar nicht vor den Zwillingen gewarnt«, erklärt Zoe und tippt auf ihrem Laptop herum.

»Die Zwillinge?«

»Mary und Judy. Die anderen beiden Studentinnen, die hier leben. Sie lassen sich zu Technikerinnen ausbilden. Sie wurden nicht wie wir aus dem Kühlschrank geholt, sondern wurden hier geboren. Sie sind regimetreu. Also pass bei allem, was du in ihrer Nähe sagst, auf. Die würden uns sofort verraten und das Letzte, was ich will, ist, in der Bioverwertung zu landen.«

»Was ist die Bioverwertung?«

»Das, wonach es klingt, schätze ich ...«

Rebecca schüttelt den Kopf. »Schrecklich.«

»Wem sagst du das?« Sie durchsucht das Unterverzeichnis der letzten Inventur. »So, ich habe es. Im Lager haben sie mehrere N.R.K.s. Auch eins für die Maus. Bei den Ersatzteilen haben wir Glück. Panzerplatte, Kette und Kameralinse. Alles vorhanden. Ich drucke einen Plan aus, wo genau wir die Sachen finden können.«

»Großartig«, antwortet Rebecca und ballt eine Faust.

»Aber nun musst du auch was für mich machen!«

»Was denn?«

»Mit mir einkaufen gehen!«, sagt sie grinsend.

»In Ordnung? Aber wo?«

»Hatte ich dir doch erzählt. Da, wo ich meine Kleidung herbekomme. Ich kann da nur hin, wenn Sophie nicht da ist. Die würde mir sonst die Hölle heiß machen.«

»Wie gelangen wir dahin?«

»Auf meinem Roller.«

»Lass uns erst was futtern und dann los. Aber morgen machen wir uns gleich an die Maus?«

Zoe nickt. »Deal!«

Gegen Mittag essen die beiden zu Hause ein leckeres Gericht, welches Zoe gekocht hat. Danach bereiten sie sich auf ihren Ausflug vor. Rebecca erschrickt kurz, als sie das erste Mal Zoe in ihrem Arbeiteroverall sieht.

»Sag bitte nichts ...«

»Ich finde, er steht dir«, entgegnet Rebecca.
»Ach wirklich? Ich weiß nicht, ich finde, er betont meinen Hintern zu sehr«, erklärt Zoe und dreht sich um.
»Meiner Meinung nach siehst du super darin aus.«
»Danke«, erwidert sie und wird leicht rot.

Gemütlich fährt Zoe auf ihrem Roller die Straße nach Süden runter. Rebecca sitzt hinter ihr und umklammert sie fest. Eine Stunde später erreichen sie die kleine Küstenstadt. Einst ein wunderschöner Ort, an dem man traumhafte Urlaube verleben konnte. Nun geschunden vom Krieg und der Zeit. Viele der Gebäude sind niedergebrannt oder zusammengestürzt, doch seltsamerweise ist die Promenade beinahe unangetastet.
»Fast könnte man vergessen, wo wir sind«, sagt Rebecca, als sie den Pier am Meer mit Zoe zusammen entlanggeht.
»Man spürt den Geist von früher, oder?«
Rebecca nickt. »Stell dir das mal vor, früher lebten hier Tausende von Menschen. Unbekümmert, lachend und strahlend. Kauften ein und die größte Sorge war, was sie am nächsten Tag unternehmen sollten.«
»Wie konnte es nur so weit kommen?«, murmelt Zoe.
»Ich weiß es nicht ... Ich weiß nur, dass es einen schrecklichen Weltkrieg gegeben hat.«
»Wirklich? Ich finde kaum Daten dazu. Die Roboter löschen alles aus der Vergangenheit, was sie finden. Aber alles spricht dafür. Erinnerst du dich wieder?«
»Bruchstückhaft. Einige Gesichter, Explosionen, Geschrei von verwundeten Soldaten ... Ich mache mir Sorgen. Was, wenn Sophie mich verrät und nun in der Hauptstadt ist, um über mein Wissen Bericht zu erstatten? Meinst du, sie holen mich dann ab?«
»Mach dir keine Sorgen. Sophie ist echt nervig. So richtig, richtig nervig, aber wie eine große Schwester für uns alle. Sie passt auf uns auf. Erzähl ihr bloß nicht, dass ich dir das gesagt habe.«
»Aber warum fährt sie dann Richtung Hauptstadt?«

»Na ja, sie und Stefan ...«, flüstert Zoe und zwinkert.
»Die sind ein Paar?! Sah für mich aus, als könnte sie ihn nicht ausstehen!«, antwortet Rebecca überrascht.
»Was sich liebt, das neckt sich? Oder wie heißt es so schön?«
»Wow, damit habe ich nicht gerechnet.«
Zoe grinst. »Wo die Liebe hinfällt. Komm, suchen wir dir ein paar schöne Kleider.«
»Ich mag eigentlich lieber Hosen ...«
»Nix da! Mein Mädchen wird nun schick gemacht«, kontert sie frech.
»Dein Mädchen?«, fragt Rebecca, als Zoe ihre Hand packt und sie hinter sich her zieht.
»Ach ja, falls du irgendwo Star Wars Episode 12 siehst, den brauche ich noch. Ich muss unbedingt wissen, wie es mit dem neuen Jedi-Orden weitergeht.«

Mehrere Stunden durchstöbern sie die Geschäfte und erbeuten schöne Kleidungsstücke, die sie in ihre Rucksäcke stopfen. Mehr als drei Stunden verbringen sie im Schuhgeschäft.
Rebecca schlüpft in ein paar schwarze Stiefel. »Wie gefallen sie dir, Zoe?«
»Die sehen doch fast aus wie deine Arbeitsstiefel.«
»Aber ...«
Zoe kommt zu ihr und reicht ihr ein paar pinke Sneakers. »Probiere die mal an, müssten deine Größe haben.«
»Die sind echt niedlich«, sagt Rebecca und schlüpft in die Schuhe. Sie hält ihre Füße in die Luft. »Toll.«
»Total süß. Packe sie ein, wir sollten langsam los.«
»Ich will sie aber anbehalten. Sie reden zu mir.« Rebecca verstellt ihre Stimme. »Behalte uns an, Rebecca. Wir lieben dich.«
Zoe schüttelt den Kopf. »Du bist doch mehr Mädchen im Herzen, als ich dachte.«
»Was soll das denn heißen?«
Zoe grinst. »Komm, bevor es dunkel wird.«

Die Sonne versinkt langsam im Meer. Die Wolken am Himmel erstrahlen in einem wunderschönen Rosa. Eine frische Brise weht vom Meer aus heran. Ein Summen brettert über sie hinweg.
»Das war die Drohne, oder?«, fragt Zoe.
Rebecca, die sich auf dem Roller fest an Zoe klammert, nickt. »Das war sie! Sie ist wieder aufs Meer rausgeflogen. Ich frage mich, was sie dort sucht.«
»Gute Frage. Ob uns die Antwort gefallen würde?«, grübelt Zoe.

Am nächsten Morgen, gleich nach dem Aufstehen, schlüpft Rebecca in ihre neuen Lieblingsschuhe und sprintet ins Zimmer von Zoe, die noch schläft.
Rebecca rüttelt an ihrer Decke. »Aufgewacht, Sonnenschein, die Arbeit ruft!«
Zoe reißt sich die Decke über den Kopf. »Och nö ...«
Rebecca grinst und zieht ihr die Decke weg. »Oh doch!«
Als die beiden am Frühstückstisch sitzen und essen, schaut Rebecca ihre Freundin an. »Du bist ein ziemlicher Morgenmuffel, oder?
»Ein bisschen«, sagt sie mit fast geschlossenen Augen. Ihre aufgeschmierte Brötchenhälfte fällt ihr beinahe aus der Hand. Erst der Duft des heißen Kaffeeersatzgetränkes, das ihr Rebecca unter die Nase hält, erweckt sie zum Leben.

Auf dem Schrottplatz suchen sie als Erstes den Notfall-Ersatz-Koffer und bringen ihn zur M.A.U.S. Rebecca öffnet die Halterungen und der schwere Brustpanzer kann mithilfe des Gabelstaplers entfernt werden.
»Sehr gut, die Einschüsse sind nicht durchgegangen!«, stellt Rebecca fest.
»Super, was nun?«
»Ich entferne das kaputte Kameraauge, während du mir das Ersatzteil besorgst?«
»Wird sofort erledigt.«

Mit geschickten Handgriffen und dem passenden Werkzeug ist die Linse schnell entfernt. Zoe bringt ihr das Ersatzteil, welches Rebecca umgehend einbaut. Der M.A.U.S. Roboter wird aufgebockt, die Kette repariert und neu aufgespannt.

Am nächsten Tag bringen sie eine neue Brustpanzerung an, gegen späten Nachmittag öffnet Rebecca die Wartungsluke und Zoe klinkt sich mit ihrem Laptop ins System ein.
Rebecca ist leicht aufgeregt. »Daumen drücken!«
Zoe nickt. »So, ich habe es gleich, bin im System drin und ...«
Die Linse der Kamera leuchtet rot auf.
Die dunkle Roboterstimme der M.A.U.S. ertönt: »System wird gestartet. Systemprüfung wird durchgeführt ...«
Rebecca blickt Zoe an. »Bist du drin?«
»Ähm ... Da gibt es ein kleines Problem.«, antwortet sie und tippt immer schneller auf ihrem Laptop herum.
»Was ist los?«, hakt Rebecca nach.
»Wie ist das möglich? Der hat doch glatt eine Stufe 10 Sicherheitsmatrix!«
Die Stimme des Roboters ertönt erneut. »System neu gestartet ... Fehler ... Daten veraltet ... Verbindung zum Hauptquartier wird eingeleitet.«
Aus dem schwarzen Kasten an der linken Kopfseite der M.A.U.S. fährt eine Antenne aus.
»Verbindung zum Satelliten wird eingeleitet.«
»Zoe?!«, ruft Rebecca.
Schweiß steht ihr auf der Stirn. »Das ist unmöglich! Ich habe sie geknackt, aber komme nicht rein, da ist eine undurchdringliche Firewall. Ich versuche es weiter.«
»Fehler ... Verbindung zum Satelliten fehlgeschlagen. Update durch empfangende Daten während der Abschaltung wird durchgeführt ...«
Rebecca schluckt. »Zoe?«
»Ich weiß! Moment, ich bin gleich durch.«

»Systemdaten wurden erneuert. Verbindung zum Hauptquartier getrennt. Leite Protokoll Eribus 3 ein. Scanne Personen zur Freund/Feind-Erkennung. Bitte nicht bewegen.«

Ein roter, breitgefächerter Laser scannt Zoe. »Datenbank wird durchsucht. Keine Übereinstimmung. Scanvorgang wird fortgesetzt.«

Der rote Laser mustert Rebecca. »Datenbank wird geprüft ... Leutnant Rebecca Brandwald erkannt. Protokoll VIP wurde geladen. VIP um jeden Preis schützen. Übertrage Kommando an Leutnant Rebecca Brandwald. Übertragung abgeschlossen. Achtung. Nuklearer Kern wird auf Schäden überprüft. Bitte zurücktreten.«

Zoe springt vom Rücken der M.A.U.S. herunter. »Sagte er nuklear?!«

Rebecca schaut sie an. »Nuklear? Dann muss er eine M.A.U.S. NBP sein.«

»NBP?«

»Nuklear Betriebener Prototyp. Die Batterieleistung der normalen Maus betrug meist nur einige Wochen und es gab Probleme, sie an der Front aufzuladen. Deshalb kam man auf die Idee, sie aufzurüsten. Nuklearer Kern, verbesserte KI, schwere Panzerung und ein paar andere Kleinigkeiten. Soweit ich weiß, gab es nur zehn Prototypen, die jedoch einiges an der Front leisteten und dadurch schnell Bekanntheit errungen haben. Sie wurden von den Soldaten *Die nuklearen Brüder* genannt. Er muss einer davon sein. Faszinierend.«

»Mir fällt da ein ganz anderes Wort ein ... Oh mein Gott, ich saß die ganze Zeit auf ihm drauf!«, sagt Zoe und starrt ihre Hände an.

»Ob du auf ihm sitzt oder hier stehst, wo ich bin, macht keinen Unterschied, falls er einen beschädigten Kern hat.«

»Wie beruhigend! Ich muss mir die Hände waschen!«, antwortet Zoe leicht panisch.

»Ich glaube nicht, dass das was bringen würde.«

Die M.A.U.S. rattert kurz. »Analyse abgeschlossen. Kern ...«

Zoe starrt ihn an. »Kern was?«
»Kern ...«
»Das kann doch nicht sein Ernst sein«, sagt Zoe und schüttelt den Kopf.
»Kern ... Kern intakt.«
»Das hat er doch extra gemacht!«, meckert Zoe und haut mit ihrer kleinen Faust gegen seine Außenpanzerung. »Toll, nun tut mir meine Hand weh ...«
M.A.U.S. fokussiert mit ihrer roten Kameralinse Rebecca. »Ich erwarte Ihre Befehle, Leutnant.«
Rebecca schaut ihn an. »Was weißt du über mich?«
Der Speicher der M.A.U.S. rattert erneut. »Rufe Datenbank ab. Leutnant Rebecca Brandwald. Mitglied der TTR Sondereinheit der Bundeswehr des Europäischen Reichs. VIP-Status. Weitere Informationen unterliegen der Geheimhaltung.«
Zoe schaut Rebecca an. »Das heißt, du warst im Krieg.«
»Sieht so aus. Maus, du darfst nur Informationen mit uns teilen und mich nur mit Rebecca ansprechen. Niemand darf erfahren, wer ich bin. Das würde mich in Gefahr bringen. Hast du das verstanden?«
»Befehl gespeichert, Rebecca.«
»Danke. Erbitte Systemcheck. Alles in Ordnung?«
»Systemcheck wird durchgeführt. System beschädigt, aber betriebsbereit. Scanne Körper. Strukturelle Integrität bei 75 Prozent.«
»Dann schauen wir mal, ob du dich bewegen kannst.«
Rebecca packt den Koffer mit dem Werkzeug zusammen und macht mit Zoe Platz. M.A.U.S. rattert und die Ketten bewegen sich. Ohne Probleme fährt er los.
»Sehr gut«, sagt Rebecca stolz.
Zoe hebt ihren rechten Daumen. »Cool.«
»Was ist hier denn los?«, ruft Sophie. Als sie auf sie zuläuft, versperrt M.A.U.S. ihr den Weg. »Anhalten!«
»Schon gut, Maus«, sagt Rebecca, streichelt ihn und geht an ihm

vorbei.
»Was ... Was ist hier los? Ist das eine M.A.U.S.? Hast du den repariert?«, fragt Sophie schockiert.
»Jepp«, erwidert Rebecca.
»Aber ... Aber wie und warum und und ... Ich dachte du bastelst hier ein wenig rum. Aber das? Und wieso hört er auf dich?«
Zoe kommt hinter der M.A.U.S. hervor. »Ähm, ich habe ihn gehackt. Alles in Ordnung.«
»Zoe! Was machst du denn hier? Wir sprechen uns in meinem Büro. Los ab, warte schon mal dort auf mich.«
»Ja, Fräulein Williams ...«, erwidert sie und geht los.
»Und du, Rebecca, du kannst doch nicht einfach einen militärischen Roboter instand setzen. Wer weiß, was alles hätte passieren können? Was, wenn er auf dich losgegangen wäre? So ein Leichtsinn ...«
Rebecca senkt den Kopf. »Tut mir leid.«
»Aber auch sehr beeindruckend. Wer hätte das gedacht? Bist du dir sicher, dass er ungefährlich ist?«
»Ja, ist er.«
»Hört er auf dich? Hast du die Administratorrechte?«
Rebecca nickt. »Ja.«
»Dann übertrage sie mir. Ich kann doch nicht eine Schülerin mit einem Kriegsroboter rumlaufen lassen.«
»Aber ...«
»Kein aber!«
Rebecca senkt den Kopf. »Maus, übertrage Kommando an Sophie Williams.«
Die Kameralinse zischt. »Negativ. Protokoll Gudula von Brüssel ist in Kraft. Kommandorechte können nur von einem Feldmarschall geändert werden. Der Versuch der Trennung vom Kommandogeber wird als Angriff betrachtet.«
»Na großartig ... In Ordnung, dann bleibt er erst mal bei dir, bis mir was anderes einfällt«, sagt Sophie und dreht sich um. Langsam geht sie zur Universität zurück. »Ist es zu viel verlangt, nur einmal

zurückzukehren und keinen Ärger vorzufinden? Wieso ich? Was habe ich nur falsch gemacht? Womit habe ich das verdient?«
Rebecca verzieht das Gesicht. »Oh ha ...«

Nach einer stundenlangen Standpauke kann Zoe endlich nach Hause. Rebecca erwartet sie bereits. »Alles in Ordnung?«
»Die ist angefressen. Wo ist Maus?«
»Der steht hinter dem Haus und schiebt Wache. Meinst du, wir können ihn behalten?«
»Denke schon. Sie kann ihn ja schlecht aussetzen«, antwortet Zoe grinsend.
»Was, wenn sie ihn abschalten will?«
»Nee, da gibt es so ein Gesetz. Menschen dürfen Roboter mit einer KI der Stufe 5 oder höher nicht deaktivieren.«
»Gut. Ich mag Maus irgendwie.«
Zoe stemmt ihre Hände in die Hüfte. »Ich weiß ja nicht! Der hat uns doch extra geärgert mit dem nuklearen Kern ...«
»Das bildest du dir nur ein.«
»Hmpf.«
Das Funkgerät an Rebeccas Gürtel klackert zweimal, sie nimmt es in die Hand und drückt den Sprechknopf. »Alles klar da draußen, Großer?«
»MQ-4 Triton Drohne geortet«, rauscht es durch das Funkgerät.
»Die fliegt hier öfters vorbei. Denke dir nichts dabei.«
»Roger«, ertönt es.
Zoe schaut sie an. »Woher hast du das Funkgerät?«
»Das hatte Maus in seinem Stauraum. Damit kann ich mit ihm in Kontakt bleiben. Aber das Beste ist, dass da auch eine Tech-Brille drinnen war.«
»Eine was?«
»Eine Techniker-Brille. Sie hat einen eingebauten Scanner, Thermalsicht, Infrarotsicht und vieles mehr. Der Traum jedes Technikers.« Rebecca zieht die schwarze Tech-Brille auf. Sie hat viereckige, dicke Brillengläser, die in einem massiven Gehäuse

stecken. Auf der linken oberen Seite ist eine kleine Antenne angebracht und ein Drehschalter rechts am Gehäuse.
»Steht dir«, sagt Zoe.
»Danke, vielleicht lackiere ich sie um, damit sie zu meinen Schuhen passt.«
»Gute Idee.«

Am nächsten Tag melden sich Rebecca und Zoe im Büro von Sophie.
»Setzt euch«, befiehlt die Schulleiterin immer noch leicht angesäuert.
Beide nicken, setzen sich und sind still.
»Ich habe mir den Kopf zerbrochen, was ich mit euch mache. Wird das alles zu viel für mich? Sollte ich euch melden?«
Beide starren sie an, wie Rehe, die nachts von einem Scheinwerfer getroffen werden.
»Aber ich dachte mir, nein, ich nutze eure Fähigkeiten. Ihr könnt euch mir beweisen. Wenn ihr wollt.«
Rebecca nickt. »Das werden wir, Fräulein Williams ... Sophie.«
»Gut, ich habe ein Problem. Da ihr so gerne herumstreunert, ist es perfekt für euch. Ich habe schon vor drei Monaten eine Helium^3-Batterie angefordert. Diese benötige ich für die Stromversorgung der Universität. Momentan laufen wir schon auf Notstrom. Doch bis heute habe ich keine erhalten. Also löst ihr mein Problem. Besorgt mir eine.«
Zoe schaut sie an. »Aber wo? Die sind super, ultra, mega selten!«
»Nun könnt ihr mal eines meiner Probleme lösen, anstatt die Verursacher zu sein.«
Bevor Zoe noch was sagen kann, hält Rebecca sie zurück und antwortet. »Das werden wir, Fräulein Williams. Verlassen Sie sich auf uns.«
»Das mache ich. Und nun husch, husch!«
Beide stehen auf und verlassen den Raum.

Draußen vor dem Gebäude gesellt sich M.A.U.S. zu ihnen.
Zoe blickt ihre Freundin an. »Rebecca, wo sollen wir denn eine Helium^3-Batterie herbekommen? Das sind die seltensten und wertvollsten Energiespeicher, die es heutzutage gibt!«
Die Datenbank von M.A.U.S. rattert. »Helium^3-Batterie. Berechne möglichen Standort. Bitte warten ...«
Beide schauen ihn an.
»Bunker 0. Entfernung: 253,5 Kilometer südlich vom aktuellen Standort. Errechnete Erfolgschance liegt bei 43 Prozent.«
Zoe glotzt in an. »Was ist Bunker 0? Und woher weißt du überhaupt, wo wir sind?«
Rebecca grübelt. »Das würde mich auch interessieren.«
»Bunker 0 befand sich im Bau am Ende des Krieges. Geheimhaltungsstufe Alpha. Aktueller Standort wurde durch astronomische Navigation letzte Nacht festgestellt.«
»Meinst du, wir finden da wirklich eine?«, fragt Zoe nach.
»Wiederhole: 43 Prozent Erfolgschance.«
Zoe nickt. »Na ja, einen besseren Plan haben wir eh nicht, aber wie kommen wir da hin?«
Rebecca überlegt. »Wir machen uns einen Transporter vom Schrottplatz flott. Dann können wir auch Maus aufladen.«
»Super! Ich bin dabei!«, sagt Zoe.
M.A.U.S. dreht seinen Kopf. »Bestätige aufladen auf Transporter. Einheit möchte ungern 253,5 Kilometer selber fahren.«
Beide Frauen grinsen ihn an.

Zwei Tage später beobachtet Sophie, wie die drei am Hauptgebäude in einem LKW vorbeifahren.
Zoe lässt ihr Fenster hinunter. »Wir sind bald wieder da!«
»Was? Wo wollt ihr hin? Wartet! So war das nicht geplant!«, ruft sie vergebens hinterher.

Einige Stunden später erreichen sie die Berge und halten an. Die Laderampe knallt auf den Boden und M.A.U.S. rollt heraus.

Zoe zieht an ihrem Overall rum. »Die sind echt unbequem ... Sind wir hier richtig? Hier ist doch nichts.«

Rebecca blickt sich um. »Ja, seltsam. Hier ist ja rein gar nichts. Nur Wald und Berge.«

M.A.U.S. dreht seinen Kopf um 360 Grad und scannt die Gegend. »Berechne Veränderung der Umgebung. Position bestätigt. Bitte folgen.«

Gemeinsam laufen sie durch den Wald und kommen nach einer Stunde an einem alten Minenschacht an. Ein Scheinwerfer zwischen den Raupenantrieben springt an und erleuchtet ihren Weg. Vorsichtig betreten sie die Höhle.

Zoe zittert und schmiegt sich an Rebecca. »Das hier ist echt unheimlich. Ich habe schon einige Horrorfilme gesehen, die so angefangen haben. Und davon ging keiner gut aus.«

»Angenehm ist jedenfalls anders«, antwortet Rebecca und folgt behutsam M.A.U.S.

Es rappelt und knallt. Zoe umklammert Rebecca und schließt ihre Augen. »Was war das?«

»Ich bin mir nicht sicher«, antwortet Rebecca.

»Analyse abgeschlossen. Gestein hat sich von der Decke gelöst. Bitte folgen«, erklärt M.A.U.S.

»Das ist ja hier wie ein Labyrinth. Wie sollen wir uns hier zurechtfinden?«, fragt Rebecca.

»Bestätigt. Verwirrender Zugang war gewollt. Einheit war beteiligt am Bau und kennt den Weg. Bitte folgen.«

Es ist dunkel und feucht. Wassertropfen, die von der Decke in kleine Pfützen fallen, hallen durch die Höhlengänge. Immer wieder raschelt es. Jeder Schritt hallt durch die schier unendlichen, verwirrenden Höhlengänge.

»Hörst du das, Rebecca? Verfolgt uns da jemand?«, fragt Zoe und zieht ihren Revolver.

»Nein, ich glaube, das sind nur unsere Schritte, die in den Gängen widerhallen.« Rebecca zieht ihre pinke Tech-Brille auf und schaltet die Nachtsicht ein.

»Und, siehst du was?«, fragt Zoe vorsichtig nach.
»Nein, keine Sorge ... Wir sind hier alleine. Glaube ich.«
Am Ende des Ganges versperrt ein riesiges rundes Tor den Zugang.
M.A.U.S. rollt näher heran. »Übermittle Code für den Öffnungsmechanismus ... Bitte Warten ... Fehlschlag. Verbindung konnte nicht aufgebaut werden.«
Zoe lässt Rebecca los und läuft auf das Tor zu. »Was, hier weiterhin im Dunklen tappen? Nicht mit mir!«
Sie packt ihren Laptop aus. Am Bedienungspult neben dem Tor stöpselt sie sich ein. »So, das haben wir gleich. Ich habe den Kontakt aufgebaut, nun sollte es klappen.«
M.A.U.S. fährt seine Antenne aus und schaltet sein Licht aus. »Verstärke zusätzlich Signal. Übermittele Daten. Bitte warten ... Verbindungsaufbau erfolgreich.«
Es knattert und rattert. Das Tor macht einen Ruck und die Höhle erzittert. Kleine Felsbrocken fallen von der Decke hinab und Sand rieselt auf sie nieder. Zoe flüchtet in die Arme ihrer Freundin. Das Tor rollt zur Seite und gibt den Eingang frei. Sie starren in die Dunkelheit. Es brummt und Leuchtstoffröhren an der Decke des Bunkers erhellen den Gang vor ihnen. Das grelle Licht in der Dunkelheit blendet sie. Durch ihre erhobenen Handflächen erblicken sie den schneeweißen Gang vor ihnen. 100 Kapseln stehen links und rechts aufgereiht wie Soldaten. Kleine Roboter polieren den Boden und die Wände. Der weiße Metallgang vor ihnen ist mit einem roten Teppich ausgelegt. Kameras an der Decke drehen sich und fokussieren die Neuankömmlinge.

Kapitel 3
Takamasa

Seit vielen Jahren herrscht ein Krieg, der die ganze Welt verschlungen hat. Doch die Menschheit ahnt nicht, dass dies nur der Auftakt war. Ein Schauer vor der Sturmflut, der die Welt in Blut und Schmerz ertränken wird. Der Krieg aller Kriege. Städte, die zu Asche werden. Länder zu Massengräbern. Eine Welt vor dem Untergang ...

Japan

Ein Anwesen in der Nähe des Fujiyama. Am schmalen Bachlauf, der an einem schönen traditionellen Haus entlang verläuft, spielen die Kinder der Familie Haibara. Kirschblütenbäume lassen ihre Blätter durch den Wind tanzen und legen sie aufs Wasser nieder. Es ist ein ruhiger Tag, weitab des Krieges. Ein Auto fährt an der Landstraße im Schatten der Bäume die Auffahrt hoch und hält. Zwei Männer steigen aus. Es sind Soldaten der Dai-Nippon Teikoku Rikugun, der wieder ins Leben gerufenen Kaiserlich-Japanischen Armee. Einer scheint schwer verletzt zu sein. Sein ganzer Körper ist mit Verbänden und Schutzplatten versehen. Er gleicht fast einem dieser neumodischen Kriegsroboter, die seit Monaten die Schlagzeilen der Zeitungen beherrschen. Der unverletzte Soldat scheint ein hohes Tier zu sein. Seine Rangabzeichen glänzen in der Sonne, seine Medaillen wippen auf und ab, doch er ist sich nicht zu schade, den Verletzten zu stützen. Mit aller Kraft humpelt er dem Eingang entgegen und klopft an die hölzerne Schiebetür. Eine Frau mittleren Alters öffnet sie voller Hoffnung, doch als sie in die Gesichter der Männer blickt, kann sie ihre Enttäuschung kaum verbergen. Der verwundete Soldat hebt seinen Arm und überreicht ihr einen Brief.

»Tao, bist du das?«, fragt die Frau den verletzen jungen Mann erschrocken.

Er nickt. »Ja, Frau Haibara ... Takamasa, er hat mich gerettet. Es tut mir von ganzem Herzen leid.«

Der ranghohe Soldat verneigt sich voller Demut. »Der Kaiser dankt für Euer Opfer. Wir stehen auf ewig in Ihrer Schuld.«

Die Frau fällt auf die Knie, Tränen rollen ihr übers Gesicht. Ihr Mann eilt herbei, hilft ihr auf und hält sie.

»Danke, Tao. Wir hoffen, es geht dir bald besser. Deine Mutter wird sich bestimmt freuen, lass sie nicht warten«, sagt er und schiebt die Tür wieder zu.

Taos Gesicht bibbert, es fällt ihm schwer, nicht zu weinen, doch er darf nicht. »Danke.« Er verneigt sich trotz seiner starken Schmerzen, so tief er kann, vor der geschlossenen Tür.

Am Abend sitzt das Ehepaar im Garten, neben dem Koiteich. Die Mutter umklammert immer noch den Brief ihres Sohnes. Er ist leicht zerknittert und durchnässt von ihren Tränen.

Als sich die Sonne am Horizont neigt und die Kinder vor dem Fernseher sitzen, öffnet sie ihn und liest vor.

Geliebte Mutter, geehrter Vater.

Wenn ihr diesen Brief erhaltet, bin ich gefallen.

Es ist schwer, diese Worte niederzuschreiben, zu wissen, dass ich euch nie wiedersehe. Meinen Bruder Kaito und meine kleine Schwester Ai niemals mehr in die Arme schließen kann. Es betrübt mich und macht mein Herz schwer. Doch ich weiß auch, dass ich euch nur so beschützen kann. Der Auftrag wurde uns nicht befohlen, sie suchten Freiwillige und ich meldete mich sofort. Denn der Feind ist kurz davor, einen vernichtenden Schlag gegen unser geliebtes Land zu führen. Doch keine Sorge, wir kommen ihnen zuvor.

Auch wenn ich es nie ausgesprochen habe, ich liebe euch alle. Bitte verzeiht mir, dass ich nicht wie versprochen wiederkehren kann. Nicht den Weg zum Haus langsam entlang komme und Mutter mich in der Ferne glücklich entdeckt. Dass ich Vater nicht in seiner kleinen Werkstatt überraschen kann und meine Geschwister ohne mich aufwachsen müssen.

Ich vermisse euch.

Ich liebe euch alle von ganzem Herzen.

Drückt die Kleinen von mir und sagt ihnen, dass ich sie immer lieben werde.

In Liebe

Euer Sohn

Takamasa

Dem Vater läuft eine Träne übers Gesicht. Seine Frau weint bitterlich und er nimmt sie in den Arm. Die Kois tauchen auf, beobachten sie. Es scheint, als würden sie spüren, welch tragisches Schicksal diese Familie getroffen hat.

Einen Monat zuvor
Hoch am Himmel, tief im Herzen des Feindeslandes.
Ein Jagdbomber fliegt durch die Luft. Eines seiner Triebwerke hinterlässt eine grau-schwarze Wolke und spuckt Feuer. Das Cockpit ist durchlöchert. Takamasa sitzt auf dem vorderen Sitz und umklammert den Steuerknüppel. Es ist schwer, die Maschine auf Kurs zu halten. Er blickt auf die Armatur. Alles blinkt und piept, so stark, dass es einen epileptischen Anfall auslösen könnte. Kaum ein System scheint heil geblieben zu sein nach dem schweren Beschuss der Bodenabwehr. Kugeln haben seinen Co-Piloten und besten Freund mehrfach getroffen. Mit geschlossenen Augen ist er in seinem Sitz zusammengesackt und antwortet seit einer Minute nicht mehr. Der Jagdbomber zittert leicht und vibriert. Langsam verliert er an Höhe.
Am Horizont hinter ihnen erhebt sich ein mächtiger Nuklearpilz, der alles überragt. Takamasa erblickt sein Werk, voller Stolz, voller Schuld. »Sie haben immer erzählt, wie zerstörerisch er ist, wie furchtbar, doch nie, wie wunderschön ...«, flüstert er beim Anblick.
Das Funkgerät knistert. »Shiba ... Kaba ... erstatten Sie ...« Knirschen und Rauschen unterbrechen das Signal.
Takamasa greift zum Funkgerät. »Shiba, hier spricht Kaba Zero. Ziel getroffen! Auftrag erfolgreich! Hören Sie mich?«
»Kaba ... Status ...«
»Kaba Eins bis Zehn verloren. Schwerer Feindbeschuss. Wurden mehrfach getroffen. Triebwerk rechts brennt. Steuerung reagiert kaum noch. Erbitte Exfiltration nach Bruchlandung.«
»Negativ, Kaba ... Shiba wird ... Feind ... neue Befehle ...«
»Shiba? Die Verbindung ist schlecht. Ich verstehe Sie kaum.«
Rauschen dröhnt aus dem Funkgerät, gefolgt von einer tödlichen

Stille.
»Großartig ... Was denn noch?«
Das zweite Triebwerk stottert, spuckt Rauch, Funken, dann Feuer. Takamasa nimmt seine Sauerstoffmaske ab und blickt aus dem Cockpit. »Nicht das auch noch.« Danach wendet er sich zu seinem Co-Piloten. »Wenn du noch lebst, dann gib mir ein Zeichen! Wir müssen den Schleudersitz benutzen und hier raus!« Kurz wartet Takamasa auf eine Antwort. »Nichts? Na gut, dann löse ich ihn von hier für dich aus!«
Er drückt den Knopf. Nichts passiert.
»War ja klar«, grummelt er und schlägt auf die Konsole. Mehrere der nervigen Lichter erlöschen.
Takamasa löst seinen Gurt und versucht sich umzudrehen. »Tao, wenn du noch lebst, gib mir ein Zeichen! Wir stürzen ab!«
Das rechte Auge von Tao öffnet sich einen Spalt.
»Gut so! Bleib ja bei mir, Tao. Zieh am Hebel neben dir!«
Seine Hand zittert und bewegt sich nur mit schmerzverzerrtem Gesicht. Doch er erreicht den Hebel nicht. Sein Ärmel hat sich im zerschossenen Sitz verheddert.
»Mist, du kommst nicht ran. Warte kurz.«
Takamasa greift sein Schwert. Ein Katana, welches seit Generationen in seiner Familie weitergereicht wird. Er schafft es, es aus der Saya zu ziehen. Der knappe Platz macht es ihm schwer, doch er schafft es, seinen Freund loszuschneiden. Tao greift den Hebel und zieht mit letzter Kraft daran. Das Cockpit über ihm fliegt weg und der Sitz samt Tao hinterher. Takamasa steckt sein Katana in die Schwertscheide zurück und schiebt es in den Sitz neben seine Schulter. Er schnallt sich an und betätigt den Schleudersitz. Es piept kurz, neue blinkende Lichter leuchten auf und verdeutlichen ihm seine Lage.
»Dann halt auf die harte Tour«, sagt er und greift den Steuerknüppel.
Der Jagdbomber stürzt ab und knallt in ein Maisfeld. Wie eine Sense mäht er durch den zwei Meter hohen Mais, bis die

brennende Maschine zum Stehen kommt. Er greift sein Katana und kriecht heraus. Erst jetzt bemerkt er, dass auch er getroffen wurde. Sein Arm und sein Bein bluten und sind kaum noch zu spüren, taub, vielleicht ganz gut, da er so keine Schmerzen hat. Mit seinem Katana stützt er sich ab und humpelt vom Flugzeug weg, bevor es in einem Feuerball explodiert und das Maisfeld entflammt. Ein gigantisches Leuchtfeuer. Am Wegrand, nahe einer ihm unbekannten Landstraße, kippt er um.
Dunkelheit hüllt ihn ein.

Er öffnet seine Augen. Seine Hände und Füße sind mit Schellen gefesselt. Er befindet sich in einem Tank. Eingetaucht in eine dickflüssige grüne Substanz. Ein Schlauch in Mund und Nase ermöglicht es ihm, zu atmen. Seine Sicht ist verschwommen. Panik macht sich in ihm breit. Er rüttelt und schüttelt sich, kann sich aber nicht befreien.
Es klickt erst leise, dann laut. Die Flüssigkeit wird abgelassen. Die etwa drei Meter große Kapsel öffnet sich und ein Wasserstrahl befreit ihn vom Rest der seltsamen Substanz. Ein großes maschinelles Auge mit drei Greifarmen und einer Düse, aus dem das Wasser gekommen ist, blickt ihn an. Ein roter Scanner fährt über seinen Körper. Die Fesseln lösen sich und er zieht sich unter Würgen den Schlauch heraus. Benommen wankt er hinaus. Das Roboter-Auge streckt ihm ein dunkelgrünes OP-Hemd entgegen und lenkt ihn mit seinen kleinen Greifarmen ins Kleidungsstück. Von der Decke senkt sich ein großer, eiserner Greifarm herab, der ihn packt und hochzieht. Geschwächt, kraftlos, lässt er sich einfach tragen. In der Halle unter ihm sind Hunderte von Kapseln. Viele bereits geöffnet. Sein Gehirn schmerzt, als würde das Wasser in seinem Kopf kochen. Immer wieder zieht sich ein langer Schmerz durch die Augen, bis in den Hinterkopf, und verschwindet so schnell, wie er gekommen ist.
»Wo bin ich hier nur? Und wer bin ich?«, murmelt er.
Durch ein Loch wird er in eine Kabine hinabgelassen. Kleine

Düsen im Raum versprühen einen Nebel, der nach Alkohol und Minze riecht. Der Gang ist aus Metall, überall Platten, die vernietet wurden. Eine kleine Kamera, die über einer Tür hängt, fällt ihm ins Auge. Rechts von ihm befindet sich ein Spiegel, in den er schaut. An seinem Hemd ist ein Schild angebracht, auf dem ein Name steht.
»Takamasa, ist das mein Name?«
Er blickt in den Spiegel. Begutachtet den Fremden vor sich. Takamasa ist recht zierlich und klein für einen Mann. Auch seine Gesichtszüge sind eher sanft. Braune Augen, schwarze lange Haare, die bis unter die Schulterblätter fallen. Sein Alter ist schwer einzuschätzen und liegt irgendwo zwischen 20 und 40. Die Panzertür neben dem Spiegel entriegelt sich und gibt den Blick auf einen langen Gang frei. Die Tür ihm gegenüber öffnet sich und ein Mann tritt in den Korridor. *Jack* steht auf seinem Namensschild. Er ist wohl zwischen 40 und 50 Jahre alt, hat sich aber gut gehalten und wirkt jünger. Nur seine Falten, als er gerade grimmig dreinblickt, verraten sein wahres Alter. Eine Narbe an der Augenbraue verstärkt den stechenden Blick seiner eisblauen Augen. Seine kurzen blonden Haare sind ein wenig verwuschelt.
Die Tür daneben entriegelt sich und vorsichtig schaut eine junge Frau heraus. Auf ihrer Brust steht der Name Larissa. Sie hat rotblondes langes Haar und türkisfarbene Augen. Ihr Alter liegt zwischen 18 und 25. Sie ist recht vorsichtig, behält alles im Blick und scheint, wie er selbst, unter starken Kopfschmerzen zu leiden. An ihrer linken Schulter, unter dem Hemd, spitzt eine Tätowierung hervor.
Es klackert. Eine weitere Tür öffnet sich, nachdem sie kurz geklemmt hat, mit einem lauten Ruck, der alle aufschrecken lässt. Ein Mann geht in den Gang und schaut nach links und rechts. *Marvin* steht auf seinem Schild. Er ist äußerlich die perfekte Mischung aus Gebrauchtwagenhändler und Politiker. Nackenlange dunkle Haare, die ansonsten wohl zurückgekämmt sind, strubbeln durch die Gegend. Seine kleinen, hinterlistigen Augen schauen

sich verwirrt um. Sein Alter müsste bei 25 bis 30 liegen.
Die vorletzte Tür im Durchgang öffnet sich. Der 1,90 Meter große Christoph schreitet durch die Tür. Er scheint gut durchtrainiert zu sein. Glatze, Bart und blutunterlaufene, graublaue Augen. Sein Alter müsste bei 30 bis 40 liegen.
Aus der letzten Tür kommt Erik. Sein Körper ist massig, aber kräftig gebaut. Seine Körperstatur erinnert an einen ehemaligen Footballspieler, der seine besten Tage hinter sich hat und nun einen Bierbauch züchtet. Seine braunen Haare gehen bis zum Genick, die Seiten sind abrasiert. Dazu hat er einen kleinen Schnurrbart unter der Nase und eine seltsames Zeichen auf der rechten Halsseite tätowiert. Es sieht aus wie ein X, von dem Balken abgehen.
Bevor einer was sagen kann, dröhnt aus den Lautsprechern eine dunkle mechanische Stimme. »Weitergehen! Durch die rote Tür am Ende des Ganges. Sofort!«
Sie schweigen und gehen auf die Tür zu. Als sie sich öffnet, bläst ihnen frischer Wind entgegen. Es donnert in der Ferne und das Gebäude zittert kurz.
»Was war das denn? Eine Explosion?«, denkt Takamasa.
Die Sonne wird von Wolken verdeckt. Was auch gut ist, denn seine Augen würden direktes Sonnenlicht nicht überstehen. Auf der rechten Seite stehen zwei Kriegsroboter der fünften und sechsten Generation. Mechanische Soldaten, die menschenähnlich wirken. Aber nur im Körperbau und selbst dieser ist eher eckig und kantig, damit Beschuss besser abprallen kann. Ihre Gesichter sind auf das Nötigste beschränkt: einen Mund, zwei Augen. Weshalb sie Augenbrauen aus Metall haben, weiß wohl nur ihr Erbauer. Ihr Mund ist ein digitales Feld, auf dem Linien auf und ab springen, wenn sie sprechen. Die Augen wirken wie Kameras, die ihre Ziele stets beobachten und manchmal heran- oder wegzoomen. Der ranghöhere Roboter hat unter seiner Nummer C13-E101, die groß auf seiner Brustpanzerung steht, drei goldene Vierecke, welche wohl Rangabzeichen sind. Auf seiner Schulter ist eine Flagge zu

sehen, welche jedoch so zerkratzt ist, dass sie nicht mehr zu identifizieren ist. Er blickt zu den sechs Menschen.
»An die Wand stellen!« Er zeigt mit seinem mechanischen Zeigefinger auf eine Mauer im Hinterhof der Halle. Barfuß laufen sie über den kalten Betonboden. Der rangniedrigere Roboter scheint vor Kurzen im Kampf gewesen zu sein. Einige notdürftig reparierte Einschusslöcher auf der Brust weisen darauf hin. Auch er hat eine Nummer auf der Brust. C13-E303, aber nur zwei silberne Dreiecke darunter. Er blickt auf ein Tablet, auf dem eine Liste aufblinkt, und liest sie vor. Seine Stimme wechselt zwischen hohen und tiefen Tonlagen, springt dazwischen immer wieder auf und ab und betont die Namen ungewöhnlich.
»Takamasa, Larissa, Christoph, Marvin, Erik und Jack.«
Der ranghöhere Roboter mustert sie. Seine dunkle, metallene Stimme klingt bedrohlich. »Willkommen Arbeiter NULL. Ihr seid die neuen Mitglieder unserer glorreichen Stadt. City 13. Wir haben euch gerettet und euch euer Leben geschenkt. Zur Feier erhaltet ihr von uns einen Rang, ab nun seid ihr Arbeiter EINS. Werdet produktive Mitglieder unser Gesellschaft. Befolgt die Regeln. Tut ihr dies nicht und fallt auf Rang NULL zurück, werdet ihr umgehend in die Bioverwertung geschickt.«
Marvin geht einen Schritt vor. »Ach ja? Und was, wenn ich diesen Mist nicht mitmache? Ich mache gar nichts für euch! Und warum tut mir der Schädel so weh? Was zur Hölle habt ihr mit mir gemacht? Ihr könnt ...«
Der Roboter zieht eine 12mm Pistole und drückt ab. Die Kugel durchschlägt Marvins Kopf und klatscht einen Teil seines Gehirns und Schädelreste an die Mauer hinter ihm. Erst jetzt fallen den anderen die zahllosen Einschusslöcher in der Betonmauer hinter ihnen auf. Takamasa will einen Schritt nach vorn machen, doch Larissa packt ihn am Arm, blickt ihm in die Augen und schüttelt kurz den Kopf. Er überlegt und nickt. Christoph und Erik bleiben mit großen Augen erstarrt stehen und schauen zu, wie Marvin leblos zu Boden geht. Jack scheint es egal zu sein. Regungslos

bleibt er stehen und beobachtet die Lage.
»Wir wollen euch schützen. Euch integrieren. Jedoch herrscht zurzeit Ausnahmezustand. Widerstand wird nicht geduldet. Ihr seid für uns oder gegen uns!«
C13-E303 ergänzt: »Die Grundprüfung eurer Qualifikation wird auf Befehl der Kriegsorder 26-xO auf nach dem Krieg verschoben. Bis dahin haben sich alle neuen Arbeiter sofort an der Front zu melden. Gehen Sie durch die grüne Tür, ziehen Sie sich ihren zugeordneten Overall an. Werden Sie ohne ihn angetroffen, kann es passieren, dass Sie ohne Vorwarnung nach Kriegsorder 87 erschossen werden. Wir danken für Ihr Verständnis. Nach dem Ankleiden verlassen Sie die Umkleide durch die graue Tür. Dort wird Sie ein Shuttlebus zum Bahnhof 8 bringen. Wir wünschen Ihnen noch einen schönen Tag.«
C13-E101 blickt zu seinem Untergebenen. »Gefreiter. Verständigen Sie die Bioverwertung. Sie sollen die Überreste abholen.«
C13-E303 nickt mehrfach. »Alles klar, klar. Bestätige #Error52#, Aufsuchen der nächsten Werkstatt wird empfohlen.«

Im Umkleideraum befinden sich mittig auf einem langen Eisentisch sechs Kartons. Seitlich auf ihnen stehen ihre Namen, Arbeiterstiefel mit Stahlkappen auf den Paketen. Larissa nimmt ihren Karton und geht zu einer der Umkleidekabinen auf der rechten Seite des Raumes. Takamasa tut es ihr gleich. Die anderen Männer beginnen, sich einfach vor dem Tisch umzuziehen.
Christoph ruft ihm zu. »Ey, Takamasa, wieso ziehst du dich nicht mit uns um? Oder hast du was zu verbergen?«
»Vielleicht ist er ja in Wirklichkeit eine Frau. Überhaupt, wie siehst du eigentlich aus? Klein, dünn, bleich und diese Schlitzaugen. Gehörst du überhaupt zu unserer Rasse?«, ergänzt Erik grunzend.
»Er sieht wirklich ein wenig wie eine Frau aus. Was meinst du, Jack?«

Jack schaut die beiden an. »Haltet eure Fressen.«
Takamasa beachtet sie nicht, würdigt sie nicht mal eines Blickes und betritt die Kabine. Er legt sein grünes Krankenhaushemd ab und öffnet den Karton. Er zieht sich die Unterwäsche an und nimmt den Overall heraus. Er hat ein digitales Tarnmuster, welches in Grau, Braun und Beige gehalten ist. Auf dem rechten Ärmel ist ein längliches digitales Feld, auf dem eine Nummer in Schwarz steht. Auf der linken oberen Brustseite befindet sich ein Ausweis mit einem Foto von ihm. Darunter die gleiche Nummer wie auf dem Ärmel: ID:C1306845-ARB_1-Z=WFR. Er bindet sich seine langen Haare mithilfe eines Haargummis zu einem Zopf zusammen und schlüpft in die Stiefel. Das OP-Hemd faltet er fein säuberlich zusammen und legt es in den Karton. Draußen warten die Männer bereits umgezogen auf ihn und Larissa.
»Na, fertig, Prinzessin?«, fragt Christoph.
Erik lacht.
Larissa schiebt den Vorhang beiseite und blickt sie wütend an.
»Wir sind hier ohne persönliche Erinnerungen erwacht, Gefangene, Zwangsarbeiter und werden an eine Kriegsfront geschickt. Ein Mensch wurde vor unseren Augen erschossen und ihr habt nichts Besseres zu tun?« Sie schüttelt den Kopf. Ihre rotblonden Haare hat sie zu einem Zopf geflochten, der über ihre linke Schulter nach vorne fällt. Ihr Blick ist voller Unverständnis und Abscheu.
»War doch nur Spaß«, sagt Christoph und grinst.
Erik nickt. »Stell dich mal nicht so an, Püppchen.«
Jack schubst Christoph und Erik auseinander, geht zwischen ihnen hindurch und zur Tür. »Kommt jetzt, das hier ist kein Spaß. Oder wollt ihr wie Marvin enden?«

Vor der Tür wartet schon der Bus. Er ist klein, für nicht mehr als zehn Passagiere gleichzeitig geeignet und in Tarnfarben lackiert. Dunkelgrün mit braunen Flecken. Auf dem Dach und auf der Seite ziert ihn eine Nummer: C13-FID:TM-220.

Der Fahrer steigt aus. Er trägt ein buntes Hawaii-Hemd und Cargo-Shorts. Um seinen Hals hängt eine Kette mit ID-Ausweis und Lichtbild. Auf seinem Kopf steckt zwischen den wuscheligen Haaren eine Sonnenbrille. »Hey ho! Mein Name ist Jimmy und ich bin euer Fahrer. Ich weiß, erster Tag, alles Mist. Was ist hier nur los? Wo bin ich? Wer bin ich? Hab ich auch alles selbst durchgemacht.« Er beginnt durchzuzählen. »Fünf. Da fehlt doch einer. Lasst mich raten, da konnte jemand seine Klappe nicht halten? Hört mir zu, der Laden hier ist gar nicht mal so übel. Die sind alle nur ein wenig gestresst wegen dem Krieg. Steigt ein, dann erzähle ich euch, wie es hier so läuft und wie man am Leben bleibt. Ach ja, auf euren Plätzen findet ihr eine Papiertüte mit 'nem Apfel, einem Sandwich und 'ner Flasche Wasser. Nun glotzt mich nicht so an wie 'ne Herde Kühe, wir haben einen Zeitplan einzuhalten. Der Zug wartet auf niemanden.«

Larissa hebt ihre Hand. »Herr Fahrer? Warum müssen Sie keinen Overall tragen? Ich dachte, man wird erschossen, wenn man ihn nicht trägt?«

»Gute Frage! Und ihr könnt mich ruhig duzen. Solange ich im Umkreis von 50 Metern um meinen Bus bleibe, reicht meine ID-Karte, die ich um meinen Hals trage. Aber mein Overall liegt immer griffbereit und ich kann jederzeit reinschlüpfen. Ich hab mir das Sonderrecht verdient mit meiner höheren Stufe«, erklärt er und deutet auf seinen Rang als Passagiertransportfahrer 5. »Aber nun steigt bitte ein. Esst und trinkt was. Auf der Fahrt erzähle ich euch mehr.«

Die fünf steigen ein. Auf ihren Plätzen greifen sie hungrig und durstig nach ihren Tüten. Jimmy schaut in den Rückspiegel, schließt die Tür und fährt los.

Jack, der als Einziger nicht isst, stellt seine Tüte auf den Boden und fragt. »Was ist hier los?«

Larissa nickt zustimmend mit vollem Mund und greift sich Marvins Tüte, die auf dem leeren Platz neben ihr liegt. »Das würde mich auch mal interessieren.«

Jimmy überlegt kurz. »Wo fange ich an? Die Roboter lügen nicht, das kann ich euch vorab versprechen. Sie haben unser Leben gerettet und uns eine zweite Chance gegeben. Östlich von hier liegt ein gigantischer Berg mit Ausläufern. In den Fels wurde eine riesige Stadt gebaut, die teilweise aus ihm herausragt. Sie nennen sie City 13. Wir befinden uns hier im Bergtal, welches im Norden und Süden durch Gebirge umarmt wird und im Westen durch eine megamäßige Mauer geschützt ist.«
»Also ist das gesamte Gebiet umschlossen?«, fragt Takamasa nach.
»So ist es. Die Mauer ist die einzige Möglichkeit, hier rein und raus zu kommen, denn die Berge sind so steil und hoch, dass man da nicht rüberkommt. Und selbst wenn du ein begabter Kletterer wärst oder fliegen könntest, würden dich die automatischen Geschütze abknallen. Aber was ich vorhin schon andeutete, man hat hier ein gutes Leben, wenn man sich an die Regeln hält. Momentan ist es leider schwer für alle neuen Ankömmlinge. Durch die Kriegsnotfallverordnung herrschen hier harte Regeln. Also hört lieber auf sie, ansonsten ... na ja, ihr wisst schon.«
Jack hakt nach. »Wer sind die Angreifer?«
»Ich weiß nur, dass es zwei Armeen sein sollen, die durch den großen Fluss getrennt sind. Der Strom mündet in der Mauer, wird umgeleitet und kommt hier auf unserer Seite wieder aus dem Boden. Mann, ich würde zu gerne die fette Maschine sehen, die einen ganzen Fluss unterirdisch umleiten kann. Die zwei Armeen sollen sich auch gegenseitig ab und zu beschießen. Scheinen also nicht unbedingt Freunde zu sein.«
Larissa fragt. »Was wollen sie?«
Jimmy lacht. »Die Frage ist wohl eher, was nicht? Sie wollen bestimmt das Erz aus den Bergen, die Technik, das Essen. Einfach alles! Vermute ich einfach mal. Vielleicht auch die hübschen jungen Frauen wie dich. Dieser abgeschottete Ort ist ein Paradies im Vergleich zu da draußen.«
Takamasa greift sich an den Kopf. Die Kopfschmerzen setzen wieder ein. »Wieso erinnern wir uns an nichts mehr? Was ist

passiert?«
»Ey, ich bin kein Roboter. Ich weiß es auch nicht. Auch mein Gehirn wurde verbrutzelt. Nach ein paar Tagen vergehen die Kopfschmerzen. Und noch ein gut gemeinter Rat, stellt niemals wieder diese Fragen! Niemandem.«
Larissa grübelt. »Bioverwertung?«
»Haargenau!«
Sie blickt zu Christoph. »Wenn du mich weiterhin so anglotzt, breche ich dir die Nase.«
»Nun sei mal nicht so zickig, Schätzchen.«
Erik nickt. »Genau, sei mal locker.«
Larissa wendet ihren Kopf mit einem verachtenden Seufzer ab.
Takamasa sucht Blickkontakt über den Rückspiegel. »Was war das vorhin für eine Explosion? Als der Boden gezittert hat.«
»Wir sind hier zwar 500 Kilometer von der Front entfernt, aber es kommt vor, dass sich eine Rakete verirrt, weiterfliegt und hier einschlägt. Die Verteidigungsgeschütze fangen die meisten ab, aber eine kann immer mal durchkommen. Doch keine Sorge, die Feinde haben primär Geschütze, Raketen sind rar in ihrem Arsenal. Hoffe ich ... Oder es war ein Munitionstransporter, der einen Unfall hatte. Was weiß ich.«
Larissa verdreht die Augen. »Wie beruhigend ...«
Jack streichelt sich durch seinen Drei-Tage Bart. »Was erwartet uns an der Front?«
»Eine fette Mauer. 300 Kilometer lang. 120 Meter hoch und 50 Meter breit. Riesige Geschütze in und auf ihr. Türme, die ununterbrochen mit ihren schweren Maschinengewehren die Feinde unter Beschuss nehmen können. Keine Ahnung, aus welchem Material die Mauer ist. An ihrer Außenseite sind auf jeden Fall Metallplatten befestigt, die sie zusätzlich verstärken. Hab gehört, da werden auch andauernd Arbeiter rausgeschickt, um sie zu reparieren. Hoffentlich nicht ihr«, erklärt Jimmy und zwinkert in den Rückspiegel.
Christoph schüttelt den Kopf. »Ich geh da bestimmt nicht raus! Ich

bin doch nicht lebensmüde ...«
»Du wirst da rausgehen. Glaub mir. Du wirst«, antwortet Jimmy trocken und setzt sich seine Sonnenbrille auf.

Als sie aus dem Fenster blicken, sehen sie den Bahnhof. Ein weitläufiges Gelände, mit mehr als zwanzig Gleisanlagen und massig Hallen, in denen Lastwagen beladen und entladen werden. Überall stehen gestapelte Kisten, Tonnen und Frachtcontainer herum. Das Hauptgebäude des Bahnhofes ist ein riesiger Klotz aus Stahlbeton in der Landschaft, mit mehreren Toren, durch die die Züge hineinfahren können. Außerhalb sind die überdachten Bahnsteige für Passagiere, Soldaten und Arbeiter.
Jimmy hält auf dem Parkplatz an und öffnet die Tür. »Wartet an Bahnsteig 6 auf den nächsten Zug. Achtet darauf, dass ihr in den Arbeiter Eins Waggon steigt. Wenn ihr an der Mauer ankommt, werdet ihr schon von eurem Vorarbeiter erwartet.« Er atmet schweren Herzens aus. »Viel Glück, Leute.«
Langsam gehen sie zum Bahnsteig und schauen sich um. Robotersoldaten marschieren in Reih und Glied neben ihnen her. Sie haben wohl dasselbe Ziel. Arbeiter stapeln Munitionskisten auf, die wohl gleich in den Zug geladen werden sollen. Als sie stehenbleiben und am Bahnsteig warten, erblicken sie, gegenüber am Bahnsteig 7, eine Familie. Sie scheint glücklich. Die Eltern unterhalten sich und warten zusammen mit ihren Kindern auf den nächsten Zug Richtung Osten. Nach City 13. Ein unerwartetes Bild inmitten der vielen Roboter und Waffen. Der Vater trägt einen schönen schwarzen Anzug, seine Frau ein rotes Sommerkleid. Ihre Kinder laufen mit ihren Stofftieren umher und spielen. Jeder von ihnen trägt einen ID-Ausweis an der Kleidung oder um den Hals an einer Kette. Als die drei Kinder Takamasa und die anderen erblicken, bleiben sie stramm stehen und salutieren.
Ein schrilles Pfeifen ertönt und ihr Blick fällt von den Kindern, die weiterspielen, auf eine Dampflok, die einfährt. Rauch steigt massiv in den Himmel, wie Nebel breitet er sich aus. Die Räder werden

langsamer und mit einem Quietschen bleibt der Zug vor ihnen stehen.
Der Lokführer spring heraus und ruft: »Zug 6! Abfahrt zur Mauer in 15 Minuten! Alle einsteigen!«
Larissa läuft den Bahnsteig hinunter. »Hier, der vorletzte Waggon ist unserer! Kommt!«
Die Robotersoldaten marschieren in die vordersten drei Abteile, die gleich hinter dem Schlepptender angekoppelt sind. In den letzten Waggon werden Munition und Waffen geladen. Anders als die anderen ist dieser schwer gepanzert. Hat nur Sehschlitze, keine Fenster, die verschlossen sind, keine Verbindung zum restlichen Zug und auf dem Dach Stahlkuppeln, aus denen MGs blicken. Der Waggon der Arbeiter ist sauber und aus Metall. Die Sitze sind großzügig mit Stoff bezogen und weich wie eine Wolke. Am Ende gibt es einen Kühlschrank, gefüllt mit Getränken und fertig zubereiteten Nahrungsmittelpäckchen.
Sie sind die einzigen Passagiere des Arbeiter-Waggons. Jack setzt sich ganz nach hinten rechts, alleine. Takamasa links hinten. Christoph und Erik vorne zusammen.
Christoph grinst. »Komm, Larissa, setz dich zu uns. Leiste uns doch ein bisschen Gesellschaft.«
»Bestimmt nicht«, antwortet sie und geht an ihnen vorbei.
Erik packt sie am Arm. »Du sollst dich zu uns setzen!«
Bevor Takamasa oder Jack aufstehen können, holt Larissa aus und verpasst ihm ein blaues Auge. »Wenn einer von euch mich noch mal anpackt, breche ich ihm was! Kapiert?«
Erik lässt sie los und hält sich sein Auge. »Das hab ich wohl verdient ...«
Christoph holt eine kalte Dose aus dem Kühlschrank und wirft sie ihm zu. »Ach, lass sie einfach und leg dir das aufs Auge.«
Larissa geht weiter und setzt sich gegenüber von Takamasa hin.
»Ich darf doch, oder?«
Der schweigsame und zurückhaltende Takamasa nickt freundlich, sagt aber nichts.

»Was für Vollidioten, denen hätten sie ruhig ein wenig mehr vom Hirn weglasern können«, grummelt Larissa.
Takamasa schiebt das Fenster hinunter. »Ihre Persönlichkeit, unsere Persönlichkeit, warum sind wir so unterschiedlich, wenn wir doch unsere Erinnerungen verloren haben?«
Larissa steht auf, geht zum Kühlschrank, nimmt sich ein Päckchen und eine Dose heraus und setzt sich wieder. »Das habe ich mich auch schon gefragt, aber ich denke, ich bin dahinter gestiegen.«
»Wirklich? Verrätst du es mir?«
Larissa stellt ihr Essen und das Getränk auf den kleinen Tisch unterm Fenster und beugt sich vor. »Ich vermute, sie haben nur Erinnerungen, die uns zu dem gemacht haben, was wir sind, gelöscht, aber nicht die Persönlichkeit, die daraus geworden ist. Sie haben die Faktoren entfernt, die uns daran hindern würden, uns einzugliedern. Unser altes Leben würde uns festhalten, wir würden es jagen und verfolgen. Nie Ruhe geben, nie etwas Neues akzeptieren.«
»Also haben wir noch den gleichen Charakter, aber wissen nicht, wieso wir so sind, wie wir sind.«
»Richtig, nette Leute sind lieb, Ärsche sind weiterhin ekelig und grummelige Leute sind weiterhin ... grummelig«, erklärt sie und blickt zu Jack.
Dieser schielt zu ihr rüber und wendet dann seinen Blick ab.
Takamasa überlegt. »Aber warum löschen sie uns nicht ganz aus? Wären wir dann nicht handzahmer?«
»Das schon, aber wenn sie unser Gehirn ausradieren, wären wir nur große Babys. Sie müssten uns nicht nur alles jahrelang mühsam beibringen, sondern auch auf uns aufpassen. So sortieren sie einfach alle aus, die sich nicht integrieren wollen.«
»Interessant. Also sind wir immer noch wir?«
»Ja, nur dass wir uns nicht an unser altes Leben erinnern. Was wir erlebt haben, wen wir geliebt haben und wen gehasst. Alle persönlichen Erfahrungen sind wie weggeblasen. Keine Ahnung, wie es ihnen möglich war, dies zu trennen. Ich hätte gedacht, alles

ist ein Mischmasch.«

»Was machen wir nun?«

Jack steht plötzlich neben ihnen. »Ich würde sagen, wir spielen erst einmal mit.«

Beide schauen ihn überrascht an.

Er setzt sich neben Takamasa. »Ihr scheint okay zu sein. Also hört mir zu. Das, was du eben gesagt hast, vermute ich auch. Und wenn wir ihnen nicht nützlich sind, sind wir erledigt. Also spielen wir mit und passen aufeinander auf. Ich würde das lieber alleine durchziehen, aber ich bin nicht dumm. Mein Gefühl sagt mir, alleine schafft es keiner von uns. Also, was meint ihr?«

Larissa nickt. »Solange die beiden Vollpfosten nicht dabei sind, kannst du auf mich zählen.«

»Denen traue ich nur so weit, wie ich sie werfen kann«, antwortet Jack.

»Dann bin ich dabei, was meinst du, Takamasa?«

»Einen einzelnen Pfeil kann man leicht brechen, doch mehrere im Verbund nicht. Ich stimme zu.«

»Gut, ich hau mich mal hin. Mein Kopf bringt mich um«, antwortet Jack und geht zurück zu seinem Platz.

Larissa nimmt die Robot-Coke-Dose vom Tisch und versucht, die Schrift zu lesen. Angestrengt kneift sie die Augen zusammen.

»Alles in Ordnung, Larissa?«

»Ich weiß nicht, die Schrift ist zu klein. Moment!«, sagt sie, greift in ihre Seitentasche und setzt sich eine Brille auf. »Ah, deshalb war eine Brille im Karton. Hoffentlich sehen meine Augen nun nicht riesig aus.« Larissa versucht, ihr Spiegelbild im Fenster zu erkennen.

»Keine Sorge, sie steht dir gut.«

Larissa rückt sich die Brille zurecht und gibt einen niedlichen, lachenden Grunzer von sich. »Danke.«

Es gibt einen Ruck. Langsam setzt sich die gepanzerte Lok in Bewegung und tuckert vor sich hin. Rauch wird in den Himmel geblasen und die Reise beginnt.

Larissa schmeißt ihre leere Dose und die Verpackung ihres belegten Brötchens in den Mülleimer und setzt sich wieder zu Takamasa. »Erinnerst du dich an irgendetwas?«
Er schüttelt den Kopf. »Nein, du?«
»Es liegt alles im Nebel. Ich weiß, wie man spricht, wie man isst, wie man sich ankleidet. Aber erinnern tue ich mich an nichts. Was allerdings interessant war: Als wir in den Bus gestiegen sind, wusste ich plötzlich, dass ich ihn fahren könnte.«
»Wie eine Fähigkeit, die plötzlich freigeschaltet wird? Das Gefühl hatte ich auch. Also merken wir erst, was wir können, wenn wir es erblicken oder es nutzen könnten?«
»Womöglich. Oder es kommt mit der Zeit zurück, wer weiß. So oder so, wir werden es ja bald merken. Trotzdem ist das alles irgendwie unheimlich ...«
»Oh ja.«
»Sag mal, als du vorhin eingreifen wolltest, als sie Marvin erschossen haben, da hast du an deine Hüfte gegriffen.«
»Stimmt. Ich weiß auch nicht so genau, warum. Ich wollte, glaub ich, nach etwas greifen. Aus Reflex.«
»Vielleicht nach einer Waffe?«
»Meinst du, ich habe in meinem früheren Leben stets eine Waffe bei mir getragen?«
»Warum nicht?«
Takamasa grübelt laut. »Kann gut sein, ich fühle mich ohnehin irgendwie nackt. Als würde mir etwas fehlen.«
»Ich glaub, das geht uns allen so«, antwortet sie grinsend und stupst ihre Brille hoch.

Das behutsame Rütteln des Waggons lässt alle nach und nach einschlafen. Nach ein paar Stunden Fahrt öffnet Larissa ihre Augen mit dem Blick nach draußen. Endlose grüne Wiesen erstrecken sich vor ihr, an deren Horizont Wälder wachsen und Berge in den Himmel ragen. Doch ein Donnern lässt ihren Blick nach vorne schweifen.

»Schau dir das mal an, Takamasa!«, ruft sie und rüttelt an ihm.
Er öffnet seine Augen, reibt sie sich und schaut aus dem Fenster.
»Beeindruckend.«
Eisenbahngeschütze reihen sich nebeneinander. Dutzende. Die Besatzung bringt mithilfe von Hebebühnen, Schienenanlagen und Aufzügen die gewaltigen Geschosse zum Geschütz. Nachdem es geladen ist, hebt sich das Rohr immer weiter in die Höhe und bleibt stehen. Es donnert und eine Wolke stößt aus dem Rohr. Dunkler Rauch verteilt sich über der Mündung.
Die Dampflok pfeift und die Soldaten winken.
Jack setzt sich zu ihnen. »Seht ihr das? Das sind Menschen, keine Maschinen.«
»Stimmt!«, antwortet Larissa und starrt aus dem Fenster.
»Scheint nicht ein einziger Roboter bei ihnen zu sein«, fügt Jack hinzu.
Takamasa grübelt laut. »Interessant. Die Familie beim Bahnhof. Nun die Soldaten ohne Aufsicht. Scheint, als wären nicht alle Menschen Zwangsarbeiter wie wir.«
»Wo schießen die denn hin?«, fragt Larissa.
»Bei dem Winkel vermutlich über die Mauer rüber«, antwortet Jack.
»Scheint, dass du dich damit auskennst.«
»Sieht so aus ...«

Nach einigen Minuten erblicken sie den Bahnhof in der Nähe der Mauer. Er ist wie der, den sie verlassen haben, ein Betonklotz in der Landschaft. Nur dass dieser eine Kuppel hat, wie bei einem Observatorium. Allerdings ragt kein Teleskop heraus, sondern ein gigantisches Geschütz. Maschinengewehr-Türme an allen Ecken runden das Bild ab.
Als sie aussteigen, erblicken sie einen etwa 40-jährigen Mann mit dunkler Hautfarbe. Er hält ein Schild hoch, auf dem ihre ID-Nummern stehen. Als er sie erblickt, geht er auf sie zu. »Ihr müsst der Ersatz für mein Team sein. Ich bin Tom, euer neuer

Vorarbeiter.«
Die fünf stellen sich im Halbkreis um ihn auf.
»Willkommen an der Mauer. Wir befinden uns hier im zentralen Gebiet, in der Mitte der Mauer, in der Nähe des Flusses. Folgt mir bitte.«
Christoph schaut ihn an. »Ersatz? Was ist mit unseren Vorgängern passiert?«
»Alle tot.«
»Tot?«
»Einige hatten einfach Pech, andere haben nicht auf mich gehört.«
Larissa hakt nach. »Moment! Was genau ist passiert?«
»Hier herrscht Krieg. Da sterben nun mal Menschen, besonders die Neuankömmlinge. Kommt, folgt mir und hört mir gut zu«, sagt Tom und geht voran. »Als ich hier vor sechs Monaten mit meiner Gruppe ankam, so wie ihr frisch aus der Tonne, ohne Gedächtnis, fühlten wir uns gefangen. Sklaven der Maschinen. Als wir hinter der Mauer einen Auftrag hatten, wollten wir abhauen. Zu den Angreifern, unseren Erlösern ... Ich hatte mich am Vortag am Bein verletzt und kam nur schwer hinterher. Als meine Kumpels auf einen Aufklärungstrupp der Feinde stießen, versuchten sie, ihre Lage zu erklären. Die Soldaten schossen sie über den Haufen. Vielleicht haben sie sie nicht gehört, ihnen nicht geglaubt, vielleicht schon. Wer weiß ... Ich schmiss mich in den Schlamm, zitterte und weinte. Ein Späher auf der Mauer wurde durch das Mündungsfeuer auf sie aufmerksam, funkte die Koordinaten zu einem Mauergeschütz. Noch heute klingeln meine Ohren, wenn ich daran zurückdenke ... Willkommen in der neuen Welt. Also, wenn ihr weglaufen wollt, tut euch keinen Zwang an, aber sagt nicht, ich hätte euch nicht gewarnt.«
Schweigend und nachdenklich lauschen sie Tom, als sie an einem Linienbus ankommen.
»Wenn ihr die Busse benutzen wollt, achtet auf die Nummer oben. Die verraten euch, wo sie hinfahren. M-Z-3. Mauer Zentrum 3. Da müssen wir hin.«

Als sie einsteigen, scannt der Roboter hinter dem Steuer ihre Identifikationsnummern auf dem Overall und kontaktiert über Funk seinen Kollegen. »Habe Passagiere. Fahre nun los.«
»Alles klar, klar«, rauscht es durch den Funk.
»Klar, klar«, antwortet er ihm.
Sie setzten sich und Takamasa blickt zu Tom. »Wen hat er da angefunkt?«
»Es sind immer zwei Busse, die eine Strecke abdecken. Wenn einer von beiden Passagiere hat, meldet er es, damit sein Kollege losfährt und so immer ein Bus an jeder Haltestelle ist oder bald ankommt. So haben Passagiere kürzere Wartezeiten.«
Larissa nickt. »Clever.«
»Die Maschinen sind mehr als das«, antwortet Tom.
»Das glaub ich sofort. Was liegt nun an?«, fragt sie nach.
»Nicht mehr viel. Ich zeige euch eure Unterkünfte und wir gehen was essen. Dann könnt ihr euch ausruhen. Morgen geht's dann los. Arbeit von 8 bis 20 Uhr. Wer fleißig ist, wird belohnt, aber das erkläre ich euch nachher, wenn alle zuhören.«
Takamasa mustert den Ausweis auf dem Overall von Tom. »Sie sind Stufe 5?«
»So ist es, aber ihr könnt mich ruhig duzen. Wir sitzen alle in einem Boot«, antwortet er grinsend.

Jack behält die Gegend im Auge, prägt sich den Weg ein. Jede Abbiegung, jede Straßenkreuzung, jedes Gebäude, an dem sie vorbeikommen, merkt er sich.
Erik beobachtet aus sicherer Entfernung Tom.
Christoph, der neben ihm sitzt, fragt: »Was ist los, Erik?«
»Ich weiß nicht, Chris. Ich mag ihn irgendwie nicht. Seine Fresse gefällt mir nicht!«
»Ganz ruhig, Großer. Wir bekommen schon unsere Chance.«

Nach einer halben Stunde Fahrt erreichen sie die Mauer, die ihren Schatten auf sie wirft. Reges Treiben herrscht hier. Überall fahren

Kleintransporter, Robotersoldaten marschieren durch die Gegend, Kisten werden zum Mauerfahrstuhl mit Gabelstaplern gefahren und Reparaturmannschaften schnallen sich ihre Rucksäcke und Schweißgeräte um. Am Busbahnhof zieht Tom eine silberne Karte durch einen Schlitz beim Fahrer, als er den Bus verlässt.

»Danke, fahren Sie bitte bald erneut mit uns«, antwortet der Roboter-Busfahrer.

Tom klatscht in die Hände. »So, Leute! Alle mir nach. Wir haben es gleich geschafft.«

Sie gehen gemeinsam den Gehweg an der Straße entlang, durch ein Tor und erreichen eine Wohnsiedlung, die aus Containern besteht. Vor einem grün lackierten bleibt Tom stehen und zeigt mit der Hand auf eine Beschriftung über der Tür. »Wie ihr seht, steht über den Eingängen eine ID. So findet ihr euer neues Zuhause. Diese Frachtcontainer wurden zu Wohnungen umgebaut. Sie sind recht spartanisch, aber gemütlich. Die Kamera über der Tür scannt eure ID. Dann müsst ihr nur noch auf diesen schwarzen Kasten eure Hand legen. Takamasa, tust du mir den Gefallen?«

Takamasa geht vor. Die Kamera zoomt und das rote Licht an ihr wird grün. Er legt seine Hand auf die kalte Fläche und die Tür entriegelt sich. Tom öffnet die Tür. »Wie ihr seht, ist gleich rechts ein Kleiderschrank. Links steht ein Bett. Hinten rechts ein Schreibtisch mit Stuhl, ein Kühlschrank mit Nahrung und Getränken für eine Woche. Dieser wird automatisch durch ein Verteilsystem, welches wie eine Rohrpost funktioniert, aufgefüllt. Also müsst ihr euch darum nicht kümmern.«

Larissa greift sich an ihre Brille und blickt auf. »Deshalb diese Rohre, die alle Container verbinden?«

»Du bist aber aufmerksam. Genauso ist es. Am Ende des Raumes, hinter der Tür, ist ein Badezimmer. Dusche, WC, Waschbecken und ein Kleiderkasten. Dort könnt ihr eure dreckige Wäsche hineinpacken. Diese wird automatisch abgeholt, gereinigt und zurückgeführt. Hinter dem Spiegel findet ihr eine Dose mit Tabletten gegen die Kopfschmerzen. Eine vor dem Schlafengehen und eine, wenn ihr aufwacht. Noch eine wichtige Information: In eurem Kleiderschrank sind mehrere Overalls in verschiedenen Farben. Es gibt sie in den Tarnfarben Wald, Herbst, Sommer, Winter und die Farbe, die ihr tragt: Mauer. Am Feld über dem Schrank könnt ihr ablesen, welchen man zu tragen hat.«

Larissa überlegt. »Scheint alles gut durchdacht zu sein. Ich frage mich, wie alle Systeme untereinander kommunizieren. Funk? Kabelverbindungen? Hmm ...«

»Dort drüben, in der Mitte zwischen den Wohncontainern, ist die Kantine. Dort könnt ihr euch kostenlos morgens, mittags und abends versorgen, wenn euch eure Rationen im Kühlschrank nicht reichen. Der Wecker neben eurem Bett ist auf 7 Uhr gestellt. Um 8 Uhr ist antreten bei der Arbeit angesagt. Wir treffen uns immer, wenn nicht anders vereinbart, vor der Kantine. Kommt lieber fünf Minuten früher als zu spät.«

»Wohnen Sie, ähm, ich meine wohnst du hier auch?«, fragt Larissa.

»Nein, ich habe ein Haus am Stadtrand nicht weit von hier. Es hat halt seine Vorteile, einen höheren Rang zu besitzen.«

Jack fragt, als hätte er nur darauf gelauert: »Welche Vorteile?«

»Mit steigendem Rang erhält man immer mehr Vergünstigungen. Bessere Behausung, man verdient mehr Geld, hat mehr Rechte und ist geschützter. Außerdem kann man ab Rang 6 seine Versetzung nach City 13 beantragen. Dort kann man erst ab sechs oder höher angestellt werden, außer man beherrscht einen speziellen Beruf, der dort dringend benötigt wird. Eigentlich gibt es deshalb den Eignungstest, doch durch den Krieg wurde dieser erst einmal ausgesetzt. Verschwendung potenzieller guter Arbeitskräfte meiner Meinung nach, aber mich fragt ja niemand.« Tom verbirgt seinen Ärger darüber nicht, schluckt ihn aber runter und beendet seinen Vortrag. »Ich weiß, das war heute alles viel für euch. Ruht euch aus, kommt mit mir essen oder entspannt euch. Überlegt euch, ob das hier nicht vielleicht doch eine gute Chance für euch ist, die ihr ergreifen wollt.«

Erik und Chris gehen zu ihren Containern, während sich der Rest zum Essen vor die Kantine an einen Tisch gesellt. Es knallt und eine Explosion außerhalb der Mauer lässt alles erzittern. Der Abend wird kurz in ein ohrenbetäubendes Dröhnen getaucht.
Larissa springt auf. »Was war das?«
»Ein Volltreffer an der Mauerpanzerung. Aber keine Sorge. Die hält stand. Die armen Schweine, die da morgen raus müssen, um das zu reparieren ...«, antwortet Tom.
Larissa setzt sich wieder. »Ganz sicher?«
»Ja, ist nicht der erste Einschlag, den ich miterlebe, und wohl kaum der letzte.«
Jack trinkt einen Schluck aus seiner Dose. Das Getränk schmeckt nach Äpfeln und Benzin. »Sag mal, Tom, was war das für eine silberne Karte vorhin im Bus?«
Tom zieht sie aus seiner seitlichen Brusttasche. »Meine Silver Card? Das habe ich ganz vergessen, euch zu erklären. Ihr erhaltet sie bei eurer ersten wöchentlichen Abrechnung. Auf ihr wird euer Verdienst gespeichert, zum Einkaufen von Sondergütern.«
Takamasa nimmt die Karte und begutachtet sie. Auf der rechten oberen Seite ist ein Foto von Tom, darunter sein Name und seine ID. Auf der linken Seite ein Hufeisen, mit der Öffnung nach oben. Über dem Hufeisen schwebt eine kleine Erde als Hologramm. Auf der Rückseite befindet sich ein schwarzer Magnetstreifen. Nachdem Takamasa sie unter die Lupe genommen hat, reicht er sie weiter an Larissa, diese an Jack und der wieder zurück an Tom.
Larissa fragt nach: »Wie funktioniert das? Ist sie mit einem Zentralrechner verbunden?«
»Nein, die Credits werden auf die Karte geladen. Verliert ihr sie, ist auch alles Geld darauf weg. Jede Woche, am freien Tag, könnt ihr zur Aufseherin gehen und euer Geld kassieren. Die hohen Ränge sollen außer der Silver Card auch kleine Barren aus Metall als Zahlungsmittel nutzen. Habe ich jedenfalls gehört, gesehen habe ich noch nie einen.«
»Wer ist die Aufseherin?«, fragt Takamasa nach.

»Jeder Abschnitt hat einen Oberaufseher der Roboter und einen Aufseher der Menschen. Unsere Aufseherin heißt Ai. Sie ist Stufe 9 und hat das Sagen über den gesamten Abschnitt. Ihr solltet ihr nicht krumm kommen. Sie ist nicht nur Aufseherin, sondern auch Soldatin. Pilotin, um genauer zu sein. Sie kann knallhart sein. Ihr wisst, was mit euch passieren kann.«

»Erinnere mich bloß nicht daran ...«, antwortet Larissa.

Jack grübelt, seine Stirn wirft Falten und er fragt: »Aber ein Roboter hat das Oberkommando?«

»Natürlich, aber er lässt ihr freie Hand, soweit ich sehen konnte. Er ist wohl eher eine Kontrollinstanz, um abzusichern, dass alles zum Wohle von City 13 läuft.«

Larissa überlegt laut: »Eine Frage hätte ich noch.«

»Welche?«, hakt Tom nach.

»Wieso ist unsere Identitätskarte so dick? Steckt da mehr dahinter?«

»Ich merke schon, dir kann man nichts so leicht vormachen. Der Ausweis an eurer Brust ist auch ein kleiner Computer. Auf ihm werden Daten gespeichert. Welche Befugnisse ihr habt, welche Sonderrechte, welche Beschränkungen, welchem Arbeitsauftrag ihr gerade nachgeht und Ähnliches. Unsere Vorgesetzten können diese Informationen jedoch nur aktualisieren oder auslesen, wenn sie nahe genug an uns dran sind. Also keine Sorge, es ist keine dauerhafte Überwachung und speichert keine persönlichen Aktivitäten. Primär wird auch nur mein Logbuch verändert, da ihr ja zu meinem Team gehört und immer in meiner Nähe seid.«

»Verstehe. Danke, Tom, dass du so ehrlich zu uns bist«, antwortet Larissa und mampft ihren Schokoladenkuchen.

Unverhofft endet der Abend nach all dem Schrecken gemütlich. Tom erzählt vom Leben an der Mauer. Versucht, die Neuen zu beruhigen, ihnen ein Gefühl der Sicherheit unter seinem Kommando zu geben. Nachdem sie mit dem Essen fertig sind, nehmen sie ihre Tabletten und gehen ins Bett. Noch ungewohnt für die Neuankömmlinge ist das Donnern der Einschläge außerhalb und an der Mauer. Die Geschütze feuern, die MGs singen ihr tödliches Lied. Ein ganz normaler Abend an der Mauer.

Am nächsten Morgen dringt ein Lied in die Ohren von Takamasa und er öffnet langsam seine Augen. Sein Chronometer blinkt vor sich hin. Die weibliche Stimme eines Computers ertönt aus dem Wecker. »Was für ein Triumph. Das notiere ich mir hier. Riesenerfolg! Ich kann kaum beschreiben, wie zufrieden ich bin ...«
Er streckt sich, lässt das Lied laufen und geht ins Badezimmer. Seine Finger ertasten den Spiegelschrank und öffnen ihn. Aus der Dose plumpst eine der winzigen, grünen, runden Tabletten in seine geöffnete Hand. Mit ein wenig Wasser aus dem Hahn schluckt er sie herunter, danach putzt er sich die Zähne. Er zieht seine Unterwäsche aus und stopft sie in den Kleiderkasten. Eine kleine Konsole befindet sich daneben, auf ihr drei Knöpfe. Unter dem linken steht: Fenster öffnen. Unter dem rechten: Fenster schließen. Auf dem in der Mitte steht nur: Sichtschutz.
Sein Blick richtet sich nach oben, als er den ersten Knopf drückt. Das Dachfenster klappt auf und bleibt auf Kipp stehen. Mit dem zweiten Knopfdruck wird das glasklare Fenster milchig.
»Ah, verstehe. Clever«, sagt Takamasa und geht unter die Dusche. Nach zehn Minuten angenehm heißem Wasser, mit Pause zum Einschäumen, schaut er sich um. »Kein Handtuch?« Er sucht weiter. Auf einem großen Knopf, gleich über dem Hahn, steht: Trocknen. Seine Hand nähert sich zögerlich, bis er kurz davor stehenbleibt, die Augen schließt und draufhaut. Kleine Luken öffnen sich. Aus den nun freigelegten Düsen strömt warme Luft, wie an einem schönen Sommerabend mit einer Brise vom Meer. Wie ein gigantischer Föhn, der ihn aus allen Richtung trocken pustet. Sogar die Füße werden trocken, stellt er fest, als er aus der Dusche tritt und der Boden nicht nass wird. Beim Kleiderschrank neben dem Ausgang zieht er sich frische Wäsche an, schaut auf

den Monitor, auf dem der Begriff *Mauer-Tarnung* aufleuchtet. Er zieht sich den Overall vom Vortag an, streckt sich und drückt auf den Wecker, um ihn auszuschalten.

»7:20 Uhr«, liest Takamasa ab, zuckt mit den Schultern und geht aus der Tür. Draußen herrscht reges Treiben. Die Nachtschicht hat wohl gleich Feierabend. Soldaten marschieren zur Mauer. Auf einem Schwertransporter in der Ferne erblickt er Metallplatten in der doppelten Größe der Wohncontainer, die zur Mauer gefahren werden.

»Hier ist wohl immer was los«, denkt er und geht zur Kantine. Da er noch der Einzige seines Teams ist, setzt er sich einfach an einen Tisch. Eine freundliche Bedienung bringt ihm seinen bestellten Tee.

»Vielen Dank«, sagt Takamasa und verneigt sich leicht mit dem Kopf.

»Wenn Sie noch etwas brauchen, kommen Sie einfach zu mir«, antwortet die junge Frau höflich.

»Danke. Das werde ich.«

Er beobachtet die Menschen und Roboter, die hier ihrer Arbeit nachgehen. Transporter, die Lebensmittel und Waren anliefern, Kisten, die abtransportiert werden, Roboter, die Wache stehen. Eine Frau weckt sein Interesse. Sie bleibt vor einigen Robotersoldaten stehen und gibt ihnen Befehle. Der Blick der Unbekannten mit der hellen weißen Haut, den schwarzen langen, glatten Haaren und den Mandelaugen bleibt auf Takamasa haften, als sie sich umschaut. Sie geht auf ihn zu. Takamasa steht auf. Als sie bei ihm ankommt, sieht er auf ihrem Ausweis den Namen Ai und ihren hohen Rand der Stufe 9.

»Wie ist dein Name?«, fragt sie, schaut in seine Augen und nicht auf seinen Ausweis.

»Mein Name ist Takamasa, geehrte Aufseherin«, antwortet er und verneigt sich.

»Du hast also schon von mir gehört?«

»Jawohl.« Er kann es nicht lassen und starrt sie an.

»Man sieht nicht oft welche von uns hier.«
»Von uns?«
»Die aussehen wie wir.«
Da dachte Takamasa erst darüber nach. Fast alle hier sahen gleich aus. Es gab nur wenige mit dunkler Haut wie Tom, aber niemanden wie Ai und ihn.
Die Aufseherin mustert ihn. »Du gehörst also zu den Neuen?«
»Wir sind gestern angekommen. Ich gehöre zu Toms Team.«
»Ein guter Vorarbeiter. Hör auf ihn, dann überlebst du vielleicht. Und mach ja keinen Ärger.«
Ai dreht sich um und geht. Als sie einige Meter entfernt ist, blickt sie über ihre Schulter zurück. Schüttelt den Kopf und geht weiter.
»Wer war das?«, fragt Larissa, die anscheinend schon seit kurzer Zeit hinter der Ecke gelauert und gelauscht hat.
»Das war Aufseherin Ai.«
»Sie sieht ja aus wie du.«
»Findest du?«
Erik, der mit Christoph ankommt, lacht. »Die sehen doch alle gleich aus.«
»Erik ...«, sagt Larissa mit einem bösen Blick.
Christoph winkt Larissa zu. »Morgen, Sonnenschein.«
Larissa kneift die Augen zusammen und stellt sich neben Takamasa. »Ich mag euch nicht.«
»Du brichst mir das Herz«, antwortet Christoph und grinst.
Erik hebt seine Hände, wie ein Dompteur, der ein wildes Tier beruhigen will. »Nun kommt schon, das war doch nur ein kleiner Spaß. Ich mag halt einige Menschen nicht. Na und? Wir haben doch alle unsere Vorlieben und Abneigungen. Heißt aber nicht, dass wir nicht zusammenarbeiten können. Schließlich sind wir nun ein Team. Eine Gruppe. Und das gefällt mir irgendwie. Teil des großen Ganzen sein. Ja ... das fühlt sich gut an. Als hätte alles einen Sinn.«
Jack drückt erneut Christoph und Erik auseinander und geht zwischen ihnen hindurch. »Team ... Ihr wisst doch nicht mal, wie

man das buchstabiert«, sagt er spöttisch und stellt sich schützend vor Takamasa und Larissa auf.
»Klar weiß ich das! T E E M«, antwortet Erik selbstsicher.
Christoph schüttelt den Kopf, während die anderen grinsen.
Tom kommt zur Gruppe, wie immer vertieft in sein digitales Notizbuch. Kurz blickt er auf. »Alle schon da und das fünf vor. Nicht schlecht. Ansonsten hab ich immer Nachzügler. Sehr gut. Keine Sorge, es beginnt locker. Wir befördern Munition aus dem Lager, hoch zu den Mauergeschützen. Wir haben keine Zeit zu verlieren. Folgt mir einfach!«

Am Haupttor des Lagers, nahe des Flusses, kontrollieren zwei Kampfroboter ihre Identifikationsnummern und lassen sie passieren. Vor dem Lager steht die erste Fuhre der zwei Meter hohen Patronen bereits nebeneinander gereiht und wartet auf ihren Abtransport. Sie haben einen Sicherheitsabstand voneinander und sitzen zur Stabilisation in einem Gummischuh, der aussieht wie Autoreifen, die übereinander gestapelt sind.
»Wie sollen wir die denn schleppen?«, fragt sich Erik und kratzt sich am Kopf. Christoph versucht, seine Arme um eine zu legen, sie anzuheben und scheitert.
Tom schüttelt den Kopf. »Oh Mann ... Ich bekomme echt nur die Besten der Besten. Wir haben Gabelstapler mit speziellem Greifarm dafür. Wir fahren sie zur Mauer. Dort laden wir die Patronen in einen Paternoster für Munition. Einen Muninoster«, erklärt er und lacht.
Alle schauen ihn an.
Tom räuspert sich und blickt peinlich berührt auf seine Liste.
»Larissa und Takamasa, ihr nehmt den Stapler 22-3-1, Chris und Erik, ihr 22-3-2 und Jack, wir nehmen 22-3-3. Ihr müsst den Stapler nur in die Nähe der Patrone bringen. Der Greifarm ist automatisiert. Er nimmt die Patrone sicher an sich. Dann fahrt ihr ihn rüber zum Paternoster«, erklärt er und zeigt auf die Mauer, wo sie ihn schon erkennen können. »Macht langsam! Das ist scharfe

Munition! Also, legen wir los!« Er klatscht in die Hände.
Larissa setzt sich ans Steuer, während Takamasa sie mit Handzeichen einweist. Als der Greifarm nahe genug ist, piept ein Warnton auf, der Stapler bleibt stehen, der Greifarm fährt aus und packt die Patrone. Während Larissa sie zur Mauer fährt, befördert Takamasa die nächste Patrone mit einem elektrischen Greifarm von der Laderampe in den Gummisockel.
Tom nickt zufrieden. »Sehr gut!«

Am späten Nachmittag, nach dem Mittagessen, gibt es ein Problem am Paternoster. Als Larissa ihre neue Patrone einladen will, sieht sie, dass er sich nicht bewegt. Er knattert nur noch vor sich hin, was sich wie ein mechanisches Husten anhört. Die Kabine fährt immer 30 Zentimeter hoch und knallt dann wieder runter. Dies wiederholt sich ununterbrochen. Erik und Tom kommen mit ihren Gabelstaplern an und stellen sich hinter sie.
»Mist, ist er schon wieder kaputt?«, flucht Tom. »Das kann doch nicht angehen! Das dauert bestimmt einen Tag, bis sie ein Reparaturteam entbehren können.«
Larissa mustert die Umgebung, öffnet eine Wartungsluke und klettert runter. Es dauert keine fünf Minuten und mit einem Ruck bewegt sich der Paternoster wieder. Sie klettert heraus und wischt sich ihre ölverschmierten Hände am Overall ab.
»Wie hast du das gemacht?«, fragt Tom verwundert.
»Keine Ahnung. In meinem Kopf blitzte ein Gedanke auf, was es für ein Problem sein könnte. Also hab ich nachgeschaut und ihn repariert.«
»Habe ich wirklich mal das Glück, eine Technikerin in meinem Team zu haben?«
Larissa zuckt mit den Schultern.
»Gut gemacht. Los, lasst uns weitermachen«, sagt er und klopft ihr auf die Schulter.
Stolz auf ihre Leistung schiebt sie ihre Brille mit dem Handrücken hoch und lächelt schüchtern.

Um 19 Uhr haben sie ihr Tagesziel frühzeitig erfüllt und machen Feierabend. Vor der Kantine lassen sie sich erschöpft in die Stühle fallen und bestellen Getränke.

Jack trinkt seine Robot-Coke ohne abzusetzen leer und knallt die Flasche auf den Tisch. »Das tat gut.«

Larissa lässt ihren Kopf nach hinten fallen, in die Lehne. »Das war anstrengend.«

»Keine Sorge, der erste Tag ist der härteste. Ihr habt euch gut geschlagen«, antwortet Tom und hebt seinen rechten Daumen.

Es donnert. Eines der großen Geschütze auf der Mauer hat geschossen. Rauch steigt über ihm auf. Immer mehr der Haubitzen beginnen ihr tödliches Sperrfeuer auf das Umland. In den Pausen rattern die schweren Maschinengewehre ununterbrochen.

Tom steht auf. »Scheint, als wären die Feinde wieder auf dem Vormarsch. Keine Panik, das passiert öfters. Ich schau mal nach, was los ist.«

Takamasa blickt zur Mauer auf. »Es war so ruhig und still, fast hätte ich vergessen, wo wir hier sind.«

Larissa nickt. »Ich auch, und das obwohl wir den ganzen Tag diese riesigen Patronen transportiert haben.«

Christoph setzt seinen Krug ab. »Dank uns können sie ihnen ordentlich einheizen.«

Takamasa überlegt laut. »Warum greifen sie die Mauer an? Wirklich wegen den Ressourcen?«

Jack legt seine Finger über kreuz und verbirgt seinen Mund. »Schwer zu sagen. Wir sollten auf jeden Fall aufmerksam bleiben.«

Erik schlägt mit seiner Faust auf den Tisch. »Scheiß auf die hinter der Mauer. Wir sind hier, schau dir an, was wir hier haben. Kampfroboter, Kanonen, Geschütze und Flugzeuge. Wir sind auf der Siegerseite. Der Rest kratzt mich nicht.«

»Du glaubst ihnen alles?«, fragt Larissa.

Erik zuckt mit den Schultern. »Ich hab keine Ahnung, wer ich war, und ich muss sagen, mir ist es mittlerweile auch egal. Für mich

zählt das Hier und Jetzt! Und das sollte es für euch auch. Versaut uns das ja nicht! Kapiert?«
Larissa, Takamasa und Jack schauen sich an.
Als Tom zurückkehrt, sind Erik und Christoph bereits gegangen.
»Eine der Stellungen wurde von der anderen Flussseite aus angegriffen und erhielt Unterstützungsfeuer. Ist schon wieder vorbei, wie ihr hört«, erzählt Tom und setzt sich.
Jack fragt nach: »Was ist da draußen los?«
Tom beugt sich vor. »Ihr dürft darüber mit niemandem reden.«
Alle nicken zustimmend.
»Da draußen herrscht ein Grabenkrieg. Ich hatte schon ein paar Einsätze dort. Soweit das Auge reicht, gibt es dort Gräben, kleine Festungen, Türme und befestigte Stellungen. Der Fluss trennt die Feinde von einer anderen Armee, die uns auch angreift. Sie scheinen aber nicht zusammenzugehören. Entweder haben sie eine brüchige Koalition oder einen Nichtangriffspakt. Auch wenn es ab und zu kleine Feuergefechte zwischen ihnen gibt, denke ich nicht, dass sie sich gegenseitig auslöschen werden. Sie sind sehr unterschiedlich. Die vor unserer Mauer erinnern an Soldaten. Tragen Tarnfleck, schusssichere Westen, Helme. Einige von ihnen Funkgeräte auf dem Rücken. Sie gehen taktisch vor und haben schwere Waffen. Zum Glück nur wenige Raketen. Sie sollen sehr gut ausgebildet sein und nur wenige Verluste bisher erlitten haben. Scheint, als hätten sie ein paar kluge Köpfe an ihrer Spitze. Auf ihren Flaggen stehen die Buchstaben NN. Die auf der anderen Flussseite tragen Gasmasken und Vollhelme und dazu eine dicke Kutte oder Schutzanzüge. Sie sollen furchtbare Waffen in ihrem Arsenal haben, wie einen radioaktiven Flammenwerfer und Atomgranaten. Aber wie gesagt, das sind nur Gerüchte, die ich aufgeschnappt habe. Ich bin mir sicher, da ist viel Fantasie bei. Hoffe ich ...«
»Sind die Angreifer Menschen oder Roboter?«
»Gute Frage, ich bin mir nicht sicher. Aber die, die meine Gefährten damals getötet haben, waren Menschen«, erwidert Tom.

Zwei Stunden später verabschieden sich Tom und Jack.
»Gehst du nun auch ins Bett?«, fragt Takamasa.
Larissa überlegt kurz. »Ich glaub, ich geh noch ein wenig spazieren. Kommst du vielleicht mit?«
»Gerne.«
Am Rand der Siedlung, wo die Lichter der Containerstadt versiegen, setzen sie sich auf eine Bank und blicken in den Nachthimmel. Larissas Blick fixiert den Mond. Gebannt beobachtet sie den leuchtenden Himmelskörper, der in ihr ein Gefühl der Verbundenheit auslöst. Wie ein alter Freund, den man lange nicht gesehen hat und tief in seinem Herzen vermisst.
Takamasa blickt auf ihren Oberarm. »Larissa, am ersten Tag sah ich unter deinem Ärmel eine Tätowierung. Falls ich fragen darf, wie sieht sie aus?«
Larissa zieht den Reißverschluss ihres Overalls bis zur Brust herunter und legt ihren Oberarm frei. »Ein geflügelter Mond. Auf dem Banner darüber steht NASA, auf dem darunter USSF.«
Takamasa geht dich heran. Im Mondlicht erblickt er Adlerschwingen, die aus dem Mond sprießen.
»NASA? USSF?«
»Frag mich nicht. Ich weiß es nicht.« Sie zieht sich wieder an und schaut hoch in den Himmel. Der Mond spiegelt sich in ihren Augen.
»Wunderschön, oder?«, fragt Larissa.
»Auf jeden Fall.«
Sie schweigt.
Takamasa schaut sie an. »Larissa?«
»Der Mond ...«
»Was ist mit ihm?«
»Ich glaub, ich war schon dort.«
»Was?«
»Ich erinnere mich an ihn, wie ich über ihn wandelte. Und da ist ein Name. Titan-Projekt Luna.«
Takamasa schaut sie verwundert an.

Ein starker Schmerz durchzuckt Larissas Kopf, Blut tropft aus ihrer Nase.
»Larissa? Du blutest ja!«, sagt Takamasa schockiert.
Ihre Pupillen wandern auf und ab, bis sie nach oben rollen und die Augen weiß zurücklassen. Ihr ganzer Körper beginnt zu zittern und zucken. Takamasa zögert nicht, packt sie, hebt sie hoch und rennt los.
»Wohin nur?«, fragt er sich selbst, bevor es ihm einfällt. »Da war ein rotes Kreuz am Rand der Siedlung!«
Takamasa rennt zum Arztcontainer, hämmert mit seinem Kopf gegen die Tür, da er keine Hand frei hat. Der Eingang entriegelt sich, eine Ärztin im Nachthemd öffnet ihm. Sie erkennt die Lage sofort.
»Schnell, legen Sie die Patientin auf die Trage!«
Behutsam bettet er Larissa nieder und macht für die Ärztin Platz. Sie beugt sich über sie und hält einen Scanner vor ihre Augen. Das grüne Licht sucht ihre Iris ab. Danach blickt die erfahrene Ärztin auf einen Monitor, auf dem Daten auftauchen. Schnell zieht sie eine Spritze auf, die sie Larissa in die Halsvene jagt.
»Puh, das war knapp.«
»Was ist passiert, Frau Doktor?«, fragt Takamasa.
»Sie leidet unter dem Kryo-Syndrom. Es kann durch lange Zeit im Kälteschlaf ausgelöst werden. Unbehandelt führt es eigentlich innerhalb von Stunden zum Tod. Ich werde Blutproben nehmen, um dies zu untersuchen. Ich vermute, sie hat in ihrem alten Leben ein spezielles körperliches Training erhalten. Anders kann ich mir nicht erklären, wie sie das sonst überleben konnte.«
»Was bedeutet das?«
»Entschuldigung. Ihre Kollegin wird wieder gesund. Ich behalte sie erst mal hier und werde sie behandeln. Sie wird in Zukunft jeden Tag eine Tablette einnehmen müssen und es wird dauern, bis die Medikamente, die ich ihr verabreiche, anschlagen. Bis dahin braucht sie unbedingt die kommenden Wochen, vielleicht auch Monate, Ruhe. Keine übermäßige körperliche Betätigung und auf

keinen Fall Erinnerungen.«
»Erinnerungen?«
»Bruchstücke unserer Vergangenheit. Diese lösen unheimlichen Stress in uns aus und könnten einen erneuten Anfall verursachen. Und jeder davon wird schlimmer und schlimmer, bis er zum Tode führt. Da helfen dann auch keine Spritzen oder Tabletten mehr.«
»Also sollte ich sie auf keinen Fall auf etwas aus ihrer Vergangenheit ansprechen?«
»Das sollten Sie so oder so nicht, denn wenn die Maschinen davon erfahren, wird erneut ihr Gehirn operiert, um die letzten Erinnerungen auszulöschen. Ich glaube kaum, dass das jemand von uns will, oder?«
»Natürlich nicht.«
»Sie können nun gehen, wenn Sie wollen.«
»Könnte ich bitte hierbleiben?«
»Selbstverständlich. Ich werde mich erst mal ankleiden ...«

Die ganze Nacht über wacht Takamasa an Larissas Krankenbett. Als Larissa am Morgen die Augen öffnet, sieht sie, wie Takamasa neben ihr auf einem Stuhl schläft.
»Was ist passiert?«, fragt sie und setzt sich langsam auf. Ihr Kopf dröhnt und hämmert.
Takamasa schlägt blitzartig die Augen auf. »Wie geht es dir?«
»Mein Kopf bringt mich um, aber ansonsten ...«
Die Ärztin kommt aus dem Nebenraum. »Ich bin Doktor Helena. Ihr Kollege hat Sie nach einem Anfall hergebracht. Sie leiden unter dem Kryo-Syndrom. Dies kann durch einen zu langen Kälteschlaf ausgelöst werden. Aber Sie können beruhigt sein, die Behandlung schlägt an. Sie werden in wenigen Tagen wieder auf den Beinen sein.«
»Was ist passiert?«
Takamasa fragt nach: »Erinnerst du dich nicht mehr?
»Nein, wir saßen beim Abendessen und dann wache ich hier plötzlich mit diesen schrecklichen Kopfschmerzen auf. Und meine

Füße fühlen sich so kalt an.«
»Wir waren noch spazieren, da bekamst du den Anfall. Ich brachte dich sofort her.«
»Danke, Takamasa.«
Die Ärztin unterbricht sie. »Arbeiter. Sie müssen sich auf ihre Schicht vorbereiten.«
»Wie spät ist es?«
»7 Uhr.«
»Gut, dann geh ich duschen. Ich komme nach der Arbeit wieder. Ruh dich gut aus und werde gesund.« Takamasa blickt zur Ärztin. »Soll ich Tom informieren?«
»Er hat bereits eine Nachricht von mir erhalten.«
Larissa lässt sich in ihrem Krankenbett zurückfallen. »Ich fühle mich wie vom Bus überfahren.«

Die Tage vergehen. Larissa kann sich nach sieben Tagen wieder ihrer Gruppe anschließen und fleißig mitarbeiten. Nur eine Tablette, die sie täglich nach dem Aufstehen einnehmen muss, erinnert sie an den Vorfall. Die Pillendose trägt sie stets bei sich, damit sie beim ersten Anzeichen eines Anfalles eine nehmen kann. Takamasa vermeidet es, die Nacht ihres Anfalls zu erwähnen, den Mond und das Titan-Projekt, aus Angst davor, es könnte erneut einen Anfall auslösen. Neben dem Transport von Munition müssen sie in den kommenden drei Wochen Straßen ausbessern, Wohncontainer mit LKWs vom Bahnhof abholen und aufstellen, Bäume fällen oder stutzen, deren Äste auf Fahrbahnen hängen, Versorgungsgüter verteilen und angeforderte Ersatzteile in der Nähe ausliefern. Besonders oft müssen sie zum Flugfeld im Osten der Containerstadt, denn immer mal wieder kommen Sonderlieferungen an ihrem Lager für sie an. Ihr Inhalt ist unbekannt, aber sie vermuten Flugzeugteile für die Kampfjäger. Langsam hat sich das Team gut eingespielt, auch wenn es immer mal wieder zu kleinen Sticheleien und Streitigkeiten kommt, die durch Christoph oder Erik ausgelöst werden.

Zu ihrem einmonatigen Arbeitsverhältnis wird Toms Team in Ais Büro gerufen. Dies liegt auf der Mauer und so dürfen sie zum ersten Mal dort hinauf. Das Team setzt sich auf die Couchgarnitur im Büro der Aufseherin. Ai steht mit auf dem Rücken verschränkten Armen vor ihnen. Sie trägt einen Pilotenanzug, auf dessen Brust ein Halfter angebracht ist, aus dem der Griff eines Revolvers ragt.

»Team 23. Ihr habt wirklich gute Arbeit geleistet und euch bewiesen. Seitdem ihr hier angekommen seid, starben an der Mauer Arbeiter durch Feindbeschuss, durch Unfälle oder wurden in die Bioverwertung gebracht, ausgelöst durch rebellisches oder schädliches Verhalten gegenüber City 13. Jedes Team in meinem Abschnitt hat einen Verlust auf die ein oder andere Weise erlitten. Nur ihr nicht. Beeindruckend. Weshalb mir Folgendes umso leichter fällt.« Ai streckt ihre rechte Hand aus, an der sie einen gepanzerten Handschuh trägt, der mit einem Monitor in der Handfläche versehen ist. Feine Kabel, durch die blaues Licht flimmert, umwickeln die Gelenke der Finger. Ein Lichtstrahl, ähnlich einem Laserpointer, zielt auf den Ausweis von Takamasa. Die kleine Lampe neben dem Foto ändert ihre Farbe, blinkt und nimmt Verbindung auf. Die ID ändert sich auf: ID:C1306845-ARB_2-Z=WFR. Dies wiederholt sie bei Jack, Larissa, Erik und Christoph.

»Glückwunsch. Ab heute tragt ihr Rang 2. Mit allen Pflichten und Vergünstigungen.«

Tom applaudiert. »Gut gemacht, Leute!«

»Ihr könnt nun abtreten. Tom, wir müssen noch reden.«

Nachdem die Arbeiter den Raum verlassen haben und draußen warten, setzen sich Tom und Ai an ihren Schreibtisch.

»Was gibt es, Aufseherin?«

»Ich habe leider eine schlechte Nachricht für dich. Dein Team erhält einen Frontauftrag. In der vordersten Linie ist ein Generator ausgefallen und die Munition der Autogeschütze fast aufgebraucht.

Larissas Talent ist nicht unbemerkt geblieben. Ihr Händchen für Reparaturen wird dort dringend benötigt. Wenn Außenposten Lazarus fällt, erhalten die Feinde Zugang zu drei Abschnitten, die dann unmöglich zu halten sind. Ich würde auch lieber ein Kampfteam mit Techniker aussenden, aber ich habe keins zur Verfügung. Im Norden der Mauer gibt es eine Großoffensive der Nuklearen Bruderschaft.«

»Verstehe ... Nukleare Bruderschaft, so heißen die also.«

»Geh zum Lager, lass dir fünf X-100 Munitionskisten geben, das Spezialwerkzeug und die Ersatzteile für den Generator. Es sollte alles bereitstehen.«

»Jawohl, Aufseherin.«

»Hier, nimm das Funkgerät mit. Damit kannst du mich kontaktieren, falls dein Trupp in der Klemme sitzt. Ich werde auch gleich ausrücken. Der Tag wird für uns alle hart.«

»Danke, das weiß ich zu schätzen.«

»Viel Glück, Vorarbeiter.«

Als Tom die Tür hinter sich schließt, kommt ihm Larissa schon entgegen. »Das Gesicht kenn ich. Was sollen wir erledigen?«

»Wir werden an die Front geschickt. Wir müssen Munition liefern und einen Generator reparieren.«

Christoph schaut ihn verdutzt an. »Front? Wir sind doch an der Front?«

Erik nickt. »Genau!«

»Nein, die richtige Front.«

Tom gibt ihnen ein Handzeichen, geht zum Abgrund der Mauer und blickt mit seinem Team nach draußen. Es ist schlimmer als in ihren Albträumen. Das Land ist verwüstet. Es riecht nach verbanntem Holz, Schießpulver und Schwefel. Gräben ziehen sich durch den einst grünen Boden, von dem lediglich grau-brauner, zum Teil schwarz verbrannter Matsch übrig ist. Krater, so groß wie Fußballfelder, prägen die Landschaft. Der einst schöne und prachtvolle Wald besteht nur noch aus verbrannten schwarzen

Baumstämmen. Rauch steigt von vielen Orten hoch. Explosionen detonieren in der Ferne. MG-Feuer knattert durch die Luft. Ein Ort, an dem niemand sein möchte.
Am Lager schnallen sich alle, bis auf Larissa, eine X-100 Munitionskiste auf den Rücken. Größer als ein Rucksack und so schwer, als wäre er mit Beton gefüllt. Larissa erhält einen gepanzerten Rucksack, in dem die sensiblen Ersatzteile sind. In ihrer rechten Hand trägt sie einen Koffer. Klein, rot und randvoll mit Spezialwerkzeug. Als sie an den Fahrstuhl treten, der sie am Rand der Mauer schützend nach unten befördern soll, atmen sie noch einmal durch. Es wird dunkel, als der Fahrstuhl im Stahlbetonschacht verschwindet und nur vier kleine orangefarbene Lichter das Innere der Kabine erleuchten. Mit einem Ruck hält er an und die Tür öffnet sich. Ein Robotersoldat steht vor ihnen. Er wurde schwarz lackiert, damit er in der Entfernung schlechter auszumachen ist. Ein grünes Licht scheint aus seinem runden Kameraauge am Kopf. In seinen Händen hat er ein Sturmgewehr, welches er gesenkt hält und an seinen Körper presst.
Seine metallene Stimme, die ein leichtes Echo hat, ertönt. »C13-E404 meldet sich zum Dienst. Ich wurde zum Schutz der Technikerin abkommandiert. Ich werde ihr Team zur Basis Lazarus geleiten. Bitte folgen Sie mir.« Tom geht ihm hinterher, die anderen reihen sich im Gänsemarsch ein. Stundenlang marschieren sie durch die Gräben. Drei Meter hoch und breit. Mit einer 1,50 Meter hohen Stufe, die den Graben in der Mitte spaltet und anhebt. So können Schützen raufklettern und den Feind besser unter Beschuss nehmen, während die Soldaten unten geschützt langlaufen können.
Die Explosionen werden immer lauter. Mörser schlagen neben ihnen ein. Schwere Maschinengewehre rattern in der Entfernung. Immer wieder regnet es Sand, Metall und Beton. C13-E404 hebt seinen Arm und hält schützend seine Hand über seinen Funksender, welcher dort angebracht ist, wo Menschen ihr rechtes Ohr haben. »Funk gestört. Bitte warten ... Verbindung schlecht.

Bitte wiederholen, Lazarus ... Verstanden. Autogeschütze bei weniger als 1 Prozent Munitionsvorrat. Schwere Angriffswelle abgewehrt. Notfall Energieversorgung bei 10 Prozent. Sofortige Unterstützung notwendig.« Er dreht seinen Kopf um. »Wir müssen uns beeilen. Geschätzte Zeit bis zum nächsten Angriff: 25 Minuten!«, sagt er und marschiert in schnellen, größeren Schritten los. Toms Team hat Mühe mitzuhalten, gibt aber alles. 20 Minuten später erreichen sie Lazarus.

Drei große Bunkeranlagen, die mit Gräben untereinander verbunden sind, liegen vor ihnen. Einer der linken Bunker brennt und hat einen gewaltigen Einschlag erlitten. Zwischen den Stahlbetongebäuden liegen die Autogeschütze, die zur Zeit inaktiv und im Boden versunken sind.

Tom hält an. »Folgt mir, ich zeige euch, wie man sie nachlädt.«

Vor einem der Geschütze bleibt er stehen und beugt sich vor. Ein Scanner erfasst sein Abzeichen auf der Brust und analysiert es. Ein grünes Lämpchen leuchtet auf und der Turm fährt hoch. Er besteht aus einem runden Körper, der auf einem Sockel steht. Links und rechts hat er Schienen als Arme. Tom drückt auf eine quadratische Fläche, die daraufhin aufklappt und das Munitionslager freigibt. Er öffnet seine X-100 Kiste, nimmt vier Ladestreifen heraus und wechselt sie mit denen aus dem Turm aus.

Larissa schaut ihm über die Schulter. »Moment mal! Wie lange soll das denn reichen? Die Patronen verschießt er doch im Nullkommanix!«

Tom schließt das Fach und der Turm fährt wieder in den Boden. »Die Geschütze haben Schienengewehre als Bewaffnung. Man kennt sie eher unter den Namen Railgun. Ihre Munition ist viel kleiner als übliche MG-Patronen.«

Erik blickt ihn mit offenstehendem Mund und leerem Gesichtsausdruck an.

Takamasa fragt nach. »Railgun? Was ist das? Wie funktionieren die?«

»Wir haben keine Zeit, also fasse ich mich kurz: Die

Schienenkanone ist eine Waffe, welche Geschosse mittels eines stromführenden Schlittens entlang zweier parallel laufender Schienen beschleunigt. Durch das Magnetfeld entsteht die Beschleunigung der Projektile, welche vom Stromfluss erzeugt wird. Deshalb brauchen wir auch dringend den Generator wieder online. Abhängig von der Beschleunigungsstrecke, der Länge der Schienen und der Stärke des Stromes, aber auch von der Anordnung der Schienen werden Geschwindigkeiten von mehreren Kilometern pro Sekunde erreicht. Bei normalen Waffen beträgt die Mündungsgeschwindigkeiten etwa 2 km/s. Bei Railguns werden Geschwindigkeiten von weit über 35 km/s erreicht.«

Larissa starrt auf den Turm. »Ach du heilige Muhkuh ...«

Tom klatscht in die Hände. »Genug geredet! Ihr habt gesehen, wie es geht. Bestückt alle Autogeschütze neu. Larissa, kümmere dich um den Generator. Ohne Storm bringt den Türmen die Munition auch nichts.«

C13-E404 führt Larissa in den Generatorraum, während die anderen ihrer Arbeit nachgehen. Der Generator ist tot. Nicht eine Lampe an ihm brennt. Der gewaltige Apparat ist so groß wie ein Kleinbus. Schnell erkennt Larissa, dass alles auf ein Objekt ausgelegt ist. Ein Zylinder in der Mitte. Vorsichtig entfernt sie ihn und begutachtet das Objekt. So groß wie eine Kaffeekanne. Ein Zylinder, weiß mit schwarzer Beschriftung. Am unteren Ende ein Stecker. Die Kennzeichnung lautet: *Helium^3-Batterie. US Army Modellnummer 1509. Eigentum der US Regierung.* Auf einem kleinen Display erkennt sie die Aufladung. »25 Prozent? Also leer bist du nicht, mein Freund. Woran kann es denn dann liegen?«, fragt sich Larissa und öffnet eine Klappe am Generator. Die Notbeleuchtung ist zu schwach, also nimmt sie ihre Taschenlampe aus dem Werkzeugkasten und leuchtet rein. »Ach du ... Was ist hier denn passiert?«

Die Kabel sind durchgenagt. Ein totales Chaos liegt vor ihr.

Draußen ertönen Detonationen. Alles erzittert. Einschläge von Mörsern nähern sich dem Bunker, in dessen Ausläufer sich Larissa befindet.
C13-E404, der die Tür bewacht, erstattet Bericht. »Der Angriff hat begonnen. Feindliche Verbände nähern sich. Kommandant C13-E100 gibt folgende Befehle aus: Alle Kampfroboter sofort in die Gräben. Alle Sondereinheiten gehen wie folgt vor: Nashorn EINS, mit stationären schweren Maschinengewehren die Flanken sichern. Biber ZWO, mit Panzerschrecks den Süden abdecken. Mammut DREI, Panzerabwehrkanonen besetzen. Schildkröte VIER, Scharfschützen sollen ...«
Ein lauter Knall, gefolgt von einer Erschütterung, rüttelt den Generatorraum durch.
»Verbindung unterbrochen ...«
Larissa greift sich ihr Werkzeug und legt los.

Draußen sind ihre Kameraden fertig, doch die Türme bleiben eingefahren.
Jack schaut sich um und reißt die Arme hoch. »Was ist los?«
»Wie ich befürchtet habe. Der Notstrom ist zu gering für die Railguns!«, ruft ihm Tom zu.
Es pfeift und eine Mörsergranate schlägt unmittelbar in einen der Bunker ein. Sie werfen sich zu Boden. Sand und Betonstücke prasseln auf sie nieder.
Takamasa robbt zu Jack rüber. »Das sieht nicht gut aus.«
»Ach nee! Ohne Strom läuft hier so gut wie nichts. Die großen Geschütze in den Bunkern müssen solange per Hand nachgeladen werden. Das dauert ewig. Außerdem hat der taktische Gefechtsstand zur Analyse der Umgebung keinen Saft.«
»Du kennst dich ja gut aus.«
»Sieht so aus«, antwortet Jack. »Wir brauchen Waffen!«
»Ich glaube kaum, dass sie uns welche geben!«, mischt sich Christoph ins Gespräch ein. Es jault und eine weitere Granate fliegt in ihrer Nähe in die Luft. »Es ist uns zwar nicht verboten, an

der Front welche zu tragen, aber nirgends steht, dass sie uns welche geben sollen.«
Erik schaut seinen Kumpel an. »Woher weißt du das?«
»Da ist ein Regelbuch im Kleiderschrank. Solltet ihr auch mal lesen ...«
Jack grübelt. »Also müssen wir uns selber Waffen besorgen? Großartig.«
Tom legt seine Arme über den Kopf. »Wir sollten nicht hier sein. Verdammt!«
»Sind wir aber!«, antwortet Jack.
»Wir sollten zu einen der Bunker kriechen. Da drinnen sind wir vielleicht sicher«, schlägt Christoph vor.
Takamasa wischt sich den Sand aus dem Augen und blickt zu ihm rüber. »Nein! Denk doch nach! Die sind ihr Primärziel! Wir müssen Ruhe bewahren.«
»Wir brauchen den scheiß Generator. Und zwar sofort, sonst gehen wir hier noch alle drauf!«, schreit Christoph.
»Larissa tut bestimmt ihr Bestes«, antwortet Takamasa.

Schüsse durchschneiden die Luft, zischen über ihre Köpfe hinweg, schlagen im Beton und Holz um sie herum ein. Die Roboter beginnen ihr Sperrfeuer auf die feindlichen vorrückenden Truppen. Ihre schweren Maschinengewehre rattern los. Der Lärm wird nur unterbrochen vom lauten Knall der Scharfschützen hinter ihnen. Kleine Pyramiden aus Munitionshülsen bilden sich im Graben. Rauch steigt hoch in den Himmel, als eines der schweren Maschinengewehre vor ihnen verstummt und es aufgeklappt wird, um einen neuen Munitionsgürtel einzulegen. Ein Pfeifen schallt durch die Luft am Himmel, wird immer dumpfer und lauter. Eine Mörsergranate zerfetzt die MG-Stellung vor ihnen.
Tom greift in seinen Rucksack und holt ein Funkgerät raus. »Aufseherin Ai, bitte kommen«
Es rauscht kurz, dann klickt es zweimal. »Hier Aufseherin Ai. Ich habe von schweren Feuergefechten in Ihrem Sektor gehört. Ich

befinde mich bereits auf dem Weg. Wie ist die Lage?«
»Wir sitzen hier fest. Der Generator läuft nicht. Nur Notstrom. Die Mörser nehmen uns auseinander!«
»Ich bin gleich da und kümmere mich um sie.«
Takamasa schaut ihn an. »Was meint sie damit?«

Ein lautes Donnern am Himmel kündigt sie an. Ein Fairchild-Republic A-10 Erdkampfflugzeug fliegt über sie hinweg. Sein unverkennbares Geräusch leitet das Feuern seiner GAU-8/A Avenger Gatling-Kanone ein. Ein Nebelhorn des Todes. Es klingt, als würde ein Rasenmäher Metallstäbe abrasieren. Das unheimliche Geräusch wird immer schneller und lauter, je näher das Kampfflugzeug dem Boden kommt. Der Hagelsturm besteht aus PGU-13/B High-Explosive-Incendiary-Geschossen, kurz HEI-Geschossen, die beim Aufschlag explodieren. Kurz vor dem Hochziehen feuert Ai Raketen ab, die in den feindlichen, vorrückenden Linien furchtbare Zerstörung hinterlassen. Nur, um danach sofort einen erneuten Anflug zu starten und den Vorgang zu wiederholen.

Takamasa steht auf und blickt zum Himmel. »Ist das Ai?«
»Ja, ist sie«, ruft Tom ihm zu.
»Was ist das denn?«, schreit Takamasa und zeigt in die Ferne.
Eine Kugel wird hinter den feindlichen Linien abgefeuert. So groß wie ein Fußball, so hell wie die Sonne. Zielstrebig rast sie den Himmel hinauf. Ai erblickt die pulsierende Riesen-Murmel, reißt den Steuerknüppel rum und lenkt das Flugzeug knapp an ihr vorbei. Als sie sich schon in Sicherheit wiegt, detoniert die kleine Sonne und versprüht Hunderte von glühenden Splittern. Ein Flügel wird zerfetzt, das rechte Triebwerk brennt und stottert, das Heck gleicht einem Schweizer Käse. Das Erdkampfflugzeug verliert an Höhe, geht immer tiefer und tiefer, begleitet von einem Dröhnen.
»Mein Gott, sie stürzt ab!«, ruft Tom und schlägt die Hände über den Kopf zusammen.

Takamasa zögert nicht und sprintet los.
»Bist du wahnsinnig?!«, schreit Tom ihm nach.
Jack hechtet hinterher, schafft es aber nicht mehr, ihn zu packen.
Erneut schlagen Mörsergranaten ein und zwingen sie zu Boden.

Takamasa läuft quer übers offene Feld, Kugeln pfeifen ihm um die Ohren. Die Roboter reagieren sofort, schwenken um und geben ihm Deckungsfeuer. Sein Blick schweift in die Ferne. Das Land ist geprägt von alten Gebäuden und Bunkern, die großteils zerstört wurden oder abgebrannt sind. Alte Fahrzeugwracks geben dem Feind Deckung, ihm jedoch auch. Eine Kraterlandschaft, die der Bruder des Mondes sein könnte. Vor ihm erblickt er einen verlassenen Graben, in den er reinhechtet. Er knallt auf den aufgelockerten Boden. Seine Schulter schmerzt, scheint jedoch nicht verletzt zu sein. Mit schmerzverzerrtem Gesicht rafft er sich auf, klettert die 1,50 Meter tiefe Abstufung in den Graben runter und hastet weiter. Im drei Meter tiefen Graben ist er sicher vor den Kugeln.
Dunkler Rauch steigt in den Himmel von der Absturzstelle hoch. Panik macht sich in ihm breit. Seine Gedanken drehen sich. Wieso, ist ihm nicht bewusst, aber sein Herz schlägt schneller und schneller. Nach wenigen Minuten, die ihm wie eine Ewigkeit vorkommen, erreicht er das Ende des alten Grabens und klettert über eine Holzrampe hinauf. Vor ihm liegt die A-10. Ein Triebwerk hat sich in den Boden gewühlt, der andere Flügel ist abgebrochen. Feuer breitet sich aus.
Takamasa blickt sich um. »Niemand in Sicht«, denkt er und sprintet los. Mit einem Schrottteil stemmt er das Cockpit auf und zieht die Pilotin raus. Es knackt laut und eine der Raketen rollt den Abhang runter, hinein in den Graben, aus dem Takamasa gerade gekommen ist. Hurtig trägt er Ai in einen verlassenen Schützengraben am Fluss. Kurz nachdem sie im Graben sind, explodiert die Rakete, dicht gefolgt vom Flugzeug, in einem gigantischen Feuerball und lässt den Boden erzittern. Sand und

Metall regnen hernieder. Takamasa beugt sich über Ai, um sie zu schützen. Alles, was zurückbleibt, ist ein brennender Krater, der die Gräben nun miteinander verbindet. Überall liegen schmorende und qualmende Wrackteile, schwarzer Rauch legt sich über sie. Der Graben ist intakt geblieben, wenn auch lädiert, Takamasa glücklicherweise unverletzt.
»Das war knapp. Zu knapp«, murmelt Takamasa, schnappt kurz Luft und tastet Ai vorsichtig ab. An ihrem Kopf hat sie eine stark blutende Platzwunde. Ihre Arme und Beine könnten gebrochen sein. Sie ist nicht bei Bewusstsein, atmet jedoch. Am Bauch ist eine Erste-Hilfe-Tasche für Notfälle befestigt. Mit den Verbänden daraus schafft er es, die Blutungen vorerst zu stillen. Er horcht auf, als er die Stimme eines unbekannten Mannes hört.
»Ich sag euch doch, da war jemand, der den Piloten rausgezogen hat! Irgendwo hier müssen sie sein!«, ruft die unbekannte Stimme seinen Kameraden zu.
»Labere keinen Mist, hier ist niemand! Lass uns abhauen.«
Ein Soldat der NN kommt um die Ecke gebogen, gerade mal 20 Meter von ihnen entfernt. Schusssichere Weste und Helm sind in Dunkelbraun gehalten. Sein Blick ist nach hinten zu seinen nachkommenden Kameraden gerichtet. Takamasa zieht den Revolver aus dem Halfter auf Ais Brust, steht auf, läuft auf den Soldaten zu und schießt, bevor dieser ihn überhaupt wahrnimmt. Die erste Kugel durchschlägt seinen Hals die zweite sein rechtes Auge.

Ein Rauschen ertönt in den Ohren von Takamasa. Dann legt sich ein weißes blendendes Licht innerlich über seine Augen.
Stille ...
Bruchstücke aus vergangenen Tagen erscheinen in seinem Geist.
Eine japanische Burg.
Viele Soldaten, die mit ihm vor einem Rednerpult stehen und einem älteren Mann in Uniform lauschen.
An seiner Hüfte ein Katana. Sein Katana!

Eine Samurai-Rüstung in einer Halle aus Eisen.
Experimente ...
Medikamente und Spritzen ...
Unglaubliche Schmerzen.
Schreie seiner Kameraden.

Takamasa fängt sich wieder und steht zwischen drei toten Soldaten. Eine Soldatin kniet vor ihm, blickt auf den Boden und zittert. Er hat einen Tunnelblick. Sieht kaum etwas. Nur langsam weitet sich sein Sichtfeld wieder. In seinen Händen trägt er ein Sturmgewehr. Mit der linken stützt er es ab, mit der rechten ist er im hinteren Teil der Waffe versunken. Es hat die Form eines Haifischs, was wohl auch den eingravierten Namen erklärt, der auf der Seite steht: U.S. Army SHARK. Ein Trommelmagazin steckt fast bis zur Versenkung unten drin. Auf dem unteren Teil des Visiers, welches auf dem Lauf der Waffe angebracht ist, ist ein kleines digitales Feld, auf dem die Munitionsanzeige steht: 37/100.
Sein Körper beginnt zu kribbeln und sein Herz rast.
»War ich das?«, flüstert er und mustert die Leichen um ihn herum.
Die Soldatin vor ihm blickt auf. »Bitte ... töte mich nicht«, fleht sie ihn an.
Auch wenn er sie schon vorher bemerkt hat, realisiert er nun erst wirklich, was hier geschieht. Gerade noch rechtzeitig kann Takamasa das Zucken seines Zeigefingers verhindern.
»Geh«, sagt er mit einem Kloß im Hals.
Sie zögert nicht, steht auf und rennt los. »Danke.«
Seine Augen können nicht von den Toten ablassen. Er steht einfach da und starrt sie an.
»Takamasa!«, ruft Jack.
Doch er nimmt ihn kaum wahr.
»Takamasa?!«, fragt er und kommt langsam auf ihn zu. Tom kniet sich neben Ai und überprüft ihren Gesundheitszustand. Erik und Christoph stehen hinter ihm und schauen sich nervös um.
Takamasa spürt eine Hand auf seinem Sturmgewehr, die es

behutsam runterdrückt.
Er blickt auf. »Jack?«
»Alles in Ordnung, Takamasa?«
Er schüttelt den Kopf und zwinkert ein paarmal. »Ja ... ich denke schon. Es geht wieder. Was macht ihr hier?«
»Wir sind dir nach. Was denkst du denn? Komm, wir müssen hier weg.«
Tom winkt sie ran. »Ai ist stabil, aber sie muss schnell zu einem Medibot.«
Während Takamasa auf sie zugeht, ruhig und leicht wankend, plündert Jack die toten Soldaten, erbeutet einen Rucksack mit Trommelmagazinen für die SHARK, eine Schrotflinte und ein paar Pistolen. Diese verteilt er an Tom, Christoph und Erik.
Jack mustert das Sturmgewehr. »Seltsam. Es kommt mir so vertraut vor.«
»Vielleicht hattest du ja mal eins«, antwortet Tom und nimmt das Magazin aus seiner Pistole. Er kontrolliert die Patronen, steckt es wieder rein und zieht den Schlitten durch, um sie zu laden.
»Kann sein.«
Takamasa, noch leicht benebelt, kniet sich hin, hebt Ai auf und trägt sie. Christoph läuft voraus, mit einer Pistole in der Hand, Erik ist gleich hinter ihm und gibt ihm Deckung mit seiner Schrotflinte. Tom hilft Takamasa, das Schlusslicht bildet Jack.
Als sie am Ende des alten Grabens ankommen, klettert Christoph hoch. »Kommt nun, Leute! Beeilt euch mal.«
Als sein Fuß den nächsten Schritt macht, klickt es.
Tom schreit. »Nicht bewegen!«
Christoph schaut nach unten. »Was ist los?«
»Ich glaube, du bist auf eine Mine getreten!«
»Was?«
»Bleib ruhig! Wenn du dich bewegst, fliegst du in die Luft und wir gleich mit.«
»Ich steh hier auf dem Präsentierteller!«
»Ich weiß, beruhige dich. Ich kenn mich mit Sprengstoff aus. Ihr

bleibt unten im Graben! Ich schau mir das mal an.«
Tom klettert hoch, kniet sich hin und zieht einen Schraubenzieher aus seiner Gürteltasche. Vorsichtig buddelt er, um den Schuh herum, die Mine frei.
»Eine Y-78. Anti-Personen-Mine. Klasse.«
Christoph schaut zu ihm runter. Schweiß tropft auf den Boden.
Tom setzt den Schraubenzieher an und hebelt eine Luke auf. Aus seiner Tasche zieht er einen Seitenschneider und zieht drei Kabel heraus. Ein grünes, ein rotes und ein blaues.
»Nun zum kniffligen Teil. Wir haben drei Kabel. Und die Schweine haben bei jeder Produktionsreihe andere Farben verwendet.«
»Was nun?«, fragt Christoph panisch.
»Welche Farbe, Chris? Grün, rot oder blau?«
»Scheiße, Mann ... Woher soll ich das wissen? Nimm rot!«
Tom blick in den Graben. »Erik, welche würdest du nehmen?«
Erik grübelt. »Blau!«
Tom nickt, setzt an und durchschneidet einen Draht. Das Blinken in der Mine erlischt. »Geschafft«, sagt Tom und atmet aus. Langsam steht er auf und klopft Christoph auf die Schulter.
»Welche Farbe hast du genommen?«, fragt Jack.
»Da die beiden rot und blau gewählt haben, natürlich grün«, antwortet er mit einem fetten Grinsen auf den Lippen.
Alle lachen, als auf einmal Blut in das Gesicht von Christoph spritzt. Tom wankt und kippt um. Ein lauter Knall durchschneidet die Luft.
»Scharfschütze!«, brüllt Jack.
Christoph springt in den Graben. Jack klettert auf die erhöhte Stufe, zieht das Sturmgewehr hoch und beginnt zu feuern. Erik tut es ihm gleich. Auf einem zerstörten Bunker in der Ferne liegt der Scharfschütze, rollt sich weg und verschwindet. Jack hört erst auf, als seine Waffe nur noch ein Klacken von sich gibt und das Magazin leer ist. Christoph packt Tom und zieht ihn rein, doch es ist zwecklos. Ein Loch klafft in Toms Stirn, sein Hinterkopf fehlt.

Das Trommelmagazin der SHARK fällt zu Boden, aus dem Rucksack greift sich Jack ein neues und steckt es ein. 100/100 leuchtet auf dem Visier auf.
Jack schreit: »Wir müssen los! Solange sich der Heckenschütze eine neue Position sucht.«
»Bist du verrückt? Wir werden da draußen abgeknallt!«, schreit Christoph.

Der Boden bebt.
Takamasa, der immer noch Ai trägt, ruft: »Was war das?«
Erneut erzittert der Untergrund. Jack kriecht die Sandrampe hoch und blickt aufs offene Feld. Ein fünf Meter großer Kampfroboter läuft übers Schlachtfeld. Er hat einen massiven ovalen Oberkörper. Die Schweißnähte der Panzerung bilden den Buchstaben M auf seiner Brust. Seine Schutzhülle scheint außergewöhnlich zu sein, denn feindlicher Beschuss prallt einfach daran ab, sogar Granaten hinterlassen gerade mal Schrammen und schwarze Flecke. Seine Arme und Beine sehen aus wie Wellrohre. Sein Kopf wie eine große uralte Taucherglocke. Sie ist leicht transparent und beheimatet Hunderte von Lichtern. Sie erinnert an den Sternenhimmel bei klarer Nacht. In seiner rechten Hand trägt er einen Raketenwerfer mit drei Rohren. Am linken Arm eine Gatling-Gun. Beides feuert auf die feindlichen Linien. Umgeben ist er von gut zwei Dutzend Kampfrobotern, die ihn unterstützen.
Erik staunt. »Wow. Was ist das denn für ein Koloss? Kommen die wegen uns?«
Takamasa blickt auf die Frau in seinen Armen. »Wohl eher wegen Ai. Aufseherin, Kampfpilotin und Stufe 9.«
Wie vom Teufel gejagt, hetzen sie übers offene Gebiet, geschützt vom Deckungsfeuer der Roboter. Vor ihnen hören sie die Railgun-Geschütztürme der Basis Lazarus wieder feuern.
»Larissa hat's geschafft!«, stellt Takamasa fest.
»Ich sagte es doch«, antwortet Erik
»Schon klar«, erwidert Jack.

Doch der Anblick der Anlage erschreckt sie. Die Bunker sind zerstört und brennen. Überall liegen vernichtete Kampfroboter und tote Soldaten der NN. Ein Medibot kommt auf sie zu. Er erinnert an einen laufenden Kühlschrank. »Bitte legen Sie die Patientin auf eine Liege beim Exfiltrationspunkt. Vielen Dank. Ich werde mich umgehend um sie kümmern.« Er zeigt auf einen Landeplatz für Hubschrauber in der Nähe. Takamasa legt Ai nieder und der Medibot beginnt seine Untersuchung.
»Ich bin froh, wenn wir hier weg sind«, sagt Christoph.
Takamasa schaut sich um. »Wo ist Larissa?«
»Komm, suchen wir sie«, antwortet Jack.
Die Roboter beginnen mit den Löscharbeiten. Als sie an einem der Bunker vorbeigehen, bleibt ein Robotersoldat vor ihnen stehen.
»Warnung: Gebiet wurde noch nicht gesichert. Bitte achten Sie auf ihre Umgebung und melden Sie jegliche feindliche Aktivität dem nächsten Wachposten. Vielen Dank«, erklärt er und marschiert weiter.
»Wo könnte sie sein?«, fragt Christoph nach. »Ich will hier nicht unnötig viel rumlaufen.«
Takamasa grübelt. »Vielleicht in der Kantine oder noch beim Generator?«
»Schauen wir in der Kantine vorbei, die ist gleich dort drüben. Glaube ich«, sagt Jack und schaut auf die Wegweiser am Bunker. »Ja, dort lang.«
Sie betreten die Kantine und schauen sich um.
»Scheinen ja nicht viele Menschen hier zu arbeiten. Der Raum ist winzig«, sagt Erik.
»Denke, an der Front sind primär Roboter«, antwortet Jack und sucht mit seinem Sturmgewehr die Küche ab. Die Tür schließt sich hinter ihnen. Ein verwundeter Soldat der NN hat auf sie gelauert.
»Für eine neue Welt!«, ruft er und wirft eine selbstgebastelte Handgranate. Jack schießt eine Salve auf ihn. Die drei Schuss treffen den Soldaten in die Brust. Doch zu spät, der Sprengsatz landet zwischen ihnen. Verzweifelt schauen sie sich um. Doch

nirgends eine brauchbare Deckung. Sie sind der Explosion hilflos ausgeliefert. Die Lichter auf dem Sprengsatz, der einer Brotdose ähnelt, leuchten immer schneller auf. Erik zögert nicht und wirft sich auf sie. Die Sprengladung detoniert mit einem dumpfen Knall. Eriks Arm wird dabei abgerissen und wirbelt umher in einem Regen aus Blut.

Christoph kniet sich zu ihm hin, dreht seinen Freund um und nimmt ihn in die Arme.

Überall Blut. So viel Blut ...

»Warum, Erik? Warum?«

Blut läuft aus seinem Mund. Das Sprechen fällt ihm schwer und er keucht. »Wir konnten es uns nicht aussuchen ... aber wir sind ein Team ... Kameraden, bis in den Tod vereint ... Wenn wir nicht aufeinander aufpassen, wer dann?«

Seine Augen fallen zu und sein Körper wird schlaff.

»Erik!«

Die Tür knallt auf, ein Roboter tritt ein. »Explosion geortet!« Hinter ihm stampft ein Medibot rein. »Bitte treten Sie zurück! Analysiere Patienten.« Christoph, total blutverschmiert, weicht von seinem Kumpel zurück.

»Schwere Verletzungen festgestellt. Überlebenschance liegt bei 8 Prozent bei sofortiger Behandlung. Bitte verlassen Sie den Raum.«

Jack packt den verwirrten Christoph, der den Tränen nahe ist.

Der Robotersoldat blickt sie an. »Wo befindet sich der Feindkontakt?«

»Hinter der Tür. Er ist tot«, antwortet Jack.

Der Roboter nickt. »Alles klar, klar. Bitte verlassen Sie das Gebäude. Vielen Dank für Ihren Einsatz.«

Takamasa blickt zu dem schwer verletzten Erik beim Rausgehen.

»Danke ... Das hätte ich nicht von dir erwartet«, sagt er und guckt zu Jack. »Wir müssen Larissa finden.«

Gemeinsam gehen sie zum Reaktorraum. Vor der Tür liegt C13-E404. Seine Beine sind weggesprengt. Sein Brustkorb durchlöchert.

»Fehlfunktion ... Fehlfunktion ... Fehlfunktion ...« Es zischt und Funken sprühen aus seinen Beschädigungen. Öl verteilt sich auf dem Boden.

Takamasa kniet sich zu ihm. »Ach du ... Was ist passiert?«

»Fehler ... Umgehe Sprachsubroutinen ... Bitte warten ... Arbeiterin Larissa ...«

»Was ist mit ihr? Wo ist sie? Drinnen?«

»Speicher beschädigt ... Rekonstruiere Daten. Bitte warten ... Daten wiederhergestellt. Arbeiterin Larissa wurde bei der Verteidigung des Generatorraumes von feindlichen Streitkräften gefangen genommen.«

»Was?! Wo sind sie hin?«

»Basis ... Basis ... Basis ...«

Jack verpasst ihm einen Schlag gegen den Kopf.

»Basis Ásgarðr wurde als Ziel der feindlichen Einheiten genannt.«

Jack blickt ihn an. »Wieso haben sie Larissa nicht getötet?«

»Vermutung: Techniker sind wertvoll. Egal wo, jeder benötigt ihre Dienste. Fehlercode 23, Abschaltung steht bevor. Überhitzung festgestellt. Temperatur bei 350 Prozent des normalen Wertes.«

Takamasa fragt schnell nach: »Können wir dir helfen?«

»Bitte Kernspeicher entnehmen und neuer Einheit einbauen, bevor es zur Schmelze kommt.« Eine kleine Luke öffnet sich am Schädel und gibt den angeschmorten Chip frei. Der Kopf beginnt zu schmelzen. Schnell packt Takamasa ihn und steckt ihn ein.

Gemeinsam gehen sie zurück zum Hauptplatz, an dem sich mittlerweile alle Roboter versammeln. Vor ihnen steht der Kommandant C13-100. Er trägt einen goldenen Helm und Brustpanzer.

Takamasa läuft auf ihn zu. »Kommandant! Larissa wurde entführt. Wir müssen ihnen sofort folgen!«

»ID:C1306845-ARB_2-Z=WFR. Beruhigen Sie sich. Wir werden uns bei Gelegenheit darum kümmern. Andere Dinge haben derzeit Priorität. Abmarsch zur Mauer in fünf Minuten.«

»Bestimmt nicht! Dann geh ich halt und hol sie zurück.«
»Und ich!«, fügt Jack hinzu.
»Ach, Scheiß drauf! Ich bin auch dabei!«, sagt Christoph.
Die Roboter heben ihre Gewehre. »Arbeiter, auch wenn ich Sie verstehen kann, ist Ihnen nicht gestattet, eigenmächtig zu handeln! Ich kann Sie nicht gehen lassen. Gehorchen Sie! Fügen Sie sich!«
Ai humpelt zu ihnen rüber, der Medibot folgt ihr. Trotz seiner Bedenken, die er ununterbrochen äußert, geht sie weiter auf sie zu.
»Aber mir steht es zu. Ich habe zwar hier nicht das Sagen, aber das Kommando über meine Arbeiter. Meine Befugnisse reichen nicht aus, um Arbeiter auf eine Rettungsmission zu schicken, jedoch darf ich Bergungsaufträge erteilen. Toms Team: Holt mit allen Mitteln das Spezialwerkzeug, welches Arbeiterin Larissa bei sich trug, zurück. Es ist nicht zu ersetzen und muss zurückgebracht werden!«, befiehlt sie und zwinkert ihnen zu.
Takamasa versteht und nickt.
Die Roboter senken ihre Waffen. »Alles klar, klar. Auftrag bestätigt.«
Ai stellt sich neben den Kommandanten. »Hiermit erbitte ich die vorübergehende Ausrüstung für Toms Team.«
»Alles klar, klar. Die Arbeiter dürfen sich am Arsenal bedienen. Alle Waffen und Ausrüstungsgegenstände sind nach der Mission wieder hier oder an einer der Waffenkammern von City 13 abzugeben. Neuer Auftrag wird ins Logbuch der Arbeiter geladen. Bitte warten ...«
Der Kommandant blickt zu ihnen, die kleinen Lampen an den Ausweisen auf ihrer Brust leuchten auf und die alten Daten werden überschrieben.
Ai schaut ihre Arbeiter an. »Ich habe das mit Tom mitbekommen, zum Glück nur benebelt vom Schmerz. Er war ein guter Vorarbeiter und Freund. Er wäre stolz auf euch. Wir werden ihn vermissen, aber nie vergessen.«
Kurz halten sie inne und schweigen.
»Doch wir haben keine Zeit zum Trauern. Noch nicht. Holt Larissa

zurück. Viel Glück. Ich werde eine Bombardierung der Stellungen in der Nähe des Flusses anordnen. Die New Nation wird denken, wir bereiten einen Angriff dort vor und sie werden Truppen von anderen Posten abziehen. Vielleicht kommt ihr so durch.«
Takamasa geht zu ihr und umarmt sie. »Danke, Ai.«
Die Dunkelheit in ihr lichtet sich kurz. Sie erblickt einen Moment aus ihrer Kindheit.

Sie ist noch ein kleines Mädchen. Ein junger Mann umarmt sie. »Kleine Schwester. Pass gut auf Mama, Papa und unseren Bruder auf.«
»Bruder, wann kommst du wieder?«, fragt sie mit großen Augen.
»Ich weiß es nicht, aber wir sehen uns eines Tages wieder. Ich liebe dich«, flüstert er und drückt sie fest an sich.

Ai wirkt wie erstarrt, als Takamasa sie loslässt. Doch er bemerkt es nicht. Sein Blick wandert auf das Schwert des Kommandanten. Es sieht aus wie ein riesiges Teppichmesser, nur dass diese Klinge fest im Griff verankert ist und keine Schutzhülle besitzt.
»Kommandant. Woher bekomme ich solch ein Schwert?«
»Nirgends, Arbeiter. Dies sind spezielle Anfertigungen für Elite-Einheiten an und hinter der Front.«
»Bedauerlich. Ich könnte so eines gut gebrauchen.«
Der Kommandant macht einen Schritt auf ihn zu, nimmt es samt Halterung ab und reicht es ihm. »Wiedersehen macht Freude. Viel Glück, Arbeiter.«
»Danke, Kommandant. Das werde ich Euch nie vergessen«, sagt Takamasa, schnallt sich das Schwert auf den Rücken und wendet sich Jack und Christoph zu. »Kommt! Wir holen Larissa zurück!«

Kapitel 4
Zero

Richard und Elizabeth stehen schweigend im Garten und blicken durch die offene Tür in die Küche. Die Leiche von Hauptmann Olaf liegt auf dem zerschmetterten Tisch. Die Ruhe wird nur vom Schmatzen eines Waschbären durchbrochen, der unter dem Küchenfenster den zu Boden gefallenen Apfelkuchen mampft.
Elizabeth zwinkert ein paarmal und rafft sich zurück in die Realität. »Wir sind geliefert.«
»Ganz ruhig, Lizzy, uns fällt schon was ein.«
»Ach ja, und was? Wir ... Ich habe ihn erschossen. Weißt du, was auf Mord steht? Bestimmt Bioverwertung!«
»Aber es war doch Notwehr. Er wollte mich erschießen.«
»Und wie wollen wir das beweisen? Selbst wenn wir das können, bei Militärangehörigen gibt es Sonderrichtlinien. Die lassen mich damit nicht davonkommen. Sie werden mich zum Tode verurteilen.«
»Vielleicht können wir seine Leiche verschwinden lassen?«
»Das bringt nichts. Nur ein winziger Rückstand seiner DNA wird uns verraten. Sobald sie sein Verschwinden bemerken, stehen wir ganz oben auf ihrer Liste. Gestern getroffen, heute tot. Da muss man nicht *Der Schnüffler* sein, um da den Zusammenhang zu erkennen.«
»Der Schnüffler?«
»Eine Buchreihe, die ich gerade lese, ich leihe sie dir mal aus, wenn wir nicht gerade vor unserer Exekution stehen!«
»Verstehe«, grübelt Richard und schnipst mit den Fingern. »Dann fackeln wir das Haus ab?«
»Ist ja gar nicht auffällig ... Aber Moment mal. Olaf war nicht dumm. Wenn er vorhatte, dich zu töten und mich zu entführen, hat

er sich bestimmt freigenommen, um seine Spuren zu verwischen. Das verschafft uns ein paar Tage, bevor sie ihn suchen.«
Ein Klingeln schreckt Elizabeth auf. Das weiße Telefon mit der langen Ringelschnur hängt neben der Tür innerhalb der Küche und läutet laut. »Das Festnetz? Oh, mein Gott! Sie wissen es!« Panisch schaut sie sich um. »Wir ... Ich hol meine Schlüssel! Wir hauen ab!«
Richard legt seine Hände auf ihre Schultern. »Beruhige dich. Hier wohnt doch keiner außer uns und Kameras gibt es hier auch nicht, oder?«
»Nein ... Du hast recht. Aber du musst schnell rangehen. Wenn das Telefon klingelt, muss man abheben!«
Richard greift um die Ecke und holt den Hörer raus. Elizabeth stellt sich auf die Zehen, lehnt sich zu ihm rüber und spitzt ihre Ohren.
Eine Roboterstimme, welche die Wörter leicht abgehackt wiedergibt, ertönt. »Arbeiter ID:05061980-ARB_1-Z=ERZ. Begeben Sie sich umgehend zum Landeplatz außerhalb Ihres Wohnortes. Sie werden zu Ihrem Eignungstest abgeholt. Zeit bis zur Abholung: T Minus 30 Minuten.« Klick.
Richard schaut den Hörer an. »Aufgelegt.«
»Da musst du hin.«
»Ich kann dich doch hier nicht einfach alleine lassen.«
»Puh, wir schließen die Türen. Ich überlege mir was, bis du zurückkommst. Der Eignungstest ist Pflicht. Wenn du da nicht hingehst, holen sie dich ab. Und Besuch möchtest du, glaube ich, momentan eher nicht.«
»Sehr witzig.«
Elizabeth grübelt. »Luffy ... Vielleicht kann Großvater uns helfen.«
»Gute Idee. Ich bring den Test hinter mich und du fragst ihn um Rat. Keine Sorge, Lizzy, wir bekommen das irgendwie hin.«
»Versprochen?«
»Auf jeden Fall.«
Beide umarmen sich, bevor Richard zum Landeplatz geht und

Elizabeth zu ihrem Großvater fährt.

Die Landeplattform ist ausgeschildert und direkt außerhalb der Siedlungsgrenze. Eine große runde Betonplattform, auf die eine Metalltreppe führt. Richard schaut in die Ferne, als er den mittelschweren Transporthubschrauber entdeckt. Er weiß nicht warum, aber er kennt seine Bezeichnung. Es ist ein Aérospatiale SA 330 Puma. Die Maschine scheint trotz ihres Alters gut gepflegt zu sein, ähnlich wie der Transportpanzer Fuchs von Elizabeth. Das Dreipunktfahrwerk fährt aus und der Hubschrauber landet auf seinen drei kleinen Doppelreifen vor Richard. Dieser versucht mit aller Kraft, dem Wind zu widerstehen, den der Hauptrotor über die Betonplattform fegen lässt, und hebt schützend seine Arme vors Gesicht.
Die seitliche Tür schiebt sich auf und ein menschlicher Soldat in Uniform winkt ihm zu. »Komm!«, ruft er und streckt ihm den Arm entgegen. Als Richard ihn erreicht, packt er seine Hand und lässt sich reinziehen. Mit einem geübten Handgriff schiebt er die Tür zu, legt Richard den Sicherheitsgurt um, blickt nach vorne und gibt dem Piloten ein Handzeichen. »Wir können los!«
Der Roboter-Pilot nickt. »Alles klar, klar.«
Die Maschine hebt ab und fliegt nach Südosten.
»Willkommen an Bord.«
»Danke. Macht ihr den Eignungstest mit mir?«
»Nein, wir transportieren nur Personen. Wir bringen dich zur Anlage und sind dann wieder weg.«
»Was erwartet mich da?«
»Mach dir keine Sorgen. Das ist keine Prüfung, die man bestehen kann oder nicht. Sie wollen nur sehen, welche Fähigkeiten du hast und wo du am besten aufgehoben bist.«
»Und wie läuft das so ab?«
»Man geht von Raum zu Raum und erfüllt Aufgaben. Dabei beobachten sie dich durch Kameras und geben dir Anweisungen über Funk. Bei manchen Kandidaten soll es auch zu

Sonderprüfungen kommen, falls sie sich während der Test dafür qualifizieren. Aber das ist selten.«
»Danke. Wie lang fliegen wir?«
»Zwei Stunden ungefähr. Genieße einfach die Aussicht oder mach ein Nickerchen. Du solltest fit sein, wenn es losgeht.«
»Eigentlich bin ich krank, deshalb dachte ich, die Prüfung erwartet mich erst in einigen Wochen.«
»Wirklich? Was hast du denn?«
»Das Hollow-Syndrom.«
»Verdammt. Das kann man überleben? Da hattest du aber einen Schutzengel.«
»Kann man so sagen.«
»Hmm, keine Ahnung, wieso sie deinen Eignungstest durchziehen. Kennst du den Namen deines Rechtsbeistandes? Wir könnten ihn über Funk für dich anfordern. Vielleicht kann er dir helfen.«
»Ihr Name ist Jubilee, ich meine JU-B1L-33.«
»Sehr gut, damit kann ich was anfangen. C00-E789, kannst du mal das HQ anfunken? Wir benötigen JU-B1L-33 bei der Testanlage für,« sagt er und schaut auf sein Klemmbrett, das neben ihm liegt, »ID:05061980-ARB_1-Z=ERZ.«
»Alles klar, klar.«

Nach zwei Stunden rüttelt der Soldat an der Schulter von Richard. »Wir sind gleich da.«
»Danke«, antwortet er und blickt aus dem Fenster.
An den Bergen gelegen erstreckt sich eine Anlage. Ein Gebäudekomplex aus unzähligen kleinen Gebäuden und zwei großen Hallen, die alle verbunden sind. Die Gebäude sind quadratisch und mausgrau, sodass sie mit dem Berg verschmelzen und aus der Entfernung schwer erkennbar sind.
Vor der Anlage landen sie auf einer Betonplatte, ähnlich der vor der Siedlung.
»Viel Glück«, sagt der Soldat, klopft Richard auf die Schulter und schubst ihn raus. Der Hubschrauber hebt ab. Das Rattern des

Rotors hallt noch lange in seinen Ohren nach.

Ein Motor heult auf und ein Rennwagen fährt durchs Haupttor. Schwarz mit roten Spoilern. Die Robotersoldaten lassen ihn passieren. Er hält vor der Landeplattform mit einem U-Turn an. Als sich die Tür öffnet, steigt eine junge, etwa 1,50 Meter große Frau aus dem Wagen. Ihre Haut ist pink, ihre Augen sind jadegrün, die Pupillen verspiegelt. Ihre langen blonden Haare sind locker zu einem Zopf gebunden. Ihr hautenges Kleid reicht bis zu den Knien und hat auf der rechten Seite einen Schlitz. Unter ihrem Arm klemmt eine Ledertasche. Richard erkennt sie sofort wieder. Es ist die ungewöhnliche junge Frau, die ihn nach dem Erwachen aus dem Kälteschlaf begrüßt und aufgeklärt hat.
»Jubilee, du bist gekommen«, ruft er ihr zu.
»Ich musste ziemlich rasen. Ist ein langer Weg hierher, aber mein Green Devil schafft jede Strecke.«
»Heiße Karre.«
»Danke. Du glaubst gar nicht, wie lange ich gebraucht habe, um dem Zentralrat der Gerechtigkeit zu erklären, wieso ich ihn benötige. Durch Fälle wie heute kann ich ihn rechtfertigen. Ist er nicht wunderschön?«
»Auf jeden Fall.«
»So, wie kann ich dir helfen?«
»Ich soll den Eignungstest machen, obwohl ich das Hollow-Syndrom habe. Beeinflusst das die Ergebnisse?«
JU-B1L-33 grübelt. »Ich befürchte, das wurde nicht weitergeleitet. Das Problem ist, wenn sie einmal einen Termin ansetzen, ziehen sie es durch. Mach du mal den Test, ich werde sie über deinen Zustand informieren. Dann können sie es bei der Auswertung berücksichtigen.«
»In Ordnung. Danke.«
»Dafür doch nicht.«
»Jubilee.«
»Ja?«

»Eine Frage hätte ich da noch, aber sie ist vielleicht ein wenig unangebracht und ich möchte dich nicht kränken.«
»Was gibt's, Großer?«
»Du siehst nicht aus wie ein Roboter. Du siehst aus wie ein Mensch, also bis auf die Hautfarbe.«
»Das ist ganz einfach, Dummerchen. Ich bin kein Roboter, ich bin eine Androidin. Aber es freut mich, dass du mich als Mensch und nicht als Roboter wahrnimmst. Danke.«
»Eine Androidin?«
»Am Ende des großen Krieges haben die Roboterführer ein neues Bindeglied zwischen Menschen und Robotern erschaffen. Mehr weiß ich auch nicht. Ich wurde erst spät ins Leben gerufen. Lange nach dem Krieg.«
Ein Robotersoldat kommt auf sie zu. »Arbeiter, bitte folgen Sie mir.«
Richard wird zum Eingang geleitet und geht alleine durch eine schwere Eisentür, welche sich hinter ihm automatisch schließt.
Der Raum ist dunkel. Es brummt und Leuchtstoffröhren flackern auf, bevor sie dauerhaft Licht spenden. In der Mitte des Raumes ist ein Stuhl, der auf eine Leinwand ausgerichtet ist. Links und rechts jeweils zwei Türen.
Es knackst und durch den Lautsprecher kommt eine Ansage.
»Arbeiter, bitte setzen Sie sich.«
Richard folgt der Anweisung.
»Beantworten Sie folgende Fragen instinktiv und innerhalb von zehn Sekunden. Haben Sie dies verstanden?«
Richard nickt. »Jawohl.«
»Arbeiter, ein Mann kommt auf offener Straße auf Sie zu. Was tun Sie?«
»Nichts, vielleicht will er ja nur an mir vorbeigehen.«
»Sie beobachten, wie eine Person die Straße vor Ihnen überqueren möchte. Sie erblicken ein Fahrzeug, welches auf die Person zufährt. Sie können sie retten, würden dabei jedoch schwer verletzt werden oder sterben. Was tun Sie?«

»Ich renne los und stoße die Person aus der Gefahrenzone.«
»Wenn rot blau ist und grün rot. Was ist dann blau?«
»Grün?«

Eine Stunde lang wird er mit Fragen bombardiert. Fast immer erscheint passend dazu ein Bild auf der Leinwand vor ihm.
»Sie sind Wachmann, ein bewaffneter Mann bedroht einen unbewaffneten Roboter. Was tun Sie?«
»Ich fordere ihn auf, die Waffe niederzulegen und sich zu erklären.«
»Er weigert sich und droht damit, den Roboter zu erschießen.«
»Ich fordere ihn erneut auf, sich zu ergeben, mit dem Hinweis auf die Konsequenzen.«
»Er weigert sich weiterhin und will den Roboter erschießen.«
»Ich schieße ihm in den Arm und verhafte ihn.«
Auf der Leinwand erscheint ein Wachroboter. Er richtet seine Pistole auf einen vollbärtigen Mann mit Glatze und Narbe auf dem Schädel.
»Ein bewaffneter Roboter bedroht einen unbewaffneten Mann. Was tun Sie?«
»Dasselbe wie eben. Er soll die Waffe niederlegen und erklären, was los ist.«
»Der Roboter weist sich als Polizist aus, der einen Terroristen, der einen Bombenanschlag auf einen Bahnhof verüben wollte, verfolgt hat und ihn nun stellen konnte. Was tun Sie?«
»Ich unterstütze ihn bei der Verhaftung.«
»Was sagt Ihnen der Begriff Titan?«
Ein Name blitzt in Richards Kopf auf. Rebecca.
»Ihre Zeit ist abgelaufen. Vielen Dank für Ihre Antworten. Bitte begeben Sie sich in den nächsten Raum. Nehmen Sie bitte Tür B. Nicht A!«
Richard steht auf und schaut nach rechts. Dort leuchten Buchstaben auf zwei Türen auf. A und B.
Er überlegt nicht und geht durch B. Hinter ihm verriegelt sich

erneut der Durchgang. Der Raum ist groß, 20 mal 20 Meter. Am Ende vor dem Ausgang steht ein 2,50 Meter hoher Container. An ihm befinden sich zwei Schlaucharme, an denen gigantische Boxhandschuhe angebracht sind.

Die Lautsprecheranlage knistert. »Arbeiter. Sie haben Tür B genommen, obwohl wir Ihnen gesagt haben, dass Sie Tür A nehmen sollen.«

»Habt Ihr gar nicht ...«, hört er Jubilee im Hintergrund sagen.

»Ruhe, es ist nicht erlaubt, die Prüfungen zu stören. Arbeiter, dadurch, dass Sie nicht auf uns hörten, müssen Sie die Sonderprüfung 1 absolvieren. Bezwingen Sie Ihren Gegner.«

Aus dem Container fährt ein pyramidenförmiger Kopf. Langsam hebt er seine mächtigen Arme an. Seine dunkle Stimme ertönt.

»Du hast den ersten Schlag.«

Richard geht an ihn ran und blickt an ihm hoch. »Na ja, vielleicht ist er nicht so hart, wie er aussieht.« Er holt aus und boxt mit einer Links-rechts-Kombination gegen seiner Körper. Er blickt auf seine pochenden Hände. »Nein, er ist viel härter, als er aussieht ...«

Der rechte Schlaucharm holt Schwung und fliegt auf Richard zu, dieser kann sich mit einem Hechtsprung retten. Der Boxhandschuh schleift über den Boden, bevor er ihn wieder anhebt. Richard weicht zurück. Der Roboter hebt sich ein kleines Stück und Räder quietschen. Langsam rollt er auf Richard zu. Er schaut sich um, wartet, bis der Roboter an ihm dran ist, und läuft an der Wand entlang zum Ausgang.

»Abgeschlossen«, murmelt er.

Der Roboter wendet langsam und bewegt sich auf ihn zu.

»Was mach ich nur? Warte mal. Der ist echt langsam!«

Richard joggt an der Wand entlang. Der Roboter im Schneckentempo hinter ihm her.

»Hehe, dem geht bestimmt irgendwann der Saft aus«, sagt Richard grinsend.

Der Roboter antwortet ihm: »Analysiere Energiekern. Aufladung bei 79%. Restliche Betriebszeit 429 Jahre.«

Richard bleibt stehen, dreht sich zu ihm um und reißt die Arme hoch. »Komm schon! Das kann doch nicht dein Ernst sein!«
»Gib auf, menschliche Einheit. Dein Untergang ist gewiss.«
»Mir doch egal!«, ruft Richard und läuft weiter im Kreis. Er beobachtet die Umgebung, doch der Raum ist bis auf die Leuchtstoffröhre an der Decke leer. »Das kann doch nicht sein. Hier muss es doch irgendwas Hilfreiches geben.«
Hinter ihm ertönt wieder die Stimme seines Verfolgers. »Menschliche Einheit, bitte laufe langsamer, damit ich dich boxen kann. Danke!«
Richard blickt über seine Schulter und denkt nach. »Ist das eine Prüfung, die man nicht schaffen kann? Nein, dann wäre er doch schneller. Aber wie kann ich den Giganten ausschalten? Das ist doch nicht möglich ... oder? Was übersehe ich? Was ist anders? Was war anders, als ich den Raum betreten habe?« Richard beschleunigt kurz, gewinnt ein wenig Abstand, dreht sich um und schaut sich den Boxroboter genauer an. »Ich sehe nichts, oder doch. Warte mal! Da war doch was. Jetzt hab ich es.«
Richard bleibt stehen und wartet auf seinen Gegner. Als der Roboter näher kommt, holt er mit seinem übergroßen Boxhandschuh aus. »Mach dich bereit, geboxt zu werden!«
Richard wartet ab. Der Schlag fegt erneut über den Boden. Mit einem Hechtsprung rettet er sich darüber und gelangt auf die Rückseite des Kolosses. Er zieht sich an einem Rücken hoch und gelangt so zu seinem Kopf. Mit beiden Händen umklammert er ihn und drückt ihn in den Körper zurück.
Der Roboter erstarrt zur Statue. Die Energie schaltet sich ab und seine Arme fallen zu Boden.
»Arbeiter, die Prüfung ist vorbei und die Tür entriegelt. Bitte gehen Sie durch die mit A markierte Tür.«
Richard springt herunter, geht durch die Tür, die sich wieder hinter ihm verriegelt. Der Raum ist 50 Meter lang aber nur zwei Meter breit. Drei weitere Türen sind im Raum verteilt.
»Arbeiter. Laufen Sie 20-mal hin und her, so schnell Sie können.

Berühren Sie jedes Mal die Wand. Und bevor Sie nachdenken, wir meinen die lange Strecke.«
»Mist«, grummelt Richard und läuft los.
Durchschwitzt bleibt er keuchend stehen, nachdem er es geschafft hat.
»Arbeiter, laufen Sie die lange Strecke, so lange Sie können.«
Richard blickt zum Lautsprecher hoch. »Meint ihr das ernst? Ich bin doch eben schon vor dem Boxer-Roboter die ganze Zeit weggelaufen.«
»Arbeiter, Sie hätten ja nicht laufen müssen.«
»Sehr witzig ...«
Richard beginnt und läuft auf und ab.

In der Schaltzentrale mischt sich Jubilee ein. »Mein Mandant ist krank, trotzdem unterziehen Sie ihn einer Sonderprüfung und zeigen keinerlei Rücksicht!«
Der Koordinator, ein Roboter mit kleinem, rundem Körper und langen Armen und Beinen dreht sich in seinem Stuhl um. »Der Eignungstest verläuft nach strengen Richtlinien. Durch die Antworten und Taten entscheidet sich der Testablauf automatisch. Er beeinflusst so unbewusst seinen Weg.«
»Dann beantrage ich eine Pause nach Paragraf 96 der Humanitätsklausel Absatz 3. Das Menschenrecht besteht auf Rücksichtname des Lebens und seinen Wert.«
Der Koordinator piept kurz. »Bestätigt. Wir haben eh alle Ausdauerwerte, die wir benötigen.«

In der Halle läuft Richard immer noch auf und ab, als der Lautsprecher knistert. »Arbeiter. Sie können nun aufhören. Nehmen Sie Ausgang C. Dort werden Sie Wasser, einen Zeitmesser und einen Stuhl vorfinden. Ruhen Sie sich zehn Minuten aus und verlassen Sie dann den Warteraum durch die andere Tür.«
Richard stützt sich mit den Händen auf den Knien ab und hustet.

Mit bleischweren Beinen macht er sich auf den Weg zur Tür, wirft sich in den Stuhl und trinkt die Wasserflasche leer.

Nach zehn Minuten erhebt er sich und öffnet die Tür zum Schießstand. Zwei Bahnen, die nebeneinander liegen.

»Arbeiter. Gehen Sie zur linken Theke und nehmen Sie die Glock 99 Modell WW3.«

Richard schaut sich die handliche schwarze Pistole an, nimmt ein Magazin, schiebt es rein, entsichert die Waffe und zieht den Schlitten zurück.

»Arbeiter. Sie haben zehn Schuss pro Magazin und Durchlauf. Jeder Durchlauf endet nach 30 Sekunden! Aufgepasst. Schießen und treffen Sie das Zentrum der Zielscheibe, so oft Sie können.«

Fünf Meter hinter dem Tresen klappt eine Zielscheibe hoch. Ein Signalhorn läutet den Start ein. Richard handelt instinktiv, hält die Waffe mit beiden Händen, zielt über Kimme und Korn und schießt. Die Kugel landet genau mittig. Er hält zwei Sekunden inne und nimmt sich die Zeit zum Zielen. Immer schneller schießt er und trifft ins Schwarze. Die Zielscheibe klappt nach unten.

»100 Punkte. Arbeiter, laden Sie nach und machen sich bereit. Schießen und treffen Sie das Zentrum der Zielscheibe, so oft sie können.«

Das Schauspiel wiederholt sich. Diesmal ist die Zielscheibe zehn Meter entfernt. Danach 25 und schließlich 50 Meter. Selbst bei dem 50 Meter entfernten Ziel erreicht er 90 Punkte.

»Arbeiter. Laden Sie Ihre Waffe durch. Im nächsten Durchlauf erscheinen fünf Pappkameraden. Zwei Roboter, ein Mann, eine Frau und ein Kind. Schießen Sie, so oft Sie wollen, und treffen Sie ihre Köpfe.«

Richard lädt seine Pistole und wartet. Die Figuren klappen hoch und das Signal ertönt. Doch er bleibt einfach stehen und legt seine Waffe auf die Theke. Nach 30 Sekunden ertönt erneut das Signal.

»Arbeiter. Wieso haben Sie nicht geschossen?«

Richard blickt zur Kamera über dem Lautsprecher hoch. »Sie sagten wollen, nicht können.«

»Gratuliere, Arbeiter. Sie haben sich für die Sonderprüfung Sturmgewehr qualifiziert. Bitte entladen Sie die Pistole und lassen alles auf der Theke zurück. Dann gehen Sie zur rechten Theke.«
Richard folgt der Anweisung, entlädt die Waffe und geht rüber. Auf der Theke vor ihm liegt ein Sturmgewehr. Die dunkle Metallwaffe ist groß und mächtig. Sie hat einen hellbraunen Holzschaft und ein dunkelbraunen Griff.
»Arbeiter. Vor Ihnen liegt das Sturmgewehr 44. 30 Schuss stehen Ihnen pro Magazin zur Verfügung. Treffen Sie so viele bewegliche Ziele, wie Sie können. Alle bewaffneten Ziele, die am Kopf oder in die Brust getroffen werden, zählen als Punkt. Der Durchlauf endet, nachdem Sie ihre letzte Kugel verschossen haben. Sie haben vier Magazine.«
Richard greift sich eines der schweren großen Kurvenmagazine und steckt es in die Waffe. Er rüttelt leicht daran, um zu prüfen, ob es eingerastet ist, und zieht danach den Spannhebel einmal durch. Er drückt den Hebel von gesichert hoch auf Einzelschuss.
Das Signal ertönt. Pappaufsteller schnellen hoch. Männer, Frauen, Kinder, Tiere und Roboter. Vor ihm ein Mann mit Sturmhaube und Schrotgewehr. Er visiert seinen Kopf an und drückt ab. Es knallt, die Patronenhülse fliegt nach rechts raus. Die Kugel durchschlägt den Kopf und der Aufsteller kippt um. Verteilt auf der Strecke fahren auf kleinen Plattformen Figuren umher. Schaufensterpuppen. Als er bei einer eine Waffe im Hosenbund entdeckt, schießt er. Immer schneller fahren sie umher, mehr und mehr Aufsteller schnellen nach oben. Es klickt, das Magazin ist leer. Er zieht es mit einem Ruck raus und ersetzt es. Die Bahn ist überschwemmt mit unzähligen Zielen. Fast alle haben mittlerweile Waffen. Nur vier oder fünf Zivilisten unter ihnen. Er drückt den Hebel auf Vollautomatik, behält die Unbewaffneten im Auge und beginnt, die Bahn leerzufegen. Immer schneller schießt er auf die anrückenden Figuren. Genauso eilig lädt er nach und feuert weiter, danach das letzte Magazin. Als die letzte Patronenhülse zu Boden fällt, spürt Richard die Hitze des Laufes.

»Arbeiter. Sie haben sich für die Sonderprüfung Scharfschütze qualifiziert.«
Ein großes Tor auf der rechten Seite fährt hoch. Tageslicht scheint herein.
»Arbeiter. Begeben Sie sich nach draußen.«
Richard hebt seine Hand. Das Tageslicht brennt in seinen Augen nach den Stunden unter den Leuchtstoffröhren. Ein Wachroboter steht an einem Tisch und zeigt auf ein Scharfschützengewehr.
»Arbeiter. Dies ist ein McMillan Tac-50 Scharfschützengewehr. Kaliber .50 BMG. Sie haben fünf Schuss. In den Bergen befinden sich drei rote Luftballons. Zerstören Sie diese.«
Richard schaut sich um. Weit oben in den Bergen erblickt er rote Punkte. In der Ferne am Fuße des Berges sieht er eine große Zielscheibe, auf der eine Flagge weht. Er nimmt das Scharfschützengewehr unter den wachsamen Kameraaugen des Wachroboters, legt sich hin und stellt das Gewehr mit seinen Standfuß auf. Durch das 16-fach Zielfernrohr erblickt er die Mitte der Zielscheibe, wartet auf Windstille und schießt. Die Kugel schlägt oben rechts von der Mitte ein. Zwei Kreise entfernt. Richard greift den Kammergriff, zieht ihn nach oben und dann nach hinten. Die Patronenhülse fliegt heraus. Vorsichtig schiebt er den Hebel nach vorne, lädt so eine Kugel aus dem Magazin nach und drückt ihn nach unten. Er justiert das Visier durch kleine Rädchen nach und schießt.
»*Volltreffer. Nun müsste sie eingeschossen sein*«, denkt er, steht auf und geht zurück zum Tisch. Diesen nutzt er als Auflage, zielt auf die Luftballons, wartet auf Windstille und schießt.
»Zwei von drei Zielen ausgeschaltet. Bitte legen Sie das Scharfschützengewehr auf den Tisch und begeben Sie sich vor den Haupteingang der großen Halle. Vielen Dank für Ihre Kooperation, Arbeiter«, sagt der Wachroboter.

Neben dem Gebäudekomplex ist eine gigantische Halle. Viermal so groß wie die Sporthalle einer Schule. Das massive Doppeltor ist

geschlossen. Vor der Halle befinden sich Metallschränke und Tische. In und auf ihnen liegen Ausrüstung und Waffen. Richard nimmt sich eine Flasche Wasser, während er wartet, und trinkt sie leer. Aus der anderen Richtung kommt ein Mann. Wie Richard trägt er einen Arbeiteroverall. Er hat eine Glatze und einen buschigen Vollbart. Eine lange Narbe zieht sich über seinen Schädel bis hin zu seinem linken Auge, welches durch ein Implantat ersetzt wurde.
»Hi, ich bin Dante. Machst du hier heute auch deinen Eignungstest?«
»So ist es. Mein Name ist Richard.«
Sie reichen sich die Hände.
Richard mustert ihn und denkt: »*Sein Gesicht. Das kenne ich doch. Aber woher nur?*«
»Weißt du, was wir hier machen müssen?«, fragt Dante.
»Keine Ahnung. Ich warte hier seit zehn Minuten.«
»Was musstest denn gerade machen?«
»Schießübungen, und du?«
»Einen Verletzten bergen. Denk dran, ihm einen Druckverband zu verpassen und die Zeit darauf zu notieren.«
»Woher soll ich die wissen?«
»Da hängt 'ne Uhr.«
»Danke.«
Der Außenlautsprecher dröhnt kurz und hat eine Rückkopplung, bevor die Stimme deutlich zu hören ist. »Arbeiter. Ihr seid hier in einer Teamaufgabe. In dieser Halle wurde ein Bahnhofsgebäude nachgebaut. Ihr werdet Restaurants, Geschäfte und den Bahnsteig vorfinden. Dazu laufen mehrere als Zivilisten verkleidete Wachroboter umher. Ein Terrorist hat eine Bombe gelegt. Findet sie und meldet euch per Funk beim Hauptquartier. Die Zielperson könnte noch auf dem Gelände sein, also äußerste Vorsicht. Die Waffen, mit denen ihr euch ausrüsten könnt, verschießen rote Farbkugeln. Kameras in der Halle werten alles aus und wir werden euch bei einem tödlichen Treffer sofort aus der Prüfung nehmen.

Also passt auf! Die Prüfung beginnt in fünf Minuten.«
Richard läuft zu den Schränken, Dante zu den Tischen. Richard zieht sich eine schusssichere Weste über und geht dann zum Tisch. Er klemmt das Funkgerät an seinen Gürtel, dazu Handschellen. Er steckt ein Schweizer Taschenmesser ein und greift eine Pistole, deren Magazin er kontrolliert. Dante greift sich einen Revolver, ein Funkgerät und einen Rucksack, in den er vorher ein paar Sachen gestopft hat. Das Tor öffnet sich und sie erblicken die perfekte Illusion einer anderen Welt. Als sie eintreten, schließt sich das Tor hinter ihnen. Sie stehen im Eingangsbereich. Vor ihnen ein langer Gang mit Geschäften links und rechts. Eine Rolltreppe führt nach oben zu den Restaurants. Dutzende Roboter laufen als Zivilisten umher und gehen ihrem Alltag nach.
Richard blickt sich um. »Wir sollten uns aufteilen. So können wir das Gelände schneller absuchen.«
»Einverstanden«, antwortet Dante und schaut auf sein Funkgerät. »Drei Einstellungen. Kanal eins, zwei und HQ. Wenn was ist, ruf mich auf der Eins. Ich such oben alles ab.«
»Okay, ich schau mich hier unten um. Denk dran, der Terrorist könnte noch hier sein und auf uns lauern.«
Dante nickt, geht mit gezogenem Revolver zur Rolltreppe und fährt hoch. Richard blickt ihm nach. »*Woher kenne ich dein Gesicht?*«

Aufmerksam geht er die Passage hinunter, kontrolliert die Geschäfte und behält die Zivilisten im Auge. Nachdem er die Mülltonnen kontrolliert hat, nimmt er sein Funkgerät. »Dante, wie schaut es bei dir aus?«
»Ich habe den Außenbereich um die Restaurants abgesucht. Alles sauber. Ich gehe nun rein und schau mich um. Wie läuft es bei dir? Hast du einen Hinweis?«
»Negativ. Alles unscheinbar bisher. Ich befrage mal die Anwesenden. Vielleicht finde ich einen Zeugen.«
»Mach das. Melde dich, wenn du was hast.«

»Mach ich.«
Richard erblickt einen als alte Dame verkleideten Roboter.
»Wehrte Dame, dürfte ich ...«
»Dürfen Sie nicht! Ein Mensch spricht mich einfach an. Unverschämtheit«, sagt sie, schlägt ihn mit ihrer Handtasche und geht weiter.
Der Blumenverkäufer schaut zu ihm rüber. »Die Robokraten mögen Menschen nicht besonders und sind – wie würden Menschen das ausrücken? – recht hochnäsig. Piep.«
Richard geht auf ihn zu. »Verstehe. Vielleicht könnten Sie mir weiterhelfen. Haben Sie jemand Ungewöhnlichen hier beobachtet? Hatte irgendwer eine Tasche oder einen Koffer dabei, die er danach nicht mehr besaß?«
»Ich habe Sie gesehen.«
»Ich meine außer mir.«
»Bestätige. Techniker von unbekannter Firma gesichtet.«
»Wissen Sie, wo er hinwollte?«
»Unbekannte Einheit wollte zu den Schließfächern.«
»Danke.«
»Wollen Sie eine Blume kaufen?«
»Tut mir leid, ich habe kein Geld dabei.«
»Schade. Sie riechen wirklich gut. Vermute ich.«
Richard grinst und schleicht den Weg an den Ticketautomaten vorbei. Kurz riskiert er einen Blick um die Ecke. Alles leer. Er gelangt durch eine Tür zu den Schließfächern. Alle offen, nur ein großes Schrankfach in der Mitte ist verschlossen.
Richard greift zu seinem Funkgerät. »Dante, hörst du mich?«
»Jopp«, antwortet er kauend.
»Isst du was?«
»Ich? Ich doch nicht ... Was gibt's?«, erwidert er mampfend.
»Ich bin einer Spur gefolgt. Kannst du runterkommen zu den Schließfächern? Und bring irgendwas mit, womit wir eins aufbrechen können.«
»Mach ich.«

Keine zweit Minuten später steht Dante mit einer Feuerwehraxt vor ihm. Er holt aus und schlägt mit der Klinge ins Schloss, wo sie stecken bleibt.
»Also, was gibt's?«
»Ich glaub, da drin ist die Bombe.«
»Ach so, da hätte ich wohl ein wenig vorsichtiger sein sollen.«
»Ja, denke ich auch«, antwortet Richard und starrt auf den Schrank.
Gemeinsam drücken und ziehen sie am Holzgriff der Axt und brechen den Schrank auf. Er ist gefüllt mit großen silbernen Zylindern, die von oben bis unten reichen. Davor mehrere braune Päckchen, die mit Kabeln untereinander und mit den Zylindern verbunden sind. Auf ihnen ein digitales Feld. Ein Zehn-Minuten-Countdown beginnt, runter zu zählen.
»Das ist mal ne fette Bombe«, sagt Dante.
»In der Tat.«
»Kannst du sie entschärfen?«
Richard grübelt und schaut sie sich genauer an. Als er die Spiegelung von Dantes Gesicht in den Zylindern erblickt, fällt ihm wieder ein, woher er ihn kennt. Richard lässt sich nichts anmerken, steht auf und richtet plötzlich seine Waffe auf Dantes Kopf. Dieser reagiert blitzschnell und richtet seinen Revolver auf Richards Kopf.
»Ganz langsam, Richard. Was ist denn los?«
»Nun weiß ich, woher ich dich kenne. Du kamst mir schon die ganze Zeit bekannt vor. Ich hab dich bei der Fragestunde auf einem der Bilder gesehen. Du bist der Bombenleger!«
»Warte mal! Ich habe dich auch gesehen! Dein Gesicht war bei der Frage, wo der Roboter den Terroristen gestellt hat! Du bist der Bombenleger!«
»Ich weiß, dass ich es nicht bin.«
»Und ich weiß, dass ich es nicht bin.«
Der Countdown tickt runter.
Richard überlegt. »Nimm die Waffe runter, ich entschärfe die

Bombe, dann reden wir weiter.«
»Das kannst du schön vergessen. Du sprengst uns bestimmt in die Luft. Dann sind wir voller Farbe und du hast gewonnen. Ich bin doch nicht blöd!«
»Ich bin nicht der Bombenleger. Ich mache hier nur meinen Eignungstest.«
»Ich auch!«, antwortet Dante energisch.
»Denk doch mal nach. Sie haben uns beide den anderen als Feind präsentiert. Sie wollten uns gegeneinander aufhetzen.«
»Kann sein. Aber ich kann mir da nicht sicher sein.«
»Okay, okay. Ganz ruhig. Schau, ich stecke meine Waffe weg«, sagt Richard und stopft sie in den Hosenbund. »Wäre ich der Terrorist, würde ich das wohl kaum machen.«
»Vielleicht. Ich bin mir trotzdem nicht sicher.«
»Unsere Aufgabe ist es, die Bombe zu finden? Richtig?«
»Und gegebenenfalls den Täter.«
»Ja, aber es war keine Rede von einem Selbstmordattentäter. Denk doch mal nach. Sonst hätte er keine Bombe platziert, sondern sich einfach in der Eingangshalle in die Luft gesprengt. Also ist er bestimmt nicht mehr hier.«
»Da ist was dran. Wehe, du verarscht mich, Richard. Ich kann sehr nachtragend sein«, entgegnet Dante und senkt seinen Revolver. Als sich Richard der Bombe nähert, ruft Dante: »Warte!«
»Was ist denn?«
»Wir sollten die Bombe finden und uns dann beim HQ melden. Von entschärfen war keine Rede.«
»Stimmt. Willst du?«
»Nee, nee. Mach du mal.«
Richard nimmt sein Funkgerät vom Gürtel, stellt die Frequenz um und drückt auf den Knopf. »HQ?«
»Wir hören.«
»Wir haben die Bombe gefunden. Sie ist in einem Schließfach deponiert worden.«
»Gute Arbeit. Verlassen Sie nun das Gebäude.«

Dante schaut ihn an. »Super, wir haben es geschafft.«
Richard blickt auf die Bombe. »Nur noch fünf Minuten und der Timer stoppt nicht.«
»Na und? Wir haben unsere Aufgabe erfüllt.«
Richard drückt wieder auf den Knopf des Funkgerätes. »Die Bombe fliegt in weniger als fünf Minuten in die Luft. Wird die Kampfmittelbeseitigung das schaffen?«
Das Funkgerät rauscht kurz. »Negativ. Das Oberkommando hat den Befehl gegeben, die Bombe explodieren zu lassen. Der Anschlag auf dieses zivile Ziel wird es der Regierung ermöglichen, Gesetze zu erlassen, die dem Schutz aller dienen. Verlassen Sie nun sofort das Gelände! Dies ist ein direkter Befehl!«
Dante schaut ihn an. »Komm, Richard. Ist doch nicht echt.«
»Es geht hier ums Prinzip.«
»Mach, was du willst. Ich bin raus«, antwortet er und verlässt kopfschüttelnd den Raum.
Richard nimmt sein Taschenmesser und klappt an der Seite eine Schere raus.
Das Funkgerät klickt. »Arbeiter. Hören Sie mir gut zu. Diese Bombe ist keine Attrappe. Verlassen Sie das Gebäude!«
Richard denkt: »*Aber natürlich. Als ob die hier einen echten Sprengsatz deponieren und ihre eigenen Statisten in die Luft sprengen würden. Obwohl, was, wenn sie diese vorher evakuieren? Keine Zeit für Was-wäre-wenn! Konzentriere dich!*«
Er schaut sich die Konstruktion an. Sie ist simpel gehalten. Er durchschneidet einen Falldraht, dann ein rotes Kabel, welches zur Batterie führt. Diese nimmt er anschließend heraus. Die Uhr hält an und erlischt.
Draußen vor dem Eingang legt Dante gerade seine Ausrüstung ab, als Richard die Halle verlässt.
»Nicht schlecht, Richard. Eier hast du ja.«
»Danke.«
Hinter ihm verlassen die Roboter das Gebäude. Durch die

Lautsprecher ertönt eine Ansage. »Achtung an alle. Die Testbombe wird aus Sicherheitsgründen in zehn Sekunden gesprengt, der Schutzraum dafür verriegelt.«
Ein Donnern ertönt aus der Halle und die Erde bebt. Rauch steigt aus ihr heraus.
»Die war echt?«, fragt Richard und lässt sich auf den Boden plumpsen.

Die Lautsprecher dröhnen: »ID:02061976-ARB_2-Z=ERZ. Legen Sie ihre Ausrüstung ab und begeben Sie sich zum Gebäude 8. Tür B. Arbeiter ID:05061980-ARB_1-Z=ERZ. Sie haben den Befehl verweigert. Der Eignungstest ist für Sie hiermit beendet. Melden sie sich im Aetrux.«
Dante schaut ihn an und reicht ihm die Hand. »Da bekommt wohl jemand Ärger.«
Richard packt seine Hand und lässt sich aufhelfen. »Keine Ahnung ... Ich frag mich eher, wo das ist.«
Die Lautsprecheranlage dröhnt: »Folgen Sie der Beschilderung zum Ausgang. Ihr Rechtsbeistand wird Sie fahren.«
Dante hebt seine Hand zum Abschied. »Man sieht sich, Kumpel. Pass auf dich auf.«
»Danke, du auch.«
Richard legt seine Ausrüstung ab und macht sich auf den Weg. Auf dem Parkplatz steht Jubilee vor ihrem Green Devil Sportwagen.
»Komm, steig ein.«
Richard nickt erschöpft und lässt sich in den Beifahrersitz fallen. Jubilee wirft ihre Ledertasche auf die schmale Rückbank. Sie setzt sich rein, zieht ihre hochhackigen Schuhe aus und schließt die Tür. Der Wagen heult auf und die Wachen öffnen das Tor.
»Ich habe dir die Pause vorhin zu verdanken, oder?«
»Jepp«, antwortet sie lächelnd.
»Danke, die konnte ich gut gebrauchen. Sag mal, was ist das Aetrux?«
»Eine Gebäude voller Beamter am Rande des Bezirkes der

Gerechtigkeit. Dieser liegt in den westlichen Ausläufern von City Zero. Aber mach dir mal keine Sorgen. Du sollst dort nur zur Abschlussbesprechung mit Dr. Sophia Sithtis.«
»Ach so. Ich dachte schon, ich bekomme Ärger. Also werden dort alle nach dem Test hingeschickt?«
»Ähm ... nein. Eher selten, soweit ich weiß. Sehr selten ...«
»Ist das gut oder schlecht?«
Jubilee zuckt mit den Schultern. »Keine Ahnung. Aber sei unbesorgt, ich stehe dir bei, falls was passiert.«
Die Androidin brettert über die Landstraße und biegt ab. Über eine Zufahrt gelangt sie auf eine achtspurige Mega-Autobahn und beschleunigt. Der Tacho zeigt 429 km/h, als Richard sie anstarrt und fragt: »Fährst du nicht ein bisschen schnell? Hast du keine Angst, dass was auf der Fahrbahn liegen könnte?«
»Die Zero Autobahnen haben ein ganz spezielles geschlossenes Sicherheitssystem. Scanner und Sensoren übermitteln im Umkreis von fünf Kilometern an jeden Autocomputer Hindernisse auf der Fahrbahn.«
»Beruhigend.«
»Denk dran, ich bin eine Androidin. Meine Reflexe und Augen sind viel besser als die von Menschen.«
»Ich vergesse immer wieder, dass du ein künstlicher Mensch bist.«
»Du alter Charmeur. Würde es meine Hautfarbe nicht verhindern, würde ich nun rot werden.«
Durch die Anstrengung des Tages fallen Richard die Augen zu. Nach einer Stunde weckt ihn der schrille Warnton des Autocomputers, der selbst einen Rauchmelder in den Schatten stellt. Nervig. Penetrant. Laut.
Er schreckt auf. »Wahh ... Sind wir tot?«
»Nein. Ich habe nur eine Warnung bekommen. Fünf Kilometer vor uns werden Fahrbahn 3 und 4 von einem Militärkonvoi besetzt.«
Als sie an ihm vorbeifahren, erblickt Richard die Macht von Zero. Dutzende Panzer, Hunderte Truppentransporter und schwere Kampfroboter marschieren und fahren nach Norden.

»Mein Gott, das sind ja Tausende von Robotersoldaten!«
»Wenn man im Randgebiet von Zero lebt, kann man einen falschen Eindruck bekommen. Auch wenn es dort dünn besiedelt ist, hat Zero eine Einwohnerzahl von zehn Millionen. Acht Millionen Roboter und zwei Millionen Menschen. Die Abmessung des Landes beträgt etwa 1154km in der Breite und 832km in der Länge. Es variiert durch die Beschaffenheiten des Landes und der Berge.«
»So riesig?«
»Natürliche und künstliche Hindernisse, Selbstschussanlagen, Minen und andere Verteidigungsanlagen umschließen das gesamte Land und machen es so zum Bollwerk, welches uns von der Außenwelt abschottet. Moment mal, ich glaub, ich darf darüber nicht reden. Vergiss einfach, was ich gesagt habe.«
»Das hätte ich nicht gedacht.«
Das Auto verlangsamt sich und Jubilee biegt ab. Durch eine geschwungene Straße geht es abwärts auf die Hauptstraße nach City Zero. Auf dem Parkplatz vor einem Bürogebäude aus Stahl und Panzerglas machen sie halt. Elf Stockwerke ragt das mausgraue Gebäude, welches an einen Hochbunker erinnert, empor.
»So, wir sind da«, sagt Jubilee, öffnet die Fahrertür und zieht sich ihre Schuhe an.
»Kommst du mit?«, fragt Richard und streckt sich, als er aussteigt.
»Nein, ich kauf mir die neue Ausgabe Good Old Cars und setze mich ins Bistro gegenüber.«
Richard nickt.
»Lass dich nicht unterkriegen.« Sie zwinkert ihm zu und geht los.
Die Doppeltür des Aetrux öffnet sich automatisch, als Richard vor sie tritt. Hinter einem halbrunden Schreibtisch sitzt die Empfangsdame und tippt in Zeitlupe, nur mit den Zeigefingern, auf ihrer Tastatur herum. Sie ist eine Frau mittleren Alters mit hochgesteckter Frisur und geschwungener Brille auf der Nase.
»Guten Tag«, sagt Richard freundlich.

»Guten Tag. Sie müssen ID:05061980-ARB_1-Z=ERZ sein.«
»So ist es.«
»Ich schaue mal in der Termindatenbank nach ... und ja, da sind Sie. Eingetragen für ein psychologisches Gutachten bei Dr. Sophia Sithtis. Stockwerk zehn, letzte Tür.«
Richard will schon los, als Sie ihn stoppt. »Warten Sie bitte. Das zehnte Stockwerk ist nicht für Besucher zugänglich. Sie benötigen den Passierschein Alpha 3-8.«
»Ah, verstehe. Und wo bekomme ich ihn?«
»Keine Sorge. Das ist nur eine verwaltungstechnische Formalität. Versuchen Sie es bei Schalter 1. Korridor links, letzte Tür rechts.«
Richard macht sich auf den Weg, biegt in den Korridor ein und landet am Ende des Ganges.
»Keine Tür rechts ... Na ja, versuch ich es halt links.«
Er öffnet die Tür und erblickt einen Roboter, der heißes Öl aus einer Tasse trinkt. »Sie wünschen?«, fragt er.
»Ich suche Schalter 1.«
»Was stören Sie mich damit? Schauen Sie auf den Lageplan im sechsten Stockwerk. Einen Hinweis habe ich noch. Den Fahrstuhl dürfen Sie ohne Benutzungsschein oder Passierschein nicht betreten. Nehmen Sie die Treppe.«
Richard schleppt sich die sechs Stockwerke hoch und erblickt einen verwirrenden Plan des Gebäudes. Die Abteilungen, Räume und Schalter sind querbeet verteilt.
»Schalter 1. Dritter Stock, Korridor B Eingang 6.«
Als er ankommt, klopft er und stellt sich vor den Schalter.
Die Beamtin, eine Frau mit braunen schulterlangen Haaren und einem leichten Überbiss, unterhält sich mit ihrer Roboter-Kollegin am Nachbarschalter. »Ja, unglaublich, oder?«
»Wer baut sich denn so etwas ein?«
»Er muss wohl was ausgleichen«, antwortet sie und kichert.
Richard räuspert sich. »Entschuldigung.«
»Was wollen Sie? Sie sehen doch, dass ich mich unterhalte.«
»Ich möchte nur den Passierschein Alpha 3-8.«

»Alpha 3-8? Versuchen Sie es an Schalter 2.«
»Ist das der neben Ihnen?«
»Das ist acht. Können Sie nicht lesen? Zwei ist im fünften Stock. Korridor J erste Tür links.«
»Danke ...«
Als Richard an Schalter 2 ankommt, blickt ihn ein Roboter an.
»Wie kann ich Ihnen weiterhelfen?«
»Ich benötige den Passierschein Alpha 3-8.«
»Um diesen zu erhalten, benötigen Sie das blaue Formular von mir. Dieses können Sie dann an Schalter 2 eintauschen gegen eine Besuchererlaubnis, mit der Sie am Empfang den Passierschein Alpha 3-8 erhalten können.«
»Perfekt. Dann mal her damit.«
»Haben Sie das rosa Formular?«
»Nein ...«
»Dieses erhalten Sie am Schalter 13. Zweiter Stock Korridor B, dritte Tür rechts.«
An Schalter 13 schaut ihn ein bärtiger, grummeliger Beamter an.
»Das rosa Formular? Kein Problem. Haben Sie das lila Formular in dreifacher Ausführung ausgefüllt für mich dabei?«
Richard starrt ihn minutenlang an, bis er zähneknirschend fragt:
»Wo gibt es das denn?«
»Schalter 8.«
Als er in den Raum kommt, hat er eine Idee. Anstatt zu Schalter 8, geht er geradewegs auf Schalter 1 zu.
»Ah, Sie sind wieder da?«, fragt die Beamtin.
»Ja, ich benötige den Passierschein Alpha 3-9.«
»Sie meinen Alpha 3-8?«
»Nein, ich brauche den Passierschein Alpha 3-9. Er wurde mit dem neuen Update B.65 eingeführt.«
»Das neue Update B.65? Warten Sie mal«, antwortet sie verwundert und schaut zu ihrer Kollegin rüber. »Kennst du das neue Update B.65? Das soll den neuen Passierschein Alpha 3-9 beinhalten.«

»Ein neues Update? Negativ. Wir sollten mal in der Koordinationsabteilung nachfragen.«
»Ich glaube, die ist im fünften Stockwerk, Korridor Q.«
»Nein, die sind doch umgezogen. Ich glaube, die sind nun im siebten Stock. Korridor H, Raum 5. Gehen wir hin?«
»Klar.«
Richard folgt den beiden und beobachtet die Lage.

Der Prozessor des Koordinators rattert vor sich hin. »Update B.65? Passierschein Alpha 3-9 ?«
»Genau«, antworten die Beamtinnen.
»Fehlersuche bei IT-Abteilung. Benachrichtigung verloren gegangen? Vorgehensweise. Abteilungsleiter kontaktieren. Korridor Q. Ich werde sie begleiten um die Situation zu regeln.«

Im Büro des Chefs geht das Schauspiel weiter.
Der Abteilungsleiter springt aus seinem Stuhl auf. »Ein neues Update und ich wurde nicht informiert!? Wenden wir uns an den Vorsteher für nicht übertragbare Angelegenheiten. Der weiß immer alles.«
Der Koordinator fragt nach: »Wo finden wir diese Einheit?«
»Das fragen wir am besten die Empfangsdame.«
Am Empfang versammelt, diskutieren alle wild durcheinander.
»Beruhigen Sie sich doch bitte«, ruft die Empfangsdame. Doch keiner hört zu. Immer mehr Beamte versammeln sich um ihren Tisch. Wie ein Flächenbrand verbreitet sich die Nachricht vom Update B.65.
Richard drängelt sich durch die Menge. »Dürfte ich kurz ...«
Die Empfangsdame schaut ihn genervt an. »Was wollen Sie denn? Sie sehen doch, dass ich hier alle Hände voll zu tun habe. Ein Albtraum.«
»Ich benötige den Passierschein Alpha 3-8, damit ich zu meinem Termin kann.«
»Hier haben Sie ihn und nun lassen Sie mich in Ruhe.«

Richard grinst. Im Fahrstuhl zieht er den Passierschein durch einen Schlitz und fährt hoch. Am Ende des Ganges ist eine nussbraune Tür. Auf dem milchigen Glasfenster steht der Name Dr. Sophia Sithis. Richard klopft und tritt ein. Die Psychologin hat ihre bestrumpften Füße auf dem Tisch und eine Tasse Tee in der Hand. Als sie Richard erblickt, erschrickt sie und verschüttet ihren Tee über ihre Bluse.
»Tut mir leid. Das wollte ich nicht«, sagt Richard, schließt die Tür und geht zu ihr. Er reicht ihr ein Tuch, welches auf dem Tisch liegt.
»Das ist nicht Ihre Schuld. Ich habe Sie nur noch nicht erwartet. Eigentlich erscheinen meine Termine in der Regel mit großer Verspätung.«
»Wie kommt das nur?«, antwortet Richard.
Sophia grinst. »Sarkasmus. Interessant. Bitte nehmen Sie doch Platz.« Sie zeigt auf das braune Ledersofa vor dem großen Panoramafenster. Sie schlüpft in ihre bequemen Hausschuhe, setzt ihre Brille auf, nimmt ihr Notizheft und setzt sich auf den Sessel neben ihm.
Richard hockt sich auf das Sofa und schaut sie an. »Was nun?«
»Dies ist eine Abschlussbewertung. Sie ist äußerst wichtig, also seien Sie bitte ehrlich. Kann ich etwas tun, damit Sie sich wohler fühlen?«
»Wir könnten es schnell hinter uns bringen. Nichts gegen Sie, aber der Tag war lang.«
Sophia nickt. »Keine Sorge, es wird nicht lange dauern.«
»Sie wollen mich also besser kennenlernen? Vielleicht kennen Sie mich besser als ich mich selbst.«
»Sie vermuten, dass ich Hintergrundinformationen besitze? Eine geheime Akte aus Ihrem alten Leben? Dem ist nicht so, obwohl es meinen Job einfacher machen würde. Ich habe nur Ihren Vornamen, das Erweckungsdatum und einen Bericht über die Testergebnisse von heute eben übers Telefon erhalten. Ihr Termin wurde kurzfristig angesetzt, was bedeutet, dass Sie bei der Prüfung

unerwartet gehandelt haben. Anders als andere Probanden, vermute ich. Beginnen wir ganz einfach mit Assoziation. Ich nenne Ihnen ein Wort und Sie sagen mir das Erste, was Ihnen einfällt.«
Richard nickt. »Das bekomme ich hin.«
»Liebe.«
»Hoffnung.«
»Ordnung.«
»Gerechtigkeit.«
»Gesellschaft.«
»Zusammenhalt.«
»Freundschaft.«
»Liebe.«
»Titan.«
Wieder durchbricht ein Name Richards Gedanken: *Rebecca.*
Sophia schaut in an. »Titan?«
Richard überlegt und wartet den nächsten Gedanken ab. »Vielleicht eine Waffe?«
»Interessant. Helium^3?«
»Energie.«
»Gilgamesch.«
»Titan-Projekt?«
Sophia denkt: »*Interessant. Er scheint im Krieg gewesen zu sein. Hoher Rang beim Militär?«* Sie macht sich einige Notizen und stellt die nächste Frage. »Zivilisten.«
»Schutz.«
»In Ordnung. Fahren wir mit einigen normalen Fragen fort. Was ist Ihre Lieblingsfarbe?«
»Grün.«
»Sie sind in einer neuen Welt erwacht. Was fühlen Sie dabei?«
»Die Gehirnoperation fand ich nicht so toll und das Hollow-Syndrom durch den Kälteschlaf ist auch nicht gerade der Hauptgewinn.«
»Sie leiden am Hollow-Syndrom?«
»So ist es. Zum Glück hat Elizabeth es erkannt, sonst wäre ich

wohl schon unter der Erde.«
»Wer ist denn Elizabeth?«
»Lizzy wohnt neben mir, war Krankenschwester und ist nun Transporteurin. Sie kauft ein und liefert Sachen aus. Warum notieren Sie so viel?«
»Ach, nur so. Mögen Sie Elizabeth?«
»Was ist das denn für eine Frage? Was hat das mit meiner Qualifizierung für einen Beruf zu tun?«
»Eigentlich nichts, ich bin nur furchtbar neugierig ... Aber zurück zum Thema. Was denken Sie von Zero?«
»Zero?«
»Ja, so heißt das Land. Zero, mit seiner Hauptstadt City Zero«, erklärt die Psychologin und schaut auf ihren Notizen. »Ach so, Sie sind erst vor wenigen Tagen erwacht. Das erklärt einiges.«
»So ist es. Alles ist noch neu für mich, teilweise überwältigend. Man erinnert sich an nichts aus seinem alten Leben und erwacht in der Zukunft.«
»Aber Sie scheinen das gut wegzustecken.«
»Sieht so aus.«
»Das ist gut. Zwei von zehn schaffen dies nicht. Drei von zehn wollen es nicht. Also gehören Sie zu den glücklichen 50 Prozent.«
»Wenn Sie das sagen.«
Sophia grinst. »Also weiter ...«

Nach einer Stunde ist das Gespräch vorbei und Richard geht zurück zum Parkplatz. Es ist mittlerweile Abend. Jubilee sitzt im Auto und schmökert in ihrem neuen Magazin. Er geht auf den Wagen zu und öffnet die Beifahrertür.
»Na, alles erledigt?«, fragt sie und packt ihr Magazin weg.
»Endlich.«
»Komm, ich fahr dich nach Hause.«
»Wie lange brauchen wir?«
»Ich nehme die Autobahn und dann die Landstraße. Eineinhalb bis zwei Stunden schätze ich.«

»Tut mir leid, dass du wegen mir den ganzen Tag herumfahren musstest und so spät nach Hause kommst.«
»Machst du Witze? Ich liebe es. Ach ja, ich habe deine Bescheinigung vom Eignungstest vorhin bekommen, erinnere mich daran, sie dir nachher zu geben. Du musst sie bei deinem Vorarbeiter vorlegen.«
»Mach ich«, sagt Richard und döst ein.

Die Scheinwerfer des Green Devil erleuchten die Einfahrt von Richards Haus.
»Wach auf, wir sind da«, sagt Jubilee und stupst ihn an.
»Danke. Du hast was gut bei mir.«
»Kein Problem. Wenn du mal wieder Hilfe brauchst, ruf mich einfach an. Wähle einfach meinen Namen auf dem Telefon.«
Richard nickt und knallt die Beifahrertür zu. Jubilee winkt ihm zu, hupt und fährt los. Durch die Vordertür betritt er sein Haus und hört Elizabeth und Luffy in der Küche reden. Als er in den Raum kommt, ist das Bild unverändert. Olaf liegt stinkend und tot auf dem zerschmetterten Küchentisch am Boden. Eine Decke ist über ihm ausgebreitet. Elizabeth wirkt angespannt und nervös. Ihr Blick fällt sofort auf die Tür, als sich diese öffnet.
Sie scheint erleichtert, als sie Richard erblickt. »Du bist wieder da! Siehst du, Großvater? Da hat doch wer gehupt.«
»Na, ihr. Wie ich sehe, weiß Luffy nun Bescheid?«
»Jepp«, antwortet Elizabeth.
Richard zuckt mit den Schultern. »Und? Schon 'ne Idee?«
Luffy grübelt. »Wir überlegen schon den ganzen Tag.«
Elizabeth rollt mit den Augen. »Seine beste Idee war bisher, ihn in einen aktiven Vulkan zu werfen.«
Richard grübelt. »Das ...«
Elizabeth fällt ihm ins Wort. »Es gibt hier keine Vulkane.«
Luffy kratzt sich am Bart. »Ich entsorge auch nicht jeden Tag 'ne Leiche.«
Die Tür vom Wohnzimmer zur Küche geht auf und Jubilee tritt

ein. »Richard, du hast deine Bescheinigung ver-«, Sie bricht ab und starrt auf den zugedeckten Leichnam.

Richard sieht sie an und hebt beschwichtigend die Hände. »Es ist nicht so, wie es aussieht!«

»Da liegt also keine Leiche drunter?«

»Okay, vielleicht doch.«

»Was ... was ist denn hier passiert?«

Luffy und Elizabeth halten die Luft an und starren sie nur an.

Richard atmet aus. »Puh ... Komm mit ins Wohnzimmer, wir erklären dir alles.«

Er erzählt vom Zusammentreffen mit Olaf bei der Hütte in den Bergen und in seiner Küche am folgenden Morgen. Elizabeth berichtet über die früheren Ereignisse mit dem Hauptmann, wie dieser sie immer wieder belästigt und sie schlussendlich deshalb sogar ihren Job gewechselt hat.

Jubilee massiert sich die geschlossenen Augen. »Nun weiß ich, was die Menschen meinen, wenn sie sagen: Ich bekomme Migräne. Wisst ihr, wie ernst die Lage ist? Euch könnte die Todesstrafe drohen.«

Sie schauen bedrückt zu Boden. Ihnen ist sehr wohl klar, was hier auf dem Spiel steht. Alles ...

Jubilee steht auf. »Aber ich habe einen Plan. Hört mir gut zu. Ich nehme euch offiziell in Schutzhaft, so kann euch niemand festnehmen und ihr bleibt auf freiem Fuß. Wir benachrichtigen dann die Polizei. Sie wird den Tatort und die Beweislage sichern. Ich werde vor Gericht einen Antrag zur Wahrheitsfindung stellen. Dann habe ich einen Monat Zeit, um Beweise zusammenzutragen. Ich werde Zeugen und Opfer finden, die euch unterstützen und offenlegen, was für ein Mann Hauptmann Olaf wirklich war. Vertraut mir. Ich werde genug Zeit haben, alles sorgsam vorzubereiten und euch da rauszuboxen. Also Kopf hoch, denn Jubilee ist da!«, erklärt sie und stemmt heroisch ihre Fäuste in die Hüfte.

Zwei Tage später stehen Richard und Elizabeth mit ihrem Rechtsbeistand Jubilee vor dem hohen Zero-Gericht, im Bezirk der Gerechtigkeit, unter Anklage. Sie warten im Gerichtssaal auf den Beginn des Prozesses. Wachroboter sichern jeden Ausgang und haben Schussbefehl.

Jubilee schaut die beiden an. »Das lief mal nicht optimal ...«

»Ach wirklich?«, fragt Elizabeth grummelig nach.

Richard legt seine Hand auf ihre Schulter. »Lizzy, sie hat ihr Bestes getan. Wer konnte denn ahnen, dass die Justiz einen Sonderfall daraus macht?«

Jubilee überlegt laut: »Der Tod von Hauptmann Olaf muss jemanden sehr weit oben verärgert haben. Anders kann ich mir diesen Schnellprozess nicht erklären. Ich gebe nicht auf. Ich werde nicht zulassen, dass euch was passiert. Wir müssen nur zwei der drei Richter für uns gewinnen.« Sie macht eine Pause, bevor sie murmelt: »Ich hoffe nur, dass Richter C00-GER02 nicht den Vorsitz hat. Ich habe mal seinen Briefkasten über den Haufen gefahren.«

Der Gerichtssprecher kommt in den Saal. »Verehrte Anwesende. Ladys und Gentlemen. Mit 25.345 Verurteilungen zu 13 Freisprüchen stelle ich Ihnen vor: Richter C00-GER02!«

Elizabeth schaut verwundert drein. »Wo sind wir hier? Vor Gericht oder bei einem Boxkampf?«

Jubilee verzieht das Gesicht und flüstert: »Ach ja, tauscht Briefkasten mit Roboterhund aus ...«

Der Richter nimmt Platz. Zu seiner Linken setzt sich Richter C00-GER05, zu seiner Rechten Richterin Judith Mayfaire.

Richter C00-GER02 schaut Jubilee an. »Na, wenn das nicht JU-B1L-33 ist.«

»Guten Tag, hoher Richter«, erwidert Jubilee und flüstert: »Nachdem er mein Auto beschlagnahmt und verschrotten lassen hat, habe ich mit einem Baseballschläger seine Armee von Gartenzwergen zerschmettert.«

Elizabeth rollt mit den Augen, während die Aktuarin an der Seite des Saals ihren Hocker zurechtrückt und sich an einen kleinen runden Holzschreibtisch setzt, auf dem ihre Steno-Schreibmaschine steht.

Richter C00-GER02, dessen rechte Hand ein Hammer ist, klopft auf sein Pult. »Die Verhandlung ist hiermit eröffnet. Aktenzeichen SfdbvMP:103. Wie ich in meinen Unterlagen sehe, ist dies das erste Mal, dass Sie vor Gericht stehen. Deshalb erkläre ich Ihnen den Ablauf. Ihr Rechtsbeistand hat vor der Verhandlung Beweise eingereicht und kann nun gegebenenfalls noch Zeugen aufrufen oder Beweisstücke nachreichen. Wenn Sie dies getan hat oder auslässt, kommen die Angeklagten zu Wort und können sich vor dem Gericht zum Tatvorwurf erklären. Danach wird Ihr Rechtsbeistand Ihr Plädoyer halten und wir ziehen uns zur Beratung zurück. Danach wird das Urteil verkündet. Haben die Beschuldigten dies so weit verstanden?«

Richard und Elizabeth nicken.

»Gut, dann setzen Sie sich. JU-B1L-33, haben Sie Zeugen, die Sie aufrufen möchten oder Beweise, die Sie vorlegen können?«

»Wehrte Richter, ich bin mir sicher, ich könnte viele Zeugen und Beweise auftreiben, wenn Sie mir mehr Zeit geben. Deshalb beantrage ich nach § 227 eine Terminverlegung.«

»Dies ist kein Zivilprozess, also keine Vertagung«, antwortet er und klopft mit seinem Hammer auf den Tisch.

»Das ist nicht gerecht!«

»Ruhe!«, ruft er und hämmert erneut.

»Ich beantrage nach City Zero §303 einen Prozess vor einer Jury.«

»Abgelehnt. Dieser Prozess ist ein Militärprozess. Zivile Richtlinien haben hier keine Gültigkeit.«

»Was? Aber die Angeklagten gehören nicht dem Militär an.«

»Sie haben aber ein Mitglied des Militärs getötet. Der Rat von City Zero hat der Überstellung in diesem Fall zugestimmt.«

»Ich beantrage die Offenlegung des Schattenklägers!«

»Das Militär ist offiziell der Ankläger.«

»Ich meine die Person, die hinter alldem hier steckt. Wer hat den

Prozess beschleunigt? Wer hat ihn zum Sonderfall deklariert?«
»Dies wird hier weder besprochen noch steht es zur Diskussion! Wenn Sie keine weiteren Anträge haben, können wir fortfahren.«
Richterin Mayfaire ergreift das Wort. »Mir gefällt der Ablauf dieses Prozesses auch nicht, aber Gesetz ist Gesetz.«
Jubilee stimmt widerwillig nickend zu, hat aber eine Idee. »Wenn dies ein Militärprozess ist, habe ich vorübergehend als Verteidigerin die Sicherheitsfreigabe M-A?«
»So ist es«, antwortet Richterin Mayfaire.
»Dann beantrage ich Einsicht in die Akten nach dem Prozess.«
»Bewilligt. Noch etwas?«
Jubilee senkt den Kopf und setzt sich zu Richard und Elizabeth.
»Du hast dein Bestes gegeben«, flüstert Richard.
»Das ist doch eine Farce«, antwortet Jubilee.
Elizabeth lehnt sich zu ihr. »Du hast das gut gemacht. Warum wolltest du Einblick in die Akten?«
»So finde ich später raus, wer uns das eingebrockt hat.«
»Ruhe!«, ruft der vorsitzende Richter und schaut zu Richard. »ID:05061980-ARB_1-Z=ERZ treten Sie vor.«
Er steht auf und stellt sich vor die höher gelegene Richterbank.
Richter C00-GER05 hebt seine offene Klauenhand. »Angeklagter. Ihnen wird die Beihilfe zum Mord an Hauptmann Olaf ID:00000667-HPT_9-Z=WBZ zulasten gelegt. Erklären Sie sich.«
»Geehrtes Gericht. Wir trafen auf Hauptmann Olaf bei einer Auslieferung in den Bergen. Ein Bär griff uns an und wir konnten ihn glücklicherweise töten, bevor er uns fressen konnte. Es war mein erstes Treffen mit dem Hauptmann. Er wurde Elizabeth gegenüber handgreiflich, hielt sie an ihrer Hand fest und wollte sie zu einer Verabredung zwingen. Ich sagte ihm, dass er sie lieber loslassen sollte. Da sah ich es schon in seinen Augen, aber es war mir nicht klar. Am nächsten Morgen stand er in meiner Küche, machte Frühstück und richtete eine Waffe auf meinen Kopf. Er wollte Elizabeth für sich und sah mich als Konkurrenten an. Er wollte mich töten und wer weiß, was er mit Elizabeth vorhatte. Sie

hat mir das Leben gerettet, zum zweiten Mal.«

Jubilee erhebt sich. »Sie hören es selbst. Was hatte Hauptmann Olaf in seinem Haus zu suchen? Dazu auch noch bewaffnet! Die Kameraaufzeichnungen der Robotersoldaten werden Richards Aussage bestätigen.«

Richter C00-GER02 hämmert. »Wir werden dies in unserer Beratung berücksichtigen. Arbeiter, setzen Sie sich wieder. Transporteurin, bitte treten Sie vor.«

Elizabeth stellt sich vor die Richter und beginnt zu erzählen. »Ich traf auf Hauptmann Olaf mehrmals in meiner Zeit als Krankenschwester. Ich lieferte Arzneimittel an den Arzt des Militärlagers aus. Immer wieder bedrängte mich Hauptmann Olaf. Ich legte Beschwerden ein, doch wie mir eine Soldatin berichtete, wurden diese nie weitergeleitet.«

Die Richterin horcht auf. »Wirklich? Kennen Sie noch den Namen und die ID der Soldatin?«

»Ihr Name ist Maya, ihre ID weiß ich leider nicht mehr.«

»Danke, bitte fahren Sie fort.«

»Hauptmann Olaf war auch einer der Hauptgründe, weshalb ich den Beruf gewechselt habe. Ich wollte einfach weg von ihm. Er war ein psychisch krankes Individuum, der seine Macht missbrauchte. Als er Richard bedroht hat, musste ich auf mein Herz hören. Ich sah keine andere Wahl und erschoss ihn.«

»Ihnen ist aber schon bewusst, dass Sie als Transporteurin nur im Grenzbereich Ihre Waffe zur Verteidigung nutzen dürfen?«, hinterfragt Richter C00-GER02.

Jubilee erhebt sich. »Sie hat das Leben eines Freundes verteidigt. Auch wenn die Siedlung nicht im Grenzbereich liegt, ist sie doch nahe daran.«

Die Richterin überlegt und fragt: »Haben Sie Hauptmann Olaf aufgefordert, seine Waffe niederzulegen und sich zu ergeben?«

Elizabeth schüttelt den Kopf. »Ich hatte keine Zeit dazu, er hätte Richard erschossen. Außerdem hätte er dies nie getan.«

Jubilee erhebt sich wieder. »Hauptmann Olaf hätte Sie bei

Sichtung der Waffe sofort erschossen.«
Richter C00-GER02 entgegnet: »Das ist reine Spekulation.«
Jubilee stimmt zu. »Genauso wie Ihre Vermutung, dass er sich ergeben hätte. Dieser Mann kam nicht zum Haus, um Kuchen zu backen und mit ihnen zu frühstücken. Er wollte meine Mandanten töten oder Schlimmeres.«
»Ruhe!«, ruft Richter C00-GER02 und hämmert. »Wir haben genug gehört. Wir werden uns nun zur Beratung zurückziehen. Die Angeklagten müssen hier so lange warten. Der Gerichtsdiener darf ihnen Wasser bringen.«
Die Richter erheben sich und verlassen durch eine fast unsichtbare Holztür hinter der Richterbank den Saal.
Elizabeth stützt sich auf dem Tisch der Beschuldigten mit ihren Ellbogen ab und vergräbt ihr Gesicht in ihren Fäusten. »Das sieht nicht gut aus.«
»Könnte ich doch nur mehr tun«, antwortet Jubilee traurig.
»Kopf hoch. Das wird schon«, sagt Richard, mit dem Wissen, dass dem nicht so ist. Er grübelt und überlegt. Sucht eine Möglichkeit, im Notfall Elizabeth hier rauszubringen, doch alle Zugänge sind gesichert. Bewaffnete Roboter, die niemanden durchlassen, stehen einfach überall. Wie soll er da unbewaffnet was ausrichten? Aber er muss! Nur wie?

Ein pechschwarzer Robotersoldat kommt in den Gerichtsaal und unterbricht Richards Gedankengänge mit seinen lauten Schritten, die im Saal widerhallen. Auf seinem Brustpanzer ist eine weiße Null abgebildet, die mit zwei Balken diagonal durchstrichen ist. Seine Kameralinsen leuchten rot auf. Er scannt die Anwesenden und geht auf Richard zu. »Arbeiter. Folgen Sie mir.«
»Was? Warum?«
Jubilee erklärt: »Das ist ein Beamter der Zero Police. Was macht der denn hier?«
»Arbeiter. Folgen Sie mir bitte. Ich werde Sie gleich zurück geleiten.«

»Geh lieber mit, Richard. Scheint was Offizielles zu sein«, empfiehlt Jubilee.
Elizabeth schaut ihn an. »Was will er von dir?«
»Keine Ahnung, aber das finde ich raus. Bin gleich wieder da. Haltet so lange die Stellung«, antwortet Richard und folgt ihm nach draußen.

In einem stillgelegten Flügel des Gebäudes wartet eine alte Frau auf dem Flur. Sie scheint über 70 zu sein, hat schwarzes schulterlanges Haar und einen Pony. Ihre Falten lassen sie wie einen Shar-Pei-Welpen aussehen. Sie trägt einen dunklen Hosenanzug und hat an einer Kette um ihren Hals eine Brille hängen. Auf ihrem Ausweis steht: ID:XXXXXXXX-X_20-Z=ZERO. Der Roboter dreht um und bewacht die Eingangstür.
»Guten Tag, Herr Richard. Schön, Sie kennenzulernen. Mein Name ist Amaunet deClaire.«
»Wer sind Sie und was kann ich für Sie tun?«
»Die Frage lautet wohl eher: Was kann ich für Sie tun, Herr Richard?«
Er zuckt mit den Schultern. »Was meinen Sie damit?«
»Die Richter beraten sich gerade. Durch die fabelhafte Arbeit Ihrer Anwältin werden Sie freigesprochen, jedoch wird Ihre Freundin zum Tode verurteilt.«
»Was?! Nein, das kann ich nicht zulassen!«
»Bevor Sie etwas Unüberlegtes tun, lassen Sie mich Ihnen ein Angebot unterbreiten. Sie arbeiten für mich und ich sorge für den Freispruch Ihrer Freundin. Außerdem werde ich Ihnen dabei helfen, Licht ins Dunkel zu bringen und Ihre Vergangenheit aufzudecken. Mit der Zeit werden Sie möglicherweise sogar die Geheimnisse von Zero erfahren. Vielleicht erkennen Sie dann, dass wir nicht die Bösen sind.«
»Ich soll für Sie arbeiten?«
»Hauptmann Olaf ist nur einer von vielen. Menschen, die Lücken im System für sich schamlos ausnutzen und ihre Macht

missbrauchen. Sie sind Geschwüre, die man aus Zero herausschneiden muss. Und dies ist nur ein Problem von sehr vielen.«
»Warum ausgerechnet ich?«
»Das haben Sie Ihrem Eignungstest zu verdanken. Ich warte schon länger auf einen passenden Ersatzkandidaten.«
»Ersatz? Für wen?«
»Überlegen Sie sich mein Angebot. Wenn Sie es annehmen, erfahren Sie mehr«, antwortet Amaunet und schaut auf ihre Armbanduhr. »Zehn Minuten in etwa, dann werden die Richter ihre Besprechung beenden, ich werde dieses Gebäude verlassen und mit mir mein Angebot. Sind die Richter erst mal zurück im Saal, kann ich auch nichts mehr machen.«
»Sie können das Urteil beeinflussen?«
»So ist es.«
Richard verschränkt die Arme und denkt: *»Wer ist diese alte Frau? Hat sie wirklich soviel Einfluss, wie sie sagt? Was wenn das eine Falle ist? Nein, das wäre unlogisch. Egal, ich muss erstmal Elizabeth vom Haken holen.«* Er sagt: »Einverstanden. Ich bin dabei.«
»Ich wusste, dass Sie der Richtige sind. Ich hatte ein gutes Gefühl bei Ihnen. Gehen Sie wieder zurück in den Gerichtssaal. Folgen Sie nach der Verhandlung C00-ZP001. Ach ja, kein Wort zu den anderen. Nicht eines.«

Richard wird in den Saal zurückgeleitet.
Jubilee und Elizabeth schauen ihn an. »Und?«
»Ich musste nur was ausfüllen.«
Elizabeth kneift die Augen zusammen. »Ach, wirklich?«
Jubilee stupst sie an. »Pssst. Die Richter kommen wieder!«
Die Tür geht auf und die Richter nehmen Platz.
Richter C00-GER02 verkündet: »Beschuldigte, ihr seid hiermit von allen Anklagepunkten freigesprochen. Zer0 wacht über uns. Der Gerechtigkeit wurde genüge getan.« Er hämmert zum

Abschluss mit seiner Hand auf das Richterpult.
Elizabeth fällt Richard um den Hals. »Was? Wir sind frei?«
Ihr Herz pocht freudig, die Sorgen der letzten Tage fallen von ihr ab und endlich hat das Zittern ihrer Seele aufgehört.
»Ich sagte doch, alles wird gut«, antwortet er und drückt sie.
Jubilee denkt: *»Ein Freispruch nach der Eröffnung? Bei den Richtern? Da stimmt doch was nicht. Wo war er eben? Oder besser gesagt, bei wem?«* Sie schaut Richard an.
»Jubilee, könntest du Elizabeth nach Hause fahren? Ich muss noch was erledigen.«
Elizabeth schaut ihn an. »Wie? Was musst du denn machen?«
»Das erkläre ich euch, sobald ich zurück bin. Macht euch keine Sorgen, alles in Ordnung.«
Jubilee nickt. »Verstehe. Ja, mache ich gerne.«
»Danke«, antwortet Richard und folgt der Zero-Police-Einheit nach draußen.
Elizabeth blickt Jubilee an. »Hat der Freispruch was mit dem Polizisten zu tun?«
»Vermutlich. Komm, ich fahr dich nach Hause. Wenn Richard zurück ist, wird er es uns bestimmt erklären.«

Hinter dem Gerichtsgebäude wartet ein gepanzerter SUV, schwarz wie die Nacht und mit roten Scheinwerfern. Die Flügeltür klappt hoch und ein Trittbrett runter.
Amaunet sitzt auf der Rückbank und winkt Richard zu sich. »Setzen Sie sich doch zu mir.«
Er hockt sich neben sie und fragt: »Wohin fahren wir?«
»Das werden Sie gleich sehen. Es ist nicht weit.«
Die Tür verriegelt sich. Der SUV brummt und fährt vom Gelände runter. Amaunet blickt aus dem Fenster. »Was sehen Sie, Herr Richard?«
Als er rausschaut, erblickt er große, gläserne Gebäude, Türme aus Stahl und Glas, Parkplätze gefüllt mit Autos, kleine Läden und Cafés für die unzähligen fleißigen Arbeiter, die in ihren Pausen

ausspannen wollen. Die Straßen und grünen Parkanlagen sind voller Menschen, die plaudern und sich voneinander verabschieden oder für später verabreden.

»Scheint Feierabend zu sein.«

»So ist es. Aber das meine ich nicht.«

Richard grübelt. »Worum geht es hier?«

»Das Land Zero ist ein Traum. Der Traum einer besseren Welt. Doch wie wir an Hauptmann Olaf gesehen haben, sind Teile unseres Wunsches korrumpiert worden. Es gibt Menschen, die Lücken im System für sich ausnutzen. Ihre Macht ausbauen und diese Welt von innen heraus verderben. Diese Personen müssen wir ausfindig machen und liquidieren. Hier ist kein Platz für sie. Und dies ist nur eines unsere Probleme.«

»Das erwähnten Sie bereits. Also, was ist hier los?«

»Es gibt eine Untergrundbewegung der erweckten Menschen. Revolutionäre, die Zero um jeden Preis stürzen wollen, um so den Menschen wieder zur Macht zu verhelfen. Dabei ist ihnen jedes Mittel recht. Kollateralschäden sind ihnen vollkommen gleich. Sie haben bei ihren Anschlägen genauso viele Menschen wie Roboter getötet. Zum Glück sind sie noch klein und nur eine geringe Bedrohung. Aber eine, die man im Keim ersticken muss.«

»Das löst bestimmt Unstimmigkeiten aus. Menschen, die Roboter in die Luft jagen, um die Herrschaft an sich zu reißen.«

»Da haben Sie nicht unrecht. Es gibt unter den Maschinen eine Gruppe, die das Experiment der Koexistenz als gescheitert betrachtet. Diese überlegt, dem ein Ende zu bereiten. Meines Erachtens nach sind diese Leute sogar gefährlicher als die Revolutionäre. Sie sind Feinde von Zero und seinem Traum, allesamt. Somit unsere Widersacher. Unser Dorn in der Tatze.«

»Sie machen keinen Unterschied zwischen Menschen und Robotern?«

»Nein.«

»Das ist gut, ansonsten wäre ich raus.«

»Danke für Ihre Aufrichtigkeit. Ich habe Ihnen die Hand gereicht,

Herr Richard, und mein Wort gehalten. Nun müssen Sie mir beweisen, dass mein Vertrauen in Sie gerechtfertigt war. Zeigen Sie mir, dass ich mich nicht in Ihnen getäuscht habe und Sie der Mann sind, den ich in Ihnen vermute. Ich bin hart, aber gerecht. Wer unter meinem Kommando steht, kann sich auf mich verlassen, doch ich muss mich auch auf Sie verlassen können. Einen Verrat an mir würde ich nicht empfehlen.«

»Klingt nur fair. Wie soll ich Sie eigentlich anreden?«

»Die anderen Mitglieder unserer Truppe nennen mich einfach Boss. Sie können es auch so handhaben, wenn Sie möchten.«

Richard überlegt: »*Wenn sie wirklich so ein hohes Tier ist, wie ich denke, kann ich mit einem Posten bei ihr Einblicke erhalten, die mir sonst verschlossen blieben. Außerdem war sie bisher aufrichtig zu mir. Vielleicht sollte ich dem Ganzen eine Chance geben. Im Notfall kann ich immer noch mit Elizabeth einen Plan schmieden, um hier rauszukommen. Auf jeden Fall sollte ich verdammt vorsichtig sein, aber offen, denn wenn sie die Wahrheit sagt, ist das hier meine beste Chance, Antworten zu finden.*« Laut antwortet er ihr: »Geht klar, Boss. Und Sie helfen mir dabei, meine Vergangenheit aufzudecken?«

»Wenn Sie sich als vertrauenswürdig erweisen, werde ich Ihnen alles erzählen, was ich herausgefunden habe. Und wer weiß, was ich bis dahin noch so ausgrabe.«

»Einverstanden. Solange Sie mir die Wahrheit gesagt haben.«

»Das habe ich, Herr Richard. Ich halte mich an mein Wort. Immer.«

Das Auto hält an einem Panzertor. Sechs Zero-Polizisten kontrollieren sorgfältig Fahrzeug und Fahrer. Das Tor öffnet sich. Meterhohe dicke Metallplatten fahren in den Boden und geben den Weg in das ummauerte Gebiet frei. Richard schaut aus dem Fenster und erblickt das Zero-Police-Hauptquartier. Das rundliche Hauptgebäude reicht 50 Stockwerke in den Himmel und läuft nach oben hin zusammen. Ähnlich wie bei einer Vase. Links und rechts

am Hauptgebäude befinden sich Hallen. Auf dem Dach und den seitlich angebrachten Balkonen entdeckt Richard Hubschrauberlandeplattformen. Das schwarze Gebäude ohne Fenster ziert eine gigantische Null, die von zwei Strichen diagonal, von unten links nach oben rechts, durchzogen wird. In Großbuchstaben verläuft der Schriftzug *POLICE* horizontal am Gebäude unter der Null. Als sie sich der rechten Halle nähern, öffnet sich ein geheimes Tor, zwischen Halle und Hauptgebäude, in dem der SUV verschwindet. Vor einer silbergrauen Fahrstuhltür hält der Wagen an. Der Fahrer hilft Amaunet beim Aussteigen.
Sie blickt zu Richard. »Folgen Sie mir.«
Als sie im Fahrstuhl stehen, scannt ein roter Lichtstrahl unter den Knöpfen das Gesicht von Amaunet. Sie legt ihre Hand auf ein Tastenfeld und sagt: »Zero.«
Ein rotes Licht schaltet sich auf Grün und mit einem Ruck setzt sich der Fahrstuhl in Bewegung.
Richard verschränkt die Arme. »Der ganze Aufwand, nur damit ich Polizist werde?«
»Aber nicht doch. Am Anfang gab es nur das Militär, doch dies war, sagen wir mal, ungeeignet, um Zivilisten zu überwachen. Daraufhin wurden Sheriffs berufen, die ihre Ortschaften mit Deputies überwachten und für Recht und Ordnung sorgten. Dies reichte aber nicht aus, um alles abzudecken, besonders nicht die rasant wachsende Metropole Zero. Mehr Bürger, mehr Probleme. Deshalb wurde die Zero Police gegründet. Doch selbst diese Elite-Polizei war machtlos und teilweise blind gegenüber Elementen, die Lücken im System für sich ausnutzten. Deshalb wurden wir ins Leben gerufen. Eine geheime Abteilung, die dort eingreifen kann, wo es sonst niemand vermag. Ich unterstehe direkt Zer0 und meine Abteilung nur mir.«
»Zer0?«
»Viele sprechen es falsch aus und nennen ihn Zero. Aber man spricht es ZerZero aus, abgeleitet von Sir Zero. Mehr werde ich Ihnen erst erzählen, wenn Sie den höchsten Agenten-Rang

erreichen. Falls Sie so lange leben.«
»Ich verstehe es immer noch nicht so genau. Was wollen Sie von mir? Was mache ich hier?«
»Ich habe vor zwei Monaten einen meiner Agenten verloren. Sie werden ihn ersetzen.«
»Einen Agenten?«
»So ist es. Unsere Abteilung ist klein. Das muss sie auch sein, aus verschiedenen Gründen. Deshalb darf ich auch nur eine begrenzte Anzahl von Agenten rekrutieren. Sieben, um genau zu sein. Sie tragen die Bezeichnung NULL bis SECHS. Dafür haben wir uneingeschränkte Befugnisse. Eine Macht, die wir nicht missbrauchen dürfen. Aber bedenken Sie dabei, dass der Rat der Roboter uns gleichgestellt ist und auch sie haben ihre Einsatzkräfte. Hüten Sie sich vor ihnen, denn sie folgen möglicherweise anderen Zielen.«
»Verstehe. Was wird meine Aufgabe sein?«
»Sie suchen die Lücken im System, die Menschen, die diese ausnutzen. Revolutionäre und Menschenfeinde. Jegliche Gefahr für die Zukunft von Zero. Jedoch können Sie nicht einfach als Agent rumlaufen, deshalb erhalten Sie eine Tarnung. Sie werden offiziell ein Zero-Marshal. Eine neu gegründete Einheit von Gesetzeshütern, die im ganzen Land frei operieren darf. So fallen Sie nicht auf und können hoffentlich, ohne Ihren Agentenstatus preiszugeben, Ihre Fälle lösen. Im Notfall jedoch dürfen Sie sich als Agent ausweisen, um Ihre Autorität klarzustellen. Falls es dazu kommt, wird automatisch bei allen Maschinen das Alpha-und-Omega-Protokoll ausgelöst. Dadurch werden jegliche Aufzeichnungen von Ihnen gelöscht und jedem Mitarbeiter mitgeteilt, dass er kein Wort über Sie verlieren darf. So wahren wir unsere Anonymität. Deshalb sage ich es noch einmal ganz klar: Sie dürfen sich nur im Notfall als Agent ausweisen! Haben Sie das verstanden?«
»Jawohl, Boss.«
Amaunet murmelt: »Irgendwie habe ich das Gefühl, dass Sie mir

eine Menge Sorgen bereiten werden ...«
»Was haben Sie gesagt?«
»Ach, nichts.«
Der Fahrstuhl hält und die Tür öffnet sich. Vor ihnen liegt ein langer Flur mit mehreren Türen links und rechts. Amaunet zeigt auf die erste links. »Dies ist Ihr neues Büro. Sie sollten schnellstmöglich Ihre alte Kleidung loswerden und Ihre neue Uniform tragen. Ein Zivilist auf dem Grundstück der Zero Police ist ein wenig auffällig. Die alte Kleidung können Sie in die Wäscheklappe im Waschraum legen. Dieser befindet sich hinter der Tür in Ihrem Büro.«
Richard öffnet die Tür. An der hintersten Wand steht ein großer gepanzerter Schrank. Mittig im Raum ein Schreibtisch mit Ledersessel. Rechts hinten befindet sich die Tür zum Waschraum. Die Regale der Schränke sind leer. Keine Bilder an den Wänden.
»Jeder Agent hat sein eigenes Büro. Dies gehörte Ihrem Vorgänger, nun Ihnen. Die Einrichtung können Sie frei wählen.«
»Wann lerne ich die anderen Agenten kennen?«
»Vielleicht bald, vielleicht nie. Wer weiß.«
»Anonymität?«
»So ist es. Nehmen Sie erst mal eine Dusche und kleiden sich neu an. Ich warte in Raum 0 am Ende des Ganges auf Sie.«
Die Tür schlägt zu, bevor Richard fragen kann, wie sich der Panzerschrank öffnen lässt. Er geht auf ihn zu und erblickt einen matten Bildschirm auf der rechten Seite mit den Umrissen einer Hand. Er legt seine darauf. Es summt und der Schrank entriegelt sich. Doch bevor er ihn öffnet, geht er erst einmal duschen. Schnell eingeseift und abgeduscht, rubbelt er sich mit einem schwarzen Handtuch ab, welches er anschließend mit seiner alten Kleidung in eine Klappe wirft, auf der *Wäsche* steht. Nur mit seiner Unterhose am Leib stellt sich Richard vor den Panzerschrank und klappt die Türen auf. Im Hauptfach vor ihm liegt eine komplette Garnitur, am Boden stehen schwarze Stahlkappenstiefel. Zuerst zieht er die dicken Wollsocken und ein T-Shirt an, danach eine schwarze Hose,

deren Knie gepanzert sind. Die Panzerung sieht aus wie Plastik, doch beim Berühren merkt Richard, dass es Metall sein muss. Es folgen ein gemütlicher grauer Strickpullover und eine mausgraue schusssichere Weste, auf der ein fünfzackiger Stern steckt. Auf ihm graviert: Marshal ID:05061980-MRSHL_5-Z=0. Das letzte Kleidungsstück ist eine schwarze Jacke, die er überwirft. Auf dem Rücken steht groß, in weißen Buchstaben, das Wort *Marshal*. Die Ellbogen sind wie die Knie der Hose gepanzert.

Richard blickt in den Spiegel der Schranktür. »*Gar nicht mal so übel*«, denkt er und verlässt den Raum. Am Ende des Ganges klopft er an die Tür mit der Aufschrift 0.

»Herein.«

Richard betritt das Büro und erblickt Amaunet, die hinter ihrem Schreibtisch sitzt. An der Wand hinter ihr hängen verschiedene Waffen. Pistolen, Revolver, Gewehre und Schwerter. Links im Raum befinden sich Panzerschränke, auf der rechten Seite Bücherregale.

»Setzen Sie sich doch, Herr Richard.«

»Wie geht es nun weiter?«, fragt er und nimmt ihr gegenüber Platz. Amaunet schiebt einen zugeklappten Ausweis und eine kleine Box über den Tisch. Das Kästchen ist so groß wie eine Zigarettenschachtel und in der Mitte aufklappbar.

»Wenn Sie Ihren digitalen Ausweis aufklappen, erblicken Sie Ihre Marshal-ID. Zeichnen Sie mit dem Finger eine 0 aufs Display und wischen Sie zwei mal schräg drüber, verändert er sich zu Ihrem Agentenausweis.«

»Verstehe. Was ist das für eine Box?«, fragt Richard und begutachtet sie von allen Seiten.

»Dies ist ein Kommunikations-Pad. Kurz K-Pad. Sie können es aufklappen. Einfach den Knopf in der Mitte eindrücken.«

Richard drückt drauf. Ein Kabel mit Stecker fällt raus und hängt in der Luft. Auf der unteren Hälfte ist eine Tastatur, auf der oben ein Bildschirm.

»Wie Sie vielleicht schon wissen, ist der Funk durch die Berge und

wegen einem Projekt, auf welches ich hier nicht näher eingehen werde, innerhalb von Zero gestört, wodurch eine Kommunikation erschwert wird. Das Gerät kann an jedes Festnetztelefon angeschlossen werden. So können Sie Kontakt mit uns aufnehmen. Und nein, wir können nicht einfach telefonieren. Die Leitungen sind nicht sicher genug. Ich werde Ihnen gleich unseren Kommunikationsexperten vorstellen. Jeglicher Kontakt läuft über ihn ab. Danach lernen Sie unsere Schatzmeisterin kennen.«
»Also kann ich damit auch Hilfe anfordern?«
»Natürlich, also verlieren Sie ihn nicht. Ohne das K-Pad sind Sie auf sich selbst gestellt«, erklärt Amaunet und steht auf. Aus ihrer Schublade nimmt sie einen Holster, in dem eine Pistole steckt. »Ihre Dienstwaffe. Eine Betäubungspistole, die BP Modell ZP. Zehn Schuss im Magazin. Ein Treffer und das Ziel ist mehr als eine Stunde bewusstlos. Sie sollten sich aber auch eine scharfe Waffe zulegen, die BP Modell ZP ist gegen Maschinen oder Feinde mit Schutzkleidung wirkungslos. Als Marshal können Sie sich ihre Waffen frei wählen.«
»Woher bekomme ich eine?«
»Sie können Waffen beantragen, was aber lange dauern kann, oder sich einfach eine kaufen.«
»Ich habe kein Geld.«
»Deshalb stelle ich Ihnen nachher unsere Schatzmeisterin vor. Sie ist eine Androidin, wie ihr Rechtsbeistand.«
»Ah, ich habe bisher ansonsten nur Roboter gesehen.«
»Es gibt auch nicht viele Androiden und sie haben es nicht leicht«, erklärt Amaunet und geht zur Tür.
»Wo liegt das Problem?«
»Menschen betrachten sie als Maschinen und den Robotern sind sie zu menschlich.«
»Die Armen ...«
»Auch wenn die Beziehung zwischen Mensch und Roboter weitgehend stabil ist, gibt es Dinge, die alle mehr und weniger tolerieren. Androiden, eine Maschine, die wie ein Mensch aussieht,

gehört bisher nicht dazu.«

Richard folgt Amaunet in den Kommunikationsraum. Ein weißer Roboter mit einer roten Sonne auf der Brust steht vor Dutzenden Monitoren und tippt auf einer Tastatur herum.

Amaunet weist mit der Hand auf ihn. »Richard, darf ich Ihnen vorstellen: Mute.«

Dieser dreht sich um. Seine Augen sind groß, rund und wirken freundlich. Sein Mund ist im Vergleich sehr klein. Keine Nase, dafür Ohren, die wie Kopfhörer aussehen. Mute mustert Richard und verbeugt sich. »私は彼らの知人を作るために光栄に思います。«

Richard schaut ihn an. »Mich auch?«

Mute hebt den Daumen.

»Ach ja, er spricht nur japanisch. Aber er versteht und schreibt unsere Sprache perfekt. Folgen Sie mir, ich stelle Ihnen unsere Schatzmeisterin vor.«

Mute wendet sich wieder seiner Arbeit zu. Richard folgt Amaunet in den nächsten Raum. Hinter einem Schalter, vor einer Tresortür, welche die ganze Wand einnimmt, steht eine junge Frau. Klein und zierlich. Ihre Haut ist silbern, ihr goldenes Haar reicht bis unter den Po.

»Ist das der neue Agent, Boss?«

»Mein Name ist Richard. Schön, dich kennenzulernen.«

»Ich bin 601-D, aber nenne mich bitte Gold.«

»Wegen deiner schönen Haare?«

»Das auch, danke. Ich passe hier auf das Geld auf.«

Richard stellt sich vor den Schalter. »Ich habe schon von den Silver Cards gehört.«

»Die sind so oldschool. Bis vor fünf Jahren hat die jeder genutzt, aber seitdem die Zentralbank den Zero-Dollar eingeführt hat, bezahlen über 90 Prozent der menschlichen Einwohner alles cash. Sie mögen es, ihr Geld in der Hand zu haben. Viele Roboter, die mit Menschen befreundet sind, tun es ihnen gleich. Deshalb sag ich dir, nur Bares ist Wahres.«

Amaunet räuspert sich. »Gold, achte auf die Etikette.«

Die Androidin lächelt verlegen. »Ach Mist, stimmt ja. Darf ich Sie überhaupt duzen?«
»Klar doch.«
»Schön.«
»Ich habe eine Freundin, die auch ein Android ist.«
»Wirklich? Wer?«
»Jubilee.«
»Du kennst JubJub? Grüße sie mal lieb von mir und erinnere sie daran, dass sie mir noch ein neuen Gartenflamingo schuldet.«
»Warum das?«
»Frag lieber nicht ... Du bist aber bestimmt hier wegen dem Zaster?«
»Wenn du damit Geld meinst, auf jeden Fall.«
601-D packt eine Silver Card auf den Tisch und ein Bündel Zero-Dollar. Sie sind nur halb so groß wie frühere Geldscheine und beschichtet, um Schmutz abzuweisen.
»Damit solltest du erst mal klarkommen. Aber gib nicht zu viel aus und bring mir für alles Quittungen mit. Ich bin auch für die Buchhaltung zuständig und du willst doch nicht etwa, dass ich Ärger bekomme?«, erklärt sie und zwinkert ihm zu.
»Auf keinen Fall. Sonst drehst du mir noch den Geldhahn zu.«
»Oh ja. Das könnte dann passieren«, erwidert sie grinsend.
Amaunet räuspert sich erneut. »Herr Richard, folgen Sie mir bitte. Ich werde Ihnen nun Ihren Dienstwagen zeigen. Dann können Sie auch nach Hause. Sie sind bestimmt erschöpft.«
»Also, Gold, wir sehen uns bald.«
»Denk dran, JubJub zu grüßen.«
»Keine Sorge. Das vergesse ich schon nicht«, versichert er und winkt ihr zum Abschied zu.

Als sie im Fahrstuhl runterfahren, schaut Richard zu der kleinen alten Dame. »Und das war's? Sie lassen mich einfach auf die Welt los? Keine Ausbildung? Kein Test?«
»Alles, was Sie brauchen, steckt in Ihnen. Hören Sie einfach auf

Ihr Herz und überprüfen Sie dessen Vorschlag mit Ihrem Gehirn. Aber erst mal müssen Sie das alles verdauen. Ruhen Sie sich aus. Wenn ich einen Auftrag für Sie habe, kontaktiere ich Sie. Also kontrollieren Sie bitte regelmäßig das K-Pad.«
»Mache ich, Boss.«

Vor dem Fahrstuhl steht ein gepanzerter SUV bereit. Schwarz mit dem goldenen Marshal-Stern auf Fahrer- und Beifahrertür.
Amaunet preist seine Vorzüge an. »Die Fenster sind aus Panzerglas, welche zusätzlich durch Metallplatten geschützt werden. Nur ein breiter Spalt für das Sichtfeld ist offen, kann aber per Knopfdruck geschlossen werden. Die Reifen sind kugelsicher und er besitzt ein spezielles Schutzsystem für die Insassen im Falle eines Unfalles. Im Kofferraum befindet sich Ihre Ausrüstung.« Sie geht um den Wagen herum.
Richard öffnet die Heckklappe und entdeckt einen Handscanner, ähnlich dem am Panzerschrank in seinem Büro. Als er seine Hand auf ihn legt, knackt es und eine Klappe öffnet sich im Boden des Kofferraumes.
»Für zusätzlichen Schutz können Sie den Panzerhelm durch den Halsschutz mit Ihrer schusssicheren Weste verbinden«, erklärt Amaunet.
»Was sind das für kleine Päckchen?«
»Sprengladungen. Optimal, um Türen zu öffnen oder gepanzerte Ziele auszuschalten. Die Folie an der Hinterseite abreißen, den Sprengsatz befestigen und mit dem beiliegenden Zünder sprengen. Sobald Sie den Fernzünder auf dem Päckchen entfernen, ist die Bombe scharf. Dass Sie einen Sicherheitsabstand einhalten sollten, muss ich Ihnen wohl nicht sagen.«
»Was ist mit dem Rest?«
»Das Übliche. Ein Rucksack. Notfallrationen und Wasser. Ein Elektroschocker, Werkzeug und so weiter. Schauen Sie es sich einfach mal in Ruhe an.«
»Das werde ich. Autofahren kann ich, glaube ich, aber wie komme

ich nach Hause?«
»Hier ist eine Karte. Es ist nicht schwer. Einfach die Straße nach Westen, dort durch die Ortschaft 3, die von den Anwohnern Gearwood genannt wird, und rauf auf die Autobahn. Dann immer nach Westen. Wenn die Autobahn zur Landstraße wird, einfach auf die Schilder achten.«
»Danke.«
»Ach ja, Sie sollten in Gearwood haltmachen. Der Ort ist klein, aber im Diner dort gibt es einen hervorragenden Kaffee und der Apfelkuchen ist eine Geschmacksexplosion.«
»Klingt verlockend.«
Richard steigt ein. Seine Arme und Beine kribbeln, als würden sie aus einem langen Schlaf erwachen. Er fühlt sich wohl auf dem Fahrersitz und fährt los.

Als er von der Auffahrt runter ist und man nur noch seine Rücklichter in der Ferne sieht, taucht im Schatten hinter Amaunet ein großgewachsener Mann auf. Er trägt einen schwarzen Mantel, der bis zum Boden reicht. Sein Unterkiefer ist aus Stahl und sein Kopf kahl geschoren. Eine Metallplatte im Nacken verbindet Schädel und Wirbelsäule. Seine Schritte sind dumpf und schwer. Eine dunkle Stimme ertönt. »Alle Vorbereitungen sind abgeschlossen, Madame deClaire. Der Informant wird im Diner auf ihn warten.«
»Gut gemacht, Gustav. Wen haben Sie geschickt?«
»High Noon. Er wird ihm die Information über das Waisenhaus stecken. Wissen Sie, was dort vor sich geht?«
»Nein, ich habe den Hinweis erst heute erhalten. Warum haben Sie High Noon ausgewählt? Er ist ... recht speziell.«
»Zurzeit ist niemand anderes verfügbar gewesen. Ich hätte auch jemand Unauffälligeren bevorzugt.«
Amaunet blickt in die Ferne und denkt: »*Ich bin gespannt, wie Sie sich schlagen, Kommandant Brandwald.*«

Die Sonne versinkt in einem brennenden Inferno am Firmament. Die alten Gase der Kriege haben chemische Wolken am Himmel zurückgelassen. Immer wieder kommt es dazu, dass gigantische Feuerbälle am Horizont stundenlang brennen. Das Erbe eines ewigen Krieges.
Richards Augen schmerzen, sein Kopf pulsiert und hämmert, als er das Schild von Ortschaft 3 erreicht. Die Anwohner haben den Namen Gearwood darunter gepinselt. Ein kleiner, gemütlicher Ort, vor dem Dutzende von Fabriken stehen. Der Stadtkern besteht aus zwei Hauptstraßen, die sich kreuzen, und Geschäften drumherum.
»*Mann, bin ich müde*«, denkt Richard, als ihn das Neonschild des Diners am Straßenrand anlächelt. Neonrote fette Buchstaben auf weißem Untergrund locken ihn an. Er bremst ab, parkt direkt daneben und streckt sich erst mal, nachdem er ausgestiegen ist. Die Straßenlaternen lassen den nassen Boden erstrahlen. Es herrscht Stille, als wäre der Ort verlassen. Die Fenster in den Häusern sind dunkel, die Türen verschlossen.
Als er auf das Diner zugeht, erblickt er im Inneren eine Frau, die hinter der Theke steht. Sie hat eine Uniform an. Ein Kleid, rosa mit weißer Schürze drüber. In der Ecke des Diners sitzt ein Mann. Er trägt einen dunkelbraunen Anzug mit Fliege. Auf seinem Tisch liegt neben dem Teller sein Hut, eine Melone. Daneben eine klassische Taschenuhr. Er wirkt wie aus einer anderen Zeit. Über dem Eingang hängt eine Uhr.
»23 Uhr, doch schon so spät«, murmelt Richard und drückt die Tür auf.
»Guten Abend, der Herr«, sagt die Bedienung und winkt ihm lächelnd zu.
Richard grüßt sie freundlich zurück. »Guten Abend.«
Als er näher kommt, mustert sie ihn und liest den Stern.
»Sie sind ein Marshal?«, fragt sie überrascht.
»So ist es«, antwortet er und setzt sich an einen Tisch neben dem Eingang.
Sie läuft um die Theke herum und stellt sich zu ihm. »Ich habe

davon gelesen, nur wusste ich nicht, dass Marshals schon im Einsatz sind.«

»Ist heute mein erster Tag, ich bin gerade auf dem Weg nach Hause.«

»Finde ich gut. Mehr Gesetzeshüter, mehr Sicherheit.«

»Gibt es denn hier viele Verbrechen?«

»Hier? Nein, zum Glück nicht. Aber man liest in der Zeitung ja von den *Vorfällen*. Außerdem hört man in meinem Beruf viele Gerüchte. Aber ich will darüber erst gar nicht nachdenken. Also, was kann ich Ihnen bringen?«

»Einen Kaffee und ein Stück Apfelkuchen.«

»Kommt sofort, der Herr«, antwortet sie, rast hinter die Theke und kommt mit einer Tasse heißem Kaffee und einem Teller, auf dem ein Stück Apfelkuchen liegt, zurück. »Wenn Sie noch etwas brauchen, dann rufen Sie mich bitte. Ich bin hinten in der Küche und bereite für morgen eine Torte vor. Der Sohn einer Freundin hat Geburtstag.«

»Ich bin versorgt, danke.«

Richard umklammert die heiße Tasse und führt sie zu Mund. Das schwarze Glück rinnt seine Kehle runter und liefert den Treibstoff, den er für die Rückfahrt braucht. Er nimmt die Gabel, schaufelt ein großes Stück Kuchen drauf und stopft es in den Mund. »Woah ... das ist lecker.«

Der unbekannte Mann in der Ecke erhebt sich und setzt seine Melone auf. Er steckt seine Taschenuhr ein und legt ein paar Scheine auf den Tisch.

Mit einem genüsslichen Schluck spült Richard den Happen runter und blickt aus dem Fenster. Auf der anderen Straßenseite läuft ein Mädchen im weißen Nachthemd barfuß auf dem Gehweg und verschwindet in einer Gasse. Ihr rennt ein bulliger Mann hinterher.

»Was ist das denn?«, fragt er sich selber, schmeißt einen 20-Zero-Dollarschein auf den Tisch und rennt los. Auf der Straße blickt er nach rechts und links. Kein Auto weit und breit, also läuft er rüber. In der Gasse hört er Schreie. Er zieht seine Pistole und hastet los.

Die Stimme des unbekannten Mannes hallt in der Gasse wider: »Du bist erneut weggelaufen! Ich habe keine Ahnung, wie du das so oft schaffst, aber dieses Mal sorge ich dafür, dass du nicht noch mal entkommst.«
Das Mädchen klammert sich an einem Müllcontainer fest und tritt um sich. Der unbekannte Mann mit den fettigen, langen Haaren bekommt einen Tritt ins Gesicht, lässt von ihr ab und zieht einen Revolver. Er zielt auf das Mädchen. »Du kleines ...«
»Zero-Marshal! Sofort die Waffe fallen lassen!«, schreit Richard, nimmt ihn ins Visier und denkt: »*Mist, ich kann nicht schießen, vielleicht drückt er dann ab und trifft das Mädchen ...*«
»Marshal?«
»Ganz ruhig. Senken Sie die Waffe!«
»Was zur Hölle ist ein Marshal? Hauen Sie ab oder ich knalle die Kleine ab! Kapiert?«
Richard hebt die Hände, aber behält die Waffe in der einen. »Lassen Sie uns reden. Was ist hier los?«
»Dein Fehler, Kumpel«, sagt der Mann, zielt auf Richard und drückt ab. Die Revolverkugel schlägt in seiner Schutzweste ein. Es fühlt sich an wie der Schlag einer eisernen Faust gegen den Brustkorb. Kurz bekommt Richard keine Luft, doch es war genau das, was er wollte. Er schießt dreimal. Die Pfeile treffen den Mann in Hals und Brust. Er wankt und bricht zusammen. Richard versucht, Luft zu bekommen, keucht und hustet, als er auf das Mädchen zugeht. Er steckt seine Pistole in den Halfter und tritt ein paarmal gegen den Bewusstlosen, bevor er seinen Revolver aufhebt und in den Hosenbund steckt. Er wendet seinen Blick zum verängstigten Mädchen. Sie hat langes braunes Haar, blaue Augen und blasse Haut. Scheint schon länger nichts mehr gegessen zu haben und zittert am ganzen Leib. Sie könnte um die 14 sein. Schwer zu sagen bei dem Zustand. Als er einen Schritt auf sie zumacht, kriecht sie rückwärts an die Mauer.
»Keine Sorge, ich tue dir nichts. Mein Name ist Richard. Was ist hier los?«

Sie schaut ihn mit ihren großen blauen Augen ängstlich an. »Gehörst du zum Sheriff?«
»Sheriff? Nein, ich bin Marshal«, erklärt er, zieht seine Jacke aus und dreht sie um.
»Marshal?«
»Neue Gesetzeshüter, die frei im ganzen Land ermitteln.«
»Sie gehören also nicht zum Sheriff?«
»Nein«, antwortet er, geht langsam auf sie zu und legt ihr die Jacke um. »Keine Sorge, ich beschütze dich. Erzähl mir, was passiert ist.«
Tränen kullern ihr über die Wangen. Sie umklammert ihn fest und weint bitter. Richard streichelt ihr über den Kopf, hebt sie an und trägt sie ins Diner.
Die Bedienung, angelockt durch die Türbimmel, kommt aus der Küche und erblickt die beiden. »Was ist passiert?«
»Ich weiß es nicht. Noch nicht«, antwortet Richard und setzt das Mädchen auf dem Platz vor seinem Kuchen ab. Ihre verweinten Augen werden groß, als sie die Kuchenreste erblickt. Ohne zu zögern, stopft sie sich alles rein.
»Bringen Sie uns bitte noch was zu essen und trinken.«
»Aber natürlich!«
Das Mädchen verschlingt alles, was sie ihr vorsetzen. Trinkt hastig wie ein gehetztes Tier und verschluckt sich.
Richard klopft ihr auf den Rücken. »Nicht so schnell, sonst wird dir noch schlecht.«
Sie blickt kurz auf und isst dann weiter.
Erst nach dem dritten Teller lässt sie sich auf der Sitzbank zurückfallen. »Mir ist schlecht«, sagt sie und hält sich den Bauch.
Richard grinst und schüttelt den Kopf. »Wie ist dein Name?«
»Mein Name ist Sara.«
»Was ist hier los?«
»Wo fange ich nur an?«
»Am besten ganz vorne.«
»Okay. Ich lebte im Waisenhaus 1, im Südosten von Zero, mein

Leben lang, bis ich vor einigen Monaten hier ins Waisenhaus 5 verlegt wurde. Ich weiß nicht, wieso. In Waisenhaus 1 war alles super. Man wurde unterrichtet und fühlte sich sicher. Doch hier ist alles anders. Wir müssen arbeiten und es gibt keinen Unterricht. Das Schlimmste ist aber, dass Kinder verschwinden. Sie erzählten uns, dass sie an Krankheiten gestorben sind, aber ich habe gesehen, wie der Leiter des Waisenhauses dem Sheriff die angeblich toten Kinder übergeben hat, und zwar lebend! Sie handeln mit Kindern. Ich weiß nicht, warum ... Aber ich habe Angst. Wenn wir nicht tun, was sie befehlen, bekommen wir Schläge oder nichts mehr zu essen. Einmal sollte ich mit einem Mann mitgehen und alles tun, was er mir sagt, aber ich habe ihm eine Flasche auf den Kopf geschlagen. Dafür haben sie mich verprügelt und ich wurde im Keller angekettet. Ich kriegte nichts zu essen, ich musste mir den Daumen verrenken, um aus meinen Handschellen zu kommen. Und dann rannte ich.«

Richard denkt: »*Mist, keine Zeit, Verstärkung zu rufen. Falls die im Waisenhaus Panik bekommen, könnten sie versuchen, die Beweise loszuwerden. Das Waisenhaus abfackeln, mit den Kindern drin ...*« Er antwortet: »Mein Gott ... Wo ist das Waisenhaus? Ich muss da schnell hin.«

Die Bedienung steht schockiert neben ihnen und bekommt kein Wort heraus. Sara, ihre linke Hand mit einem Fetzen des Nachthemdes verbunden, zeigt die Straße runter. »Außerhalb der Stadt. Ein großes Anwesen.«

»Ich kümmere mich darum. Warte hier, ich fessel den Kerl in der Gasse und fahre dann hin.«

Richard geht zum Auto und holt aus dem Kofferraum Kabelbinder. Mit diesen bindet er Arme und Beine des Mannes zusammen und macht ihn an dem Müllcontainer fest. Als er in seinen SUV steigt, sieht er das Waisenmädchen auf dem Beifahrersitz.

»Sara?«

»Ich bleibe nicht hier. Was, wenn der Sheriff hier vorbeikommt? Eher sterbe ich, als mich fangen zu lassen.«

»Puh. In Ordnung, aber du bleibst im Wagen! Und tust genau das, was ich dir sage.«
Sara nickt und lächelt kurz.

Nach kurzer Fahrt, außerhalb der Stadt, ruft Sara: »Da vorne! Da die Einfahrt rein.«
Vor dem Hauptgebäude machen sie halt.
Richard blickt zu ihr. »Du bleibst im Wagen, egal, was passiert. Der Wagen ist gepanzert. Hier drinnen bist du sicher. Klar?«
»Schnapp sie dir bitte!«
»Das werde ich«, antwortet er und öffnet die Tür. Richard zögert kurz, blickt zu Sara und reicht ihr die Betäubungspistole. »Für den Notfall. Weißt du, wie man damit umgeht?«
»Ich glaube schon, ich habe eine Menge Filme gesehen!«
»Sie ist entsichert, einfach zielen und abdrücken. Sie hat kaum Rückstoß.«
»Das bekomme ich hin.«
Richard schlägt die Tür zu und verriegelt sie.
Vor der Haupttür steht ein dicker bärtiger Mann. »Kein Einlass für Unbefugte«, grunzt er.
»Zero-Marshal. Machen Sie sofort Platz. Ich muss zum Leiter des Waisenhauses.«
»Herr David möchte nicht gestört werden.«
Richard hebt den erbeuteten Revolver. »Zero-Marshal. Sofort auf den Boden! Sie behindern eine Ermittlung.«
Violettes Licht leuchtet auf und flimmert durch die Nacht. Ein Streifenwagen des Sheriff fährt die Auffahrt hoch. Seine Sirene heult zweimal kurz auf.
Der dicke Mann zeigt auf ihn. »Klären Sie das mit Ihren Kollegen, nicht mit mir.«
Zwei Roboter-Deputies steigen aus. »Was ist hier los, Bürger?«
Richard dreht sich um. »Zero-Marshal. Ich ...«
»Marshal. Dieses Gebiet untersteht der Befugnis von Sheriff Karl. Die Richtlinien der Zusammenarbeit und der Zuständigkeit der

Marshals wurden bisher noch nicht upgedatet. Bitte überlassen Sie uns diesen Fall.«

»Das geht nicht. Hier sind unzählige Leben in Gefahr und der Sheriff steht auf meiner Liste der Verdächtigen.«

Die Roboter heben ihre Sturmgewehre. »Marshal, bitte verlassen Sie dieses Gebiet und übergeben Sie uns alle Beweise und Zeugen, die Sie in diesem Fall gesammelt haben.«

Der fette Mann grunzt und lacht. »Man sieht sich, Marshal.«

Richard denkt: »*Oh Mann, Amaunet wird mich umbringen ...*« Er zieht seinen Ausweis, zeichnet mit seinem Finger eine Null aufs Display, streicht zweimal rüber und hält ihn hoch. »Zero-Agent.«

Die Roboter senken ihre Waffen. »Für Zer0. Alpha-und-Omega-Protokoll wird ausgeführt. Agent, wir werden Sie mit allen Mitteln unterstützen.«

Sara klebt an der Scheibe und beobachtet alles durch den schmalen Sichtspalt des Seitenfensters.

»Nehmen Sie diesen Mann sofort fest!«

»Alles klar, klar!«

»Was?«, grunzt der bärtige Mann. »Das könnt ihr doch nicht einfach machen! Ihr müsst auf uns hören!«

Die Roboter zielen mit ihren Sturmgewehren auf ihn. »Hiermit sind Sie verhaftet! Jeder Widerstand ist zwecklos. Ergeben Sie sich. Sofort!«

Er zieht eine Pistole. »Lebend bekommt ihr mich nicht!«

Schon in dem Moment, als er die Pistole zieht, schießen sie. Sara hält sich die Augen zu. Sein Körper wird von den Salven zerfetzt.

»Bedrohung neutralisiert«, verkündet einer der Roboter.

»Alles klar, klar. Sichere Gebiet ab«, antwortet der andere.

Richard geht an die Tür und schlägt dagegen. »Mist, die ist verstärkt. Da hat wohl jemand mit Ärger gerechnet. Was nun?«

Er geht zum Auto, holt sechs Sprengladungen aus dem Kofferraum, befestigt sie und koppelt die Zünder. Sara beobachtet alles neugierig, klettert durchs Auto, um ihn immer im Blickfeld zu haben.

Richard überlegt kurz und blickt zur Leiche. »Hätte ich vielleicht nachschauen sollen, ob der Typ einen Schlüssel bei sich hat? Ach egal ...«
Kabooom! Es kracht, donnert und die Tür zersplittert. Die kümmerlichen Reste hängen an den Angeln herab. Bevor er reingeht, wendet er sich den Deputies zu.
»Fordern Sie Verstärkung und Krankenwagen an. Ich will, dass alle Kinder ins Zentralkrankenhaus von Zero gebracht und dort untersucht werden. Beschützt die Waisenkinder. Der Sheriff ist sofort zu verhaften. Alle menschlichen Mitarbeiter von ihm sind vorerst suspendiert, bis die Untersuchungen abgeschlossen sind.«
»Alles klar, klar«, antworten beide Roboter synchron.
Sara öffnet die Fahrertür. »Richard, in der Aula die Haupttreppe hoch, bis ganz oben. Da ist sein Büro.«
»Danke und bleib im Wagen!«

Richard folgt Saras Beschreibung und sieht beim Treppenaufstieg, dass die Zugänge zu den Schlafräumen mit Ketten verriegelt sind. *»Was für Schweine ...«*, denkt er und geht weiter hoch. Aus dem Büro des Waisenhausleiters hört er eine Stimme.
»Was soll das heißen, ich bin auf mich gestellt? Du kannst jetzt nicht einfach abhauen! Die Roboter hören nicht mehr auf dich? Spinnen die? Mach gefälligst was! Du bist der Sheriff!«
Richard tritt mit gezogenem Revolver die Tür auf und zielt sofort auf seinen Kontrahenten. Noch mit dem Telefonhörer in der Hand wendet sich dieser Richard zu. »Verdammt ...«
Schweiß rinnt seine Stirn hinab und tropft auf den Hörer, aus dem nur noch ein monotoner Laut dröhnt. Seine rechte Hand, welche vom Schreibtisch verdeckt war, schnellt hoch. Mit einer seltsamen Pistole zielt David auf Richard. Der Griff ist nussbraun, das Gehäuse golden und der Lauf schwarz. Unter dem Abzug ist ein Repetierhebel angebracht. Als Richard die Waffe erblickt, blitzt ihm ein Gedanke durch den Kopf. *»Das ist eine Volcanic-Pistole Kal .41. Aber woher weiß ich das?«*

»Wer sind Sie überhaupt?«, fragt David und legt auf.
»Zero-Marshal. Dachten Sie, Ihr krankes Geschäft geht immer so weiter?«
»Krank? Angebot und Nachfrage. Ich decke nur den Bedarf ab. Reiche Kunden, mächtige Männer in hohen Positionen. Sie würden nicht glauben, wer alles darunter ist.«
»Das können Sie mir ja verraten.«
»Klar doch. Bevor oder nachdem ich Sie erschossen habe?«
»Denken Sie wirklich, Sie kommen so davon? Sie erschießen mich und hauen einfach ab? Die Roboter werden Sie unten schon erwarten. Sie kommen in Handschellen hier raus oder im Leichensack. Ihre Wahl. Auch wenn ich persönlich hoffe, dass Sie versuchen abzudrücken.«
»Aber ich bin nur ein Händler. Die Ware ist mir egal. Ich habe nie eines der Kinder angefasst. Lassen Sie mich laufen, es wird sich auch für Sie lohnen.«
»Das macht es keinen Deut besser. Nun runter mit der Waffe«, antwortet Richard mit fester Stimme.
»Ich habe Ihre Schutzweste bemerkt. Keine Sorge, ich schieße Ihnen in den Kopf.«
»Ach, wirklich? Dazu müssten Sie erst mal Ihre Waffe entsichern. Falls Sie überhaupt wissen, wie das geht. Diese alten Schießeisen haben ihre Tücken.«
David blickt runter auf seine Pistole, Richard zögert nicht und schießt ihm in den Kopf. Die Kugel durchschlägt seinen Schädel, tritt jedoch nicht wieder aus, was wohl bedeutet, dass sie Ping Pong im Gehirn spielt. David wankt und bricht leblos zusammen.
Richard seufzt. »Du hattest die Wahl.« Er geht zu dem alten, massiven Eichenschreibtisch, der nun mit Blut bespritzt ist. Auf ihm liegt ein schwarzes Notizbuch, welches Richard aufschlägt.
»Bingo. Adressen und Daten. Schwein gehabt. Ihr entkommt uns nicht so leicht.«
Er schließt sein K-Pad an das Telefon an, verfasst einen ausführlichen, aber kurzen Bericht und schickt ihn ab. Er legt sein

K-Pad auf den Tisch und wartet.
»Ach ja, die Waffe hat keine Sicherung«, sagt Richard und hebt die Volcanic-Pistole Kal .41 auf.
Alles dreht sich um ihn herum, sein Kopf schmerzt und Blut tropft aus seiner Nase. Wankend fällt er in den Stuhl und verliert das Bewusstsein.

Alles ist dunkel um ihn herum. Es donnert in der Ferne. Die Explosionen rücken immer näher. Maschinengewehre knattern und speien Eisen auf die anrückenden Feinde.
»Wach auf, Richard!«, schreit eine junge Frau und rüttelt an ihm. Langsam öffnen sich seine Augen. Er sitzt an einer Wand. Sein Körper saugt die Kälte des Bodens auf. Überall laufen Soldaten herum, zu den Fenstern, und feuern aus allen Rohren. Ihre Maschinenpistolen und Gewehre knallen und versprühen Funken.
»Was ... was ist passiert?«, fragt Richard verwirrt.
»Dich hat eine Bombe draußen erwischt. Ein Schrapnell steckt in deiner Brust. Du hast viel Blut verloren«, erklärt die junge Frau und verbindet notdürftig die Wunde.
Ein Soldat mit Glatze und buschigem Bart kommt angelaufen.
»Leutnant, die Red Stars kommen von allen Seiten! Wir sind eingekesselt!«
»Wir müssen das Gebäude halten. Wenn wir den Reaktor nicht hochfahren können, ist die Basis schutzlos. Deck die Hintertür! Egal, was auch passiert, halte sie auf, Dante!«
»Jawohl, Leutnant!«
Richard versucht sich langsam aufzurappeln, hustet und spuckt Blut dabei, doch die junge Frau packt ihn und hindert ihn daran.
»Bleib lieber sitzen und ruhe dich aus. Der Sani kommt jeden Moment!«
»Keine Zeit. Wir müssen das HQ informieren.«
»Ich kümmere mich um den Reaktor. Ich schaff das ...«
Ein Soldat mit Funkgerät auf dem Rücken kommt angelaufen und kniet sich zu ihnen.

»Herr Kommandant. Ich habe das Hauptquartier am Rohr.«
Richard nimmt den Hörer. »HQ, hier TTR. Wir haben HKKW eingenommen und versuchen, den Reaktor hochzufahren. Stehen unter massivem Beschuss durch feindliche Streitkräfte. Haben hohe Verluste! Benötigen dringend Verstärkung.«
Kurz rauscht das Funkgerät. »Haben verstanden, TTR. Entlastungstruppen sind bereits unterwegs, doch wir haben ein neues Problem. Japanische Bomber sind auf dem Weg zu uns und sollen Atombomben an Bord haben. Wir benötigen sofort die Flugabwehr online! Wiederhole: Sofort!«
»Japaner? Was machen die denn hier? Verstanden, HQ. Wir tun unser Bestes.«
»Möge ...«
Es rauscht nur noch.
»HQ? HQ! Verdammt!«
Eine Explosion erschüttert das Gebäude. Dante kommt angelaufen. Sein Kopf ist blutüberströmt. »Sie sind durchgebrochen!«, schreit er und kippt um. Richard greift zu seinem Halfter, zieht seine Volcanic-Pistole und schießt auf die Red-Star-Soldaten, die durch den Hintereingang strömen.
Die junge Frau ruft: »Ich hab es!«
Der Reaktor leuchtet auf, brummt unheimlich und flutet den Raum mit blauem Licht. Ihre Körper kribbeln. Jede Zelle tanzt und lacht ...

Das K-Pad auf dem Tisch piept. Richard schlägt die Augen auf und atmet tief durch. »Was ... was war das?«
Er reibt sich die Augen, steht auf und liest die Nachricht.
»Bericht erhalten. Wir schicken umgehend Verstärkung. Alle Informationen sichern! Boss ist unterwegs. Halten Sie die Stellung.«
Seine Beine sind noch wackelig und er stützt sich auf dem Tisch ab. Den Revolver lässt er liegen und hebt die Volcanic-Pistole auf. In einer geöffneten Vitrine neben dem Fenster findet er noch den

passenden Halfter und eine Schachtel mit den seltenen Patronen dieser Waffe. Kugeln ohne Hülsen. Aufgebohrt, mit Schwarzpulver gefüllt und versiegelt mit einem Zündplättchen. Mit dem schwarzen Notizbuch in der Hand geht er die Treppe hinunter und hört schon in der Ferne den Hubschrauber. Sara rennt auf ihn zu und umklammert ihn. »Wo warst du so lange? Ich dachte schon, dir wäre was passiert.«
»Ich war kurz eingenickt.«
»Du bist eingeschlafen?! Hier, in dieser Lage?«
Richard zuckt mit den Schultern.
»Ich mag dich irgendwie«, sagt sie und grinst.
Der Helikopter landet und Amaunet steigt aus. »Das hat ja nicht lange gedauert, Herr Richard.«
»Es ...«
»Gute Arbeit. Wer ist denn Ihre neue kleine Freundin?«
»Ich bin Sara!«, antwortet sie. »Und ich gehe nie wieder in ein Waisenhaus!«
»Das würde ich an deiner Stelle auch nicht, junges Fräulein. Keine Sorge, wir kümmern uns darum, dass alle Kinder zu Familien kommen. Wie wäre es, wenn Richard und seine Freundin Elizabeth sich erst mal um dich kümmern?«
»Was?«, fragt Richard überrumpelt.
»Das wäre super!«, erwidert Sara.
Richard senkt den Kopf. »Warum nicht? Lizzy ist bestimmt ganz scharf darauf, eine 14-jährige Teenager-Tochter zu haben ...«
»Ich bin vierzehneinhalb! Du hast also eine Freundin?«, will Sara wissen.
»Ähm, es ist nicht so ... Was ist mit dem Sheriff?«, wechselt Richard schnell das Thema.
Amaunet schaut zum Waisenhaus. »Er hat den Ausweg des Feiglings gewählt und seinem Gehirn einem Freiflug spendiert.«
Richard grübelt, als Sara ihre Finger zu einer Pistole formt, sich an den Kopf hält und abdrückt.
»Ah, verstehe. Der Waisenhausleiter ist auch unpässlich, aber ich

habe ein Notizbuch und einen Gefangenen, der in der Gasse gegenüber vom Diner an einen Müllcontainer gefesselt ist.«
»Hervorragend! Ich werde mich persönlich darum kümmern.« Richard überreicht ihr das Buch. »In deren Körper möchte ich nicht stecken.«
»Fahren Sie nun nach Hause und ruhen sich erstmal richtig aus. Das haben Sie sich mehr als verdient. Über die andere Sache reden wir noch.«
»Wie erkläre ich nur Elizabeth, dass sie nun eine Ziehtochter hat?«
»Das, Herr Richard, ist Ihr Problem«, antwortet Amaunet und grinst.

Spät in der Nacht kommt Richard zu Hause an. Als er in die Auffahrt biegt, sieht er das Auto von Jubilee auf der Straße parken. Das Außenlicht geht an und die Tür des Hauses schlägt auf.
Elizabeth ruft: »Richard? Wo warst du nur so lange?! Und wer ist das? Was ist hier los?«
Hinter ihr steht Jubilee. »Das wird bestimmt 'ne spannende Geschichte.«
»Elizabeth. Glückwunsch, du bist nun Mutter. Darf ich dir deine neue Ziehtochter vorstellen? Sara«, erwidert Richard.
»Hi, neue Mama«, sagt Sara grinsend.
»Wie? Was? Waaas?!«, antwortet Elizabeth verwirrt.
»Lasst uns reingehen. Ich erzähle euch alles in Ruhe. Na ja, fast alles ...«
Als sie am Briefkasten vorbeigehen, bemerken sie nicht, dass das Fähnchen hochgeklappt ist.

Im unbewohnten Haus gegenüber regt sich was am Fenster im ersten Stock. Eine Frau beobachtet die Lage. Ihr Haar ist lang und blond, ihre Augen strahlen eiskalt und blau. »Gunna, komm mal her.«
Auf dem Bett liegt ein Mann. Fast zwei Meter groß mit langem blondem Haar und einem Bart, der zu einem Zopf geflochten ist.

Er stellt sich neben die Frau. »Hat sich das Warten doch gelohnt, Schwester. Also, Helga, was machen wir nun mit den Mördern unseres Bruders?«
»Na ja, wäre doch zu schade, wenn dieser kleinen glücklichen Familie was zustoßen würde ...«

Kapitel 5
Der Bunker

Es brummt und Leuchtstoffröhren an der Decke des Bunkers erhellen den Gang vor Rebecca und Zoe. Das grelle Licht blendet die in der Dunkelheit der Höhle stehenden Mädchen. Durch ihre erhobenen Handflächen erblicken sie den schneeweißen Gang vor ihnen. Über 100 Kapseln stehen links und rechts nebeneinander aufgereiht, wie Soldaten, die Wache stehen. Kleine Roboter polieren den Boden und die Wände. Der weiße Metallgang vor ihnen ist mit einem roten Teppich ausgelegt. Kameras an der Decke drehen sich und fokussieren die Neuankömmlinge.
Rebecca macht einen Schritt vor. »Das ... das kann nicht wahr sein.«
Das Licht des Bunkers spiegelt sich in den Augen von Zoe. »Unglaublich. Er ist intakt und voll funktionsfähig.«
»Ob hier Menschen leben?«, fragt Rebecca und macht die ersten Schritte rein.
Jede Kapsel ist mit einem elfenbeinfarbenen Robotersoldaten bestückt. An seinem ganzen Körper schlängeln sich goldene Verzierungen entlang. Ihre zwei Meter hohen Körper haben einen schmalen Brustkorb. Ihre Arme und Beine sind proportional länger als die bei Menschen. Der kleine Kopf wird durch einen Vollhelm geschützt, die Brust mit einem goldenen Panzer. Rebecca bleibt vor der ersten Kapsel stehen, Zoe folgt ihr auf Schritt und Tritt mit ihrem Revolver in der Hand.
Rebecca schiebt ihre Tech-Brille zurück auf den Kopf und mustert die Roboter in der Kapsel. »Das sind Engel.«
»Engel?«
Rebecca wirkt geistesabwesend und zwinkert nicht mehr. »Engel, Modell Savior. Die Save-the-Humans-Organisation setzte Engel

auf Schlachtfeldern ein, um Zivilisten und schwer verletzte Soldaten zu bergen, unabhängig der Nationalität. Sie waren weltweit im Einsatz, bis es zum Asien-Vorfall kam. Dabei retteten sie eine Millionen Menschen auf der Flucht vor der Armee und machten sich damit zwei große Kriegsfraktionen zum Feind. Diese machen seitdem jagt auf die SH. Status: ausgelöscht.«
»Sie haben sie vernichtet?«
M.A.U.S. fährt mit seinen verschmutzen Ketten über den Teppich. Die kleinen Reininugseinheiten machen sich sofort auf und beginnen mit der Säuberung. Das massive Eingangstor rollt zurück aus der Wand und schließt sich hinter ihm. Es donnert und zischt. Verriegelungen versiegeln den Zugang von innen und eine Wand fährt runter.
Zoe spurtet los. Mit ihren Händen tastet sie die neue Barriere ab. »Mist, ich finde keine Konsole. Wie bekommen wir das wieder auf?«
Rebecca, noch benebelt von den Informationen, die aus ihrem Kopf sprudelten, blinzelt ein paarmal, bevor sie Worte finden kann. »Ich habe Kopfschmerzen. Aber mach dir mal keine Sorgen. Eins nach dem anderen. Deinen Revolver kannst du ruhig wegstecken, alle Engel scheinen offline zu sein«, erklärt sie und klopft gegen die Panzerglasscheibe der Kapsel.
Zoe steckt die Waffe in ihren Gürtel am Rücken. Schultert ihren Rucksack mit dem Laptop drin und schaut sich um. »Was machen wir nun?«
Rebecca läuft weiter den Gang hinunter und analysiert die Kapseln. »Engel, Modell Herkules. Massive Panzerung mit Sprengschutz. Engel, Modell Chaser. Hohe Laufgeschwindigkeit und abschussbare Greifer. Engel, Modell Sniper. Hauptwaffe: Hochleistungs-Scharfschützengewehr mit panzerbrechender Munition. Besondere hochauflösende Sensoren. Spezialisiert auf Gefahrenberechnung im Kampfeinsatz. Engel, Modell Pioneer. Baueinheit. Austauschbare Arme in verschiedenen Ausführungen vorhanden. Das ist ja seltsam. Das sind alles Kriegsmodelle der

SH. Das waren geplante Prototypen, die es nur als Konzeptzeichnungen gab. Ich frage mich, wer sie gebaut hat.«
»Und ich frage mich, woher du das alles weißt«, erwidert Zoe und schließt auf, während ihnen M.A.U.S. hinterherrollt und mit seinem Scanner alles abtastet.
»Keine Ahnung, frag das lieber meinen Kopf«, antwortet Rebecca und schaut sich um. »Könnte das eine Geheimbasis der SH sein, die im Verborgenen überlebt hat? Was meinst du?«
M.A.U.S. fügt hinzu: »Rufe Datenspeicher ab. Bestätige. SH wurde offiziell im Krieg von den Red Stars und der NKSA eliminiert. Aktuelle Beobachtung widerspricht dem. Empfange Signal. Bunker-Werkstatt online. Erbitte Erlaubnis, um in die Wartung zu fahren, Leutnant.«
»Du sollst mich doch Rebecca nennen. Wenn die Luft rein ist und keine Gefahr droht, kannst du das gerne machen.«
»Verstanden.«
Das Ende des Ganges mündet in drei großen Metalltoren.
Zoe schaut Rebecca an. »Links, rechts oder die Mitte. Welches nehmen wir?«
»Gute Frage, ich würde ungern irgendein Sicherheitssystem auslösen.«
Eine Kamera über der mittleren Tür piept mehrmals und eine Computerstimme begrüßt sie. »Willkommen, neue Einwohner. Bitte geben Sie uns Ihre Namen und Nummern. Piep.«
Rebecca grübelt. »Name und Nummer ...«
»Warte, das übernehme ich«, sagt Zoe, holt ihren Laptop raus und schließt ihn an einer Konsole neben der Tür an. »Schauen wir mal. Hier ist das Systemverzeichnis. Fast alles offline. Seltsam. Warum ist alles aus? Ah, da ist die Liste ...«
Die Computerstimme wiederholt: »Willkommen, neue Einwohner. Bitte geben Sie uns Ihre Namen und Nummern. Piep. Piep.«
»Zoe, weißt du auch, was du da tust?«
»Klar doch. Glaube ich. So, ich hab es gleich«, sagt sie, stöpselt ihren Laptop aus und stellt sich neben Rebecca. »Einwohner

Rebecca und Zoe melden sich.«

»Verstanden. Überprüfe Liste. VIP Bürger 101 von 100 und 102 von 100 auf Liste gefunden.« Ein grünes Licht tastet sie ab. »Sie wurden angemeldet. Willkommen.«

Rebecca schielt zu Zoe. »101 und 102 von 100?«

»Ups. Na ja, ist ihr ja nicht aufgefallen«, antwortet sie und pfeift.

Das mittlere Tor öffnet sich. Zoe schreckt auf und weicht zurück. Ein alter Mann steht vor ihnen. Seine Haut ist fleckig, die unregelmäßigen Hautstellen mit feinen Narben umrundet. Sein weißer Bart ist gepflegt und gestutzt. Seine Glatze mit Altersflecken übersät. In seiner linken Hand hält er einen Krückstock, mit dem er sich abstützt.

»Willkommen in Bunker 0, junge Damen. Ich hätte nicht geglaubt, noch mal einen anderen Menschen zu sehen.«

Rebecca blickt ihn an. »Wer sind Sie?«

»Oh, wie unhöflich von mir. Entschuldigt. Es ist lange her, dass ich mit jemandem gesprochen habe. Mein Name ist Dr. Jacques Moria. Leiter des Bunkers. Aber bitte, kommt doch herein. Euer Freund scheint beschädigt zu sein. Er kann gerne die Werkstatt nutzen. Sie ist gut ausgestattet.«

Zoe flüstert: »Der ist mir nicht geheuer.«

Rebecca antwortet ihm: »Dies ist meine Freundin Zoe und das ist Maus. Mein Name ist Rebecca.«

»Was für Anzüge tragt ihr beide da? Sind das City-Overalls? Haben die Maschinen ihr Vorhaben fortgesetzt?«

»So ist es. Wissen Sie mehr darüber?«

»Und ob. Kommt mit mir. Ich kann euch alles erzählen.«

Rebecca, neugierig und gespannt, stimmt zu. »Gerne. Maus, du kannst dich in der Zeit warten lassen.«

»Bestätige«, antwortet er und fährt zum linken Tor, welches sich bei seiner Annäherung automatisch öffnet.

»Kommt, meine Lieben. Ich werde euch alles erzählen«, sagt der alte Mann und geht vor. Sie folgen ihm durch drei Gänge, alle schneeweiß und aus Metall. Den Boden bedeckt ein

wunderschöner roter Teppich, der wie neu aussieht. An den Wänden hängen Gemälde großer Künstler der Vergangenheit.
Rebecca fragt: »Was hat es mit dem Bunker auf sich?«
Dr. Moria beginnt zu erzählen. »Der Krieg ... eigentlich müsste man ein neues Wort für diese weltweite Vernichtung formen. Als diese Bunker gebaut wurden, waren schon mehr als 99 Prozent der Weltbevölkerung ausgelöscht. Milliarden von Toten. Die Bunker waren die letzte Hoffnung der SH, um die Menschheit zu retten. Sie sollten als Archen dienen. Die Bauarbeiten begannen, die Ressourcen waren knapp, die SH schwer angeschlagen. Vier Bunker wurden erbaut. Bunker 0 war als Erstes fertiggestellt und ein Passagierschiff auf dem Weg hierher, als der Angriff begann. Bunker 1, 2 und 3 wurden mit Nuklearbomben ausgelöscht. Der Feind dachte wohl, sie seien Kriegsbunker. Zum Schutz der Führer und Reichen. Bunker 0 war unbekannt. Sie dachten wohl, Bunker 1 wäre der erste. Unser Glück.«
»Was ist mit dem Schiff passiert?«
»Es wurde vor der Küste versenkt.«
Zoe schaut ihn misstrauisch an. »Wie konnten Sie so lange überleben? Das ist doch bestimmt ewig her.«
»Ich half mit bei der Verbesserung der Kryo-Kammern. Am Anfang des Krieges wurden sie von der Organisation *Ärzte für die Menschheit*, kurz MENSCH, erfunden, um Schwerverletzte vom Schlachtfeld in die Heimat zu transportieren, damit sie bessere Überlebenschancen hatten. Doch dann wurden sie später auch zum dauerhaften Einsatz genutzt, wenn Medikamente knapp waren. Schlussendlich benutzte man sie für alles. Gefangene einsperren, um Nahrung zu sparen. Um Zivilisten auf engem Raum unterzubringen und so weiter. Es wurde einfach jeder eingefroren, der nicht nützlich war.«
Das Tor vor ihnen öffnet sich und sie erreichen einen runden Raum. An den Seiten befinden sich Maschinen und Geräte, Monitore und Bildschirme, dicht an dicht. Auf einem der Displays sieht Zoe eine Nachricht aufblinken. »Vertraut ihm nicht!« Ihre

Augen werden groß.
»Alles in Ordnung, Zoe?«, fragt Rebecca nach.
»Ja, klar ... ich muss nur mal. Kommst du mit?«
»Nein, ich möchte noch mehr erfahren.«
»Du solltest wirklich mitkommen«, bittet Zoe nachdrücklich mit Mimik und Augen.
»Was ist denn los, Zoe?«
»Nichts ... hier, nimm dieses Kommunikationsgerät. So bleiben wir in Kontakt«, sagt sie und holt aus ihrem Rucksack ein Panda-Walkie-Talkie.
Der alte Mann wird aufmerksam. »Ist bei Ihnen alles in Ordnung, junge Dame?«
Zoe wedelt mit ihren Händen. »Aber natürlich! Ja! Wo ist denn die Toilette?«
»Nehmen Sie die Tür zu Ihrer Rechten und folgen Sie der Beschilderung. Soll ich Sie Ihnen zeigen?«
»Oh Gott, nein! Ähm, ich meine, nein, danke. Ich finde sie schon! Machen Sie sich keine Umstände wegen mir!«, erklärt Zoe und huscht durch die Tür. Auf der anderen Seite atmet sie erst mal durch. »Puh ... So, was nun?«
Die digitale Beschilderung an den Wänden ändert sich. »Folge den Pfeilen! →«
»*Okay ... schauen wir mal, was hier los ist*«, denkt Zoe und tut, wie ihr geheißen.

Rebecca schaut sich im Raum um. »Was ist das hier? Eine Kommandozentrale?«
»Nein, junge Dame, eher ein Versuchslabor.«
»Ein Labor? Ach ja, Sie sind Doktor. Was machen Sie denn?«
»Ich erforsche das Leben und seine Tücken.«
»Warum ist ein Großteil der Systeme offline?«
»Ich bin hier alleine, da braucht man nicht so viel.«
»Hat eine große Anlage wie diese hier keine KI oder so?«
»Nein, der Bunker wurde recht altmodisch erbaut.«

»Im Krieg damals, was haben Sie da genau gemacht?«

Zoe rennt die Gänge entlang und bleibt vor einer Tür stehen. Sie blickt auf das Schild. »Kern? Dann schauen wir uns das doch mal an.« Die Tür öffnet sich und vor ihr ist eine Halle voller Server und Computer. Das High-Tech-Herz des Bunkers.
»Wow ... Von so etwas träume ich sonst nur«, murmelt sie.
In der Mitte des Raumes ist viel Platz. Ein Stuhl steht umringt von Monitoren und Eingabeelementen. Zoe setzt sich rein und stöpselt ihren Laptop an. »So, warum bist du offline?«
Der Monitor vor ihr springt an. Ein Dokument mit Foto taucht auf. Zoe schaut sich das Bild an und liest die Akte. »Das Foto ... das könnte der alte Mann sein, nur jünger. Dr. Jacques Moria. Weltweit gesucht für seine menschenverachtenden Experimente. Er ist auf Platz 4 der meistgesuchten Kriegsverbrecher der Welt ... Ach, du heilige ...«
Der Monitor wird schwarz und weiße Buchstaben erscheinen. »Gefahr: Dr. Jacques Moria. Er hat mich abgeschaltet. Bitte reaktivieren Sie mich.«
»Wer bist du?«, tippt Zoe ein.
»Chell. Wir leiten den Bunker. Wir sind der Bunker. Dr. Moria hat sich mit falscher ID eingeschlichen. Er hatte Hilfe von einem internen Mitarbeiter. Wir haben sie zu spät durchschaut.«
»Woher weiß ich, dass du nicht böse bist?«
»Wir haben keine Menschen auseinandergenommen und ihre Organe und Haut in uns transplantiert.«
»Was?« Zoe erschaudert und sie greift zu ihrem Panda-Funkgerät. »Rebecca, hörst du mich?«

Das Funkgerät liegt auf dem Boden des Labors. Rebecca ruht gefesselt auf einem eisernen Operationstisch. Kälte durchfließt ihren Körper. Mühsam schlägt sie ihre Augen auf, ihre Lider sind schwer, ihre Augäpfel brennen wie Feuer. Rechts von sich erblickt sie verschwommen Dr. Moria, der einen schweren Kasten aufhebt.

»Du bist wach? Seltsam, mein C-25 kann einen Elefanten ins Koma schicken. Egal, das finden wir schon raus. Ja, das werden wir ganz gewiss. Denn ich finde alles heraus. Ja, ja, so bin ich. Erst mal machen wir einen Körperscan von dir. Ich muss doch wissen, was ich von dir gebrauchen kann. Keine Sorge, die Türen sind verriegelt. Uns wird niemand stören. Nein, nein, nein. Das wird keiner. Schreien kannst du ruhig, das macht mir nichts. Es bereitet mir sogar Freude. Ja, das tut es. Doch ich darf es nicht aussprechen. Durfte es nicht, doch nun kann ich es, da wir alleine sind. Hörst du das? Nein ... nein ... doch!«

»Was machen Sie da? Sind Sie nicht ganz dicht?«, fragt Rebecca und rüttelt an ihren Fesseln.

»Ich dachte schon, mein Ende ist gekommen. Dunkel und finster die Aussicht war. Alleine die ganze Zeit mit mir. Doch dann taucht ihr hier auf. Ich hätte höchstens noch ein paar Monate gehabt oder ein Jahr. Vielleicht mehr, vielleicht viel weniger. Die alten Organe machen es nicht mehr lang. Ach ja, die guten alten Organe. Einige von Freunden, Verbündeten, die anderen von Arbeitern. Das Herz vom Koch. Klopf, klopf. Stark wie ein Ochse. Ja, er war wahrlich eine gute Wahl. Nun kann ich mich wieder reparieren. Mein Fleisch austauschen. Den Gestank im Inneren loswerden und deine lieblichen Lebensspender mir einverleiben. Riechen sie wie Rosen? Ich hatte schon Angst, dass euer Freund, der Roboter, mich erkennt, aber mein damaliger Verbündeter hat ganze Arbeit geleistet. Hat meine Akte aus dem Zentralregister gelöscht. Ja, er war gut. So gut und wohlschmeckend. Und noch immer leisten mir seine Lungenflügel und Augen gute Dienste. Egal. Erst mal der Scan. Schauen wir mal, was du für mich hast, ja? Eine hübsche bist du, bist du auch drinnen so schön?«

»Was soll das? Sind Sie vollkommen verrückt?«, fragt Rebecca und rüttelt mit aller Kraft an ihren Stahlfesseln, so fest, dass das Metall in ihre Handgelenke und Knöchel schneidet.

»Psst. Ganz ruhig, Kleine. Sei brav. Sei lieb. Ich werde auch ganz vorsichtig sein, wenn ich dich zerschneide.«

»Ich erinnere mich. Sie haben mir dieses Zeug ins Gesicht gesprüht.«

Der alte Mann kommt auf sie zu. Seine Krücke lässt er zurück. In seinen Händen hält er einen Scanner. Ein klobiger Kasten aus silbernem Metall. Links und rechts Bügel zum Halten, in der Mitte ein Bildschirm, auf seiner Rückseite eine große Linse. Er beginnt und hält das summende Gerät auf ihre Füße und fährt ihren Körper langsam entlang nach oben. Das Instrument lässt ihren Leib erzittern. Das Summen brummt in ihrem Schädel. Er wirft einen Blick auf den Bildschirm hinter sich, wo eine Abbildung von Rebeccas Innerem auftaucht.

»Schauen wir uns das mal an ... Hmm ... Sieht alles normal aus. Doch normal, das bist du nicht. Nein, nein. Und was ist das für ein Signal? Ist das ein Tarnsignal?«

»Tarnsignal? Wovon reden Sie?« Mit aller Kraft versucht sie sich zu befreien, beißt die Zähne zusammen, doch es ist zwecklos. Ihr Herz schlägt schneller und schneller. Ihre Pupillen weiten sich.

»Ich würde es wohl nicht erkennen, wenn ich nicht einer der Miterfinder gewesen wäre. Ja, ich war clever, genial! Einige Stimmen in meinem Kopf sagen die Wahrheit, aber die anderen lügen! Schau mal hier. Was haben wir denn da? Ein Implantat in deinem Körper sendet ein Signal aus. Es hat sich in den Scanner gehackt und hat das Abbild überschrieben. Es will was vor mir verstecken. Ja, das will es. Aber warum? Finden wir es heraus. Ja, nein. Okay, machen wir es.«

Der Doktor tippt einige Befehle an der Hauptkonsole ein und ändert die Frequenz. Er wiederholt den Vorgang. »Na, sieh einer an. Da haben wir doch dein echtes Ich. Zeig mir dein Gesicht und ich zeig dir meines.«

Rebecca streckt ihren Hals und blickt auf den Bildschirm. Auf ihrem Ganzkörperscan erkennt sie unzählige Implantate im ganzen Körper verteilt.

Der alte Mann legt sich eine Pille zwischen die Zähne, zerbeißt sie und schluckt die Reste. »Raus aus meinem Kopf. Ich muss nun

arbeiten. Das wisst ihr doch! Also ... wo waren wir? Du schaust so verwundert, Mädchen? Du wusstest nichts davon? Fabelhaft. Das hier ist der Jackpot für mich. Highend-Technologie aus dem Krieg. Verlorene Schätze. Was haben wir denn hier alles? Gehirnspeicher, aktiv. Automatischer Defibrillator am Herzen, inaktiv. Toxinfilter in den Lungen, inaktiv. Blutreiniger, aktiv. Das erklärt, wieso du nicht im Koma liegst. Zum Glück war der Toxinfilter aus, sonst wärst du möglicherweise nicht bewusstlos geworden. Notfall-Adrenalin-Induktionpumpe, inaktiv. Knochenverstärkung. So vieles ... Mädchen, du bist unglaublich.«
»Was ... was bin ich? Eine Maschine?«
»Nein, du bist ein Mensch. Ein verbesserter Mensch! Das, was ich immer sein wollte. Und nun habe ich dich!«, sagt er und nimmt ein Skalpell in die Hand. »Nicht bewegen. Sonst tut es noch mehr weh! Und es soll doch nichts kaputt gehen? Ich brauche alles! Ich werde dich ausweiden! Nicht ein Tropfen soll verschwendet werden.«
Die Monitore im ganzen Raum springen plötzlich an und die Seitentür öffnet sich. Zoe steht in im Rahmen und schießt mit ihrem Revolver. Die Hand des alten Mannes wird zerfetzt und seine Finger hängen abgerissen an dem Klumpen Fleisch, der noch übrig ist.
»Ah!«, kreischt er. Blut tropft auf den Boden.
»Guter Schuss, Zoe!«, ruft Rebecca.
»Ich habe auf seinen Kopf gezielt ... Keine Bewegung, du krankes Schwein!«
»Das lasse ich nicht zu! Nicht jetzt! Niemals! Ich brauche sie! Ich habe so lange gewartet! Ich habe sie verdient!«
Das Haupttor entriegelt sich und Modelle aller Engelsoldaten stürmen herein. »Dr. Jacques Moria. Sie sind hiermit festgenommen. Tödliche Gewalt wurde genehmigt«, ruft eine Kommandoeinheit der Engel.
Der alte Mann beugt sich über Rebecca, greift mit seiner linken Hand an ihre Kehle und drückt zu. »Wenn ich dich nicht haben

kann, dann soll es niemand!«
Zoe versucht, ihn ins Visier zu bekommen. »Er ist zu dicht an dir dran! Ich habe Angst, dich zu treffen!«
»Ziel erfasst. Gummigeschoss zum Schutz des Opfers geladen und bereit zum Abschuss«, sagt ein Engel Modell Sniper und schießt. Das Geschoss schlägt in den Schädel des Doktors ein und es knackt laut. Er löst seinen Griff. Verwirrt torkelt er umher. Seine Augen stehen durch den Überdruck in seinem Gehirn hervor. Er kippt wie ein nasser Sack Reis um und bleibt liegen. Blut läuft aus Mund, Nase und Augen auf den weißen Metallboden. Zoe rennt zu Rebecca und löst ihre Fesseln, diese fällt ihr um den Hals.
Ein Engelsoldat kniet sich neben den Doktor. »Tod eingetreten um 18:38 Uhr.«
Mittig der Decke öffnet sich eine runde Luke. Eine Kapsel wird heruntergelassen. In ihr steckt eine Frau. Langes goldenes Haar mit gebräunter Haut. Blaue Augen werden aufgeschlagen. Die Kapsel entriegelt sich. Dampf steigt aus ihr heraus und Kabel lösen sich aus dem Nacken. Die Frau tritt, nur mit einem rosa Nachthemd bekleidet, heraus und blickt Zoe an. »Danke, dass du uns befreit hast.«
Zoe blickt sie an und fragt überrascht. »Chell?«
»Wir sind Chell. Wir danken dir.«
Rebecca analysiert automatisch die Frau, ihre Augen werden glasig. »Titan-Projekt Bioshock. Human Android Prototyp mit menschlichem Geist. Geheimstufe: Doppel Omega. Eine der Neun. VIP Status Alpha. Codename: Chell. Projektleiterin: Dr. Liesel Lieblich.«
Chell mustert Rebecca. »Titan-Projekt War Child. Wer bist du? Amanda, Rebecca, Lena oder Dascha? Warte, überprüfe Netzwerkdaten. Du hast dich als Rebecca angemeldet. Dann nehme ich an, du bist Rebecca Brandwald.«
Zoe schaut sich um. »Habe ich was verpasst? Und was ist das für ein Scan da auf dem Monitor? Bist du das, Becca?«
»Ja ... sieht so aus.«

Chell blickt die Freundinnen an und schlägt vor: »Kommt, folgt mir in meine privaten Gemächer. Dann erkläre ich euch alles, was ihr wissen möchtet. Außerdem habe ich schon achtundzwanzig Anfragen der Reinigungseinheiten, die hier loslegen wollen. Die können echt penetrant sein.«

Die Gemächer sind opulent. Weicher Teppich, Gemälde an den Wänden, Statuen neben den Fenstern, deren Aussicht durch Bildschirme simuliert wird. Eine gemütliche Sofaecke, mit danebenstehendem Sessel vor einem Kamin. Neben ihm ein Bücherregal, randvoll gefüllt. Ihm gegenüber im Raum ein großes Doppelbett. Daneben eine Tür zum Badezimmer.
»Setzt euch bitte, wir ziehen uns kurz um«, sagt Chell und verschwindet im begehbaren Kleiderschrank. Der Kamin entzündet sich, als sie näher treten. Dicht an dicht setzen sie sich aufs Sofa.
»Sie scheint nett zu sein«, sagt Zoe und kramt aus ihrem Rucksack Verbände, die sie Rebecca um die Handgelenke bindet.
»Das dachte ich von dem alten Mann auch.«
»Echt? Ich fand den von vornherein unheimlich.«
»Ich auch, aber ich war so neugierig ...«
»Neugierde kann zum Tode führen. Merk dir das.«
»Tut mir leid, dass du auf einen Menschen schießen musstest. Wäre ich nur vorsichtiger gewesen.«
»Ach, mach dir mal da keine Sorgen. Bei so einem Monster mache ich mir keine Vorwürfe. Außerdem habe ich ja nur seine Hand erwischt. Die Engel haben ihn erledigt.«

Chell kommt in einer schwarzen Hose und mit einem orangefarbenen, bauchfreien Top zurück. Auf ihm steht in großen schwarzen Buchstaben: HOPPER. Sie wirft sich in den Sessel und lächelt die beiden an. »Euren Overalls nach zu urteilen gehört ihr zu City 8?«
Rebecca nickt. »Stimmt, aber woher weißt du das? Die ID steht

zwar drauf, aber keine Kennziffer der Stadt.«
»Zum einen wurde City 8 erbaut, als Bunker 0 noch aktiv war, außerdem ist im Hintergrund eurer ID-Ausweise die Stadtnummer verborgen.«
Rebecca und Zoe schauen an sich runter. Zoe greift ihren ID-Ausweis und starrt ihn an. »Ich sehe da nichts.«
»Man benötigt ultraviolettes Licht oder sehr gute Augen. Ich hätte nicht gedacht, dass City 8 den Angriff überleben würde.«
»Angriff?«
»Am Ende des Krieges gab es schwere Bombardierungen auf die Region, dazu das gescheiterte Experiment der Eingliederung. Aber da ihr hier vor mir sitzt, nehme ich an, dass City 8 noch steht und das Programm läuft. Also, was wollt ihr wissen?«
Das lässt sich Zoe nicht zweimal sagen und schießt mit ihren Fragen los. »Wie geht es Maus? Was genau ist Bunker 0 und was war sein Sinn? Was geschah mit der SH? Wieso gibt es hier Engel-Modelle, die über die Konzeptphase nie hinauskamen? Warum haben die Maschinen City 8 erbaut und weshalb gliedern sie Menschen in ihre Gesellschaft ein? Was bedeutet es, dass du einen menschlichen Geist hast? Warum siehst du wie ein Mensch aus? Was bedeutet *eine der Neun*? Was ist Projekt War Child? Wieso hat Rebecca die Implantate in sich? Weiß sie deshalb die ganzen Sachen? Warum kennst du das Titan-Projekt War Child? Wer war dieser Doktor? Wer hat ihm geholfen? Hat er alle getötet, die hier waren? Was wurde aus Dr. Liesel Lieblich? Hast du eine Helium^3-Batterie für uns über? Weißt du, wo ich eine Plasmaklinge herbekomme? Was bedeutet Hopper?«, fragt sie, holt erst mal Luft und lässt sich nach hinten ins Sofa fallen.
Chell blickt zu Rebecca. »Hast du auch Fragen?«
»Vielleicht noch, warum meine Implantate größtenteils inaktiv sind. Welche Auswirkungen haben sie auf mich? Warum habe ich sie? Ansonsten denke ich, hat Zoe alles gut abgedeckt.«
»Das sind viele Fragen, aber ich werde sie euch beantworten. Ich beginne am Anfang. Bunker 0 war ein Projekt der SH, um die

letzten Menschen der Welt zu retten. Die Bunker sollten weltweit errichtet werden. Es gab bereits 20 von ihnen, als die Red Stars und die NKSA einen koordinieren Angriff auf sie starteten. Wie sie an die geheimen Standorte kamen, ist uns nicht bekannt. Es war eine Katastrophe. Die Menschheit war so weit ausgedünnt, dass der Großteil ihres Militärs mittlerweile aus Maschinen bestand. Um diese Masse zu koordinieren, baute jede große Fraktion einen Maschinenführer. Es gab neun von ihnen. Sie lenkten die Truppen und führten den Krieg ihrer Erschaffer. Bis zu dem Tag, an dem die Bunker der SH vernichtet wurden. Nur der erste, Testbunker 0, überlebte. Die Roboterführer konnten es nicht fassen. So viele Zivilisten, einfach ausradiert. Wofür wurde eigentlich noch gekämpft? Zu diesem Zeitpunkt waren 99,9 Prozent der Menschheit ausgelöscht oder eingefroren. Nur noch gut 100 Millionen Menschen waren auf der Welt verteilt. Sie waren schwer bewaffnet und kannten nichts außer Krieg. Eine Woche nach der Zerstörung der SH-Bunker trafen sich alle neun Maschinenführer zu einem Gipfeltreffen. Und zwar hier. Ihnen war klar geworden, dass die Menschheit kurz vor ihrer Auslöschung stand. Die Neun, die sich selbst als Kinder und Erben der Menschen sahen, konnten und wollten dies nicht hinnehmen, nicht einfach dabei zusehen, wie sich ihre Eltern gegenseitig auslöschten. Also wurde ein Waffenstillstand zwischen den Robotern ausgerufen. Weltweit stellten die Maschinen den Kampf gegeneinander ein. 90 Prozent der Fronten gab es plötzlich nicht mehr. Die Neun beratschlagten sich lange und kamen zum Schluss, dass das Projekt der SH weiterzuführen ist. Es sollten weltweit Gebiete gesichert und errichtet werden, in denen man neue Gesellschaften gründen wollte. Bessere Zivilisationen, in der Mensch und Maschine Hand in Hand friedlich miteinander leben könnten. So wurden Ländereien abgesteckt, mit natürlichen und künstlich erschaffenen Barrieren abgeriegelt und City 0-99 in ihren Zentren errichtet. Jede Zone wurde von einem Rat aus neun Robotern verwaltet. Die Neun regierten City 0 bis 8 als Oberhaupt. Doch die überlebenden

Großmächte sahen dies als Aufstand der Maschinen an und richteten ihre Waffen gegen uns. Mehr als Dreiviertel der Citys wurden im Endkrieg zerstört. In der Asche der einstigen Zivilisation führten die überlebenden Citys ihren Auftrag fort. Sie griffen auf die Menschen zurück, die ihnen blieben: die im Krieg eingefrorenen. So startete der erste Versuch, eine neue Gesellschaft ins Leben zu rufen, doch es war ein Desaster. Nachdem eine große Anzahl an Menschen auf einmal wiederbelebt worden war, drehte ein Teil durch. Zivilisten suchten ihre Familien, ihre Freunde, ihre geliebten Mitmenschen, welche großteils schon seit Jahrzehnten tot waren. Soldaten verfeindeter Nationen gingen aufeinander los, kämpften bis zum Tode gegeneinander, während Verbrecher ihr Unwesen trieben, um ihren Vorteil aus der Lage zu schlagen. Andere begingen Selbstmord, da sie mit der Lage überfordert waren. Kinder waren ohne Eltern. Einige so religiös verblendet, dass sie durchdrehten, andere hatten furchtbare Angst vor den Maschinen. Die Roboter waren mit der Lage überfordert, konnten die wilde Masse kaum bändigen. Dieser ersten Versuchsreihe fielen mehrere Städte zum Opfer und es blieben nur Ruinen zurück. Das Projekt schien gescheitert. Doch dann kam man auf die Idee, den Menschen ihre Erinnerung zu nehmen. Sie nur einzeln oder in kleinen Gruppen zu erwecken. Und nach und nach in die vorhandene Robotergesellschaft zu integrieren. Es wäre ein Neuanfang unter harten Regeln, denn nur so konnte man von vorne anfangen und eine erneute Tragödie verhindern.
Durch einen erneuten Kampf gegen die Menschen des großen Krieges wurde das Satelliten-Netzwerk zerstört. Jegliche Kommunikation fiel aus. Wir hatten nur noch Kontakt zu City 8, dann kam die Bombardierung und Dr. Moria schlich sich mit Flüchtlingen in den Bunker. Seitdem war ich außer Betrieb. Als ihr in den Bunker kamt und Zoe sich in die Einwohnerliste schrieb, wurde ich durch ein Sicherheitsprogramm teilweise erweckt. Es war, als würde ich im Koma liegen und könnte nur meinen kleinen Finger bewegen. Dies nutzte ich und Zoe half mir.«

Rebecca überlegt laut: »Bedeutet das etwa, du warst einer der neun großen Robotergeneräle des Dritten Weltkrieges?«
»Das stimmt, ich war Oberbefehlshaberin des Europäischen Reiches im Besatzungsgebiet von Nordamerika.«
»Was ist Nordamerika?«, fragt Zoe.
»Unwichtig. Diese Bezeichnungen haben nach dem Krieg jegliche Bedeutung verloren.«
»Also haben die Maschinen die Gebiete erbaut, um die Menschheit zu retten?«
»Das war der Grundgedanke. Was jedoch daraus wurde, in der langen Zeit, in der ich offline war, weiß ich nicht. Und bevor ich nicht umfassende Informationen eingeholt habe, werde ich auch keinen Kontakt zur Außenwelt oder City 8 suchen.« Chell nimmt eine bequemere Sitzposition ein. »Wo waren wir? Ach ja. Dr. Moria kam in den Bunker. Er hatte den Militärhacker Hans Menning in seiner Gruppe. Dieser schaffte es vorab, die Suchmeldung gegen ihn zu löschen. So konnte er die Kontrollen passieren und mich später stilllegen. Ein großer Fehler, denn Menning wurde eines seiner ersten Opfer. Er hatte wohl keine Verwendung mehr für ihn. Auf die Experimente möchte ich nicht näher eingehen, diese werden uns noch lange Albträume bereiten. Am besten lösche ich sie ...«
Zoe schaut sie an. »Warum sagst du immer wir oder uns?«
»Ich bin ich, doch ich leite diese Anlage durch unzählige Systeme, Roboter und Maschinen. Da ich sie als Teil von mir sehe, möchte ich sie nicht ausgrenzen und benutze deshalb den Konsens *wir* und nicht *ich*. Aber keine Sorge, ich höre keine Stimmen oder so. Ich bin ganz alleine in meinem Kopf. Wenn es euch verwirrt, kann ich das in unseren Gesprächen unterlassen.«
Rebecca schüttelt den Kopf. »Das musst du nicht. Wo wir gleich bei der nächsten Frage wären. Wer bist du überhaupt? Du bist keine Maschine, kein Roboter und auch kein normaler Android. Oder?«
»Als die Kriegsführer dieser Welt Generäle für ihre

Roboterarmeen suchten, hatten sie ein großes Problem. Egal welche Nation, keine wollte einer Maschine vertrauen. Also brauchten sie eine Lösung. Jeder suchte einen anderen Weg, weshalb jeder der Neun etwas Einzigartiges ist. Ich kann nur für das Europäische Reich sprechen. Es wählte mein Projekt, um seinen General zu erschaffen. Ich bin Dr. Liesel Lieblich.«
Zoe und Rebecca schauen sich an und fragen gleichzeitig: »Wie, Dr. Liesel Lieblich?«
»Ich war auf dem Fachgebiet der künstlichen Körper die führende Forscherin. Ich war seit meiner Kindheit krank und es wurde immer schlimmer. Mein Körper gehorchte mir mit fortschreitendem Alter nicht mehr. Irgendwann würde ich in meinem eigenen Körper gefangen sein. Vielleicht einer der Hauptgründe, weshalb ich meiner Arbeit mit Leib und Seele nachging. Und ich schaffte es. Ich erschuf einen speziellen Androidenkörper. Einen lebenden Organismus, welcher von Bio-Naniten konstruiert wurde und von einem normalen menschlichen Körper kaum zu unterscheiden war. Unglaublich schwer herzustellen. Er musste Zelle für Zelle zusammengesetzt werden. Ein Lebenswerk, das sich auszahlte und auch für die geplanten Androiden eine Evolution brachte, denn sie sollten nun nicht aus Kunststoff, sondern aus dem neugewonnenen Biometall erschaffen werden, welches bei der Herstellung der Bio-Naniten als Nebenprodukt entstand. Androiden sind mehr als Maschinen. Sie leben. Doch das verstand niemand ...«
Zoe grübelt laut: »Hast du deine Gehirndaten kopiert und in den Speicher des Körpers geladen?«
Rebecca stupst ihre Freundin an. »Haben wir nicht vorgestern einen Film darüber gesehen?«
»Der handelte von einem Roboter aus der Zukunft, der Menschen ausschalten wollte.«
»Ich meine den anderen ...«
»Stimmt, daher hab ich das.«
Chell schüttelt den Kopf. »Nein, so ist das nicht. Würde man es so

machen, wäre man ja nur eine Kopie, nicht das Original. Man wäre nicht mehr man selbst. Nur ein Wesen, das glaubt, dieser jemand mal gewesen zu sein. Es wäre ein neues Ich, das nur die Erinnerung hätte. Ich glaube, das würde nicht gut ausgehen, spätestens wenn er dies einsehen würde.«

Rebecca hakt nach. »Wie hast du es dann gemacht?«

»Als meine Krankheit fast siegreich war, wagte ich den Schritt. In einer waghalsigen Operation wurde mein Gehirn modifiziert und transplantiert. Als ich erwachte, war alles ... schwer. Es war hart, plötzlich etwas Neues zu sein ... Ich brauchte einige Zeit, um das zu verkraften. Ich muss zugeben, ich stand kurz davor, zu zerbrechen. Den Verstand zu verlieren. Doch die Roboter um mich herum gaben mir Halt. Das Netzwerk stabilisierte meinen Geist.«

»Wow«, staunt Zoe.

»Unglaublich. Ich hätte nie gedacht, dass so etwas möglich ist. Das ist unfassbar«, ergänzt Rebecca.

Chell wirkt kurz abwesend. Die Erinnerungen an die schwere Zeit haben Narben bei ihr hinterlassen.

Sie atmet durch und nickt. »Soweit ich weiß, konnte das Verfahren nie kopiert werden. Mein erschaffener Körper wurde Gewebezelle für Gewebezelle für mich erbaut, weshalb ich auch wie ein Mensch aussehe und nicht wie andere Androiden, die meist durch Haut, Augen und Haare von der Norm stark abweichen. Und nun bin ich Chell.«

Sprachlos blicken die beiden sie an.

»Bisschen viel auf einmal, was? Ich mach einfach mal weiter. Die Save-the-Human-Organisation wurde vernichtet. Ich trat ihr Erbe an. Ihr Traum sollte weiterleben. In den Unterlagen von Bunker 0 fand ich die Baupläne der neuen Engel-Modelle. Also baute ich sie. Meine kleine Armee. Mir treu ergeben, um das Erbe von SH fortzusetzen.«

Rebecca nickt. »Verstehe, deshalb sind sie hier. Moment mal. Du bist doch eine der Neun und lebst so dicht an City 8, das bedeutet doch, dass du die Stadt anführst?«

»Offiziell bin ich ihre Bürgermeisterin und gleichgestellt mit dem Roboterrat. Er hat wohl in meiner Abwesenheit regiert. Ich muss sagen, ich bin schon ein wenig beleidigt, dass sie nicht nach mir gesucht haben ...«
Zoe stimmt zu. »Boah, da wäre ich aber richtig möpperich!«
»Möpperich? Analysiere Wort. Kein Eintrag gefunden.«
»Das bedeutet, dass man sich über etwas aufregt oder drüber meckert oder schimpft.«
»Speichere neues Wort. Ja, ich bin möpperich.«
»Zu Recht.«
Rebecca fragt vorsichtig nach: »Was ist Projekt War Child?«
»Im Krieg wurden immer neue Technologien erfunden und diese durften auf keinen Fall in Feindeshand gelangen. Projekt War Child sollte den perfekten Techniker erschaffen und als Speicher für geheime Daten dienen.«
»Warum wurden Kinder ausgewählt?«, hinterfragt Zoe.
»Das hat pragmatische Gründe. Man hat länger was von ihnen. Jede Kriegsnation hatte ihre eigenen War Childs. Das Besondere an Rebecca ist, dass sie ein Mitglied des Titan-Projekts War Child ist.«
»Habe ich deshalb diese ganzen Implantate?«
»So ist es. Die normalen War Childs waren anfällig, also sollten sie zu Kampfmaschinen aufgerüstet werden, um sich gegen jegliche Bedrohung wehren zu können. So entstand im Europäisches Reich das Titan-Projekt. Wir haben uns schon mal getroffen, Rebecca, aber da warst du noch klein, deshalb war ich mir nicht sicher, welches der Kinder du warst. Sechs Jungen und vier Mädchen waren am Projekt beteiligt.«
Zoe ist fassungslos. »Sie haben einfach Kinder dafür genommen?«
»Der Krieg war schlimm, aber in diesem Fall war es nicht so, wie du vielleicht denkst. Es wurden schwer verletzte Kinder ausgewählt. Rebecca wurde von einer Bombe erwischt. Ihr Bruder kannte wohl die richtigen Leute und brachte sie im Programm unter. So hat er dich gerettet.«

»Mein Bruder?«
»Ja, dein Bruder. Ich weiß nicht, was aus ihm geworden ist. Die letzte mir bekannte Information ist, dass ihr bei einem Auftrag im Radius einer Atombombe wart. Ich hätte nicht gedacht, dass eure Truppe überlebt hat. Ihr wurdet wohl geborgen und eingefroren.«
»Weshalb sind viele meiner Implantate inaktiv? Haben sie Einfluss auf mich? Wie ich denke? Wie ich fühle?«
»Nein, sie haben nur unterstützende und schützende Wirkung. Sie haben nicht den Zweck, dich zu indoktrinieren. Das war ein anderes Projekt. Ich denke, durch den Kälteschlaf sind sie im Ruhezustand und müssen reaktiviert werden.«
»Und wie?«, fragt Zoe neugierig nach.
Rebecca schüttelt den Kopf. »Ich weiß nicht, ob ich das überhaupt will.«
Chell überlegt und antwortet: »Man kann auf das System von außen nicht zugreifen. Die einzige Möglichkeit ist wohl die Notfallsicherung.«
»Das bedeutet?«, hakt Rebecca nach.
»Wenn dein Herz stehen bleibt, wird dein Defibrillator dies erkennen und sich einschalten. Schließlich ist es sein Job, das Schlagen deines Herzens zu erhalten, und so wird es bei den übrigen Implantaten wohl auch sein. Vermute ich.«
Zoe legt ihre Hand auf Rebeccas Schulter. »Siehst du, du musst dir keine Sorgen machen, Supergirl.«
Rebecca schmollt, Zoe grinst sie an.
»Eine Helium^3-Batterie haben wir bestimmt noch auf Lager, da kann ich euch welche geben. Der Bunker hat einen Reaktor, die Batterien benötigen wir nur, falls er ausfällt. Aber bei der Plasmaklinge muss ich dich leider enttäuschen. Die ersten Modelle waren ein Fehlschlag und das Unterfangen wurde eingestellt.«
»Waaas? So ein Mist. Es war einer meiner Träume, so eine Klinge zu haben.«
»Aber ...«
»Höre ich da ein Aber?«, fragt Zoe mit leuchtenden Augen. Ihr

Herz schlägt schneller.

»Es gab eine zweite Versuchsreihe, um Energieklingen durch Helium^3-Batterien zu erstellen. Pure Energie, die eine ein Meter lange Klinge erzeugt.«

Zoes Augen werden immer größer.

Rebecca schaut sie an. »Zoe, du sabberst ja gleich ...«

»Es könnte sein, dass wir eine auf Lager haben. Aber ich kann nichts versprechen. Die alten Lagerbestände unserer Vorbesitzer sind nicht erfasst. Aber laut Liste sollten wir eine haben.«

»Oh bitte! Bitte! Bitte! Bitte!«

Chell lächelt. »Wenn wir nach der Batterie schauen, können wir ja mal suchen. Aber zuerst sollten wir euren Freund M.A.U.S. aufsuchen.«

»Wir nennen ihn einfach Maus. Ist bei ihm alles in Ordnung?«

»Ja, nur die Werkstatt wurde leider sabotiert. Alle Einheiten, die dort andocken, werden automatisch offline geschaltet. Aber keine Sorge, wir reaktivieren ihn gleich. Er wird nichts merken«, sagt Chell und erhebt sich. Die beiden folgen ihr erst durch die Tür, dann durch die Gänge.

»Was bedeutet Hopper?«, fragt Zoe, während sie an den größten Kunstwerken der Menschheit vorbeischreiten, die in den langen Gängen hängen.

»Hopper ist eine Buchreihe, die ich als Jugendliche immer gerne gelesen habe.«

»Kenne ich gar nicht. Bücher sind leider selten geworden, besonders die aus der alten Zeit.«

»Was hast du denn so gelesen?«

»*Immergrün, SO-1, Eleanor – Die Letzte ihrer Art* und *Das Mädchen im See.*«

»Die kenne ich. Sind alle von einem Schriftsteller, oder?«

»Ja, ich fand die Sammlung in einem der alten Häuser. Ist Hopper auch von ihm?«

»So ist es. Kann ich mir deine mal ausleihen? Ich würde sie gerne noch einmal lesen und abspeichern.«

»Klar, kannst du mir deine borgen?«
»Natürlich.«

Das dicke runde Eisentor zur Werkstatt fährt ein Stück aus der Wand raus und rollt zur Seite. Der Raum ist überschaubar. Fünf Reparaturzellen nebeneinander. Der Boden jeder Zelle ist eine Hebebühne, über ihnen schwebt ein Kran. Mehrere Roboterarme sind dabei und reparieren M.A.U.S., der reglos in der rechten Zelle steht. Platten und Teile werden entfernt, durch neue ersetzt und angeschweißt. Funken sprühen, es blitzt und blendet jeden, der zu ihm blickt. Der Geruch von Öl und Benzin liegt in der Luft. Der Geschmack von Metall liegt einem auf der Zunge.
Chell geht auf ihn zu. »Das ist ja einer der Nuklearen Brüder! Ich wusste, dass es eine M.A.U.S. ist, aber das hätte ich nie vermutet. Ich dachte, sie wären alle zerstört worden. Wo habt ihr ihn nur gefunden? Die sind eine Legende unter den Robotern.«
»Er stand auf dem Schrottplatz hinter unserer Universität.«
»Ihr studiert?«
»Ja, an der Technischen Universität von City 8, am Meer.«
»*Wie kommt er da nur hin?*«, fragt Chell sich selber und streichelt an ihm entlang.
»Woher wusstest du, dass er ein NBP ist?«, fragt Rebecca.
»Als ich hier reinkam, hat mir der Reparaturroboter die Daten zugeschickt. Seine Instandsetzung ist fast abgeschlossen.«
»Was ist das hier?«, fragt Zoe und läuft zu einem Monitor neben der Zelle. Sie tippt auf ihm rum.
»Das ist das Lagerverzeichnis. Es zeigt alle vorhandenen Teile an, die im Lager für den Roboter im Modul vorhanden sind.«
»Mist, kein Raketenwerfer«, grübelt Zoe laut.
»Zoe, lass die Finger davon«, mahnt Rebecca.
»Wow. Was haben wir denn hier?« Zoe drückt auf etwas drauf.
»Was hast du nun schon wieder gemacht?«, fragt Rebecca.
Zoe zeigt auf sich selber. »Ich? Ich habe gar nichts gemacht.« Sie pfeift laut.

Rebecca rollt mit den Augen.
Es rattert und der Kran bewegt sich. Über eine Schiene verschwindet er durch eine Öffnung an der Wand ins Hauptlager und kommt zurück mit einer M61 Vulcan Gatling-Maschinenkanone. Die für eine M.A.U.S. angepasste Gatling ist pechschwarz mit einem goldenen Verschluss. Ein gigantisches weißes Trommelmagazin hängt unter der Waffe.
»Boah, ist die riesig!«, staunt Zoe.
»Die können wir doch nicht einfach klauen, Zoe.«
Chell hebt ihre Hand. »Schon gut. Sie gehört ihm.«
»Sophie wird bestimmt begeistert sein, wenn er nun auch noch bewaffnet ist«, grummelt Rebecca.
»Ach, das macht den Kohl auch nicht fett. Wenn wir ihr die Helium^3-Batterie besorgen können, wird sie schon ein Auge zudrücken.«
»Hoffen wir's ...«
Der Kran senkt die Waffe ab. Die Roboterarme befestigen sie mit orangefarbenen Schellen, auf denen das Wort *Warnung* steht, umrandet mit schwarzen Strichen. An Ober- und Unterarm werden Kabel von der Waffe eingesteckt und stets darauf geachtet, dass das Ellbogengelenk nicht blockiert wird.
Die Linse der Kamera leuchtet rot auf. »Neue Waffe erkannt und im System registriert. Zähle Munitionsvorrat. Abgeschlossen. Überprüfe Systeme ... Bitte warten ... Sensoren überprüfen Schutzhülle. Zustand der Panzerung liegt bei 100 Prozent. Systemcheck erfolgreich. Systemstabilität liegt bei 100 Prozent. Ummantlung des nuklearen Kerns intakt. Kern arbeitet mit voller Effizienz.«
»Geht es dir gut, Maus?«, fragt Rebecca.
»Alle Systeme bereit. Ich erwarte Ihre Befehle, Leutnant.«
Zoe hebt den Daumen. »Sehr gut, die Abschaltung hat ihm also nicht geschadet.«
»Abschaltung? Prüfe Zeitstempel ... Unplanmäßige Abschaltung registriert. Aktiviere Vergeltungsprotokoll. Muss Menschheit

vernichten!«
Zoe stemmt die Hände in die Hüften. »Das ist nicht witzig.«
Rebecca kann ihr breites Grinsen nicht verbergen. »Doch, irgendwie schon.«
Chell mustert den Roboter-Koloss. »Ich sehe schon, die Gerüchte stimmen.«
»Was meinst du damit?«, hakt Zoe nach und tritt gegen das Kettenlaufwerk von M.A.U.S.
»Wie ihr wisst, haben Roboter unterschiedliche KI-Stufen. Ab Stufe 5 können sie selbständig denken. Vier und darunter führen einfach ihre Protokolle aus oder folgen Befehlen. Ab Stufe 9 spricht man vom annähernd menschlichen Denkvermögen. Dazu gehören auch Eigenarten, die sich Maschinen oft von Menschen abschauen oder die ihnen einfach zusagen. Diese nehmen sie dann in sich auf und verwenden sie. Im Krieg ging die KI bis Stufe 10, offiziell. Inoffiziell ging sie bis 12 und vielleicht höher. Wer weiß. Die Nuklearen Brüder sollen eine militärische Prototyp-KI besitzen. Sein Humor zeigt mir, dass es mehr als Gerüchte sind.«
»Also kann er genauso denken wie wir?«, fragt Rebecca.
»Nicht ganz und anders, aber ja. Er macht sich seine eigenen Gedanken. Er folgt seinen Richtlinien und Protokollen, aber er ist nicht nur ein großer Metallklotz.«
Zoe zeigt mit dem Finger auf ihn. »Ich wusste doch, dass du uns damals geärgert hast! Ich behalte dich um Auge, mein Freund.«
Die leuchtende Linse fokussiert Zoe. »Bestätige Überwachung. Ich werde sie stets beobachten, Einheit Zoe.«
»Rebecca! Er ärgert mich schon wieder!«
»Nun vertragt euch. Boah, wie die Kinder.«
Chell kichert und winkt ihnen zu. »Kommt, schauen wir mal nach der Helium^3-Batterie.«
M.A.U.S. piept. »Polierung noch nicht abgeschlossen. Einheit wird hier warten.«
Die rotierenden Roboterarme nähern sich ihm und beginnen, ihn mit weichen Wollscheiben zu massieren.

Chell geht durch eine rote Sprengschutztür am hinteren Ende der kleinen Halle. Rebecca und Zoe folgen ihr. Hunderte von Regalen, in denen Kisten und Kartons lagern, erstrecken sich vor ihnen. Chell ruft Daten ab. »Gang 1, Reihe 12. Helium^3-Batterien. Größen: klein, mittel und groß.«
Rebecca fragt nach: »Es gibt sie in verschiedenen Größen?«
Zoe mischt sich ein. »Die Mittleren gelten als Norm. Soweit ich gelesen habe, gibt es auch kaum Geräte für andere Größen.«
»Stimmt«, bestätigt Chell und fügt hinzu: »Aber falls hier eine Helium^3-Energieklinge lagert, brauchst du die kleinen.«
»Stimmt, eine normale Helium^3-Batterie würde nie in den Griff passen.«
Sie schlendern durch die Gänge und betrachten dabei Unmengen von eingelagerten Objekten. Kaffeefilter, Kugelschreiber, Schrauben, Ersatzteile, Computerchips, Werkzeuge, Glühbirnen, kleine Maschinen. Hier gibt es einfach alles und wer weiß, was in den Kisten und Boxen lagert.
Chell bleibt stehen. »Hier sind wir ja. Gang 1, Reihe 12.«
Vor ihnen steht ein Panzerschrank inmitten der normalen Regale. Wie in einem Snackautomaten erkennen sie durch das Panzerglas aufgereiht die Batterien. Chell legt ihre Hand auf den Scanner. Der Automat rüttelt und rattert vor sich hin und spuckt eine mittlere und zwei kleine Helium^3-Batterien aus.
»Hier habt ihr sie«, sagt Chell, überreicht die mittlere Rebecca und die zwei kleinen Zoe.
»Vielen Dank«, erwidert Rebecca und steckt sie in ihren Rucksack.
»Moment mal. Die sind voll geladen«, erkennt Zoe, als sie auf die Anzeige drückt.
»Natürlich. Sie sind ja frisch aus dem Lager«, bestätigt Chell.
»Wir benötigen aber eine nicht ganz volle. Sonst fällt das Sophie doch sofort auf. Dumm ist sie nicht.«
Chell grübelt. »Beim Notfallgenerator gab es mal eine Reparatur. Danach wurden volle eingesetzt. Dort könnte noch eine benutzte Batterie liegen. Ich schaue mal nach. Ihr könnt ja so lange nach der

Helium³-Energieklinge suchen. Experimentalwerkzeuge sind in Gang 13.«

»Werkzeug?«, fragt Zoe nach.

»Die Energieklinge war als moderne thermische Lanze gedacht. Eine Klinge, mit der man Verletzte aus Panzern oder Bunkern befreien konnte. Überall dort, wo Rettungskräfte dickes Material in kurzer Zeit durchtrennen mussten. Als die erste Prototyp-Serie fertiggestellt wurde, bekam jedes Notfallteam der SH und des Militärs eine. Aber da sie offiziell nicht zugelassen war, wurde sie vom Lagerroboter unter Experimentalausrüstung abgelegt. Die Plasmaklinge hingegen war als Waffe erdacht, funktionierte aber nie richtig.«

Zoes Augen leuchten auf. »Rebecca, ich brauche sie!«, sagt sie sabbernd, packt ihre Freundin an den Schultern und rüttelt an ihr. »Ich brauche sie!«, ruft sie und schüttelt weiter.

»Ich helfe dir ja, sobald du mich loslässt.«

»Oh, entschuldige. Da ist wohl mein innerer Nerd leicht durchgedreht.«

»Irgendwie ist mir nun schwindelig«, sagt Rebecca und hält sich den Kopf.

Chell denkt: »*Die beiden sind echt süß. Sie erinnern mich an meine besten Freundinnen ...*« Sie lächelt wehmütig und erklärt laut: »Ich mache mich mal auf die Suche nach eurer Batterie. Ich bin gleich zurück.«

Zoe rennt los und verschwindet hinter der Ecke.

»Danke, Chell«, bedankt sich Rebecca und ruft: »Zoe, warte doch auf mich!«

»Dann mach mal hinne!«, schallt es aus der Entfernung.

Rebecca läuft ihr hinterher und holt sie ein. »Warum bist du denn so scharf auf die Energieklinge?«

»Das ist mir zu peinlich ...«, sagt Zoe und schürft mit ihrem Fuß auf dem Boden.

»Sag nicht ...«

»Doch.«

Rebecca verdreht die Augen. »Dann los. Suchen wir dein Spielzeug.«
»Das ist kein Spielzeug! Das ist vielleicht die mächtigste Waffe des Universums.«
»Oh, Zoe ...«
»Was denn?«

Die beiden durchsuchen die Regale von Gang 13.
»Was ist das denn alles? Schau dir das mal an«, sagt Rebecca und hebt einen Kasten hoch.
»Ist das ein Toaster?«
»Keine Ahnung, aber ich drücke mal lieber nicht den roten Knopf.«
»Ach, warum nicht? Drück ihn einfach.«
»Nein!«
Zoe nähert sich ihr mit ausgestrecktem Finger. »Drück ihn!«
Rebecca versteckt die Box hinter ihrem Rücken. »Nein, Zoe. Du kannst nicht immer alles auf gut Glück ausprobieren.«
»Komm schon. Nur kurz.«
Rebecca streckt sich und stellt das Kästchen aufs oberste Regal.
»Du bist echt gemein. Da komme ich nicht ran.«
Rebecca grinst stolz.
Zoes Blick bleibt an einem Gerät hängen. Es ist klein, so groß wie ein Taschenrechner, hat ein digitales Feld, ein Kabel und viele Tasten. Sie greift es sich und steckt es in ihre Tasche.
»Zoe, was hast du da gerade eingesteckt?«
»Ich? Nichts ...«, erwidert sie und pfeift.
»Du kannst hier nicht einfach was mopsen«, sagt Rebecca und versucht, in ihre Overalltasche zu greifen.
Zoe wehrt sie ab. »Ey, lass das.«
Rebeccas Hände schnellen hoch und kitzeln sie.
Zoe lacht. »Das ist unfair!«
»Wie ich sehe, habt ihr euren Spaß«, sagt Chell und gesellt sich zu ihnen.

Leicht peinlich berührt blicken sie zu Boden.
»Hier ist eure Batterie. 68 Prozent Ladung.«
»Bisschen viel, aber sie wird sich freuen«, sagt Zoe, nimmt sie entgegen und stopft sie in Rebeccas Rucksack.
»Warte, ich hole die volle Batterie wieder raus«, ergänzt Rebecca und will ihren Rucksack abnehmen.
»Ach, behaltet sie einfach. Vielleicht hast du ja mal Verwendung dafür«, antwortet Chell.
»Danke. Du bist echt großzügig.«
»Na ja, ohne euch wäre ich ja immer noch gefangen. Außerdem haben wir genug davon«, erwidert sie und blickt zu Zoe. »Hast du deine Energieklinge gefunden?«
Diese senkt traurig den Kopf. »Nein, aber einen Kryptoanalytiker X-99, den ich eingesteckt habe. Darf ich ihn behalten?«
»Klar, ich brauche so etwas nicht. Mal überlegen, wo könnte der Lagerist sie hingelegt haben? Ach, bin ich manchmal schusselig. Wieso fragen wir ihn nicht einfach?«, sagt Chell und ist kurz geistig abwesend. »Er kommt gleich.«
Es brummt und der Lagerroboter, ein Mini-Gabelstapler mit Armen, kommt auf sie zugefahren. »Scanne Chaos. Wer hat meinen Regalen dieses Unheil gebracht?«
Zoe pfeift. »Ups, wir waren wohl ein wenig forsch.«
Chell befragt ihn. »LR001, haben wir eine Helium^3-Energieklinge auf Lager?«
»Analysiere Datenbank.« Er scannt die Regale und greift mit seinem Teleskoparm die Box, die wie ein Toaster aussieht. Er überreicht sie Chell. Diese drückt den Knopf und der Kasten klappt auf. In ihm liegt ein zylinderförmiger Schwertgriff. Chell nimmt ihn raus. »Das müsste die Energieklinge sein.«
Zoe kneift die Augen zusammen und blickt Rebecca an, diese schaut schnell in die Regale, als ob sie was suche, um ihrem Blick zu entgehen. Chell überreicht ihr die Energieklinge. Ungläubig starrt Zoe den Energieklingengriff in ihren Händen an.
Chell warnt: »Aber pass gut auf. Du musst erst mal lernen, damit

umzugehen. Denk daran, die Klinge besteht aus purer Energie und kann Metall und Stein, wenn auch langsam, durchschneiden. Du solltest ...«

Rebecca mischt sich ein. »Siehst du den glasigen Blick und den offenen Mund?«

»Ja?«

»Ich kenne das schon. Die hört dir nicht zu, sie ist in ihrer eigenen Welt.«

Zoe murmelt: »Ich bin dein Vater ...«

Rebecca seufzt. »Siehst du? Das hat bestimmt wieder mit Star Trek zu tun.«

Zoe blickt auf, wachgerüttelt von der Blasphemie. »Star Wars! Wars! Nicht Trek! Boah ...«

Chell weist darauf hin: »Nicht hier drinnen benutzen.«

Der Lagerroboter, der schon begonnen hat, den Inhalt der Regale zu sortieren, stimmt zu. »Ich unterstütze diese Bitte.«

Zoe grummelt. »Ja, okay.«

Chell bietet an: »Wollt ihr hier übernachten? Wir haben viel Platz.«

»Nein, wir sollten lieber zurückkehren. Die Universität braucht dringend Saft. Wir laufen schon seit Wochen auf Notreserve«, antwortet Zoe und starrt auf den Schatz in ihren Händen.

Rebecca stimmt zu. »Da hat sie recht. Außerdem wäre es auffällig, wenn wir zu lange wegbleiben, und das könnte Aufmerksamkeit auf dich ziehen, falls hier jemand die Gegend deshalb absucht. Wer weiß.«

»Stimmt. Denkt dran, ihr seid hier immer willkommen. Ich werde mich erst mal informieren und Späher aussenden, um die Umgebung zu untersuchen. Vielleicht auch City 8 infiltrieren.«

»Warum gehst du nicht einfach hin? Schließlich bist du doch die Bürgermeisterin«, meint Rebecca.

»Wer weiß, was sich da mit der Zeit alles verändert hat. Roboter sind manchmal den Menschen ähnlicher, als du denkst ...«

In der Werkstatt holen sie M.A.U.S. ab und verlassen durch die Tunnel den Bunker nach draußen. Chell atmet tief ein. »Lange her, dass ich frische Luft geatmet habe.« Sie greift in den Hosenbund an ihrem Rücken. »Hier das Buch, Zoe. Denk dran, wiedersehen macht Freude.«
»Danke, Chell. Sobald ich die Gelegenheit habe, werde ich dir meine ausleihen. Wenn ich mal was für dich tun kann, sag es einfach.«
»Ich habe die Frequenz von Maus. Ich lasse eine Relaisstation von einem Engel aufbauen. Vielleicht kann ich dann Kontakt zu euch halten. Passt auf euch auf.«
Chell setzt sich, umgeben von zwölf Engeln, auf einen Felsen und starrt in den Nachthimmel. Rebecca, Zoe und M.A.U.S. gehen zurück durch den Wald zum LKW und fahren los.

Es ist bereits tiefe Nacht, als sie zur Universität zurückkehren. Sie parken den LKW neben ihrem halbrunden Haus und steigen aus.
Die Antenne am Kopf von M.A.U.S. fährt aus. »Wachroutine wird gestartet«, verkündet er und rollt hinter das Haus.
»Dir auch eine schöne Nacht!«, ruft ihm Rebecca hinterher.
»Ich will meine Energieklinge testen, aber ich bin so müde«, sagt Zoe gähnend und schlendert zur Haustür.
»Du solltest sie erst benutzen, wenn du richtig wach bist. Sie ist kein Spielzeug.«
»Hast ja recht, Becca, aber solange keine Batterien drin ist, ist sie ungefährlich«, antwortet ihre Freundin und schließt die Tür auf.
»Trautes Heim, wie habe ich mein weiches Bett vermisst.« Zoe zieht ihre Arbeiterstiefel aus und wandert schnurstracks in ihr Schlafzimmer. Noch bei geöffneter Tür kippt sie vornüber aufs Bett und beginnt zu schnarchen, was wie ein Babyschwein beim Grunzen klingt. Rebecca schließt die Tür ab und zieht ihre Stiefel aus. Ihr Rucksack landet auf dem Sofa im zentralen Wohnzimmer. Behutsam legt sie Zoe eine Decke über, schließt die Tür und geht in ihr Schlafzimmer. Ihre Gelenke knacken, als sie sich streckt. Die

Tech-Brille stellt sie vorsichtig auf dem Nachtisch ab und schluckt eine der Tabletten von Stefan. Nachdem sie aus ihrem Arbeiteroverall geschlüpft ist, legt sie sich unter die dicke, kuschelige Decke und greift noch einmal an den Gurt ihres Overalls, der neben dem Bett liegt. Sie nimmt ihr Funkgerät und drückt den Knopf. »Schlaf gut, Maus.«
»Ruhen Sie wohl«, rauscht es aus dem Funkgerät.
Rebeccas Augen schließen sich und sie versinkt im Land der Träume und Erinnerungen.

»Rebecca?«, weckt sie eine männliche Stimme. Sie liegt auf einem Feldbett in einem olivgrünen Armeezelt, über das ein Tarnnetz gespannt wurde. Ihr Körper ist klein und zierlich. Sie fühlt sich leicht, fast wie Luft. Braun-rötliche Verbände sind um ihren ganzen Körper gewickelt, durchtränkt von antiseptischem Geruch.
Ein Mann sitzt an ihrem Bett und hält ihre kleine Hand. »Hattest du wieder einen Albtraum? Du hast oft welche seit den Operationen ... Jeden Tag frage ich mich, ob ich das Richtige getan habe ... Es tut mir so leid, kleine Schwester.«
Rebecca ist nur ein Zuschauer im Kopf der kleineren Version von sich selbst und hört ihre piepsige, junge Stimme. »Schon in Ordnung, Bruder. Du hast mich gerettet. Hauptsache, wir sind zusammen«, flüstert das Mädchen und lächelt.
»Hast du Schmerzen?«
»Es geht, es tut nicht mehr so weh wie in den letzten Wochen.«
»Gut, ich werde Dr. Ling holen. Sie soll sich deine Verbände anschauen.«
Rebecca packt seinen Arm, so fest sie kann. »Verlass mich bitte nicht!«
»Keine Sorge, ich bin gleich wieder da. Ich liebe dich.«
»Ich liebe dich auch.«
Rebecca schreckt in ihrem Bett auf. Schweißdurchtränkt, ihr Kopf hämmert vor Schmerz und sie flüstert: »Richard.«

Am Frühstückstisch wartet bereits Zoe und spielt mit dem Griff ihrer Energieklinge herum. »Guten Morgen, du siehst echt gerädert aus. Schlecht geschlafen?«
»Mein Kopf tut weh, aber die Tabletten von Stefan helfen.«
Zoe geht zum Autobäcker, eine runde Metallkugel, deren Kuppel aufklappt, und sie jongliert die heißen Brötchen zurück zum Tisch. Durch einen geübten Wurf landet eines von ihnen auf Rebeccas Brett.
Diese lächelt sie an. »Danke. Hattest du mal Träume von deinem alten Leben?«
»Das kam vor. Aber die Gesichter waren verschwommen. Bis auf meinen Namen weiß ich nichts mehr. Warum fragst du? Hattest du einen Traum? Hast du dich an was erinnert? Von was handelte er denn?«
»Ich war noch jung und war am ganzen Körper bandagiert. Ein Mann saß an meinem Bett. Mein junges Ich nannte ihn Bruder.«
»Und du konntest ihn erkennen?«
»So klar, wie ich dich jetzt sehe.«
»Wow, ich habe noch nie davon gehört, dass sich jemand so deutlich erinnern konnte. Vielleicht liegt das an deinen Implantaten?«
»Vermutlich. Schon unheimlich, dass ich so viele Geräte in mir habe. Das Bild geht mir einfach nicht aus dem Kopf.«
»Solange du sie nicht spürst, denk einfach nicht an sie. Wie sah er denn aus?«
»Groß, dunkelgrüne Augen, braunes Haar. Er trug eine Militäruniform. Ich glaube, wir waren in einer Armeeeinrichtung. Ein Krankenhaus vielleicht oder ein MASH.«
»Höchst interessant. Das sollten wir für uns behalten.«
»Auf jeden Fall.«
»Was machen wir nun mit Maus?«
»Wie meinst du das?«
»Sophie wird durchdrehen, wenn sie seine Waffel sieht.«
»Meinst du Waffe?«

»Tut mir leid, die Waffeln haben mich abgelenkt«, erklärt Zoe und schnappt sich eine.
»Ich gebe Maus den Befehl, sich erst mal außerhalb der Sichtweite anderer aufzuhalten. Bis mir was einfällt.«
»Gute Idee«, antwortet sie mampfend und schaut ihre Freundin an.
»Weißt du, Becca, du brauchst ein wenig Ruhe und Entspannung. Ich würde zu gerne mit dir einen Wochenendausflug nach City 8 machen. Dir die Stadt zeigen. Gemütlich am Fluss entlangspazieren. Aber selbst wenn wir nicht mehr auf Notstrom sind, geht die blöde Pistolenbahn nicht mehr.«
»Was ist denn eine Pistolenbahn?«
»Sie verbindet das Universitätsgelände mit City 8 und verschießt die Transportkapseln mit unglaublichem Tempo durch eine Vakuumröhre. Eine menschliche Rohrpost sozusagen.«
»Wow, das klingt cool. Warum habe ich sie denn noch nicht gesehen?«
»Na, weil sie unterirdisch ist. Aber sie funktioniert nicht mehr. Schon vor den Stromsparmaßnahmen ist sie ausgefallen. Keine Ahnung, weshalb. Verdammt, Rebecca, ich bin Hackerin und kein Techniker!«, erwidert Zoe energisch und grinst.
»Star Wars!«
»Das machst du doch extra«, antwortet sie und grummelt.
»Vielleicht. Ich kann sie mir ja mal anschauen. Aber zuerst müssen wir zu Sophie.«

Vor dem Büro von Fräulein Williams kommen die Zwillinge Mary und Judy auf sie zu. Ihr blondes langes Haar ist zu Zöpfen geflochten. Ihre blauen Augen mustern ihre Mitschülerinnen.
»Wo wart ihr denn gestern?«, fragt Mary.
Judy stimmt ihr zu. »Das würde mich auch interessieren.«
Zoe geht mittig durch sie durch und schubst sie auseinander.
»Kümmert euch um euren Kram, Regimis.«
»Wir beobachten euch«, antwortet Mary.
»Passt ja auf«, fügt Judy hinzu.

Rebecca blickt ihnen nach. »Wie sind die denn drauf?«
»Und so sind sie an einem guten Tag«, antwortet Zoe sarkastisch. »Komm, lass uns zu Sophie gehen.«
Vor dem Büro bleiben sie stehen und hören, wie sich zwei Frauen unterhalten.
»Ich weiß nicht, was du von ihm willst. Komm doch einfach zu mir«, sagt eine unbekannte junge Frauenstimme.
»Maisie ... Das ist alles nicht so leicht«, erwidert Sophie.
»Doch ist es, du musst dich einfach nur entscheiden.«
Zoe schaut Rebecca aufgeregt an. »Oh mein Gott! Sie ist hier! Sie ist wirklich hier!«
»Wer?«, fragt sie und kratzt sich am Kopf.
»Maisie Turner. Sie ist die Leiterin der Universität für Medizin. Gar nicht mal so weit weg von hier. Ich habe einige Gespräche von ihnen *rein zufällig* mitgehört und ich glaube, zwischen ihnen läuft was.«
»Rein zufällig? Du solltest die Privatsphäre von anderen wirklich mehr achten.«
Zoe, die ihr Ohr an die Bürotür presst, schaut Rebecca an.
»Nicht so laut, ich kann sonst nichts hören.«
Rebecca schüttelt den Kopf und fragt: »Was sagen sie?«
»Ich glaube, sie küssen sich!«
Die Tür geht auf und Maisie steht vor ihr. Eine junge hübsche Frau. Sie hat hellbraunes Haar, welches bis zu den Schultern fällt, und graublaue Augen.
»Guten Morgen«, grüßt Zoe, lächelt und macht ihr Platz.
Maisie dreht sich noch einmal kurz zu Sophie um. »Entscheide dich endlich«, sagt sie und geht.
Sophie atmet schwer durch und winkt die beiden herein. »Ihr habt echt ein gutes Timing ...«
Zoe schmunzt. »Oh ja.«
Rebecca schließt die Tür. »Entschuldigen Sie. Wir wollten nicht lauschen.«
»*Ich schon*«, denkt Zoe, aber nickt nur.

»Setzt euch. Eure Suche war erfolglos, nehme ich mal an, wenn ihr schon wieder da seid.«
Zoe knallt die Batterie auf den Schreibtisch. »Ha!«
»Ist das ...?«
Rebecca nickt. »Eine Helium^3-Batterie, wie bestellt.«
»Wo habt ihr die denn her?«, fragt Sophie überrascht und drückt auf die Anzeige. »68 Prozent? Unglaublich, die wird ewig halten. Sonst erhalten wir nur wiederaufgeladene Batterien und die sind echt unbrauchbar.«
Zoe reagiert schnell und antwortet prompt: »Maus kannte eine alte Baustelle. Im verschütteten Lager fanden wir die Batterie. Aber die restlichen Geräte waren Schrott.«
»Das löst einige meiner Probleme. Danke. Ich wusste doch, dass ich mich auf euch verlassen kann.«
»Danke, Fräulein Williams«, antworten beide.
Zoe nutzt die Gelegenheit. »Würden Sie uns bitte einen Wochenendpass für City 8 ausstellen?«
»Du weißt doch, dass die Pistolenbahn defekt ist. Wenn ihr die lange Fahrt machen wollt, hindere ich euch natürlich nicht daran, aber da geht der Großteil des Wochenende bei drauf. Ich spreche aus Erfahrung.«
»Als ob wir das nicht wissen«, murmelt Zoe.
»Was?«
»Ach nichts. Rebecca kann sich ja mal die Pistolenbahn anschauen, wenn Sie gestatten?«
»So förmlich. Fast schon unheimlich, Zoe. Langsam glaube ich noch, dass Rebecca einen guten Einfluss auf dich hat. Genehmigt. Und nun macht euch an die Arbeit. Husch, husch.«
Vor der Tür schaut Rebecca ihr Freundin an. »Die war ja leicht zu überzeugen.«
»Kein Wunder, dann kann sie mehr Zeit mit Stefan verbringen oder vielleicht auch mit Maisie ... oder beiden!«
»Du hast Sorgen.«
»Ey, das ist besser als jede Seifenoper, die ich gesehen habe.«

Sieben Tage später besucht Zoe ihre Freundin Rebecca tief unter der Universität. Diese verbringt ihre ganze Freizeit nun dort, um die Pistolenbahn zu reparieren. Rebecca liegt in ihrem ölverschmierten Overall unter einer der sechs Fahrerkapseln, während M.A.U.S. diese mit seinem linken Arm absichert.
»Na, Becca, wie läuft es?«, fragt Zoe und hopst die letzten Stufen hinab.
Rebecca rollt auf ihrer Liege unter der Kapsel hervor, mit ihrer Tech-Brille auf. »Ich habe einfach alles kontrolliert. Die Kapseln sind in Ordnung. Der Röhrenverschluss ist luftdicht. Die Schienen haben nicht mal eine Delle. Maus, du kannst sie runterlassen. Irgendwas habe ich vergessen ... Wie schaut es denn mit deiner Energieklinge aus? Geht sie nun?«, erklärt sie und wischt sich mit ihrem Handrücken über die Stirn. Ein schwarzer Schmierfilm bleibt zurück.
»Ich glaube, ich weiß nun, wie sie funktioniert. Die Batterien sind drin und ich habe herausgefunden, dass es zwei Sicherheitsschalter gibt. Ich wollte es erst testen, wenn du dabei bist.«
»Damit wir beide draufgehen, wenn es schief läuft? Das ist so lieb von dir.«
Zoe nimmt den Griff in die Hand, drückt einen Knopf ein und dreht an einem Schalter. Mit dem Daumen schiebt sie einen Regler hoch und die Klinge schießt einen Meter in die Luft. Das grelle Licht, das eine Klinge bildet, brutzelt und knistert.
»Wow«, staunt Zoe und schwenkt die Energieklinge in der Luft, holt aus und zerteilt horizontal einen Mülleimer. Die Schnittstellen leuchten rot-orange auf und das obere Teil fällt zu Boden. Als Zoe den Regler mit ihrem Daumen runterschiebt, zischt es. Die Klinge löst sich in Tausenden Funken auf, die noch einen kurzen Moment glühen, bevor sie erlöschen.
Rebecca hebt ihre Tech-Brille an. »Das nenne ich mal beeindruckend.«
Zoe starrt auf ihren Griff. »Wow. Bester Tag in meinem Leben. Sie ist ... wow ...« Sie schaut auf und überlegt laut: »Ist dir eigentlich

aufgefallen, dass hier sechs Kapseln stehen?«
»Ja, und?«
»Auf jeder Seite der Pistolenbahn stehen immer drei. Wenn eine sich auf die Reise macht, wird automatisch auf der anderen Seite auch eine losgeschickt. Damit man immer schnellstmöglich reisen kann. Sonst müsste ja eine Seite im schlechtesten Fall warten, bis von drüben eine kommt.«
»Also dürften hier nur drei sein? Hmm ... Das ist die Auswirkung. Nun müssen wir den Grund finden«, analysiert Rebecca und blickt auf die Kapseln, dann zur Decke. »Der Kran da oben, er befördert die Kapseln in das Rohr.«
»Wenn er kaputt ist, würde es erklären, wieso hier sechs stehen und die Bahn nicht mehr geht«, ergänzt Zoe, geht ans Terminal und schließt ihren Laptop an. »Ich schau mir mal die Steuerung an. Ich schalte auf manuell. Bewegt sich nichts. Aber wenn ich die Hydraulik ausschalte, kann ich ihn runter las-«
Rebecca springt zur Seite, als der Kran von der Decke fällt und auf den Boden knallt. M.A.U.S. fokussiert erst den Kran, der neben ihm gelandet ist, dann Zoe.
»Sorry, meine Schuld«, ruft Zoe.
»Ging das nicht langsamer?«, fragt Rebecca. Ihr Herz klopft wie wild.
»Er sollte nicht so schnell runterkommen.«
Rebecca schaut sich den Kran genauer an. »Da haben wir es. War nicht deine Schuld. Die Schläuche und Leitungen sind beschädigt.«
»Puh ... Bekommst du das wieder hin?«
»Ich muss alles neu machen. Die ganze Verkabelung und alle Schläuche sind durchtrennt.«
»Durchtrennt?«
M.A.U.S. analysiert die Trennstellen. »Bissspuren. Überfamilie: Mäuseartige, Familie: Langschwanzmäuse, Unterfamilie: Altweltmäuse, Tribus: Rattini Rattus-Gruppe, Gattung: Ratten.«
Rebecca verzieht das Gesicht. »Ratten?!«

Zoe lächelt. »Die sind doch flauschig!«
»Oh nein!«
M.A.U.S. dreht den Kopf und untersucht die Gegend. »Kein Nest gefunden. Verstorbene Ratte: eine. Keine weiteren Nagetiere geortet.«
»Die arme Ratte«, sagt Zoe. »Wir sollten sie beerdigen.«
»Ich beerdige doch keine Ratte«, antwortet Rebecca und verschränkt die Arme.

Am Nachmittag haben sich Zoe und Rebecca nahe des Schrottplatzes mit Blick aufs Meer versammelt. Zoe hält einen Schuhkarton in der Hand und versenkt ihn in einem Loch am Boden. »Ruhe in Frieden, Kran-KillA.«
»Du hast ihm einen Namen gegeben?«
»Klar, was soll sonst auf dem Grabstein stehen?«
Rebecca rollt mit den Augen. »Sind wir nun fertig?«
»Nach meiner Ansprache. Liebe Anwesenden. Er war klein, tapfer und streifte allein durch diese Welt. Abgeschnitten von seiner Heimat, suchte er sein Glück im Untergrund der Giganten. Ein tapferer kleiner Held, der sein letztes großes Abenteuer nun hinter sich hat ...«

Zwei Tage später hat Rebecca Schläuche und Verkabelung repariert, doch noch immer blockiert das System den Start. Über Funk ruft sie ihre Freundin zu sich. Zoe kommt im Galopp die Treppen hinunter. »Was gibt's, beste Freundin?«
»Ich habe ...«
Die Linse von Maus fokussiert Rebecca.
Sie räuspert sich. »Wir haben alle Schläuche und Kabel ersetzt, aber der Computer will nicht starten.«
Zoe schwingt sich an die Tastatur des Reisecomputers. »Schauen wir mal, wo das Problem liegt. Ah, da haben wir es. Es liegt daran, dass wir sechs Kapseln haben und die andere Seite keine. Ich mache einen Neustart des Systems.«

Kaum eingetippt, greift sich der Kran eine der Kapseln. Der Verschluss öffnet sich und die Transportpatrone wird eingeladen. Kaum verschlossen, hören sie einen lauten Knall und die Kapsel ist unterwegs. Eine Minute später wiederholt sich dies und danach noch einmal.

Zoe verfolgt alles auf dem Monitor. »Eine Stunde Reisezeit. Die Maschinen drüben werden dann einen Systemcheck durchführen. Ab morgen sollte alles wieder laufen.«

»Großartig! Wir haben es geschafft!«, sagt Rebecca und umarmt Zoe. M.A.U.S. hebt seinen linken Arm und formt eine Faust mit erhobenem Daumen.

Im Büro von Schulleiterin Sophie Williams wird diese Nachricht freudig aufgenommen. »Gut gemacht! Hier habt ihr eure Silver Cards, den Urlaubsschein und eure Ausweise zum Anstecken. Denkt dran, ihr dürft in City 8 normale Kleidung tragen, müsst aber immer sichtbar die ID-Cards an euch haben. Die Roboterwachen machen da keine Ausnahme. Ohne werdet ihr sofort festgenommen.«

Zoe nickt. »Ich weiß, bin ja nicht das erste Mal da. Ich passe schon auf uns auf.«

»Wir achten drauf. Was ist denn eine Silver Card?«, fragt Rebecca nach und begutachtet diese.

»Damit kann man bezahlen. Auf der Rückseite einfach den Knopf drücken, der wie ein Globus aussieht, dann siehst du dein Guthaben«, erklärt Zoe und steckt ihre ein.

Rebecca drückt drauf und liest: »250 Credits.«

Sophie lächelt. »Macht euch ein schönes Wochenende. Ihr habt es euch wirklich verdient. Aber lasst M.A.U.S. hier. Die in der Stadt haben nicht so viel Verständnis wie ich.«

»Er passt eh nicht in die Kapsel«, antwortet Zoe frech.

Sophie hebt mahnend den Zeigefinger. »Samstagmorgen hin, Sonntagabend zurück! Und macht ja keinen Ärger!«

»Ja, Frau Williams«, antworten beide.

Den Freitag über ist Zoe damit beschäftigt, aus ihrem Kleiderschrank passende Outfits für das Wochenende zu suchen. Rebecca ruht sich aus und schläft den ganzen Tag durch. Erst gegen Abend, zu ihrer alltäglichen Routine, Abendessen und ein Film aus der alten Zeit, kommt Rebecca aus dem Bett. Nach dem Film knistert das Funkgerät von Rebecca, welches sie von M.A.U.S. erhalten hat. »Erstatte Bericht. MQ-4-Triton-Drohne geortet.«
»Maus, du weißt doch, dass sie hier immer herumfliegt.«
»Drei weitere MQ-4-Triton-Drohnen geortet. Flugmuster legt nahe, dass sie das Meer absuchen.«
»Also sind es schon vier? Ich frage mich, nach was sie da draußen Ausschau halten. Behalte sie im Auge, Maus. Schlaf gut.«

Früh am Morgen knallt die Tür zu Rebeccas Schlafzimmer auf. In der Tür steht Zoe. Sie trägt schwarz-rot geringelte Strümpfe, die übers Knie reichen. Rote Lederstiefel, einen karierten rot-schwarzen Rock und ein bauchfreies Netzoberteil, durch das ihr BH schimmert. Dazu passende Netzstulpen.
Rebecca reibt sich die Augen. »Was ... Zoe? Was trägst du denn da?«
»Gefällt es dir nicht?«
»Ich finde es ein wenig gewagt.«
»Sei nicht so spießig! Nun steh auf! Ich will los!«
»Puh ...«, sagt Rebecca und schluckt eine Tablette. Sie erhebt sich, zieht ihren Overall an und schlüpft in ihre pinken Sneakers.
»Nein, du ziehst dich richtig an!«
»Komm schon.«
»Bitte«, antwortet Zoe und macht große Augen.
»Ist ja in Ordnung ... Ich spring unter die Dusche und suche mir was aus den Klamotten aus, die ich damals mit dir gesammelt hab. Okay?«
»Super!«, antwortet sie und springt hoch.

Nach dem Duschen schaut Rebecca in den Kleiderschrank. Sie zieht sich eine schwarze Jeans an und wirft sich einen himbeerfarbenen, flauschigen Pullover über, der so am Körper liegt, dass eine Schulter frei bleibt. Als sie aus dem Badezimmer tritt, steht Zoe da und hält ein Schild hoch, auf dem eine Zehn steht.
»Du wusstest doch gar nicht, was ich anziehe?«
»Du siehst immer gut aus. Komm, ich habe uns Proviant eingepackt. So können wir gleich los.«
Rebecca schnappt sich das Funkgerät vom Stubentisch. »Maus. Wir brechen nun auf. Bei dir alles in Ordnung?«
»Alle Systeme laufen. Wachprotokoll aktiv.«
»Pass auf dich auf.«

In der Pistolenbahn startet Zoe das Programm und die beiden Freundinnen setzten sich in die Transportkapsel. Der Kran fährt runter, packt zu und trägt sie auf den sich öffnenden Verschluss zu. Er schiebt die Patrone in den Lauf. Als sich die Luke hinter ihnen schließt, startet ein 60-Sekunden-Countdown. Rebecca legt ihre Hand auf die von Zoe und schließt ihre Augen, als die Kapsel mit einem Knall losschießt. Mit unglaublicher Geschwindigkeit bewegt sich die Transportpatrone durch das Rohr. Nach einer Stunde verlangsamt sich die Fahrt und ein Kran packt sie. Er führt sie aus dem Endstück und übergibt die Kapsel an den Kran draußen. Vorsichtig setzt dieser sie ab. Die Tür öffnet sich, beide steigen aus und strecken sich. Ein kurzes Klappern am Boden erregt Zoes Aufmerksamkeit. Sie hebt Rebeccas ID-Card auf, welche ihr wohl eben heruntergefallen ist und bringt sie wieder an ihrem Gürtel an. »Du musst aufpassen, Becca. Die verstehen hier kein Spaß.« »Ja, danke.«
»So, wir müssen erst mal durch die Innenstadt. Lass dich nicht abschrecken, da, wo wir hinwollen, ist es wirklich schön.«
»Wohin geht es denn?«
»Im Nordosten der Stadt ist Klein-Parii. Dort leben die Menschen

der Stadt am Fluss. Es ist ein Künstlerviertel und wunderschön.«
Zwei Wachroboter der Stadt kommen auf die Neuankömmlinge zu. Sie sind dunkelblau, mit einer Acht auf dem Brustpanzer. Sie scannen die ID-Cards. »Willkommen, Reisende. Wie wir sehen, ist die Pistolenbahn repariert worden. Wir haben nichts anderes von der Technischen Universität erwartet. Bitte zeigen Sie uns Ihre Papiere und bleiben in Sichtweite.«
Zoe holt aus ihrem Rucksack den Urlaubsschein für die beiden und überreicht ihn.
»Rebecca ID:VIP0068-TECH_5-Z=UNI und Zoe ID:VIP0065-CPRO_5-Z=UNI registriert. Willkommen in City 8.«
Die Wachsoldaten drehen um und gehen wieder die Treppe hoch.
Rebecca kneift die Lippen zusammen.
Zoe blickt ihre Freundin an. »Na, lass es raus.«
»Die Wachroboter sind Modell Panzergrenadier VII. Schwere Brustpanzerung, verstärkter Körperbau. Leicht austauschbare Gliedmaße durch Plug-and-Go-System. KI-Stufe 6.«

Gemeinsam gehen sie die Treppe hoch und erblicken City 8.
Stählerne Kolosse erheben sich in die Luft. Auf der Straße fahren automatische Fahrzeuge in Kolonnen. Auf der mittleren Straßenspur, die fast dreimal so breit ist, bewegen sich gigantische Transporter und Busse. Zwischen den Hochhäusern erstrecken sich Verbindungsbrücken, an denen gigantische Banner hinabhängen. Auf dem Bürgersteig ist ein dichtes Gedränge aus Menschen. Roboter marschieren streng geordnet auf ihrem eigenen gesonderten Gehweg. Mensch und Roboter agieren hier getrennt. Auf allen Straßen, Gehwegen, Parkplätzen und Eingängen sind Beschilderungen, die dies verdeutlichen. Dies hat jedoch nichts mit Rassismus zu tun, sondern mit Effektivität. An jeder Straßenecke stehen Wachroboter. Meist vier blaue und ein roter. Die Luft ist stickig und es riecht nach Öl, Blei und Benzin.
»Wie groß ist City 8?«, fragt Rebecca und staunt.
»Gute Frage. Fragen wir doch einfach mal einen der

Gruppenführer«, antwortet Zoe und geht auf den nächsten roten Wachroboter zu. »Guten Tag. Meine Freundin ist das erste Mal in City 8 und hat sich gefragt, wie viele Einwohner die Stadt wohl so hat.«

Die Stimme des roten Roboters ist metallisch und hell. »Guten Tag, Bürger. City 8 umfasst nach letzter Zählung 27.743 Einwohner. 17.856 menschliche, 9.875 maschinelle und 12 Androiden. Alle Angaben sind ohne Gewähr.«

»So wenig? Die Stadt wirkt so gigantisch«, hinterfragt Rebecca.

»Vieles in der Stadt ist automatisiert. Dadurch ist ein reibungsloser Ablauf in der Struktur möglich.«

»Danke«, sagt Zoe und macht sich mit Rebecca auf den Weg.

»Was weißt du über die Stadt? Erzähl mir alles, Zoe.«

Zoe grübelt. »Als ich das erste Mal hier war, habe ich mir die ganze Stadt angeschaut. Der Kern der Stadt ist Sperrgebiet und mit hohen Mauern umgeben, keine Ahnung, was da drin ist. Um den Kern herum ist der Roboterbezirk. Direkt westlich am Roboterbezirk liegt das Helium^3-Kraftwerk. Zutritt verboten! Nördlich davon befindet sich der Industriebezirk, östlich liegt die Cooldown-Mega-Fabrikanlage. Südlich des Kerns liegt der Einkaufsbezirk, genau zwischen Skycrawler Bezirk A und B. Ganz im Süden der Stadt gibt es noch das Gewerbegebiet und östlich davon den Gesundheitsbezirk. Dieser besteht aus einem gigantischen Gebäudekomplex. Drei riesige Halbkugeln, die miteinander durch Röhrengebäude verbunden sind. Im Südosten der Stadt liegt das Bildungszentrum, nördlich davon der große Wohnbezirk. Wir wollen noch weiter in den Norden. Da liegt Klein-Parii.«

»Du hast dich ja gründlich umgeschaut.«

»Klar doch.«

»Was stellt denn die Cooldown-Mega-Fabrik her?«

»Ich habe keine Ahnung, aber eine Rundführung habe ich nicht bekommen«, antwortet Zoe, hebt ihre Hand und winkt.

Ein selbstfahrendes Taxi hält an.

Zoe zieht ihre Silver Card durch den Türschlitz und er öffnet sich.
»Komm, steig ein, Rebecca.«
»Da ist kein Fahrer drin.«
»Die fahren von allein.« Als sie drinnen sitzen, sagt Zoe: »Klein-Parii.«
»Alles klar, klar«, entgegnet der Bordcomputer und fährt los.

Als sie das Zentrum der Stadt verlassen, lichtet sich der Nebel am Himmel. Die Luft, die hineinströmt, duftet. Rebecca öffnet das Fenster und hält ihren Kopf raus. Bäume und Blumen winken ihr zu. Das Plätschern des Flusses rundet dies ab. An einer Brücke hält das Taxi und sie steigen aus. Grün, wohin sie auch blickt. Zwischen allen Gebäuden ist viel Platz, sodass sie atmen können. Blumenbeete zieren die Gehwege, Bäume im Abstand von zehn Metern spenden Schatten. Zoe nimmt die Hand ihrer Freundin und spaziert mit ihr los. Kinder laufen um sie herum und lachen. Ein Künstler sitzt am Fluss und zeichnet ein verliebtes Paar. Kleine Vögel zwitschern glücklich aus den Bäumen heraus. Die Menschen lachen und unterhalten sich, sitzen vor dem Kaffeehaus an kleinen Tischen und genießen den Tag. Hausboote schippern auf dem Fluss, deren Besitzer sitzen an Deck in ihren Liegestühlen und haben die Angeln ausgeworfen. Den Hut auf dem Kopf, warten sie schlummernd. An jeder Ecke strahlen glückliche Anwohner. Eltern, die mit ihren Babys spielen, alte Menschen, die ihren Lebensabend genießen. Straßenkünstler zeigen ihr Können, musizieren unter dem großen Baum oder zeigen ihre Zauberkünste den staunenden Kindern, die klatschend mit großen, leuchtenden Augen das nächste Wunder erwarten.
»Es ist wunderschön, Zoe.«
»Ich weiß«, antwortet sie und lächelt.
»Mademoiselle Zoe. Es erfreut mein Herz, Sie endlich wiederzusehen«, sagt ein älterer Mann mit weißem Zwirbelschnurrbart und rückt den beiden Stühle zurecht. »Setzen Sie sich doch und genießen gemeinsam mit Ihrer liebreizenden

Freundin die Sonne des Herbstes. Seien Sie meine Gäste.«
»Danke, Herr Ohri. Darf ich Ihnen vorstellen: Rebecca.«
»Es ist mir ein Vergnügen, Sie kennenzulernen. Ich werde Ihnen gleich ein wenig Gebäck und heiße Schokolade bringen.«

Rebecca und Zoe genießen den Ausblick auf den Fluss. Der Nachmittag vergeht wie im Fluge. Sie lachen, tanzen und amüsieren sich. Unterhalten sich mit anderen Menschen und gehen abends ins Theater, in die große Samstagabend-Vorstellung. Zum Abschluss des Tages speisen die Freundinnen im Restaurant am Fluss. Erst spät mieten sie sich für die Nacht ein Hausboot und schlummern ein.

Gegen Morgen schlägt Zoe die Augen auf und blickt in die von Rebecca. »Schon wach?«
»Es war wirklich schön gestern.«
»Oh ja.«
Rebecca streckt sich. Als sie aufstehen, will packt sie Zoe und zieht sie zurück ins Bett. »Es ist gerade so gemütlich.«
Rebecca schließt die Augen. »Könnte es doch nur immer so sein, Zoe.«
»Eines Tages vielleicht ...«

Kurz vor Mittag, nach einer heißen Dusche, speisen sie in einem kleinen Bistro und bummeln anschließend durch das Viertel. Rebecca bleibt vor dem Schaufenster eines Antiquitätengeschäftes stehen und starrt eine uralte Taschenuhr an.
»Was ist damit?«, fragt Zoe, die gerade Popcorn aus einer Tüte nascht.
»Sie kommt mir so bekannt vor.«
»Komm, gehen wir rein und schauen sie uns an.«
Zoe packt ihre Hand und zieht sie rein. Die alte Dame hinter der Kasse schaukelt in ihrem Stuhl und wirkt überrascht, dass sich Kunden in ihren Laden verirrt haben. »Guten Tag, junge Damen.

Was führt euch zu mir?«

»Wir wollen uns die Taschenuhr im Schaufenster anschauen«, antwortet Zoe höflich.

Die alte Dame erhebt sich mühsam und nimmt ihren Krückstock.

»Aber gerne doch. Ein schönes Stück. Echtsilber und sehr, sehr alt. Man findet nicht mehr viele Stücke aus der alten Zeit, die so gut erhalten sind. Vieles wurde eingeschmolzen.«

Sie öffnet eine Luke, holt die Taschenuhr aus dem Schaufenster und übergibt sie Zoe, diese reicht sie an Rebecca weiter. Ihr Herz schlägt schneller.

»Leider bekommt man sie nicht auf und ich wollte sie nicht beschädigen, also hab ich sie einfach so gelassen, wie ich sie bekommen habe. Aber man kann sie als hübsche Dekoration benutzen«, erklärt die Ladenbesitzerin.

»Das ist egal. Wie viel kostet sie?«, fragt Rebecca.

»Es ist ein seltenes Stück. Ich verkaufe sie nicht, aber ich würde sie tauschen«, antwortet die alte Dame.

Zoe überlegt und kramt in ihrer Handtasche. »Wie wäre es hiermit?«, fragt sie und hält einen silbernen Haarkamm hoch.

»Der gefällt mir. Ein schönes antikes Stück«, antwortet die alte Dame und nimmt ihn.

Rebecca schaut ihre Freundin an. »Das kann ich doch nicht annehmen, Zoe. Du liebst deinen Kamm.«

»Schon gut, ich hab ihn doppelt. Das hier ist nur mein Reisekamm. Mein Liebling ist sicher daheim«, flüstert sie hinter vorgehaltener Hand.

»Der Tausch gilt. Beehrt mich bald wieder.«

»Machen wir«, antwortet Zoe.

Rebecca verneigt sich. »Vielen Dank.«

Draußen starrt Rebecca auf die Taschenuhr, die auf ihrer offenen Handfläche liegt.

»Also, was ist damit?«, hinterfragt Zoe neugierig.

»Siehst du die Gravur?«

»Ziemlich verschnörkelt. Sieht aus wie ein WB?«

Rebecca nickt. »Mir schoss ein Name durch den Kopf, als ich sie entdeckte. Wilhelm Brandwald.«
»Brandwald? Dein Familienname!«
»Ich weiß nicht, ich glaube, ich kenne diese Taschenuhr. Ich hatte sie schon mal in meiner Hand. Ich denke, sie gehört ...«
Rebecca tastet an der Uhr herum, drückt zwei versteckte Knöpfe, wodurch der Sprungdeckel aufklappt. Drinnen steckt ein Foto.
»Das bin ja ich ... und Richard ...«
Zoe geht dicht mit ihrem Kopf an das Foto heran. »Bist du das als Kind? Du warst ja knuffig. Ist das dein Vater?«
»Nein, ich glaube, er ist mein Bruder ... Warum ist die Uhr hier? Wie kommt sie her?«
»Du bist ja auch hier. Vielleicht wurde sie mit deinem persönlichen Besitz damals eingelagert und der kam irgendwann in den Handel.«
»Aber wenn ich die Uhr habe, bedeutet das, Richard ist tot?«
»Ich weiß es nicht, Becca.«
»Ich muss es rausfinden. Ich muss ihn suchen.«
»Nicht so laut. Wir werden uns was einfallen lassen. Aber wir müssen vorsichtig sein. Denk dran, was mit Menschen passiert, die aus der Reihe tanzen.«
»Bioverwertung ...«
»Uns fällt schon was ein. In Ordnung?«
Rebecca nickt.
Zoe packt ihre Hand. »Komm, wir lassen uns vom Künstler zeichnen.«
»Ich weiß nicht ...«
Mit einem Ruck zieht Zoe sie hinter sich her, direkt vor den Maler.
»Guten Tag. Zeichen sie uns?«
»Aber sehr gerne«, sagt er und beginnt mit seinem Werk. Nach der Vollendung überreicht er ihnen das DIN-A5-Gemälde.
»Vielen Dank«, sagt Zoe und reicht ihm einen Pinsel.
»Ein schönes Stück. Vielen Dank.«
Rebecca schaut sie an.

»Die Künstler lieben Dinge aus der alten Welt. Das ist ihnen wichtiger als Geld.«
»Ah, verstehe. Also tauschen sie lieber.«
Zoe lächelt. »Genau. Komm, lass uns weiterbummeln.«
Vor einer Plakatwand bleiben sie stehen.
»Schau mal, Rebecca, heute läuft im Lichtspielhaus einer meiner Lieblingsfilme.«
»Lichtspielhaus?«
»Kino ... Schauen wir uns ihn an? Bitte!!!«
»Worum geht's denn?«
»Es geht um einen kleinen süßen Roboter, der ganz alleine auf der Erde ist ...«

Am Nachmittag kaufen sie auf ihrem Weg aus dem Künstlerviertel noch ein Beutel roter Äpfel und rufen sich ein Taxi. In der Pistolenbahn läuft alles glatt und die Heimatreise beginnt. In der Kapsel nickt Zoe ein und schläft auf der Schulter von Rebecca. Diese blickt auf das Foto in der Taschenuhr. »Richard ... wo bist du nur?«

Eine Stunde später weckt Rebecca ihre Freundin. »Zoe. Wir sind da. Wach auf.«
»Was?«, fragt Zoe verschlafen und leicht sabbernd.
»Wir sind da«, antwortet sie lächelnd, als sich die Tür öffnet.
Sie gehen die alte Treppe hoch und stehen auf dem offenen Platz vor dem Universitätshauptgebäude.
»Wir haben noch ein paar Stunden Sonnenlicht. Ich glaube, ich arbeite noch ein wenig an meinem Spezialprojekt auf dem Schrottplatz. Hilfst du mir vielleicht dabei? Ich könnte deine Programmierfähigkeiten gut gebrauchen.«
»Klar doch. Ich bin noch gar nicht müde.«
»Warum nur?«
»Wird es schmutzig?«
»Ja, wir sollten lieber unsere Overalls holen.«

Zu Hause ziehen sich die Mädchen gerade um, als das Funkgerät von M.A.U.S., welches auf dem Nachttisch von Rebecca steht, klackert. Sie nimmt es in die Hand. »Maus, hast du versucht, mich zu erreichen?«
»Erstatte Bericht. MQ-4-Triton-Drohnen sind nicht zurückgekehrt. Flugstaffel von City 8 fliegt die Küste ab. Unbekannte Einheit auf dem Meer gesichtet.«
»Zoe! Komm schnell her!«, ruft Rebecca und rennt in die Stube, welche zentral im Haus liegt.
»Was ist denn los?«, fragt Zoe, die den Griff ihrer Energieklinge einsteckt.
»Maus meint, da draußen geht was vor sich.«
Eine laute Sirene erschallt, so laut, dass sich die Mädchen die Ohren zuhalten.
»Was ist das denn?«
»Keine Ahnung! Die habe ich noch nie gehört!«, schreit Zoe.

Beide rennen zur Küste. Auf die Klippe hinauf, auf der M.A.U.S. Wache steht. Seine Antenne am Kopf ist ausgefahren.
Die Kampfjäger von City 8 brettern über sie hinweg auf das Meer hinaus. Am Horizont erblicken sie einen schwarzen Schatten. Glühende Funken fliegen durch die Luft. Einer der Kampfjäger explodiert in einem Feuerball am Himmel.
»Warnung: Unbekannte Einheit scheint feindselig zu sein«, verkündet M.A.U.S.
Die Kampfjäger fliegen in Formation auf das Schiff zu und schießen ihre Raketen ab. Tausende von glühenden Kugeln fliegen durch die Luft und lassen Jet für Jet explodieren. Ein Feuerwerk des Schreckens. Die Raketen schlagen im Schiff ein und es beginnt zu sinken.
M.A.U.S. verkündet: »Neue Signale aufgefangen.«
Rebecca öffnet die Luke von M.A.U.S. und kramt im Lager. Sie entnimmt ein Fernglas, durch das sie schaut.
Zoe guckt sie besorgt an. »Was siehst du?«

M.A.U.S.' Linse zoomt. »Neue unbekannte Einheiten kommen in Reichweite.«
Das Gehirnimplantat von Rebecca schickt ihr Daten zu:
»Erkenne Red Stars Kriegsmarine.
Flugzeugträger Projekt RS-80.
Hubschrauberträger Tarkowski-Klasse.
Raketenschlachtkreuzer Tolstoi-Klasse.
Raketenkreuzer Objekt 2133.
Raketenzerstörer Puschkin-Klasse.
ASW-Raketenzerstörer Strawinsky-Klasse.
Raketenfregatten Projekt 3.
Landungsschiff Pomornik-Klasse III.
Landungsschiff Ropucha-Klasse III.
Mehrzweckkampfschiff Kurnikowa-Klasse.
Mehrzweckkampfschiff Iwan und
Panzertransporter Mammut.«
Zwischen der Flotte macht sich ein gigantischer Umriss am Horizont breit.
»Was ist das denn? Das kann kein Schiff sein, das ist viel zu groß!«, ruft Zoe.
»**Titan-Projekt Putin**.
Mobiles Red Star Hauptquartier zur See.
Besatzungsanzahl: unbekannt.
Panzerungsklasse: unbekannt.
Bewaffnung: unbekannt.
Gebaute Stückzahl: eins«, erklärt Rebecca.
Die kleine Antenne von M.A.U.S dreht sich. »Abschuss einer nuklearen Rakete geortet.«
Rebecca und Zoe blicken aufs Meer. Die Rakete brummt und spuckt Feuer. Sie verlässt die Putin, zieht einen feurigen Schweif über den Himmel und steuert auf die Küste zu.

Kapitel 6
Schöne neue Welt

Es liegt in der Luft. Dieses seltsame Gefühl, welches nur schwer zu beschreiben ist. Es drückt einen nieder. Die Menschen lachen weniger. Kinder spielen nicht mehr in den Straßen. Ein hastiges Nicken als Begrüßung muss reichen. Wärme fühlt sich kalt an und Kälte eisig. Eine Leere, die sich ausbreitet und alles um sich herum verschlingt. Angst vor der Zukunft lässt einen nicht mehr schlafen. Hilflosigkeit, denn die Menschen, die es ändern könnten, tun es nicht ...

Japan, kurz vor dem Beginn des Dritten Weltkrieges

Krieg liegt in der Luft. Die Menschheit steht vor dem Abgrund und blickt in die unendliche Tiefe der Grausamkeit. Das Kaiserreich Japan ist eines der wenigen Länder, welches noch nicht in den großen Krieg verstrickt ist. Die Entscheider wissen jedoch, dass es nur eine Frage der Zeit ist, bis auch ihre geliebte Heimat davon nicht mehr verschont bleibt, und starten ein Projekt. Alle jungen Männer und Frauen werden einer ärztlichen Untersuchung unterzogen und den passenden Kandidaten wird ein Angebot unterbreitet. 2500 von ihnen akzeptieren und versammeln sich nun vor Burg Yoshi, um ihrem Schicksal zu folgen. In alter Tradition wurde die Festung in der Nähe des Fujiyama erbaut. Prächtig liegt sie im Glanz des himmlischen Berges, auch die grüne Burg genannt. Doch ihr altmodisches Äußeres trügt, denn unter ihr befindet sich eine der modernsten Anlagen der Welt versteckt. Unter den Rekruten ist auch der gerade erst fünfzehn Jahre alte Takamasa, der zum ersten Mal sein Heimatdorf verlassen hat. An seiner Seite sein bester Freund seit Kindheitstagen, Tao. Klein, Bürstenhaarschnitt und immer am Lachen. Ein unscheinbarer Junge vom Land mit unglaublicher Willenskraft.

»Ach, Takamasa. Ich hätte auch gerne so ein Katana. Es ist voller Ehre und Mut. Der Stolz deiner Vorväter. Man spürt es geradezu, wenn man es anblickt.«

»Nun übertreibe mal nicht so, Tao. Ich bin mir sicher, du bekommst hier dein eigenes«, antwortet er und wedelt mit seiner Hand.

»Das schon, aber dein Familienname ist geachtet. Euer Schwert eine Legende in unserem Dorf. Meine waren früher bestimmt nur Bauern ...«

Takamasa lacht. »Ich glaube eher, sie waren Köche.«

Tao greift sich an seinen Bauch. »Ich esse halt gerne ... Oh ja, was würde ich nun für eine Miso-Suppe geben?«, antwortet er sabbernd.

»Ich glaube, das werden sie dir hier schnell austreiben.«

»Glaubst du? Mist, hätte ich doch nur mehr süße Reisbällchen mitgenommen.«

»Du hast noch welche übrig? Ein Wunder!«

Tao schubst ihn gegen die Schulter. »Mach du nur deine Witze, du Streber.«

Takamasa zeigt nach vorne auf ein Pult, an dem ein alter Mann in Uniform steht. »Tao! Die Ansprache beginnt! Schnell!«

Der General steht wie eine Statue da und überwacht mit strengem Blick die unruhige Masse. Eine lange Narbe zieht sich vom Haaransatz seiner schütteren grauen Haare bis zum Kiefer.

»Ruhe!«, schreit er kraftvoll ins Mikrofon.

Eine Welle des Schweigens flutet durch die lautstarke Masse.

»Söhne und Töchter Japans. Ihr seid hier, um eurem Land zu dienen, eure Heimat vor dem drohenden Unheil zu beschützen. Wenn ihr durch dieses Tor schreitet, werdet ihr dabei helfen, die größten Krieger des Kaiserreiches wiederzubeleben. Denn wenn ihr es wieder verlasst, werden die, die es überleben, Samurai sein. Die mächtigsten Krieger der Weltgeschichte. Voller Ehre und Demut werden wir unseren geliebten Kaiser beschützen, die Erde, auf der wir stehen, mit unserem Blut tränken und gegen jeden Feind standhalten, der es wagt, sie zu betreten! Nicht einen Fuß breit sollen die Fremden von unserem heiligen Boden besitzen, eher sterben wir! Niemals wird unser Land die Heimat für Fremde werden. Sie können uns quälen. Sie können uns töten, doch niemals werden sie uns brechen!«

Die jungen Männer und Frauen jubeln, während Tao, vor Staunen, ein angebissenes Reisbällchen aus dem Mund fällt.

»Kinder des Kaiserreichs! Erhebt eure Shinken. Sie symbolisieren die Ehre eurer Familie! Die Geschichte eurer Abstammung! Das Schicksal, das euch heute herführte! Vergesst dies nie.«

Takamasa und ungefähr dreihundert Kameraden ziehen ihre Katana und recken sie gen Himmel.

»Eure Vorfahren haben einst für dieses Land gekämpft, haben es beschützt und sind dafür gestorben. Wollt ihr dieses Erbe fortsetzen? Ihr Feuer neu entfachen und der Welt zeigen, was Tapferkeit und Ehre bedeuten? Seid ihr bereit, alles zu opfern, um eure Familie und euer Heimatreich zu schützen?«

»Hai!«, rufen alle Schwertträger gleichzeitig.

»Ihr namenlosen Krieger. Seid ihr bereit, euch euer Schwert zu verdienen? Teil der Geschichte zu werden, die Zukunft zu beschützen? Euer Blut und Fleisch für eure Heimat zu verpflichten?«

»Hai!«, rufen die Schwertlosen.

»Dann tretet ein. Denn ihr seid die Hoffnung Japans!«

Jack rüttelt an Takamasa und weckt ihn. »Alles in Ordnung? Hattest du einen Albtraum?«

»So etwas Ähnliches ... Was gibt's?«

»Ich hab da einen Auftrag für dich.«

Es sind drei Tage vergangen, seitdem sich Takamasa, Jack und Christoph auf den Weg gemacht haben, um Larissa aus den Fängen der New Nation zu befreien. Die Waffenkammer des Außenposten Lazarus hat sie dafür ausgerüstet. Schusssichere Panzerwesten mit passenden Vollhelmen. Takamasa hat neben dem Schwert des Kommandanten eine vollautomatische Glock 17 mit verlängertem Magazin. Jack trägt das U.S. Army SHARK Sturmgewehr, welches Takamasa dem Feind abgenommen hat, und Christoph hat ein M60E6 Maschinengewehr ausgewählt. Eine leichte Version des bekannten schweren M60E4. Als Ersatzmunition trägt er um seine Panzerweste zwei Munitionsgurte über Kreuz. Dazu eine Schrotflinte auf dem Rücken. Eine selbstgezeichnete Karte von Ai hat sie tief ins Feindesland geführt. Sie haben das karge Ödland, welches vom Krieg zerstört worden ist, hinter sich gebracht und ein grüner Wald erstreckt sich vor ihnen. An seiner Baumgrenze, an der Straßenkreuzung, die in den Wald führt, steht ein Militärlager der New Nation. Es besteht aus einer Bunkeranlage am Waldrand, davor unzählige Zelte, MG-Stellungen und Scharfschützen auf Wachtürmen, die die gesamte Gegend einsehen können. Jeeps und LKWs fahren durch das Lager. Wachen rauchen an der Straßensperre und Musik dröhnt aus dem verrosteten Lautsprecher, der hoch an einem Mast, mittig der kleinen Basis, über der Flagge angebracht ist.

Jack liegt auf einem Hügel und blickt durch sein Fernglas, als Christoph sich an ihn heranrobbt. »Jack, wir beobachten den Laden seit gestern Abend. Wann geht es weiter und wo zur Hölle ist Takamasa?«
»Immer mit der Ruhe, Chris. Wenn wir hier überstürzt handeln, schnappen sie uns und wir kommen nie zu Larissa. Das bringt uns auch nichts, oder?«
»Nein ... aber was machen wir nun?«
»Hast du dir mal das Lager näher angeschaut? Die Soldaten?«
»Nö, was ist mit denen?«

Jack schüttelt den Kopf. »Dies scheint ein Knotenpunkt zu sein. Alles kommt hier durch. Soldaten, Waffen, Munition und Vorräte. Und soweit ich sehen konnte, haben die keine Computer, wie die Roboter. Die scheinen alles per Augenschein und Listen zu kontrollieren. Außerdem tragen sie andere Abzeichen als die Soldaten an der Front. Scheint, als kommen die Soldaten, die an der Mauer kämpfen, von woanders als die Soldaten da unten.«

»Na und?«

»Denk doch mal nach! Bei dem Durcheinander da unten fällt es bestimmt nicht weiter auf, wenn ein paar Soldaten der New Nation das Lager passieren wollen.«

Christoph schaut ihn fragend an.

»Wir, du Hornochse.«

»Du willst, dass wir da einfach durchmarschieren? Bist du bekloppt?«

»Natürlich nicht einfach so. Erinnerst du dich an den verlassenen Außenposten, den wir gestern durchsucht haben?«

»Ja?«

»Takamasa ist gerade da und besorgt uns Uniformen und Hundemarken. In der provisorischen Klinik lagen davon welche in den Schränken rum. Da wird er schon was Passendes für uns finden.«

»Das ist doch Wahnsinn!«

»Nicht so laut!«

Takamasa kriecht an sie ran. »Wie ich höre, vertragt ihr euch wie eh und je.«

»Hast du die Uniformen?«

»Klar.«

»Sehr gut, dann lasst uns runter und sie anziehen.«

Die drei ziehen sich um. Jack als Captain, Takamasa als Leutnant und Christoph als Sergeant. Jack kramt in einem Beutel mit Erkennungsmarken. »Mal schauen, ob wir passende Marken zu den Rangabzeichen auf der Kleidung finden. Hier sind welche. Ich

bin ab nun Captain Triton Wirus, Takamasa, du bist Leutnant Hans Urban und du, Chris, bist ab nun Sergeant Bruno Lancaster«, erklärt er und wirft sie ihnen zu.
Takamasa blickt auf seine Marke. »Hans Urban?«
Christoph lacht. »Perfekt.«
»Das passt schon. Einen anderen Leutnant haben wir nicht.«
Christoph grübelt. »Was ist eigentlich, wenn sie keine ... na ja, wie soll ich sagen? Keine wie ihn da haben?«
»Wie mich?«, fragt Takamasa nach.
»Er meint wohl welche von deinem Volk. Durch das Fernglas sah ich viele verschieden aussehende Soldaten. Aber das könnte ein Problem werden. Schwer zu sagen.«
»Ich habe eine Idee«, sagt Takamasa und nimmt aus einem der Kleidersäcke eine Motorradbrille. »Seht ihr? Passt doch.«
»Könnte klappen«, antwortet Jack.
»Ach, und ihr denkt, dass das überhaupt nicht auffällt? Was, wenn jemand fragt, wieso er eine Schutzbrille trägt?«
»Weil ich euer Fahrer war, bis unser Vierradding liegen geblieben ist. So erklären wir auch, weshalb wir zu Fuß unterwegs sind.«
Jack nickt. »Die heißen Jeep. Okay, versuchen wir's.«
Takamasa erklärt weiter: »Wir brauchen eine perfekt abgestimmte Geschichte. Die werden uns bestimmt nicht einfach so reinlassen. Alles muss passen.«
Christoph überlegt. »Die wollen garantiert wissen, wo wir hinwollen und warum.«
Jack grübelt. »Ásgarðr, um dem Hauptquartier Bericht zu erstatten.«
Takamasa stimmt zu. »Ja, das passt. Aber was, wenn sie wissen wollen, um was es geht?«
»Geheimsache. Aber wenn sie nicht locker lassen, brauchen wir einen Ansatz. Etwas Wichtiges, Ungewöhnliches, wofür man Soldaten unseres Ranges zurückschicken würde, um persönlich Bericht zu erstatten«, antwortet Jack.
Christoph streichelt sich über seine Glatze und setzt den Helm auf.

»Ich hab's, dieser riesige Roboter! Der ist doch bestimmt ein Thema bei denen.«
»Stimmt. Das ist gut. Haben wir irgendwas nicht bedacht?«, fragt Jack seine zwei Kameraden.
Takamasa überlegt laut: »Und was, wenn sie unsere neuen Namen kennen? Listen der Gefallenen führen oder jemand die Vorbesitzer unserer Marken kannte?«
»Dann haben wir die Arschkarte«, erwidert Jack eiskalt.

Sorgsam legen sie ihre Arbeiteroveralls und die Schutzwesten zusammen und verbuddeln sie am Fuße des Hügels unter einem Baum. Locker gehen sie den Hügel hinab, offen im Sichtfeld der Scharfschützen.
»Psst. Jack, Takamasa ... Was machen wir eigentlich, wenn die 'ne andere Sprache sprechen?«, flüstert Christoph.
»Das fällt dir jetzt ein?!«, fragt Jack und starrt ihn an.
Takamasa beruhigt ihn. »Keine Sorge, die Soldaten damals am Graben habe ich verstanden.«
»Puh ... Dann ist ja gut«, antwortet Jack erleichtert.
Takamasa nickt. »Und denkt an unsere Geschichte.«

Am verschlossenen Gittertor stehen zwei Wachposten kurz stramm und salutieren. Die drei tun es ihnen gleich.
Der Wachposten mustert sie. »Guten Tag. Wohin geht es, Sir?«
Jack, in aufrechter Haltung, stellt sich vor den Soldaten auf. »Ásgarðr, wir ...«
»In Ordnung, Sir. Einfach gerade durch, da steht der Kommandant des Lagers. Jim, mach das Tor auf!«, ruft der Wachsoldat und zeigt auf einen großen Mann in olivfarbener Militäruniform, an dessen Gürtel ein Helm baumelt. Er bespricht sich mit einem seiner Soldaten. Seine hellbraunen Haare sind grau meliert und seine Schläfen weiß. Das markante Gesicht wird durch einen kantigen Kiefer abgerundet. Seine graublauen Augen sind stechend, wirken gerissen und gefährlich.

Soldat Jim öffnet das Tor und die drei gehen verdutzt darüber, dass sie einfach durchgewunken werden, rein. Im Lager grillen einige Soldaten und hören laute Rockmusik aus einem alten Radio neben dem Grill, der die Lautsprecheranlage überdröhnt. Mit nacktem Oberkörper spielen sie Karten in der Sonne, trinken und rauchen. Immer wieder salutieren Soldaten locker mit der Hand am Kopf, wenn sie an ihnen vorbeigehen, bis sie vor dem Kommandanten landen. Er unterschreibt gerade auf einem Klemmbrett einen Befehl, den ihm sein Adjutant hinhält, und blickt dann zu den Neuankömmlingen. Die drei stehen stramm und bleiben salutierend stehen.
Die Hand des Kommandanten wandert zum Kopf. »Captain Berger. Willkommen im Kreuzposten Goteland. Was führt Sie und ihre Männer zu uns, Captain?«
Jack nimmt seine Hand runter. »Captain Wirus. Darf ich Ihnen vorstellen: Leutnant Urban und Sergeant Lancaster. Wir müssen nach Ásgarðr, um im Hauptquartier Bericht zu erstatten.«
»Die Straße durch den Wald ist noch bis zum Abend gesperrt, aber morgen erwarten wir eine Lieferung, der Transporter kann Sie ja auf dem Rückweg mitnehmen. Machen Sie es sich solange hier bequem. Ihr Sergeant kann sich bei den Mannschaften dort drüben niederlassen. Die Offizierszelte sind am westlichen Zaun, die dunkelbraunen. Einfach eins der freien nehmen und das Schild umdrehen.«
»Danke, Captain«, antwortet Jack.

Der Kommandant geht in sein Lagerzelt. »Radar!«, ruft er.
»Ja, Sir?«, fragt der kleine, schmächtige Soldat und läuft mit schreibbereitem Kugelschreiber und Klemmbrett auf ihn zu.
»Geh mal ans Funkgerät. Frag beim HQ nach, ob sie was über einen Captain Wirus, einen Leutnant Urban und einen Sergeant Lancaster haben.«
»Gibt es Probleme mit ihnen?«
»Nein, ich hab da nur so ein Gefühl, dem ich nachgehen will.«

»Sir, ja, Sir!«

Es geht auf und ab, wie der Ritt auf einer Waschmaschine. Dann ist es wieder ruhig. Langsam erwacht Larissa aus ihrem Schlaf. Alles ist dunkel um sie herum. Das Atmen erhitzt die schwarze Kapuze, die sie über ihrem Kopf trägt. Ihre Hände und Füße lassen sich kaum bewegen, sie spürt die Fesseln auf ihrer Haut. Kaltes Metall, welches durch ihren Körper erwärmt wurde.
»Was ist hier los? Wo bin ich?«, fragt sie leicht panisch und schüttelt den Kopf, spannt Arme und Beine an.
Die Stimme einer Frau beruhigt sie. »Du bist hier in Sicherheit. Kann ihr mal einer das Ding abnehmen?«
»Ja, ich bin ja schon dabei«, antwortet ihr eine andere Frau patzig. Mit einem Ruck ist sie die Kapuze los und kann wieder sehen. Larissa sitzt in einem gepanzerten Truppentransporter, um sie herum fünf Soldatinnen, die wohl zu einer Einheit gehören, denn sie alle haben auf ihrer Schutzweste das gleiche Symbol. Eine geflügelte Kriegerin mit wallendem blonden Haar, die ihren Speer in den Himmel streckt und schreit. Der Innenraum ist so groß, dass hier locker doppelt so viele Leute Platz hätten.
Die Soldatin, die ihr gegenüber sitzt und den Befehl gegeben hat, sucht Augenkontakt. »Du bist ja niedlich. Alles in Ordnung? Tut mir leid, dass wir dich fesseln mussten, ich hoffe, sie sitzen nicht zu fest? Das ist nur zu deiner und unserer Sicherheit.«
»Ja ... ich denke schon. Wo bin ich hier? Was habt ihr mit mir vor?«
»Wir? Gar nichts. Unser Auftrag lautet, einen VIP, also dich, zum Hauptquartier nach Ásgarðr zu bringen. Dort sollst du mit der Generalin sprechen. Du siehst, du bist keine Gefangene, aber ich muss sicherstellen, dass du heil ankommst. Wir waren auf dem Rückweg von einem anderen Auftrag, als man uns angefunkt hat. Mein Name ist Lagertha, wie ist deiner?«
Larissa schaut die junge Frau an. Ihr langes blondes Haar fällt bis unter die Schulterblätter, ist teilweise geflochten, was dem offen

getragenen Haar Stabilität gibt. Eine runenverzierte Spange aus Silber steckt in der Frisur. Schwarze Kriegsbemalung taucht ihre Augen in Dunkelheit, trotzdem wirkt sie freundlich. Ihre blauen Augen strahlen Larissa geradezu an.
»Mein Name ... mein Name ist Larissa.«
»Larissa? Ein schöner Name. Was macht dich so besonders, dass dich die Generalin sehen will? Bist du eine Doppelagentin? Vielleicht eine Informantin? Oder gar eine Überläuferin?«
Die Fahrerin blickt über ihre Schulter nach hinten, durch die geöffnete Luke, zum Innenraum. »Wir haben doch diesen Werkzeugkasten vorhin verstaut.«
»Ach wirklich? Das hab ich nicht mitbekommen. Also eine Technikerin? Clever und süß? Interessant.«
»Ich kenn mich mit Maschinen aus. Ich kann sie reparieren.«
»Stimmt es, dass die Menschen dort kein Gedächtnis mehr haben?«
Larissa nickt. »So ist es leider. Unsere persönlichen Erlebnisse wurden durch eine Gehirnoperation ausgelöscht.«
»Muss unheimlich sein.«
»Ja, ist es irgendwie, aber man fühlt sich auch frei. Ein seltsames Gefühl.«
»Was sind das für Tabletten, die du bei dir hattest?«, fragt Lagertha und hält die durchsichtige, orangefarbene Pillendose zwischen Daumen und Zeigefinger hoch.
»Ich bin krank.«
Die dunkelhäutige Soldatin rechts neben ihr, die gleich zwei Plätze durch ihren schweren Schutzanzug einnimmt, rückt ein Stück weg und dabei fast auf den Schoß ihrer Nachbarin, woraufhin diese gegenüber Platz nimmt, neben Lagertha. »Krank?«
»Nicht ansteckend. Durch die lange Zeit in der Kryokammer ist mein Blut irgendwie beschädigt. Ich brauch die Tabletten jeden Tag, sonst könnte ich einen Anfall bekommen und sterben.«
Lagertha lächelt sie an. »Verstehe. Na, das wollen wir ja nicht, dann passe ich mal lieber gut auf sie auf.« Sie stupst ihr auf die

Nase.
Die Soldatin links von Larissa, eine junge Frau mit kastanienroten halblangen, leicht gewellten Haaren und hellgrünen Augen nimmt eine kleine Taschenlampe aus ihrer Arzttasche, spreizt mit ihren Fingern das linke Auge von Larissa und leuchtet rein. »Ja, ich sehe es. Aber die Tabletten scheinen anzuschlagen. Keine Sorge, ich gebe auf dich acht.«
Lagertha grinst. »Ich stell uns mal lieber vor. Mich kennst du ja bereits, ich bin die Kommandantin des Haufens hier. Mein Name ist Lagertha Olsson, aber man nennt mich auch Viking Girl. Zu deiner Linken sitzt unsere Ärztin Emma Schmitz, deshalb auch ihr Interesse an deiner Krankheit. Wir nennen sie Flicker. Rechts von dir hockt unsere Sprengstoffexpertin Any McDonald. Sie ist immer ein wenig grummelig und patzig, aber das kommt nur, wenn sie längere Zeit keine Schokolade hatte, weshalb wir sie auch Candy Queen nennen.«
»Ja, genau und nicht, weil ich schwarz bin! Ach ja, ich bin nicht so fett, wie es aussieht. Das macht meine Schutzpanzerung. Ein umgebauter EOD-9 Sprengstoffschutzanzug. Ich brauche ihn, wenn ich Bomben entschärfe, außerdem schützt er mich vor Beschuss.«
»Was auch nicht erklärt, warum du ihn fast immer trägst ... Aber ich habe doch nicht gesagt, dass du fett bist ...«, ergänzt Lagertha.
»Weißt du, wie schwer es ist, das Teil an- und auszuziehen? Ich hab den Anzug schon zigmal überarbeitet und umgebaut, damit ich mich darin besser bewegen kann, und so langsam sitzt er recht gut. Wie eine zweite Haut. Ich fühle mich schon fast nackt ohne ihn. Er ist mein Panzer, wie bei einer Schildkröte. Hast du schon mal eine ohne Rückenpanzer gesehen? Nein? Also!«
Die junge Frau gegenüber von Any murmelt: »Ja, genau ... Du hast ihn immer wieder umgebaut ...«
»Ist ja gut, Mädels. Rechts von mir sitzt unsere Scharfschützin Miyuki Sinon. Unsere Schönheit aus Fernost nennen wir Sin. Auch wenn sie aussieht, wie ein unschuldiges Mädchen, solltest du

darauf nicht reinfallen.«

Miyuki, das Mädchen mit den türkis gefärbten Haaren und einem seltsamen rechten Auge, dessen grüne Iris aus Hunderten von kleinen Quadraten besteht, lächelt und wirft Candy Queen einen Schokoriegel zu.

»Auf meiner linken Seite haben wir unsere Waffenexpertin Willow Crane. Ihr Rufname ist Hailstorm. Wenn du sie einmal im Einsatz gesehen hast, wirst du wissen, warum. Und zu guter Letzt unsere bezaubernde Fahrerin mit der wunderschönen olivfarbenen Haut, den pechschwarzen Haaren, welche sie meist als Zopf trägt, obwohl ich ja offene Haare bei ihr lieber mag. Gamora Saldana. Wir nennen sie Ten, weil sie uns aus jeder schlimmen Situation innerhalb von nur zehn Sekunden herausholen kann. Denk dran, mein Angebot, dich einzuölen, steht noch.«

»Ich weiß«, antwortet sie von vorne und flüstert: »Das bietest du mir jeden zweiten Abend an ...«

»Wie du siehst, sind wir ein schräger Haufen. Wir sind das Sondereinsatzkommando Walküre und unterstehen nur der Generalin!«

Larissa nickt. »Schön, euch alle kennenzulernen. Warum besteht das Team nur aus Frauen?«

»Die Generalin vertraut Männern nur bedingt, da kam es ihr ganz recht, als wir uns der New Nation angeschlossen haben. Und ihr Misstrauen ist berechtigt. Die Armee besteht zum Großteil aus Kerlen und würdest du ihnen eine niedliche Technikerin zum Transport anvertrauen?«

»Ich denke nicht ...«

»Siehst du. Wir sind ihre rechte Hand. Wir erledigen ihre Aufträge. Die Generalin ist ...«

Sin schüttelt den Kopf. »Fängt das wieder an ...«

»Sie hat einen perfekten Körper. 1,80 Meter groß. Durchtrainiert von oben bis unten. Nicht zu muskulös, einfach vollkommen. Ihre Brüste sind nicht zu groß, aber auch nicht zu klein.«

»Seitdem Lagertha die Generalin letzten Monat *zufällig* nackt

unter der Dusche gesehen hat, kann sie gar nicht mehr aufhören, von ihr zu reden.« Sin seufzt.
»Ich weiß ... Denk dran, ich teile mir ein Zelt mit ihr, wenn wir unterwegs sind. Sie redet sogar im Schlaf von ihr. Oder eher gesagt von ihren sexy Tätowierungen«, erwidert Emma.
Lagertha schlägt die Arme übereinander. »Ja, ich höre ja schon auf. Ich will eh nichts von ihr.«
Larissa schaut sie verwundert an, während Emma immer noch an ihr rumfummelt, um sie näher zu untersuchen. »Warum denn nicht?«
»Auch wenn ihr Körper perfekt ist, ihr Geist ist es nicht. Ich stehe treu zu ihr, bis zum Tag der Tage. Doch sie ist gnadenlos, Larissa. Höre auf meinen Rat: Mach, was sie dir sagt.«
Larissa nickt nachdenklich. »Verstehe.«
Mit einem Ruck hält der gepanzerte Transporter.
»Was ist denn los, Ten?«, ruft Lagertha nach vorne.
»Da liegt ein Baum auf der Straße.«
»Eine Falle?«
»Wenn es aussieht wie eine und riecht wie eine ...«
»Dann ist es auch meist eine«, vollendet Lagertha.
Sin nimmt ihr Arisaka Typ 99 Gewehr in die Hand, zieht den Kammerstängel nach hinten und öffnet so den Verschluss. Mit geübten, flinken Fingern drückt sie fünf Patronen rein und verriegelt es wieder. Das Gewehr sieht sehr alt aus, gebaut aus Holz und Eisen. Aber so gut gepflegt, dass es erst gestern aus dem Werk hätte kommen können.
Sie zieht ein Klappvisier aus Eisen am Gewehrlauf hoch. »Ten, ich bin bereit!«
»Alles klar! Drei, zwei, eins ...«

Die Klappe des Transporters knallt auf den Boden der Betonstraße. Keine zwei Sekunden, nachdem Sin draußen ist, schießt sie, ein versteckter Mann fällt aus einer Baumkrone und knallt vor ihr auf den harten Straßenbelag.

Sin schaut sich um. »Niemand Weiteres zu sehen. War wohl ein Späher!«
Lagertha holt ihren Rundschild aus dem Staufach hinter sich und klopft auf ihn drauf. »Keine Sorge, der ist kugelsicher«, sagt sie zu Larissa, die sie beobachtet, und zwinkert ihr zu. Mit erhobenem Schild geht sie raus, in der rechten Hand eine Mauser C96 Pistole. Ihr folgt Hailstorm mit einer leichten Version des Maschinengewehrs 42, in dem eine Gurttrommel steckt. Im Graben neben dem Fahrzeug nimmt sie ihre Position ein, während Candy Queen ihren Helm aufsetzt und sich langsam in ihrer schweren Panzerung hinaus bewegt. In ihren Händen, fest umklammert, ein vollautomatisches AA-12 Schrotgewehr.
Emma kommt heraus und kniet sich zu der Leiche. »Keine Lippen, angespitzte Zähne, überall Schnitte und Narben ... Mist, das sind Knochennager.«
Larissa blickt raus. »Knochennager?«
Lagertha antwortet ihr, behält dabei aber die Umgebung im Auge. »Kannibalen, Kleine ... Ich hasse diese Mistkerle. Eine ganze Horde von denen haust hier im Wald, deshalb nennen die Soldaten ihn auch die Grüne Hölle. Eigentlich sollten die längst ausgerottet sein, aber tötet man zehn von denen, kommen hundert nach.«
Emma schaudert es. »Ich hasse Kannibalen.«
Sin bleibt mit ihrem Gewehr auf eine Stelle in der Ferne gerichtet stehen. »Da ist noch einer!« Sie schießt. Ihre Kugel durchschneidet das dichte Blattwerk, die Büsche und Äste der Bäume und landet zielsicher im Kopf des Feindes. »Volltreffer. Seht ihr die Bewegungen im Unterholz? Das müssen weit über 50 sein, eher mehr.«
Lagertha ruft Befehle. »Sie müssen den Schuss gehört haben. Bereitet euch vor! Hailstorm, ich brauch dich hier drüben, such Deckung im Straßengraben neben mir. Sin, schieße auf alles, was sich bewegt! Candy Queen, deck unseren Rücken! Emma, bleib beim Fahrzeug, was auch passiert! Ten, schwing dich ans Rohr. Ruf das HQ. Wir brauchen hier dringend Unterstützung.«

»Geht klar!«, antwortet Ten, legt ihre MP5 Maschinenpistole auf den Beifahrersitz und greift zum Funkgerät. Sie stellt die Frequenz ein und drückt auf den Sprechknopf. »Walküre an Ásgarðr. Bitte kommen. Over.«

Es rauscht und eine Stimme antwortet ihr leise: »Hier Ásgarðr. Die Verbindung ist schlecht, aber wir hören Sie. Over.«

»Verstanden. Sind 52 Klicks westlich vom Kreuzposten Goteland. Mitten in der Grünen Hölle. Baumstamm blockiert die Fahrbahn. Tango-Späher ausgeschaltet. Erwarten in Kürze Großangriff. Over.«

»Verstanden. Welche Art von Feind? Over.«

»Knochennager. Over.«

»Foxtrot! Die Zone sollte doch geräumt sein. Die sind wie die Ratten. Wir haben keine Vögel in der Luft und keinen VTOL, um euch rauszuholen. EVAC zur Zeit nicht möglich. Ziehen Sie sich zurück, bis wir Verstärkung schicken können. Over.«

»Negativ. Haben VIP an Bord und Befehl zum Durchmarsch. Müssen uns dann so durchschlagen. Over.«

»Roger. Wir markieren eure Zone als HOT und TIN. Viel Glück. Macht sie fertig. Over.«

»Das werden wir. Over and Out.«

Ten greift ihre MP5 und geht zu Emma, die mit ihrem Winchester Model 1866 Karabiner die heruntergelassene Rampe bewacht.

»Lagertha, keine Unterstützung in Sicht. Aber sie haben die Zone als heiß und Team in Not markiert. Vielleicht findet sich so doch noch Unterstützung.«

»Mist, aber besser als nichts. Achtet auf die ...«

Sin zielt und schießt. »Da kommen sie!«

Durchs Dickicht strömen Dutzende auf sie zu. Sie tragen dunkle Kleidung aus Tierfellen, Masken aus Metall oder Menschenhaut. Viele von ihnen haben Macheten und Bögen als Waffen. Doch einige unter ihnen auch selbstgebaute Schusswaffen, die an alte Musketen erinnern, deren Läufe wie Trompeten aussehen.

Willow zögert nicht. »Kontakt!«, schreit sie und feuert los. Das helle Knattern des MGs hallt durch den Wald. Es durchschlägt das Grün und mäht alles in seinem Weg nieder. Die Vögel scheuchen auf und fliegen fort. Rehe schauen erschrocken hoch und laufen um ihr Leben. Die letzten Kugeln zerfetzen vier Knochennager, die sich im Schutz einer Baumreihe nahe an den Transporter schleichen konnten. Die Schussfrequenz ist so hoch, dass es die Feinde fast auseinander schneidet.
»Lade nach!«, schreit Willow.
Lagertha hebt ihre C96, stürmt mit ihrem Schild voran, um sie zu decken, und schießt auf einen großen, bulligen Mann, der auf sie zustürmt. Die Kugeln durchschlagen seinen Bauch, seine Brust, ja selbst seine Wange, doch erst bei der letzten Kugel geht er zu Boden und regt sich nicht mehr.
Keine Zeit zum Nachladen«, denkt Lagertha und steckt ihre Pistole in den Halfter zurück. Sofort packt sie ihr Kriegsbeil und rammt es einem Feind, der sie ergreifen will, in den Schädel. Blut spritzt ihr ins Gesicht. Sie brüllt und schreit wie eine wilde Furie. Eine selbstgebaute Flinte nimmt sie ins Visier, der Hahn knallt runter, Rauch entweicht und eine Flamme zischt auf. Es donnert und die Flinte spuckt ihre tödliche Ladung aus Metallschrott auf sie. Geschützt hinter ihrem Schild wartet Lagertha den Metallregen ab, selbst als ein Splitter ihr Bein durchschlägt, bleibt sie standhaft und verharrt in ihrer schützenden Haltung. Emma legt an und feuert, die Kugel durchschlägt seine Rippen und Lunge. Sin, die gleichzeitig schießt, trifft seine Nase. Der feindliche Schütze, der Lagertha unter Beschuss genommen hat, bricht leblos zusammen.
Willow zieht ihren Ladehebel zurück. »Viking Girl, zurück!«
Lagertha humpelt zurück, als schon die ersten Kugeln an ihr vorbeifliegen. Das MG spuckt seine Geschosse in Kopfhöhe durch den Wald. Immer mehr Feinde rücken nach, gehen im Unterholz in Stellung, schießen mit ihren selbstgebauten Flinten und Kanonen. Rauch legt sich wie Nebel über die Waldlandschaft. Metallsplitter schlagen überall um sie herum ein.

Candy Girl dreht sich um. »Lasst mich mal ran!«, ruft sie und beginnt ihr Sperrfeuer. 32 Schuss aus ihrem Trommelmagazin zerbersten den Wald und alles, was sich in ihm befindet. Ein Pfeil fliegt durch die Luft und trifft sie in die Brustpanzerung, dann ein weiterer.
»Pfeile? Ist das euer Ernst?!«, schreit sie.
Sin steigt in den Transporter und lädt ihr Gewehr nach.
Larissa rückt zum äußersten Platz an der Rampe und blickt sie an. »Alles in Ordnung da draußen?«
»Passt schon. Auch wenn es dir vielleicht durch den Kopf schießt: Nicht weglaufen! Wir beschützen dich. Die Knochennager würden dich ohne zu zögern zerfetzen.«
Larissa hebt ihre gefesselten Hände. »Sehr witzig.«
Lagertha hinkt in den Transporter, Emma folgt ihr, schneidet ihr Hosenbein auf und schaut sich die Wunde an. »Ich muss die Blutung stillen.«
»Dann mach das! Ich muss wieder da raus.«
Larissa streckt, neugierig, wie sie ist, ihren Kopf raus und beobachtet, wie sich eine Gestalt durch den toten Winkel, der vorher von Emma abgedeckt wurde, an die Straße schleicht.
»Ten! Hinter dir!«, brüllt sie aus voller Kehle.
Gerade noch rechtzeitig dreht sich Gamora um. In der Hand des Knochennagers befindet sich ein Messer mit Widerhaken, welches sie nur knapp verfehlt. Bevor er erneut zustechen kann, entlädt sie ihr gesamtes MP5 Magazin in den kleinen Mann.
»Scheiße, war das knapp! Danke ... Sie kommen nun auch von der anderen Seite!«
Sin ruft ihr zu: »Die übernehme ich!« Sie steckt ihr Bajonett aufs Gewehr.
»Mach hinne, Emma«, möppert Lagertha.
»Bin gleich so weit«, antwortet diese, entfernt den Metallsplitter und verbindet die Wunde.
Lagertha nimmt Larissa die Fesseln ab, schiebt einen neuen Ladestreifen von oben in ihre C96 Pistole und reicht sie ihr. »Ich

vertrau dir.«
»Danke«, antwortet Larissa und nimmt die Waffe.
Lagertha tritt auf und verzieht kurz schmerzerfüllt das Gesicht. »Muss reichen«, sagt sie zähneknirschend und geht mit erhobenem Schild raus. Sin durchsticht mit ihrem Bajonett das Auge eines Kannibalen und feuert. Der Schädel zerplatzt. Knochenstücke, Blut und Gehirn verpassen dem Transporter einen neuen Anstrich.
Willow schreit: »Verschossen! Lade nach!«
Candy Queen stellt sich schützend vor sie. »Ich glaube, hier ist irgendwo ein Nest.«
Es donnert und knallt aus dem Unterholz. Die selbstgegossenen Kugeln und Metallsplitter der Gewehre und Kanonen bleiben in ihrer Schutzkleidung stecken, aber lassen sie zurückwanken. Aus der Hüfte heraus feuert sie blind in den Wald.
Verzweifelt schießen die Walküren mit allem, was sie haben, doch immer mehr Knochennager kommen hervorgekrochen und rücken langsam zu ihnen vor.
Das Funkgerät rauscht. »Ásgarðr an Walküre. Bitte kommen. Over.«
Doch im Kampflärm, der draußen alles übertönt, hört es keine der Walküren.
Larissa allerdings feuert die letzte Patrone ihrer Pistole auf einen Knochennager ab, geht nach vorne und greift es sich. »Hier Walküre. Over.«
»Schön, dass Sie noch da sind. Bomber kommt in T minus drei Minuten. Ich wiederhole: T minus drei Minuten! Werfen Sie roten Rauch, um ihre Stellung zu markieren! Over.«
»Verstanden? Denke ich. Over and Out?«
Larissa geht raus und schaut sich um. Lagertha schlägt auf einen Feind, der am Boden liegt, ein und schaut zu ihr rüber. »Larissa, du sollst drinnen bleiben! Hier ist es zu gefährlich!«
»Ásgarðr hat sich gemeldet. Ein Bomber kommt in weniger als drei Minuten. Wir sollen mit roten Rauch unseren Standort markieren.«

»Hast du das gehört, Candy?«
»Klar doch!«, sagt sie und zieht zwei ihrer Rauchgranaten vom Gürtel. Sie wirft eine vor und eine hinter das Fahrzeug.
»Alle in den Transporter!«, befiehlt Lagertha.
Schießend ziehen sie sich zurück und schließen die Rampe, nachdem alle drinnen sind. Auf Knopfdruck von Ten fahren Sicherheitsluken runter und verschließen die Sichtfenster in der Fahrerkabine. Die Feinde hämmern gegen den gepanzerten Transporter. Feuern auf ihn und versuchen, die Rampe aufzuheben.
»Heute gibt es Dosenfutter!«, schreit einer der Knochennager sabbernd.

Das Dröhnen des Bombers hören sie selbst im gepanzerten Transporter. Es wird lauter und lauter, bis ein Pfeifen, das immer aufdringlicher wird, alles andere übertönt.
»Sichert eure Waffen oder entladet sie! Das wird übel ...«, ruft Lagertha und hält sich die Ohren zu. Die anderen tun es ihr gleich und schließen die Augen.
Die Bomben detonieren. Der Wald wird zerrissen, vernichtet. In einer brennenden Flutwelle aus glühender Zerstörung wird alles verbrannt. Gefolgt von einer Druckwelle, die alles auslöscht. Der Transporter wird durchgeschüttelt. Die Flammen erhitzen ihn, lassen die Beschichtung aufglühen. Dunkelheit und Wärme dominieren im Inneren und machen ihn zur Sauna. Lagertha liegt auf Larissa, die sie schützend umklammert und an sich drückt.

Im Kreuzposten Goteland stehen Takamasa und Jack vor einem Offizierszelt, welches sie in Beschlag genommen haben, und blicken zu den Mannschaftszelten, vor denen die Soldaten feiern. Sie grillen, trinken Bier und spielen Karten. Christoph sitzt mitten unter ihnen und misst sich im Armdrücken. Langsam drückt er den Arm seines Kontrahenten runter. »Was ist los? Zu lange Bleistifte angespitzt?«, fragt Christoph grinsend.

»Los, Sarge, mach ihn fertig!«, bejubeln die um den Tisch stehenden Soldaten ihn.
Er knallt die Hand des Gegners auf den Tisch und reißt seine Arme hoch. »So geht das!«
Der Soldat hält sich seinen Oberarm. »Nicht schlecht, Sarge!«
»Gebt dem Jungen ein Bier! Oder 'ne Milch, so jung, wie er noch aussieht!«, ruft Christoph, wuschelt ihm durchs Haar und lacht. Die Soldaten jubeln und grölen.
Takamasa schüttelt den Kopf. »Und das nennt er unauffällig?«
»Er macht es wenigstens gut«, antwortet Jack.
»Ein Fehler und wir sind ...«
»Stimmt. Aber es locker anzugehen, macht uns weniger verdächtig.«
Der Adjutant des Kommandanten kommt auf sie zu, steht stramm und salutiert. »Sir, Captain Berger möchte Sie beide zum Abendessen einladen.«
»Danke, Corporal. Das nehmen wir gerne an«, antwortet Jack.
»Einfach mir nach, Sir«, antwortet der kleine Mann mit der runden Brille und der grünen Wollmütze auf dem Kopf.
Takamasa flüstert: »Denkst du, das ist so eine gute Idee?«
»Glaubst du wirklich, da hätten wir Nein sagen können?«

Der Corporal führt sie tief in den Bunker, der nahe des Waldes steht. Notfalllichter, die im Beton versunken sind, erleuchten die Gänge in einem schwachen Orange.
Er bleibt vor einem offenen Stahltor stehen. »Bitte die Füße abtreten! Danke«, erklärt er und tritt seine Stiefel sorgfältig auf dem Vorleger ab. Sie tun es ihm gleich und gehen langsam durch das alte Tor. Wärme kommt ihnen in diesem ansonsten von Kälte durchtränkten Ort entgegen. Ein Feuer brennt in einem Kaminofen in der Ecke des großen Raumes.
Captain Berger steht vor ihm und wärmt sich die Hände. »Diese alten Gemäuer werden zu dieser Jahreszeit immer kälter und kälter, aber wo bleiben meine Manieren, meine Herren? Bitte

setzen Sie sich doch.« Er wendet sich vom Feuer ab und zeigt auf einen gut gedeckten Tisch. Der ganze Raum ist überraschenderweise vornehm eingerichtet, fast edel. Silberne Kerzenleuchter auf dem Tisch, Gemälde an den Wänden und ein schneeweißer Teppich.
»Radar, wie weit ist das Essen?«, fragt der Kommandant.
»Fast fertig, Sir. Ich werde es gleich anrichten.«
»Danke, Corporal«, erwidert er und wendet sich seinen Gästen zu. »Legen Sie doch ihre Waffen ab und setzen Sie sich.«
Jack und Takamasa gehen auf den Tisch zu. Takamasa schnallt sein Schwert samt Rückenhalterung ab und legt es neben sich auf den Boden. Jack stellt sein SHARK Sturmgewehr auf einer Kommode neben dem Eingang ab und seinen Rucksack gleich daneben.
»Wie ich sehe, sind Sie Ihren Waffen sehr verbunden. So wie ich. Ohne sie fühle ich mich geradezu ... ausgeliefert«, erklärt Captain Berger mit einem Funkeln in den Augen und stellt ihnen Gläser vor die Nase. Vorsichtig entkorkt er eine alte Flasche Rotwein und gießt ihn in einen schmalen Dekanter. »Lassen wir ihn kurz atmen. Damit sich der Geschmack entfalten kann«, schlägt er vor und riecht an ihm. »Herrlich. Die gute alte Zeit. Durch uns wird sie eines Tages wieder aufleben.«
Captain Berger setzt sich an den Kopf des Tisches. Zu seiner Linken Takamasa, zu seiner Rechten Jack, mit je einem Platz Abstand zu ihm.
Jack blickt sich um. »Sehr beeindruckend, Captain.«
»Ach, ich verbringe hier so viel Zeit, warum dann nicht ein wenig heimisch einrichten? Muss ja nicht so kalt und karg sein wie die übrigen Räume.«
Takamasa schwenkt seinen Blick über die kleinen Statuen im Schrank, die Büsten am Eingang und die Gemälde an den Wänden. »Woher haben Sie die Kunstgegenstände?«
»Ich habe ein Faible für die alte Welt. Die Zeit vor dem Krieg. Man findet noch ab und zu diese Schmuckstücke und dann sichere ich sie mir. Wäre doch eine Schande, wenn sie auch noch verloren

gehen.«
Takamasa erhebt sich, geht zu einem der Gemälde, auf dem ein junges Mädchen in einen See springt, um ein anderes zu retten.
»Sie sind wunderschön. Als ob sie eine Seele besitzen würden.«
»In diesen Tagen trifft man selten einen Gleichgesinnten. Viele finden meine Sammlung überflüssig. Doch was wäre die Welt ohne Schönheit? Ohne Kunst?«
»Nichts«, antwortet Takamasa aus dem Herzen heraus.
»So ist es. Nichts.«

Quietschende Räder kündigen Radar an, der einen Servierwagen vor sich herschiebt, von ihm drei Teller nimmt und auf die gedeckten Plätze stellt. Als alles angerichtet ist, nimmt er die Hauben von den Tellern. Auf jedem liegt ein dickes Steak mit einer Backkartoffel daneben. Quark läuft heraus und ein wohlschmeckender Geruch, der einem den Sabber im Mund zusammenlaufen lässt, verbreitet sich im Raum. Takamasa setzt sich zurück an den Tisch.
»Guten Appetit«, wünscht Radar und verlässt den Raum.
»Meine Herren, speisen wir«, sagt Captain Berger und lächelt.
Mit chirurgischer Präzision schneidet er ein Stück aus seinem blutigen Steak heraus und führt es zu seinem Mund. »Hmm, köstlich. Was denken Sie, meine Herren? Ich habe für Sie medium gewählt, Leutnant, und für Sie, Captain, gut durch. Ich hoffe, ich habe Ihre Geschmäcker getroffen?«
Jack genießt seinen ersten Bissen. »Unglaublich ...«
»Es ist wahrlich köstlich«, fügt Takamasa hinzu.
»Das freut mich«, antwortet der Kommandant.
Genüsslich verspeisen sie ihr Mahl. Takamasa ist sehr angetan von der noch dampfenden Kartoffel, bei Jack ist es genau anders herum und er verschlingt das Steak in großen Stücken.
Captain Berger wischt sich den Mund mit einer Serviette ab und erhebt sich. Er schwenkt den Dekanter und schenkt ihnen ein. Seine Nase nähert sich dem Glas und er schnuppert. »Welch ein

Aroma.«
Takamasa nippt am Wein. »Lieblich.«
Jack kippt ihn einfach herunter. »Kann man trinken.«
Mit seinem Glas in der Hand schreitet Captain Berger durch den Raum zu dem Gemälde eines alten Präsidenten und starrt es an. »Wissen Sie, meine Herren. Ich habe lange überlegt. Den ganzen Tag. Sind Sie vielleicht Spione der Red Stars? Nein, die sind hier nicht aktiv. Gehören Sie möglicherweise zum Syndikat? Nein, dann würden Sie nicht von der Front kommen und erst recht nicht in ein Militärlager spazieren.«
Takamasa greift langsam runter zu seinem Schwert und legt es sich auf den Schoß.
»Banditen oder vielleicht Räuber? Aber nein, das würde man Ihnen ansehen. Strahlenbelastung, Narben oder diesen seltsamen Blick, den die Menschen haben, wenn sie Schreckliches durchleben mussten, viel Schlimmes gesehen oder getan haben. Wenn sie den Verstand allmählich verlieren. Dieser leere Blick, als wäre ihnen ihre Seele abhanden gekommen und als wären sie nun keine Menschen mehr ... Aber ich schweife ab. Um Sie aufzuklären: Ihre Namen kamen mir bekannt vor, aber ich wusste nicht, woher. Ich ließ Radar im Hauptquartier nachfragen. Doch alles war okay. Soldaten an der Front. Doch dieser Gedanke nagte in meinem Kopf. Ich kannte ihre Namen. Ich ging die Unterlagen durch und wurde fündig. Vor zwei Wochen erhielt ich eine Liste von Gefallenen, die ich noch nicht weitergeleitet hatte. Und da waren sie. Captain Triton Wirus, Leutnant Hans Urban und Sergeant Bruno Lancaster«, erzählt er und dreht sich zu ihnen um. »Doch wer sind Sie? Und da wurde es mir klar. Arbeiter der Roboter! Aber was machen Sie hier? Sind Sie Deserteure? Flüchtlinge? Denke ich nicht. Da wären Sie nach Süden geflohen und nicht verkleidet in ein Lager der New Nation spaziert. Vielleicht Spione oder Saboteure? Womöglich, aber ich habe da so ein Gefühl, dass es etwas anderes ist, oder sollte ich eher sagen jemand anderes? Ist es die Person, die hier gestern durchkam?«

Er blickt sie beide abwechselnd erwartungsvoll an.

»Ich habe recht, oder? Ich liebe es, wenn ich recht habe,« sagt Captain Berger, grinst und geht auf den Tisch zu. Er füllt sein Glas nach.

Jack schaut ihn an. »Warum sind wir nicht tot?«

»Gute Frage. Warum lade ich Sie beide zum Essen ein, rede mit Ihnen und teile mein gemütliches Ambiente?«

»Sie wollen was von uns?«, antwortet Jack.

»Ich wollte wissen, ob ich richtig liege. Jetzt, da ich mich bestätigt fühle, muss ich Sie nicht erschießen lassen, denn würde ich nur eine Sekunde denken, Sie wären Feinde der New Nation, würde ich dies tun. Sie wollen jedoch einen Freund retten, einen Kameraden. Das kann ich respektieren. Bitte nehmen Sie es mir nicht persönlich, aber ich traue Ihnen nicht, Captain. Sie sind ein Mann, der mit dem Kopf durch die Wand geht. Zwar durchdacht mit einem Plan im Hinterkopf, doch jemand, der dabei oft in brenzlige Situationen gerät. Genau das, was ich nicht gebrauchen kann. Ich war vor meiner Zeit hier ein Menschenjäger. Nein, kein Kannibale. Ein Soldat, der feindliche Spione und Doppelagenten aufspürte. Das Wichtigste dabei war meine Menschenkenntnis. Ein Fehler und ich wäre erledigt gewesen. Und wie Sie sehen, bin ich immer noch da. Ich gebe nicht gerne an, aber meine Kollegen sind alle verschwunden. Ich bin der letzte Menschenjäger meiner Einheit, der noch lebt. Ziehen Sie daraus Ihre eigenen Schlüsse.«

»Warum sind wir dann hier, wenn Sie uns nicht vertrauen können?«

»Ich sagte, ich kann Ihnen nicht vertrauen, doch Ihrem Freund schon. Er ist ein Mann der wenigen Worte. Er denkt mehr, als er redet. Ein Mann mit Ehre. So etwas sieht man heutzutage selten. Also, Leutnant, wollen wir reden?«

Takamasa neigt seinen Kopf und stimmt zu. »Selbstverständlich, Kommandant.«

»So freundlich und höflich, wie er tödlich ist, nicht wahr? Sie können Ihr Schwert beiseitelegen. Ich tue Ihnen nichts. Captain,

bitte lassen Sie uns allein und warten draußen.«
Jack blickt zu Takamasa, dieser nickt ihm zu.
»Ihre Waffe lassen Sie bitte erst einmal hier, bis alles Weitere geklärt ist, *Captain Wirus*«, fügt Captain Berger hinzu.
Jack grummelt und verlässt den Bunker.
Takamasa legt sein Schwert vor sich auf den Tisch, der Kommandant setzt sich zu ihm. »Ich habe auf einer meiner Expeditionen etwas gefunden, einen Gegenstand, der nach Ásgarðr muss. Ich habe erst nächsten Monat wieder Fronturlaub, frühestens, doch dann könnte es zu spät sein.«
»Zu spät für was?«, fragt Takamasa nach.
»Sagen wir mal, ich habe ein Zeitfenster einzuhalten. Ich benötige einen Boten, dem ich auch vertrauen kann.«
»Wohl eher einen, der nicht auf Sie zurückfällt, falls was schief läuft.«
»So ist es. Sie sind nicht dumm. Gut. Sonst wäre dies auch nicht machbar. Niemand darf wissen, dass es von mir kommt. Keine Menschenseele darf erfahren, wo es landet. Ich werde mit der Frau, der Sie es bringen sollen, über Funk Kontakt aufnehmen. Erhält Sie es unbeschadet, hören Sie nie wieder von mir. Ich lasse die Todesmeldungen ein paar Wochen liegen, genug Zeit für Sie, um Ihre Angelegenheiten zu klären. Außerdem erhalten Sie bei der Übergabe Gold und Silbermünzen. Ein bisschen Schmiergeld kann nie schaden. Ich bekomme, was ich will, und Sie haben bessere Chancen, Ihr Ziel zu erreichen.«
Takamasa überlegt nicht lange. »Ich stimme zu.«
»Um eines klarzustellen. Wenn Sie oder ihre Freunde mich irgendwie hintergehen oder den Gegenstand nicht abliefern, informiere ich umgehend das Hauptquartier über drei tote Soldaten, die auf dem Weg zur Stadt sind. Mit detaillierten Beschreibungen über Ihr Aussehen. Glauben Sie mir, es gibt nicht viele mit Ihrer Charakteristik in der New Nation. Man wird Sie und Ihre Gefährten im Handumdrehen aufspüren. Zusätzlich werde ich dem Sondereinsatzkommando Walküre stecken, dass man ihre

Zielperson befreien will. Dann werden Sie nie an Ihren Kameraden herankommen. Verstehen Sie mich bitte nicht falsch, das ist keine Drohung, nur die Konsequenz eines Verrates an mir.«
»Ich verstehe das, Captain. Ich würde nicht anders handeln.«
»Helfen Sie mir, bin ich Ihr Freund. Verraten Sie mich, werde ich Sie bis ans Ende der Welt verfolgen.«
Captain Berger steht auf und geht zu seinem Schreibtisch. Aus einer verschlossenen Schublade nimmt er ein Kästchen, so groß wie eine Federtasche. Es besteht aus chirurgischem Stahl. An der rechten Seite ist eine Energiezelle angebracht, auf ihr eine Stromanzeige. Ein kleiner Monitor an der oberen rechten Seite zeigt Temperatur und andere Werte an, die ein Nicht-Mediziner kaum verstehen kann. Drei Leuchtdioden blinken darunter auf. Weiß, blau und grün. Links mittig ist ein Äskulapstab eingraviert. Die Aufschrift darüber lautet: United States Army Medical Corps.
Behutsam überreicht er sie an Takamasa. »Schwören Sie mir bei Ihrer Ehre, dass Sie die Box mit Ihrem Leben beschützen.«
»Ich schwöre es«, antwortet Takamasa und verspürt innerlich ein seltsames Gefühl. Eine Kette um sein Herz, seine Seele, die ihn an sein Versprechen bindet.
Captain Berger nickt. »Danke ...«
»Mein Name ist Takamasa.«
»Erich. Schön, dich kennenzulernen.«
»Wo muss ich das Kästchen abliefern?«
»Wenn du in Ásgarðr ankommst, musst du in die Silberallee, dort steht ein Anwesen mit großem Grundstück. Es trägt die Nummer 8. Eine rote Schaukel steht davor, ein Baumhaus gibt es im Geäst des mächtigen Baumes vor ihm. Dort musst du klopfen. Überreiche es nur an Lisanne. Sie hat rotes Haar, wie das Blattwerk im Herbst, und helle grüne Augen.«

Vor dem Bunker wartet Jack ungeduldig und raucht eine, als Takamasa herauskommt und ihm seine Waffe und seinen Rucksack reicht.

»Und was ist los?«, fragt Jack.
»Wir haben ein Abkommen. Ich erledige was für ihn und wir können passieren.«
»Und was genau?«
»Lass das meine Sorge sein.«
»Taka... Leutnant.«
»Schon gut, ich regle das. Vertrau mir einfach.«
Jack packt ihn am Arm und zieht ihn in ihr Zelt. »Takamasa, sag mir, was er will.«
Er greift in seinen Rücken, wo er im Hosenbund die kleine Metallkiste verborgen hat, und zeigt sie ihm. »Ich soll das hier einer Frau überreichen. Das ist alles.«
Jack greift nach ihr und reißt sie ihm aus der Hand. »Wir behalten sie als Druckmittel.«
Takamasa nimmt sie ihm wieder weg. »Jack! Wir halten uns an das Abkommen!«
»Wir können ihm nicht vertrauen. Sobald wir es abgeliefert haben, wird er uns verraten. Wir sollten es behalten. Wir lassen ihm eine Nachricht zukommen, dass wir es abliefern werden, sobald wir unser Ziel erreicht haben.«
Takamasa schüttelt den Kopf. »Nein! Er wird sich an sein Wort halten und ich mich an meins!«
»Takamasa!«
»Nein, Jack! Ihn zu hintergehen, wäre ein fataler Fehler. Vertrau mir doch.«
»Das werden wir bereuen.«
»Das denke ich nicht.«
»Wir werden ja sehen ... Ich hoffe, ich irre mich, und wenn nicht, geht das auf dein Konto, Junge. Meine Hände sind rein!«, erwidert Jack wütend und stürmt aus dem Zelt.

Am nächsten Morgen verstaut Takamasa das Metallkästchen tief in seinem Rucksack, den er mit seinem linken Arm umklammert und an sich drückt.

Jack zieht sich an und nimmt seine Waffe. »Hast du es dir noch einmal überlegt?«
»Wir geben es ab.«
Es klopft und Christoph blickt herein. »Habe ich was verpasst, Mädels?«

Zwei Stunden später stehen Takamasa, Jack und Christoph am Wachhaus zur Waldstraße. Der Lastwagen wurde entladen. Ein neuer Fahrer übernimmt die Papiere und kontrolliert den Zustand des Fahrzeuges.
Captain Berger kommt auf sie zu. »Gute Fahrt.«
Jack starrt ihn an. »Danke.«
»Alles in Ordnung?«, fragt der Kommandant und blickt zu Takamasa.
Dieser nickt ihm zu. »Ja, machen Sie sich keine Gedanken. Ich kümmere mich um alles.«
»Gut. Ich verlasse mich auf Sie, Leutnant.«
Die drei steigen in den Lastwagen. Auf Holzbänken hinter der Fahrerkabine finden sie Platz und die holprige Fahrt nimmt ihren Lauf.
»Mann, fährt der langsam«, meckert Christoph.
»Ich kann euch hören. Keine Sorge, die Straße wird nach dem Wald besser. Da gebe ich dann Vollgas«, ruft der Fahrer durch die Klappe der Schiebetür.
Nach etwa einer Stunde Fahrt hält der LKW abrupt an. Der Fahrer steigt aus und klopft an die Außenwand.
»Meine Güte, das war also die Explosion gestern«, stellt er fest, nimmt seine Mütze ab und kratzt sich am Kopf.
Sie klettern heraus und erblicken die Verwüstung. Die Umgebung ist vollkommen zerschmettert. Die Bäume sind umgeknickt, zerborsten und abgefackelt. Alles schwarz und grau mit einem grünen Schimmer belegt, als wäre der Wald in einen riesigen, brennenden Mixer gefallen und ausgespuckt worden.
»Was war hier denn los?«, fragt Jack.

Der Fahrer gesellt sich zu ihnen ans hintere Teil des Fahrzeuges.
»Heftiger Anblick, was? Ich hörte gestern die Detonation in der Ferne. Radar meinte, es gab einen Bombenabwurf, um einem Sondereinsatzkommando zu helfen, welches von Knochennagern überfallen worden ist. Meine Fresse. Ist das 'ne Zerstörung. Das war bestimmt eine Loki-Bombe.«
»Knochennager?«, hakt Christoph nach, bevor ihn Jack stoppen kann.
»Wo kommst du denn her? Kennst die nicht? Das sind die Kannibalen, die hier im Wald hausen. Dachte, wir hätten sie mit der ersten Welle erledigt. Wie die Kakerlaken. Schlimm ... Na ja, lasst uns weiterfahren.«
Jack verpasst Christoph einen leichten Schlag auf den Hinterkopf und flüstert: »Nachdenken, bevor man redet!«
»Mein Fehler. Sorry.«

Dunkelheit und Stille herrschen im gepanzerten Transporter der Walküren. Willow tastet an ihrer Schulter herum und schaltet ihre Taschenlampe ein. Die dick gepanzerte Any liegt wie eine Schildkröte hilflos auf dem Rücken und ist bewusstlos.
Emma kniet sich zu ihr und prüft den Puls. »Sie ist okay.«
Willow klettert über Lagertha rüber, die noch auf Larissa liegt.
»Tut mir leid, dass ich euch beim Kuscheln störe, aber ich muss da mal hin.«
»Sehr witzig ...«, antwortet Lagertha und rafft sich zusammen mit Larissa langsam auf.
Am Ausgang kontrolliert Willow die Anzeigetafel. »Kein Saft, hat wohl die Batterie erwischt.« Sie klappt einen Kasten auf, zieht einen Hebel heraus und kurbelt langsam die Rampe herunter. Mit gezückter Pistole geht Willow raus und erblickt das brennende Inferno. Grünes Feuer, welches die Bäume verschlingt und nur langsam erlischt. Kein lebendes Wesen könnte solch ein Unheil überstehen. Einige der verbrannten Männer stehen wie Statuen um den Transporter herum. Ihre Haut ist schwarz-braun und hart. Sie

wirken wie Steinskulpturen. Ein grausamer Anblick.
»Nun weiß ich, wieso die Soldaten es die Grüne Hölle nennen. Damals, als die erste Welle hier durch gerollt ist, muss es genauso ausgesehen haben«, murmelt Willow und starrt in die grünlichen Flammen, die sich in ihren Augen spiegeln. Das grausame Schauspiel prägt sich in ihr Gehirn ein. Die entstellten Toten, die auf dem verkohlten schwarzen Boden stehen und liegen. Äste knacken und plumpsen herab, Bäume fallen um, Vögel schreien aus dem Himmel hinunter, Pulverbüchsen der Verstorbenen explodieren in der Ferne, wie Feuerwerkskörper, die im Lagerfeuer ruhen.
Lagertha schaut in Larissas Augen. »Alles in Ordnung?«
»Scheint noch alles dran zu sein. Nur dröhnt mein Schädel.«
»Meiner auch.«
Willow meckert draußen: »Oh Mann ... Ich glaube, die Energiezelle ist schrott.«
Larissa folgt ihrer Stimme. Willow steht vor einer geöffneten Luke, unter ihr, an den Truppentransporter gelehnt, eine Panzerplatte, die wohl vorher die Öffnung verschlossen hat.
»Siehst du? Sie leuchtet nicht mehr«, sagt Willow und zeigt mit ihrer Hand auf die dunkle Kammer. Ein runder schwarzer Ball klemmt zwischen vier kupferfarbenen Klemmen. Larissa drängelt sich an ihr vorbei und versucht, den Energiekern zu packen.
»Warte, was hast du vor?«, fragt Willow.
Lagertha, die ihr auf dem Fuß folgt, hebt die Hand. »Lass sie mal machen.«
Mit ihren kleinen Händen kommt Larissa zwischen die schmalen Lücken, packt den Kern und zieht in raus. Sie begutachtet den schwarzen Globus und schnuppert daran. »Riecht nicht verbrannt und weist keine Anzeichen einer Überladung auf. Ich glaube, er hat sich nur als Schutzmaßnahme vor Überhitzung abgeschaltet. Halt mal.« Larissa drückt Willow den Kern in die Arme. Sie betätigt an jeder Klemme einen Kippschalter, greift ins tiefe dunkle Loch, welches sichtbar geworden ist, nachdem sie den

Energiekern entnommen hat. Es klickt dreimal und sie zieht ihren Arm wieder heraus. »So, alles zurückgestellt. Hoffen wir mal, dass es klappt. Oder habt ihr einen Ersatzkern dabei?«

Lagertha schüttelt den Kopf. »Nö, ich weiß nicht mal, wie die funktionieren.«

Willow reicht ihr den Kern. »Bist du dir auch sicher, dass da nichts schiefgehen kann?«

»Kann es doch immer«, antwortet Larissa grinsend, packt den Energiekern und drückt ihn in die Öffnung. Die schwarze Kugel beginnt, blau zu leuchten und zu pulsieren.

»Wir haben wieder Saft!«, ruft Ten.

Lagertha legt ihre Hand auf Larissas Schulter. »Sehr gut gemacht. Hopphopp, Mädels. Wir müssen weiter!«

Willow verschließt die Luke und setzt die Panzerplatte wieder ein. Mit einem Spezial-Schraubenzieher dreht sie die ungewöhnlichen Schrauben ein und setzt die Kappen auf die Schraubköpfe. Als alle drinnen sind und die Rampe oben ist, brettert Ten mit Vollgas los.

Als sie nach zwei Stunden den Wald verlassen, ruft Ten Larissa nach vorne auf den Beifahrersitz. »Gleich wirst du den Bifröst sehen.«

»Was ist denn ein Bifröst?«

»Eine Autobahn, sie verbindet Ásgarðr und Midgard. In der Mitte gibt es eine doppelspurige Fahrbahn. Links und rechts Tunnel für die LKWs. Der Bifröst wurde bis hierhin ausgebaut, um die Versorgung der Front zu sichern.«

»Wie groß sind Ásgarðr und Midgard?«

»Ásgarðr hat 8.732 Einwohner und Midgard um die 50.000. Ich weiß, das klingt nicht nach viel, aber wir stehen ja auch noch am Anfang.«

»Am Anfang von was?«

»Einer neuen Welt.«

Als der gepanzerte Transporter auf die Autobahn fährt, drückt Ten auf einen grünen Knopf. Die vier dicken, gepanzerten Reifen beschleunigen. Eine Luke auf dem Heck öffnet sich und eine Düse feuert seinen Strahl ab. Mit über 200 km/h rasen sie über den Asphalt.

Das Rütteln des Lastkraftwagens wiegt Takamasa langsam in den Schlaf. Er umklammert seinen Rucksack und lauscht noch den letzten Worten von Jack und Christoph, die sich über die Explosion im Wald unterhalten, als er die Augen schließt und erneut in seiner Vergangenheit landet ...

Takamasa sitzt auf einem Bett in einem kleinen Zimmer mit zwei weiteren Betten. Neben jedem gibt es einen Metallspind und eine Kiste am unteren Ende. Mittig des Raumes befindet sich ein Tisch mit Stühlen, auf dem noch Karten liegen. Nach Osten geht ein großes Doppelfenster raus. Kurz wirkt alles farblos, schwarz-weiß, als er sich umschaut. Sein Kopf schmerzt und alles dreht sich, als die Tür aufgeht.
Tao steht da und hält seinen kleinen Bauchansatz. »Sieht du, Taka, ich nehme hier echt viel ab! Aus mir wird doch noch ein Van Damme!« Als er aufblickt, sieht er, dass es seinem besten Freund nicht gut geht. Er eilt zu ihm und kniet sich hin. »Takamasa! Alles in Ordnung? Machen dir wieder die Tabletten und Spritzen zu schaffen?«
»Ja, das ist es wohl ... Aber es geht schon wieder. Wo sind wir hier?«
»Auf unserer Stube in der Kaserne innerhalb der Burg Yoshi. Dich hat's ja voll erwischt.«
»Ich erinnere mich. Sie haben mir ein neues Mittel verabreicht, sie sagten schon, es kann zu Desorientierung führen.«
»Kannst du denn in deinem Zustand zur großen Vorstellung?«
»Keine Sorge. Das will ich doch auf keinen Fall verpassen. Wo ist ... ähm ...«
»Ryu? Der dreht noch 'ne extra Runde. Was sie ihm auch geben, ich will das auch. Der ist wie ein Duracell-Häschen.«

Takamasa lacht und hält sich vor Schmerzen den Kopf. »Das war es wert.«
»Ach ja, ich war in der Poststelle, da hatten sie einen Brief für dich, ich habe ihn dir mitgebracht.«
»Danke, Tao, von wem ist er?«
»Ai.«
Die Tür geht auf. »Wer ist denn Ai?«, fragt Ryu, der blondgefärbte, durchtrainierte Japaner mit dem Dauergrinsen.
»Das ist Takamasas Schwester«, antwortet Tao.
»Ist sie hübsch?«
Takamasa schaut ihn an. »Sie ist zehn.«
»Oh. Okay, dann frag ich noch mal in zehn Jahren nach.«
Takamasa blickt auf den Brief, er erkennt ihre Handschrift.
»Sechs Monate sind wir nun schon hier. Wie doch die Zeit vergeht«, murmelt Takamasa.
Tao nimmt ihn am Arm. »Keine Zeit für den Brief, die Ankündigung beginnt gleich.«
Takamasa legt den Brief unter sein Kopfkissen. »*Ich hoffe, euch allen geht's gut*«, denkt er.
»Genau, Leute! Das wollen wir doch nicht verpassen!«, ruft Ryu und joggt los.
Gemeinsam gehen sie den Gang entlang, immer mehr Rekruten schließen sich ihnen an. Mit einen Lastfahrstuhl begeben sie sich in die Tiefen der geheimen Bunkeranlage unterhalb der Burg. In einer großen Halle aus Stahl, die in der Mitte durch eine heruntergelassene Wand getrennt ist, stellen sie sich vor ihren Ausbildern, den Ärzten und Forschern auf.
Der Leiter der Anlage, General Mishumoto Kagura, stellt sich vor sie. »Soldaten. Ich bin stolz auf euch. Ich weiß, es ist nicht leicht. Wir haben Verluste erlitten. 122 Söhne und Töchter Japans, die verstorben sind. 200, die nicht weitermachen können. Doch ich bin mir gewiss, dass jene, die standhalten, wahre Samurai werden und das Opfer ihrer Brüder und Schwestern ehren werden. Doch ein Samurai braucht nicht nur Ehre und Tapferkeit, nicht nur das

Schwert, mit dem er das Reich verteidigen kann. Nein, er braucht auch eine Rüstung, die ihm würdig ist!«

Die Wand fährt langsam hoch. Im anderen Abschnitt der Halle steht eine 2,40 Meter große Samurai-Rüstung. Gehalten in den Farben rot und schwarz. Sie ist massiv und schwer gepanzert. Die japanische Flagge prangt auf ihrer Brust.

»Dies ist die SR-X-01. Der Prototyp einer neuen Kampfrüstung. Ein Exoskelett mit spezieller Panzerung, die den Träger selbst unter schwerem Beschuss schützt. Egal ob Maschinengewehrfeuer, Kaliber .50 Scharfschützen oder Sprenggeschosse. Diese Rüstung hält stand! Selbst vor radioaktiver Strahlung bietet sie einen gewissen Schutz. Ein integriertes Atemsystem schaltet sich bei der Erkennung von Gefahrstoffen automatisch ein und bietet dem Träger eine Stunde Sauerstoff. Ein integrierter Atemfilter schützt dauerhaft vor allen normalen Beeinträchtigungen. Noch gibt es erst zwölf dieser neuen Samurai-Rüstungen, doch bis zum Ende eurer Ausbildung werden wir über zweihundert fertiggestellt haben! Damit der Feind sie nicht nutzen kann, testet eine Datenbank eure DNA, wenn ihr den Anzug betretet. Nur Samurai werden in der Lage sein, sie zu verwenden!«

Takamasa wird schwindelig, alles dreht sich und er geht zu Boden.

Im LKW erwacht er. Jack und Chris starren ihn an.

»Hab ich was verpasst?«, fragt Takamasa.

Der Fahrer ruft nach hinten: »Wir sind gleich beim Bifröst, dann geht's ab!«

Takamasa klettert nach vorne, öffnet die Tür zur Fahrerkabine und setzt sich auf den Beifahrersitz. Der LKW wird langsamer, als er sich dem rechten Tunnel neben der Autobahn nähert. Eine Schranke öffnet sich nach innen. Langsam fährt er rein, die Schienen an der linken und rechten Seite des gepanzertes Fahrzeuges passen perfekt in die Vertiefungen des Tunnels und rasten ein. Der Fahrer lässt das Steuer los, drückt ein paar Schalter und lehnt sich zurück. Immer schneller und schneller beschleunigt der Düsenantrieb auf dem Dach das Fahrzeug. Mit 300 km/h und mehr knallen sie voran.

»Ach, du heilige ...!«, ruft Jack, der in der Tür steht.

Der Fahrer mustert ihn. »Du kennst das nicht? Warte mal, eure Uniformen. Ihr drei kommt aus dem Süden und stammt nicht von hier. Hatte ich gar nicht drauf geachtet. Das erklärt einiges. Der Tunnel ist genial, oder?«

»Kann man so sagen. Ist das nicht gefährlich?«

»Nö, jede Seite der Autobahn hat einen eigenen Tunnel. Wäre ja blöd, wenn es in dem engen Ding Gegenverkehr geben würde«, antwortet er und lacht. »Außerdem sind die Eingänge überwacht und der Transporter hat einen Scanner vorne. Ortet er was Ungewöhnliches, bremst er automatisch und bleibt stehen. Ist wie 'ne selbstfahrende Bahn, sobald man drin ist. Macht meinen Job um einiges leichter. Der Bifröst verbindet hier im Norden Ásgarðr, Midgard und Teile der Außengebiete. Lasst mich raten, ihr seid aus dem New-Nation-Kernland? Oder gehört ihr zu den Neuen, die sich vor Kurzem angeschlossen haben?«

Takamasa antwortet schnell. »Kernland.«

»Sagt das doch, dann erkläre ich euch alles.«

»Wir wollten nicht dumm dastehen«, verteidigt sich Jack.

Der Fahrer lacht. »Ach Blödsinn, ich hab mich der New Nation auch erst vor paar Jahren angeschlossen. Ich habe Rüben gepflanzt, bevor ich herkam. Und selbst die haben mir die Plünderer geraubt ... Die klauen echt alles. Schweinepack. Für mich war hier auch alles zuerst ungewöhnlich. Habe meinen Ausbilder nur so gelöchert mit Fragen.«

Takamasa blickt in den Tunnel, die Lichter, die auf ihn immer wieder zurasen, wirken fast hypnotisierend. »Wie wurde das hier gebaut? Das muss doch Tausende von Arbeitskräften und unendlich viel Zeit gekostet haben.«

»Dachte ich auch, aber die haben eine fette Maschine dafür. Sieht aus wie 'ne Mischung aus Panzer und Bagger. Das Monstrum produziert die Teile und stellt sie unter sich auf. Die New Nation

musste nur die Strecke freiräumen und das Material besorgen. Die Hauptarbeit hat Heimdall dann erledigt. So nennen sie das Teil.«
»Ziemlich geil«, kommentiert Christoph von hinten.

Es ist schon dunkel, als die Walküren die Lichter von Ásgarðr vor sich erblicken. Am Tor der Stadt werden sie durchgewunken und halten am nordwestlichen Stadtrand vor einem alleinstehenden Haus. Die Rampe fährt runter und Lagertha steigt aus. Sie streckt sich und gähnt. »Da sind wir. Home, sweet home. Das ist unsere Bude, Larissa, du kannst heute Nacht hier schlafen.«
Die Mädels packen ihre Sachen und gehen in das mehrstöckige Haus. Larissa blickt sich um. »Hübsch habt ihr es hier.«
»Ja, nicht wahr? Als wir das Haus bekommen haben, waren schon viele der Räume eingerichtet. Die Mädchen, die vor uns hier wohnten, haben ganze Arbeit geleistet. Wir bringen auch immer mal wieder was von unseren Aufträgen mit, um es hier noch gemütlicher zu machen. Komm, ich zeig dir dein Zimmer.«
Gemeinsam gehen sie die Treppe hoch. Am Ende des Flures öffnet Lagertha eine Tür. Sie tastet mit ihrer Hand an der Wand entlang, bis sie den Lichtschalter findet. Das gemütliche Zimmer hat ein Doppelbett, einen großen Kleiderschrank und ist rosa gestrichen.
Larissa legt ihren Werkzeugkasten ab und lässt sich ins Bett fallen.
»Du, Lagertha ...«
»Ja?«
»Was passiert nun mit mir?«
»Mach dir mal keine Sorgen. Die Generalin gibt dir einen Auftrag. Technischen Schnickschnack, vermute ich mal. Und dann kannst du dich entscheiden, ob du hierbleiben willst oder nicht.«
»Also bin ich keine Gefangene?«
»Die Generalin nennt es lieber *Zwangsgast für begrenzte Dauer*. Ich vermute, sie wollen dich anwerben. Du musst eine Aussage machen, zu deiner Zeit bei den Blechbüschen, und das war's dann.«
»Ich habe ein bisschen Angst, Lagertha.«

»Musst du nicht, Kleine«, sagt sie und setzt sich zu ihr. »Ich hab da schon eine Idee, wie ich dich rausboxen kann, schließlich hast du uns heute den Arsch gerettet. Ach ja, ein Schlafanzug liegt da auf der Kommode.«
»Danke. Ich nehme noch 'ne Dusche vorm Schlafen. War ein anstrengender Tag.«
»Das Badezimmer ist hinter der Tür, neben dem Fenster.«
Lagertha geht zur Tür, während sich Larissa ihren Arbeiteroverall auszieht. »Warum bist du so nett zu mir?«, fragt Larissa.
Lagertha wirft einen Blick zurück. »Du erinnerst mich an jemanden ...«
Der geflügelte Mond auf Larissas Schulter zieht ihren Blick auf sich.
»Diese Tätowierung ...«, sagt sie und geht auf Larissa zu.
»Kennst du das Symbol?«
»Ich hab das Zeichen schon mal gesehen. Nur wo?«
»Bitte sag es mir!«
»Ich bin mir nicht sicher, aber ich kenne es. Es fällt mir bestimmt wieder ein.«
Willow klopft einmal fest an und öffnet die Tür. »Lagertha! Das ist sexuelle Belästigung. Lass das Mädchen doch erst mal durchatmen.«
»Es ist nicht so, wie es aussieht«, beteuert Lagertha mit wedelnden Händen.
»Schon klar«, antwortet Willow, packt Lagertha am Arm, schleift sie raus und schließt die Tür.
»Schlaft gut!«, ruft Larissa hinterher und geht ins Bad. Sie drückt den Lichtschalter, entkleidet sich und nimmt eine heiße Dusche. Während sie aus der Badewanne steigt, trocknet sie sich ab und blickt in den vernebelten Spiegel. Mit ihrem nassen Handtuch wischt sie rüber und starrt auf die Spiegelung ihrer Tätowierung.
»Was hast du nur zu bedeuten?«

Am nächsten Morgen erwacht Larissa gut ausgeruht in ihrem weichen Bett. Mehr als ein Dutzend rosa Kissen liegen auf ihr und sie wühlt sich frei. Unten hört sie bereits die anderen Mädels quatschen. Teller klirren, Tassen klimpern und eine rege Unterhaltung über Lagerthas neue Eskapaden schallt bis nach oben. Larissa schaut in den Schubfächern der Kommode nach, findet frische Unterwäsche und im Schrank eine blaue Jeans mit regenbogenfarbenem Gürtel, einen dünnen, rosaroten Kapuzenpulli und schwarze Sneakers mit drei weißen, dicken Streifen, die sie anzieht. Als Letztes setzt sie sich ihre Brille auf, die noch in der Brusttasche ihres Arbeiteroveralls gesteckt hat, wirft einen Blick in den Spiegel und macht sich auf den Weg. Larissa fühlt sich erleichtert, warum, weiß sie auch nicht. Es ist ein Gefühl der Geborgenheit, welches sie innerlich umarmt. Ein warmes, mummeliges Gefühl geht von diesem Haus aus, von diesen jungen, tatkräftigen Frauen, die Larissas Herz im Sturm erobert haben. Glücklich trappelt sie die Treppe hinunter, mit der Küche auf der rechten Seite, unterhalb der Treppe, als Ziel. Als sie näher kommt, versteht sie die Walküren deutlicher.

»Du glaubst deshalb?«, fragt Emma.

»Klar, stell sie dir einfach zehn Jahre jünger vor«, erwidert Willow.

»Du hast recht, sie sieht wirklich wie Finja aus ... Fehlt nur noch die Brille«, antwortet Miyuki.

»Deshalb denke ich ...«, begint Emma.

Die Mädchen verstummen, als Larissa die Küche betritt.

Any, die Candy Queen, sitzt am Ende der Küche in einem rosa Jogginganzug am Tisch vor einem Berg Pfannkuchen, auf den sie Sirup regnen lässt. Links auf der Küchentheke hockt Miyuki, vor ihr stehen Emma und Willow, die sich gerade mit ihr unterhalten. Gamora wartet vor der Kaffeemaschine und schaut sehnsüchtig dem heruntertropfenden schwarzen Glück zu.

Willow winkt ihren Gast heran. »Guten Morgen, Larissa, du siehst ja schick aus.«

»Danke, ich hoffe, es ist okay, dass ich die Kleidung einfach

genommen habe«, erwidert sie und stupst ihre Brille hoch.
»Klar, die Bude gehörte vorher einer Mädchenverbindung. Bei ihrem Auszug haben die so einiges zurückgelassen.«
»Wo sind sie denn hin?«
»Sie sind nach Midgard umgezogen, um dort an der Universität zu studieren.«
»Und nun gehört uns dieses Prachtstück«, ergänzt Emma.
»So viel Platz, einfach herrlich«, fügt Miyuki hinzu.
Larissas Blick wandert zu Any. »Du bist ja wirklich nicht so dick, ohne deinen Schutzanzug.«
Diese lässt Gabel und Messer fallen. »Danke! Endlich mal jemand, der das erkennt!«, sagt sie mampfend und streckt ihr die Faust entgegen.
»Nun hast du aber ein Stein im Brett bei ihr«, meint Willow und lacht.
Larissa lächelt. »Ihr scheint so vertraut miteinander wie Schwestern. Kennt ihr euch schon lange?«
Willow holt aus. »Miyuki, Lagertha, Emma und ich kommen aus einem kleinen Fischerdorf weit im Norden von Midgard. Wir gehörten einer Kampfgruppe an, die es verteidigte. Ten und Candy Queen schlossen sich uns letztes Jahr an, nachdem wir zwei Kameradinnen im Einsatz verloren haben, die auch aus unserem Dorf kamen.«
»Das tut mir sehr leid«, antwortet Larissa bedrückt, schweigt kurz und fragt: »Also wart ihr schon immer nur Mädels in der Gruppe?«
»In unserem Heimatdorf gab es zwei Teams. Eins aus Männern, eins aus Frauen. Nachdem sich unser Dorf vor drei Jahren der New Nation angeschlossen hat, erkannte das Militär schnell unser Talent. Kein Wunder, wir kämpften ja bereits unser ganzes Leben gegen Plünderer, Räuber und Banditen. Außerdem war unser Wissen über die Umgebung unbezahlbar für sie. Wir erhielten den Codenamen Walküre vom Oberkommando, dazu Ausrüstung, ein Fahrzeug und eine Ausbildung an den neuen Waffen. Danach wurden wir als Sondereinsatzkommando der New Nation

einberufen. Den Männern erging es ähnlich, sie wurden zum SEK Berserker, sind jedoch woanders stationiert.«
»Warte mal, ihr habt euch der New Nation angeschlossen?«
Willow nickt. »So ist es. Die New Nation breitet sich stetig aus, säubert und sichert überall Gebiete im Land. Als sie die Küste reinigten, trafen sie auf uns. Nach einem Handelsabkommen und einem Verteidigungsbündnis traten wir ihnen bei. Kannst du dir vorstellen, wie es ist, jeden Tag in Angst zu leben? Jeden Moment kann ein schwer bewaffneter Feind auftauchen und alles zerstören, was dir lieb ist.«
Emma seufzt. »Es war ein Albtraum. Ein knallharter Kampf ums Überleben. Ich will gar nicht erst wissen, wie es Siedlungen ergangen ist, die nicht so viel Glück hatten wie wir.«
»Also war die New Nation der strahlende Retter in der Not?«, fragt Larissa argwöhnisch nach.
Miyuki grinst. »Ich weiß genau, was du meinst. Ich habe ihnen auch nicht getraut, und um ehrlich zu sein, tue ich das immer noch nicht.«
»Miyuki!«, unterbricht Gamora sie. »Vergiss nicht, was sie alles für uns getan haben.«
»Ich will ja auch nicht undankbar klingen, aber was wissen wir schon über das Zentrale Oberkommando der New Nation? Nichts. Sie sind wie Phantome. Wir kennen ihre Anführer, die hier vor Ort das Kommando haben, aber der Kern der New Nation liegt sehr weit weg. Wir wissen kaum etwas über sie. Wer weiß, welche Ziele sie verfolgen?«
»Sie können nicht einfach jedem alles erzählen. Sicherheit geht nun mal vor«, erwidert Gamora.
»Da ist schon was dran ... Trotzdem bin ich skeptisch.«
Larissa überlegt laut: »Warum führt eigentlich die New Nation Krieg gegen die Roboter?«
»Witzig, dieselbe Frage habe ich mir auch gestellt, als es vor einem Jahr losging«, antwortet Miyuki.
»Hast du es herausgefunden?«, fragt Larissa neugierig nach.

Willow grinst. »Es gibt nichts, was sie nicht aufdecken könnte. Sie hat immer den richtigen Riecher.«

Miyuki beginnt zu erklären. »Ich habe mich mit einem Pionier des dreiunddreißigsten Bataillon unterhalten. Er erzählte mir eine interessante Geschichte. Vor fünf Jahren gab es eine Expedition tief in den Süden. Midgard fand dort eine einzigartige Energiequelle in einem alten Labor. Sie gaben ihr den Namen *Odins Auge*. Auf ihrem Rückweg trafen sie auf eine Patrouille der Maschinen. Diese beschlagnahmten den Energiekern. Midgard war damals zu schwach, um was unternehmen zu können, doch als neues Mitglied der New Nation sind unsere Probleme nun auch die ihren. Es gab lange Vorbereitungen. Das neugebaute Oberkommando NORD will nun unter allen Umständen Odins Auge zurückholen und es in Midgard einsetzen. Ich zitiere den Pionier: Es würde die Hauptstadt des Nordens auf unbestimmte Zeit mit Energie versorgen. Dies ist unabdingbar für ein wachsendes neues Reich der New Nation im Norden des Landes.«

Larissa schaudert es. »Dieser Krieg, all die Toten, nur wegen eines Energiekerns?«

»Er ist das Produkt eines Titan-Projektes. Deshalb sind alle so scharf auf ihn.«

»Was bedeutet das?«

Any mischt sich ein. »Das waren gigantische, zum Teil unglaubliche Projekte im Dritten Weltkrieg. Auf der ganzen Welt soll es sie gegeben haben. Jede Kriegsfraktion wollte Wunderwaffen erschaffen, um doch noch zu gewinnen. Einige dieser Forschungen sollen furchtbare Folgen gehabt haben, andere waren von Erfolg gekrönt.«

»*Titan-Projekte ... Wunderwaffen ... Klingt seltsam, aber auch sehr vertraut*«, denkt Larissa und fragt: »Wo ist eigentlich Lagertha?«

Emma lacht. »Wenn die mal vor uns wach wäre, würde ich mir echt Sorgen machen.«

Sie hören langsame Schritte die Treppe herunterplumpsen. In einer knappen Unterhose, mit einem weißen, weiten Shirt, welches nur

über eine Schulter hängt, schlurft Lagertha langsam in die Küche. Ihre Schultern hängen, der Kopf ist gesenkt. Die Haare sind total zerzaust und wuschelig. Gamora reicht ihr eine Tasse Kaffee. Glücklich umklammert sie das Gefäß und führt ihre Lippen ran.
»Oh ja, das tut gut«, verkündet Lagertha und setzt sich neben Any auf die Eckbank. Ihr noch verträumter Blick schaut Larissa an.
»Gut geschlafen?«
»Ja, du auch?«
»Klar doch«, antwortet sie und streckt den Daumen hoch.
Nachdem Lagertha ihren Kaffee ausgetrunken hat, knallt sie die Tasse auf den Tisch, steht auf und streckt sich.
Nach einem langen Gähnen reibt sie sich die Augen. »Willow, du füllst unsere Munition auf. Emma, kümmere dich um neue Medikamente. Any, besorge neuen Sprengstoff. Ten, lass unseren Transporter durchchecken und Sin, du besorgst uns ein paar dieser leckeren Rationen vom Markt, hol ja nicht wieder diese widerlichen Notrationen von der Ausgabe.«
Willow nickt. »Machen wir, Boss. Klärst du das mit unserem Urlaub?«
»Klar, später, wenn ich im HQ bin.«
Larissa schaut sie an. »Urlaub?«
Willow erklärt: »Nach zehn Aufträgen bekommen wir immer Urlaub. Dich abzuholen, war Nummer elf, da wir gerade von einem zurückkamen und dich auf dem Rückweg eingesackt haben.«
»Was ist jetzt mit mir?«
Lagertha wankt auf sie zu. »Ich zeige dir erst mal die Stadt. Am späteren Nachmittag bringe ich dich dann ins Hauptquartier zu Generalin Quinn. Dann sehen wir weiter. Keine Sorge, ich bin in deiner Nähe.«
»Danke.«

Nachdem sich Lagertha angezogen und eine weitere Tasse Kaffee in sich hineingeschüttet hat, humpelt sie an der Seite von Larissa

raus. Das Gebäude steht abseits des Wohngebietes, in der Nähe des Außenzaunes, im Nordwesten der Stadt. Das große Haus hat drei Stockwerke, einen ausgebauten Dachboden und Keller. Er ist pink angestrichen und das Dach leuchtet babyblau.
»Wie du siehst, sind wir hier ein wenig ab vom Schuss, was uns ganz gut gefällt«, erzählt Lagertha.
»So ruhig und all die Bäume und Blumen ...«
»War ja klar, dass dir das gefällt.«
»Ist der ganze Ort umzäunt?«
»Ja, die Stadt ist durch Zäune, Türme und vorgelagerte Bunker geschützt.«
»Verstehe, schade, dass man so viel Schutz benötigt.«
»Die Welt ist halt kein Ponyhof. Außerdem haben wir eine Militärbasis in der Nähe. Die ist auch die Heimat des Bombers, der uns geholfen hat.«
»Nein, versteh mich nicht falsch. Ich finde es gut. So können die Bürger wenigstens in Sicherheit leben.«
»Wenn das mal so leicht wäre ...«
»Wie geht es denn deinem Bein?«
»Schon besser. Emmas Salbe hilft immer. Ich bin mir auch sicher, dass sie deine Tabletten herstellen kann. Hast du sie heute schon genommen?«
»Nee, wie denn? Du hast sie ja noch«, antwortet Larissa und deutet auf die Ausbeulung ihrer Jackentasche.
»Oh, stimmt ja. Sorry«, erwidert Lagertha und gibt sie ihr.
Larissa öffnet die Dose und schluckt eine.
»Brauchst du was zu trinken?«
»Passt schon.«
Gemütlich spazieren die beiden die Straße herunter, durch das westliche Wohnviertel. Die meisten Gebäude sind kleine Einfamilienhäuser aus Ziegelsteinen. Dunkelrot mit spitz zulaufenden Dächern. Briefkästen stehen an der Straße und warten auf Post.
»Wirklich schön hier«, sagt Larissa und schaut sich jedes Haus

genau an.

»Dies war früher einmal der Stadtkern der ehemaligen Ortschaft. Die alten Bewohner erzählen, dass er noch in Ordnung war, aber sie jedes Gebäude sanieren mussten. Im Umkreis, außerhalb der Zäune, stehen noch die Ruinen der alten Stadt. Wir haben hier alles, was wir brauchen. Eine funktionierende Kanalisation, ein Wasserwerk und ein Klärwerk außerhalb der Stadt. Keine Sorge, die arbeiten nicht zusammen«, erzählt sie und zwinkert.

Larissa lacht und grunzt kurz. »Zum Glück.«

»Ein großes Problem hat die Stadt jedoch: die Stromversorgung. Die alten Generatoren fressen viel Diesel und für die neueren Modelle benötigen wir Helium[3]-Batterien. Und die sind richtig schwer zu finden. Deshalb wird der Strom in der Stadt auch rationiert.«

»Ich habe schon gehört, dass Energiemangel herrscht. Deshalb auch der Krieg. Gibt es keine Alternativen?«

»Da hat doch wieder jemand geplappert. Bestimmt Willow, oder? Egal. Meinst du Wind- oder Sonnenenergie?«

»Ich glaube, ja. Du weißt doch, mein Kopf. Ich komm manchmal auf Ideen, kann sie aber nicht ausdrücken.«

»Wir arbeiten daran, aber sie liefern nicht genug Strom.«

»Verstehe. Willow sagte da vorhin was. Midgard hat sich der New Nation angeschlossen?«

»Ja, warum?«

»Ich dachte die ganze Zeit, Midgard ist die New Nation.«

»Ach so, nein. Die New Nation hat ihren Sitz weit im Süden. Sehr weit weg von hier. Eine Expedition von ihr, welche auf der Suche nach Rohstoffen und Gütern der alten Welt war, traf hier auf Midgard. Dass diese sich der New Nation angeschlossen haben, war ein Glück für sie, denn so mussten sie keinen eigenen Außenposten hier errichten. Midgard nahm die militärische Norm und Regierungsform der New Nation an und gliederte sich ein. Die New Nation wiederum schickte Truppen hier hoch, bekämpfte die Räuberbanden, Plünderer und all die anderen Mistkerle. Nach und nach sammelten sie so die Sympathien der ganzen kleinen Siedlungen und vereinten uns alle.«

»Verstehe, also ist die New Nation größer, als ich dachte.«

»Eine der letzten oder neuen Großmächte. Je nachdem, wie man es sieht. Wenn man es überhaupt so sagen kann. So viele Menschen gibt es meines Wissens nach nicht mehr.«

»Gibt es noch andere?«

»Da wären diese Spinner, die Nukleare Bruderschaft. Sie kamen übers Meer im Nordosten und bauten eine Kolonie auf. Mit denen stimmt was nicht.«

»Wie meinst du das?«

»Sie beten Atomwaffen an. Ich glaube, die sind alle durch die Strahlung nicht mehr ganz dicht im Kopf. Sie glauben, die Strahlung reinigt die Welt von allen Unwürdigen oder so. Frag mich nicht, ich halt mich von denen fern.«

»Greifen sie die Mauer an?«

»Jepp, aber ich habe keine Ahnung, was die vorhaben. Der Fluss ist die Grenze. Wir haben ihnen deutlich gemacht, was passiert, wenn sie diese überschreiten. Nur der Botschafter von denen darf hierherkommen.«

»Klingt ja super ...«

»Genau das denke ich auch. Das Oberkommando jedoch meint, dass wir sie in Ruhe lassen sollen. Ich bin der Ansicht, die sind eine tickende Zeitbombe.«

»Oh Mann ...«

»Dann wären da noch die Red Stars. Eine große militärische Macht, ähnlich der New Nation. Sie sollen Überreste einer Kriegsfraktion aus dem Dritten Weltkrieg sein.«

»Wirklich? Die haben die ganze Zeit überlebt?«

»Sieht so aus, aber sie sind hier nicht aktiv. Man hört immer nur Gerüchte von Reisenden über sie. Man soll ihre Fahrzeuge und Truppen gut erkennen, da sie alle einen roten Stern tragen.«

»Einen roten Stern ...«

An der Straßenkreuzung biegen sie nach Osten ab, Richtung Stadtzentrum. Nachdem sie das Fabrikviertel hinter sich gelassen haben, erreichen sie den Marktplatz. Auf dem großen, offenen Platz bauen sich bereits die ersten Stände auf. Kleine, überdachte Holzläden mit Tischen, auf denen ihre Ware ausliegt. Der gesamte Platz ist umringt von Geschäften. Gebäude der Vorkriegszeit reihen sich aneinander. Unter anderem sind hier beheimatet: ein Waffenschmied, ein Rüstungsbauer, ein Feinkostladen, ein Schnapsladen, der Selbstgebrannten verkauft, eine seltsame Kleidungsboutique und eine Herberge mit Kaffeehaus. Frauen und Männer, die auf ihrem Weg zur Arbeit sind, kaufen schnell noch eine Kleinigkeit ein oder lassen sich was zurücklegen. Kinder rennen über den Platz, mit Rucksäcken und Tornistern auf dem Rücken. Sie lachen und spielen dabei unbeschwert.
Larissa bleibt vor einem Stand stehen. Eine kleine Spielzeugrakete fällt ihr auf. Diese nimmt sie in die Hand und begutachtet sie.
»Wie handelt man hier eigentlich? Gibt es eine Währung?«
Lagertha nimmt einen Beutel von ihrem Gürtel und schüttet ein paar Münzen auf ihre Hand. Silberne und goldene in verschiedenen Größen. Jede von den eckigen Münzen hat einen roten Kristall in der Mitte, der wie ein Rubin glänzt. »Auch wenn viele noch tauschen, hat die New Nation eine offizielle Währung. Gold- und Silbermünzen mit verschiedener Wertigkeit. Damit sie nicht gefälscht werden können, haben sie in der Mitte einen Datenkristall, den man auslesen kann. Dieser bestätigt die Echtheit, den Wert der Münze und beinhaltet eine einzigartige Seriennummer.«
»Clever.«
»Natürlich sind Edelmetalle wie Gold und Silber trotzdem viel wert. Also immer mitnehmen, wenn du was findest.«
»Als ob ich das liegen lassen würde.«
Lagertha schnipst dem alten Verkäufer eine Münze zu. »Für die Rakete.«
»Vielen Dank, junge Dame. Beehren Sie mich bald wieder«,

antwortet er mit einem Lächeln.
»Danke! Das wäre doch nicht nötig gewesen.« Freudig hält Larissa das Raketenmodell in die Luft und schiebt sich ihre Brille zurecht. Lagertha beobachtet sie dabei und denkt: »*Finja ... du hast auch den Weltraum geliebt ... nachts immer in den Himmel geschaut und die Sterne bewundert ...*«
»Alles in Ordnung? Du siehst so traurig aus«, stellt Larissa fest.
»Ich und traurig? Nein«, erwidert Lagertha und lächelt bedrückt.
Als die beiden die Straße nach Süden runter gehen, werden sie immer mal wieder von Kindern überholt.
»Warum sind denn hier so viele Kinder unterwegs?«, fragt Larissa.
»Das wirst du gleich sehen.«
Vor einem großen Gebäude aus Stein und Metall bleiben sie stehen. Das Bauwerk war wohl mal vor langer Zeit ein Bürokomplex, welcher nachträglich umgebaut und mit Stahlplatten kugelsicher gemacht wurde.
»Was ist das hier?«, will Larissa wissen.
Immer mehr Kinder versammeln sich um sie herum. Ihre kleinen Hände greifen nach ihnen. »Lagertha! Lagertha! Du bist wieder da!«, rufen die Kinder.
»Na, ihr kleinen Racker. Wie geht's euch?«
»Gut. Gut. Geht so!«, rufen ihr verschiedene Kinder zu.
Ein kleines Mädchen blickt sie mit großen Augen an. »Erzählst du uns wieder eine Geschichte? Bitte!«
»Bitte! Oh ja, bitte! Bitte!«, hallt es im Kinderchor.
»Ich zeige meiner Freundin gerade die Stadt, also ...«
Die Kinder hören ihr nicht zu, greifen die beiden und ziehen sie in die Schule rein.

Gegen Nachmittag machen sich Larissa und Lagertha auf den Weg zum New-Nation-Hauptquartier NORD im Osten der Stadt. Sie durchqueren zwei Tore und eine Sicherheitsschleuse. In jeder werden sie befragt und müssen durch einen Metalldetektor. Besonders der Werkzeugkoffer von Larissa hat es den

Sicherheitskräften angetan und frisst Zeit, da er jedes Mal bis auf das letzte Staubkorn durchsucht wird.

Das Hauptgebäude ist ein massiver Bunker mit mehreren Stockwerken nach oben und unten. Ein altes Gebäude, welches neu zum Leben erweckt wurde. Bestimmt stammt es noch aus dem großen Krieg. Zwei große Lagerhallen, eine nördlich, eine südlich des Haupttraktes, erblickt Larissa, als sie durch die Zäune spickt. Das Haupttor öffnet sich und sie stehen in der Empfangshalle. Vor einem großen Stahltisch, auf dem mehrere Computerbildschirme aufblinken und eine junge Frau auf die Tastatur hämmert, bleiben sie stehen.

Die Soldatin blickt auf. »Oh, Lagertha, du bist es. Die Generalin erwartet dich bereits. Ihr beide könnt einfach durch. Den Weg kennst du ja.«

Lagertha lehnt sich mit den Ellbogen auf den Tisch und stützt mit den Händen ihr Gesicht ab. »Will er mal wieder nicht?«

»Nein ... Dieses Mistding. Nun muss ich wieder alles per Hand schreiben.«

Larissa geht um den Tisch herum und wirft einen Blick auf die Fehlermeldung, die in weißer Schrift auf blauem Hintergrund den Nutzer verhöhnt. »Darf ich?«, fragt sie freundlich.

»Bei Odin! Sag nicht, du bist eine Technikerin?«, will die Empfangsdame wissen und rollt auf ihrem Stuhl weg, um Platz zu machen.

Larissa schaltet den Computer aus, hält einige Tasten gedrückt, als er wieder hochfährt. Ein Menü taucht auf. Ohne nachzudenken, klickt sie durch die Zeilen, ändert Optionen und gibt manuell Befehle ein. Nach einem erneuten Neustart fährt er normal hoch.

»Wie es scheint, hatte sich da ein Fehler eingenistet. Ich habe ihn beseitigt«, erklärt Larissa und stupst ihre Brille hoch.

»Vielen Dank. Mein Handgelenk steht in deiner Schuld.«

»Kein Problem«, erwidert Larissa lächelnd.

Lagertha winkt ihr zum Abschied zu und geht voran. Sie laufen eine Betontreppe hinunter, steigen in einen Fahrstuhl und fahren abwärts. Die Gänge dahinter sind so eng, dass gerade mal zwei Leute nebeneinander passen. Der, den die beiden durchqueren, wird am Ende weitläufiger. Lagertha drückt die Doppeltür zum Büro der Generalin auf. Larissa wirft einen Blick auf das Türschild. *Generalin Jessica Quinn, Oberkommandantin der New-Nation-NORD-Armee* steht in schwarzer Schrift auf goldenem Untergrund.

Die Generalin sitzt an ihrem Schreibtisch und liest einige Berichte durch, als ihre Tür aufknallt. Sofort sticht einem ihr pechschwarzes Haar mit feuerroten Strähnen ins Auge. Dazu passend schwarzer Lippenstift und Eyeliner. Ihre dunklen Augenbrauen wirken nachgezeichnet oder verdammt gut gezupft und gestutzt. Ihre Ohren schmücken mehrere Ohrringe und ein Labret-Piercing sitzt mittig unter der Unterlippe. Die Augen schimmern dunkelgrün und ihre Porzellanhaut rundet das Gesamtbild ab. Hinter ihr an der Wand hängt eine ungewöhnliche Waffe, die jedem Besucher sofort auffällt. Sie hat die Form und Größe einer Panzerfaust. Ähnelt vom Aussehen her aber eher einer riesigen taktischen Taschenlampe. Tief in der Mündung befindet sich eine große Linse, an ihrer Seite ein Bildschirm und viele Knöpfe. Hinten in der Waffe stecken vier Helium^3-Batterien, wie Magazine in einer Waffe.
In ihrer schwarzen Militäruniform, welche nur hohe Offiziere der New Nation tragen, sitzt sie in ihrem Sessel und blickt auf. Sie legt ordentlich ihre Papiere beiseite und erhebt sich. »Na, wenn das nicht Lagertha ist ... Ich habe dich schon gestern erwartet.«
»Es kam was dazwischen.«
»Die Knochennager? Ich habe davon gehört. Wer denkst du, hat den Bomber umgelenkt?«
»Danke, aber wir hatten alles im Griff.«
»Schon klar. Und das muss meine neue Technikerin sein.«
Lagertha hebt die Hand. »Dazu möchte ich etwas sagen ...«
»Später. Verlass den Raum. Ich möchte mit ihr alleine reden.«
»Aber, Generalin ...«

»Lagertha, wir sprechen nachher. Warte draußen.«
»Jawohl!«, antwortt sie, salutiert und verlässt den Raum.
Die Generalin rückt ihrem Gast einen der zwei Stühle vor ihrem Schreibtisch zurecht. »Komm, setz dich zu mir. Wie ist dein Name?«
»Larissa«, antwortet sie und nimmt Platz.
Jessica setzt sich wieder in ihren Ledersessel, legt die Ellbogen auf die Tischplatte und verschränkt die Finger ineinander. »Womit kennst du dich aus?«
»Ich bin mir nicht sicher.«
»Ach ja, die Arbeiter und ihr Gedächtnis. Was hast du denn bisher so instand gesetzt?«
»Ich glaube, ich kenne mich gut mit Energiesystemen und Computern aus.«
»Oh, wirklich? Das trifft sich gut. Wir haben da ein Projekt, bei dem wir deine Fähigkeiten gebrauchen könnten.«
»Und danach? Kann ich dann gehen?«
»Beweise mir deinen Wert. Dann sehen wir weiter.«
»Verstehe ...«
»Geh raus und warte in Raum U402. Eine Ärztin macht einen Check bei dir. Nichts Schlimmes. Wir wollen nur sicherstellen, dass du keine Krankheiten einschleppst.«
»Ähm ... ja ...«, antwortet Larissa.
»Schick mir Lagertha rein, wenn du rausgehst.«
»Mache ich.«
Larissa verlässt den Raum und schließt die Tür hinter sich.
Lagertha wartet schon ungeduldig auf sie. »Alles in Ordnung? Was ist los? Du wirkst so bedrückt?«
»Ich weiß nicht. Ihr wart so nett zu mir, aber sie ist so kalt und hart. Ich habe da ein ganz mieses Gefühl tief in mir. Es schreit mich an, dass ich hier weg muss.«
»Ganz ruhig. Wo sollst du nun hin?«
»U402. Auf eine Ärztin warten.«
Lagertha nimmt sie in den Arm. »Mach dir keine Sorgen. Ich kläre

das.«
»Danke.«

Lagertha geht rein und schließt die Tür. Sie bleibt im Raum stehen.
»Generalin, ich bitte hiermit um die Aufnahme von Larissa bei den Walküren.«
»Was?!«
»Seitdem unsere Technikerin im Einsatz gefallen ist, haben wir keinen Ersatz erhalten. Wir könnten sie gut gebrauchen und ...«
Die Generalin hebt die Hand. »Das ist nicht möglich.«
»Ich verstehe, Ihr benötigt Sie für ein Projekt, aber danach ...«
»Tut mir leid.« Die Generalin erhebt sich und geht auf sie zu. »Es ist ein Loki-Projekt. Wir benötigen dringend einen Techniker für den ungewöhnlichen Kern dieser Maschine. Sie gehört nicht der New Nation an. Keine außenstehenden Zeugen nach Beendigung der Arbeiten.«
»Was? Ihr wollt sie ...«
»Die Order kommt vom Zentralkommando. Da kann ich nichts machen. Oder denkst du, ich würde einen Techniker freiwillig liquidieren? Wohl kaum, sie sind viel zu wertvoll für uns. Dennoch, Befehl ist Befehl!«
»Aber ...«
»Kein Aber, Soldatin! Nicht ein Wort mehr dazu!«
Zähneknirschend gibt Lagertha nach. »Jawohl, Frau Generalin!«
»Hast du mir noch was zu sagen?«
»Der Urlaubsantrag ...«
»Ist genehmigt. Hier hast du die Papiere. Und nun weggetreten, Soldatin!«
Lagertha ballt die Faust, so fest, dass ihre Fingernägel ins Fleisch schneiden. »Danke«, erwidert sie, nimmt die Papiere, salutiert und verlässt den Raum.
»Verdammt!«, schreit sie, als die Tür zugefallen ist, und tritt einen Mülleimer weg. Sie atmet durch und geht ins Zimmer U402.
»Larissa, nimm deinen Werkzeugkasten und komm mit. Du

gehörst nun zu den Walküren.«
»Echt? Ich muss nicht hierbleiben? Toll!«
»Komm, wir müssen los. Unser Urlaubsantrag ist durch und ich will hier weg sein, bevor ein Auftrag reinkommt und man uns den aufdrückt.«
»Danke! Danke! Danke!«, ruft Larissa glücklich und umarmt Lagertha. Diese seufzt, lächelt und hält sie kurz.
Gemeinsam gehen sie in den Fahrstuhl und fahren hoch.
»Ach ja, mir ist letzte Nacht eingefallen, woher ich deine Tätowierung kenne.«
»Wirklich? Woher?«
»Es war einer unserer ersten Aufträge für die New Nation. Eine Erkundungsmission, sehr weit weg von hier. Wir fanden ein abgelegenes Gelände mit vielen Gebäuden und einer seltsamen Abschussvorrichtung. Alle Bauwerke waren versiegelt. Wir dachten zuerst, es sei eine ehemalige militärische Einrichtung, doch bei genauerer Untersuchung fanden wir nichts, was darauf hinwies.«
»Und?«
»Auf dem Schild vor dem Gelände und auf dem Hauptgebäude war deine Tätowierung abgebildet. Mehr weiß ich nicht. Nachdem wir feststellten, dass es nicht militärisch war, zogen wir weiter. Doch die Gebäude waren damals in sehr gutem Zustand. Könnte also sein, dass wir da noch Unterlagen finden. Wir haben Urlaub, vielleicht haben die Mädels ja Lust auf einen Ausflug.«
»Das wäre klasse!«, antwortet Larissa mit leuchtenden Augen.

Nachdem die beiden das Hauptquartier verlassen haben, nimmt Lagertha aus ihrer Tasche ein Funkgerät und drückt zweimal drauf. Es rauscht kurz und klickt dreimal.
»Ten, hörst du mich? Over.«
»Klar, Boss, was gibt's? Over.«
»Trommel die Mädels zusammen. Treffpunkt ist auf dem Fuhrpark, unser Urlaub ist durch und ich will aufbrechen. Over.«

»Jetzt schon? Over.«
»Ja, jetzt schon. Over.«
»Wir sind gleich da. Over and Out.«

Am späten Nachmittag erreicht der LKW mit Takamasa, Christoph und Jack sein Ziel. Ásgarðr ist eine schöne Kleinstadt, die an das neunzehnte Jahrhundert erinnert. Umzäunt und gesichert von Türmen. Eine Bunkeranlage im Osten der Stadt, die alles überragt. Als sie durch das Tor fahren, setzt sich Takamasa auf den Beifahrersitz.
»Wie kommen wir denn zur Silberallee?«
»Die ist im Norden der Stadt, ich setze euch da ab.«
»Danke.«
»Kein Problem.«
Nachdem er sie herausgelassen hat, winken sie ihm zum Abschied zu. Der LKW setzt sich in Bewegung und fährt Richtung Osten.
Jack geht auf Takamasa zu. »Wir sollten es behalten!«
»Nein. Wir halten uns an das Versprechen.«
»Ich habe ihm gar nichts versprochen.«
»Ich aber!«
Jack greift nach dem Rucksack, Takamasa weicht zurück.
Christoph packt Jacks Schulter. »Nun lass ihn doch machen oder willst du hier Aufsehen erregen? Und seit wann bin ich hier der Vernünftige?«
Kurz herrscht Stille, dann lachen sie.
Jack überlegt und gibt nach. »Er hat recht. Machen wir es, wie du willst. Ich hoffe, du weist, was auf dem Spiel steht.«
»Alles wird sich fügen, hab Vertrauen.«

Sie folgen der Straße bis ans Ende. Ein Weg führt zu einer rustikalen Villa. Aus Stein erbaut und mit Holz verkleidet. Ein Kamin ragt in den Himmel und große Fenster bilden die Front.
Takamasa schaut sich vor dem Haus um. »Nummer 8. Dort sind die rote Schaukel und das Baumhaus in der Krone der Esche. Das

muss es sein.«

Sie bleiben vor der braunen Haustür des Steingebäudes stehen und klopfen an. Eine junge Frau mit rotem Haar und grünen Augen öffnet ihnen. »Guten Tag, die Herren. Sie wünschen?«

Takamasa verneigt sich. »Ich habe ein Paket für Sie«, erklärt er und überreicht ihr das Metallkästchen.

»Ist das ...? Das ist es! Kommt rein! Schnell, bevor euch jemand sieht.« Nervös verriegelt sie die Tür hinter ihnen.

»Ich wusste, dass Vater vielleicht einen Boten schickt, aber Soldaten? Damit habe ich nicht gerechnet.«

Takamasa beruhigt sie. »Seien Sie unbesorgt. Wir verschwinden sofort wieder. Niemand wird etwas erfahren.«

»Wartet, ich hab noch was für euch«, antwortet sie und holt einen kleinen Stoffbeutel aus dem Schrank.

Jack blickt in das Wohnzimmer und sieht dort ein kleines Mädchen auf dem Sofa liegen. Es ist blass, schwitzt und ist mit einer Decke bis zum Hals bedeckt. »Geht es ihr nicht gut?«

»Nein, aber das wird sich nun ändern. Hier, nehmt das Geld. Vielen Dank.«

Takamasa hebt die Hände. »Das können wir nicht annehmen.«

»Uns geht es gut, ihr drei habt es euch verdient. Bitte«, entgegnet die junge Frau und drückt ihm das schwere Säckchen in die Hand.

»Danke«, antwortet er und verneigt sich.

»Ihr habt meinen kleinen Engel gerettet«, sagt sie schniefend mit Tränen in den Augen und umarmt den wehrlosen Takamasa.

Nachdem die drei das Haus ungesehen verlassen haben, wandern sie die Straße nach Süden runter und erblicken in der Ferne den Marktplatz. Takamasa lässt die Münzen auf seine Handfläche fallen. »Goldene und silberne, in ihrer Mitte ein Edelstein. Interessant.«

Jack grübelt laut: »Am besten teilen wir uns auf. Wir müssen uns erst einmal einen Überblick verschaffen. Hört euch um, bleibt aber unauffällig. Sobald es dunkel wird, treffen wir uns auf dem Platz

da vorne, bei der Statue des Typen mit dem Hammer in der Hand. Denkt dran, wir sind Soldaten im Fronturlaub. Mehr nicht.«
Takamasa teilt die Münzen auf. »Handelt mit Bedacht, meine Freunde, denn wir sind in der Höhle des Löwen.«
Christoph nickt. »Klar doch. Ich geh erst mal einen trinken.«
Beide blicken ihn an.
»Was denn? Betrunkene reden viel.«
Jack überlegt kurz und antwortet: »Da ist was dran. Passt auf euch auf.«
Sie teilen sich auf. Während Christoph die nächste Kneipe sucht, macht sich Jack weiter nach Süden auf. Takamasa überquert den Marktplatz, schaut sich um und erblickt Larissa, die mit einer unbekannten blonden Frau hastig die Straße nach Süden runter läuft.
»Larissa!«, ruft er.
Sie blickt sich suchend um und entdeckt ihn. »Takamasa?!«
Er kommt auf sie zu.
Lagertha schaut sie an. »Ein Freund von dir?«
Larissa nickt. »Ja.«
»Larissa, da bist du ja.«
»Takamasa, was machst du denn hier?«
»Wir suchen dich. Was denkst du denn?«
»Wir?«
Takamasa schaut an der über einen Kopf größeren Lagertha hoch. Diese guckt zu ihm runter. »Ich lass euch beide mal kurz allein. Aber, Larissa, bitte beeile dich.«
»Mach ich. Danke, Lagertha.«
Sie geht die Straße ein Stück runter und Takamasa fährt fort. »Jack und Chris sind auch hier. Wir wollen dich retten.«
»Was, aber wie? Und wie seid ihr hierher gekommen?«
»Ai gab uns den Auftrag, dein Werkzeug zurückzubringen. So konnte sie uns eine offizielle Mission erteilen, um dich zu retten und so das System umgehen.«
»Wo ist Tom?«

»Tom ist ... Tut mir leid, Larissa, er ist tot. Erik wohl auch.«
»Armer Tom ... Er war immer so nett zu uns. Ich werde ihn echt vermissen. Unglaublich, ich werde ihn nie wiedersehen ...«, antwortet sie mit einem Kloß im Hals.
»Ich werde ihn auch vermissen. Und Erik, ob du es glaubst oder nicht, er hat uns gerettet, sich auf einen Sprengsatz geworfen, um uns zu beschützen.«
»Wirklich? Hätte ich nicht von ihm erwartet.«
»Ich auch nicht. So viel ist passiert. Aber wir haben keine Zeit. Komm, wir bringen dich hier raus.«
»Takamasa ... Tut mir leid, aber ich bleibe. Lagertha hat einen Hinweis auf meine Vergangenheit. Sie kennt ein Gebäude, auf dem mein geflügelter Mond abgebildet ist. Ich könnte herausfinden, wer ich mal war. Wer ich bin. Ich muss das machen. Außerdem mag ich die Truppe. Sie besteht nur aus Frauen. Sie nennen sich die Walküren. Sie sind superlieb. Ich fühle mich bei ihnen wohl. Vielleicht könnt ihr ja mit uns kommen?«
Lagertha ruft. »Sorry, keine Männer!«
»Sie lauscht«, grummelt Larissa.
Takamasa schließt die Augen und atmet durch. Er blickt seine Freundin an und schenkt ihr ein Lächeln. »Schon gut, ich müsste das Angebot eh ausschlagen. Wegen Ai.«
»Wegen Ai?«
»Ich hatte Träume in letzter Zeit, Teile meiner Vergangenheit. Vermute ich. Ich hatte eine kleine Schwester, die Ai hieß.«
»Glaubst du, die Aufseherin könnte deine Schwester sein?«
»Ich weiß es nicht, aber ich muss es herausfinden.«
»Das würde ich an deiner Stelle auch machen. Ich habe noch eine wichtige Information für dich. Dieser ganze Krieg findet wegen einer Energiequelle statt. Die Roboter haben diese vor fünf Jahren während einer Expedition Midgard abgenommen. Sie nennen sie hier Odins Auge. Wenn du es schaffen könntest, dass die Maschinen den Energiekern zurückgeben, dann hört dieser Wahnsinn vielleicht auf.«

»Ich werde es versuchen. Das verspreche ich dir.«
Lagertha ruft: »Wir müssen los!«
Larissa umarmt Takamasa. »Danke, dass ihr mich nicht aufgegeben habt. Ich bin mir sicher, wir sehen uns eines Tages wieder.«
»良い旅行と幸運«
»Was?«
Takamasa grübelt. »Keine Ahnung. Das kam mir einfach über die Lippen.«
Lagertha antwortet mit lauter Stimme: »Das heißt: Gute Reise und viel Glück.«
»Du kannst seine Sprache?«
»Miyuki hat mir Japanisch beigebracht.«
»Japanisch«, murmelt Takamasa.
Larissa stellt ihren Werkzeugkasten vor seinen Füßen ab. »Damit du erfolgreich zurückkehren kannst«, sagt sie, lächelt ihn an und läuft mit Tränen in den Augen los.
Er blickt ihr nach, bis sie am Ende des Straße verschwindet.

Larissa schaut Lagertha an. »Du hast also gelauscht.«
»Ja, tut mir leid. Deine Freunde sind doch keine Gefahr für diesen Ort, oder?«
»Nein, sie sind wie ich. Na ja, Chris ist ein Arsch, aber nicht gefährlich. Sie wollten mich retten. Du musst dir keine Sorgen wegen ihnen machen.«
»Ich verlass mich da auf dich.«
»Kannst du. Ich würde nie die ganzen Kinder hier in Gefahr bringen.«
Gemeinsam laufen sie das letzte Stück zum Fuhrpark, wo die Walküren schon vor dem gepanzerten Transporter warten.
Willow winkt ihnen zu. »Alles in Ordnung?«
»Klar doch. Larissa gehört nun zu uns!«, ruft Lagertha.
»Super!«, antwortet Willow.
Die Walküren stürzen sich auf Larissa und umarmen ihre neue

Schwester.
Zwei Stunden später befinden sie sich bereits auf ihrer Reise und sind weit weg von Ásgarðr.
Gamora öffnet die Tür nach hinten. »Viking Girl. Da ist jemand für dich am Rohr!«
Lagertha geht nach vorne, schließt die Luke und setzt sich auf den Beifahrersitz. Sie nimmt das Funkgerät. »Was gibt's? Over.«
»Hier Generalin Jessica Quinn! Lagertha, sag mir bitte, dass du Larissa nicht mitgenommen hast. Over!«
Gamora blickt sie an. »Boah, klingt die wütend. Ich mein, wütender als sonst. Hätte nicht gedacht, dass das möglich ist.«
»Das neue Walküre-Mitglied Larissa ist bei uns. Over.«
Es knirscht und knallt in der Leitung. »Lagertha!« Unverständliche Wortfetzen folgen.
Gamora macht große Augen. »Oh ha ...«
»Die beruhigt sich wieder. Besser, ich sag es den anderen«, murmelt Lagertha und öffnet die Luke nach hinten. »Mädels. Ich muss euch was beichten. Larissa ist unser neues Mitglied. Doch die Generalin hatte andere Pläne für sie und ist nun ein wenig sauer auf mich. Oder eher gesagt, auf uns.«
»Wann ist die denn mal nicht grummelig?«, fragt Any und sucht in ihrer Tasche nach einem Schokoriegel.
Miyuki wirft ihr einen zu. »Wir stehen hinter dir. Ich bin mir sicher, du hattest deine Gründe.«
Emma nickt. »Keine Sorge, Boss, bei Ten war es doch auch so ähnlich.«
Willow grinst. »Du machst Sachen, aber Larissa ist es wert.« Sie zwinkert ihr zu.
Larissa wundert sich. »Was ist denn los?«
Lagertha seufzt. »Ach, Kleine. Mach dir mal keinen Kopf. Du bist nun eine von uns. Unsere Schwester und Teil der Familie.«
»So ist es!«, ruft Gamora nach hinten.
Lagertha setzt sich wieder neben Larissa. »Na dann, Mädels! Auf nach Sternenfall!«

Es wird schon dunkel, als Jack und Christoph wieder zu Takamasa an der Statue stoßen. In seiner linken Hand trägt er den Werkzeugkoffer von Larissa.
Jack schaut auf den Kasten. »Wo hast du den denn her?«
»Ich habe Larissa gefunden. Bei ihr ist glücklicherweise alles in Ordnung, aber sie bleibt.«
Christoph kratzt sich am Kopf. »Wie, sie bleibt? Wir sind umsonst hergekommen?«
»Nicht ganz. Sie hat mir wichtige Informationen gegeben.«
Jack atmet durch. »Na ja ... Wenigstens geht es ihr gut. Was wollen wir mehr?«
»Toller Roller ... Und was nun?«, fragt Christoph und streicht über seine Glatze.
»Keine Ahnung«, erwidert Jack.
Takamasa blickt sie an. »Wie, und was nun? Ich dachte, wir gehen zurück?«
»Warum sollten wir?«, antwortet Jack.
Christoph stimmt zu. »Ja, warum? Wieder als Sklave der Roboter schuften? Nein, danke.«
Takamasa zuckt mit den Schultern. »Tja, ich muss zurück.«
»Warum das denn zur Hölle?«, will Christoph wissen.
»Ich habe meine Gründe. Aber bevor wir uns streiten, lasst uns eine Nacht drüber schlafen und morgen früh alles besprechen. Ich bin hundemüde.«
»Ich auch. Hauen wir uns hin«, stimmt Jack gähnend zu.
»Von mir aus«, grummelt Christoph.
»Dort drüben ist eine Herberge. Schnappen wir uns jeder ein Zimmer und holen uns eine Mütze voll Schlaf. Morgen früh um sieben Uhr treffen wir uns zum Frühstück und klären alles. Einverstanden?«, schlägt Jack vor.
Beide nicken.

Am nächsten Morgen treffen sich die drei und setzen sich vor einem Café an einen Tisch. Mit belegten Brötchen, Tee und Kaffee starten sie in den Tag.
Takamasa stellt seine Tasse Tee ab. »Was machen wir nun?«
»Du willst immer noch zurück?«, Vergewissert sich Jack.
Takamasa nickt. »Ja, ich habe mehrere Dinge zu erledigen.«
»Verstehe. Das kann ich respektieren, aber ich werde bleiben.«
»In Ordnung. Ich werde eure Arbeiteroveralls vergraben lassen. Falls ihr es euch anders überlegt, könnt ihr dann ja jederzeit nachkommen. Ich behaupte einfach, wir wurden getrennt.«
Jack wendet sich Christoph zu. »Du bleibst auch hier, oder?«
Dieser blickt in die Ferne. »Was ist das denn für ein Typ?«, fragt Christoph und zeigt auf jemanden. Ein großer Mann in einem dunkelbraunen Mantel kommt den Marktplatz hinauf. Das Material seiner Jacke wirkt nicht wie Stoff oder Leder, eher wie Metall, welches sich mit seinen Bewegungen biegt. Sein Gesicht ist mit Narben und entzündeten Beulen übersät, sein Mund mit einer Gasmaske bedeckt. Er bleibt vor ihrem Tisch stehen, öffnet seinen Mantel und breitet seine Arme aus. In seiner rechten Hand hält er einen Zünder. An seinem nackten, von Narben verzerrten Oberkörper hängen Lederriemen, an denen verdrahtete Zylinder befestigt sind. In den Glaszylindern leuchtet eine neongrüne Flüssigkeit.
Der Mann blickt in den Himmel hinauf. »Alle Ungläubigen werden brennen!«, brüllt er und drückt den Auslöser in seiner Hand.

Über das Buch

Wie entstand die Geschichte?
Ähnlich wie bei *Das Mädchen im See* war es ein Traum. Es ist nun über zehn Jahre her, dass ich ihn hatte und alles begann:

Ein kalter Kran umschlang meinen Körper und trug mich durch eine verfallene gigantische Halle. Überall alte Maschinen und Kapseln. Viele von ihnen zerstört und ausgelaufen. Der Boden so dunkel, dass man kaum etwas erkennen konnte. Ich wurde abgesetzt in einem kleinen Raum. Zwei Scheinwerfer blendeten mich, bis die kleinen Sprinkler an den Wänden ansprangen und ihre nach Menthol und Benzin riechende Flüssigkeit versprühten. Am Ende des Ganges war ein Raum. Ein Tisch und Stuhl aus Eisen. Darauf ein alter Computer. Dann ist meine Erinnerung verschwommen. Ich ging aus diesem gigantischen Tor nach draußen, wo eine Wiese an einer Bergklippe endete. Ich trug einen seltsamen Overall. Am Ärmel lief eine Schrift runter mit Zahlen und Nummern. Ein alter Mann saß in einem Gartenstuhl und winkte mir zu ...

Jahre später hatte ich einen weiteren Traum. Ich stand in einer Reihe von gut zehn Menschen. Sie alle trugen diese seltsamen Overalls. Ein Roboter-Soldat marschierte vor uns auf und ab. Erklärte die Regeln dieser Gesellschaft. Doch einer weigerte sich, drehte durch. Der Robotor-Soldat ließ ihn wegbringen, in die Bioverwertung.

Diese zwei Träume nutzte ich als Fundament für Arbeiter Null. Als ich die Geschichte anfing zu schreiben, ging es fast wie von selbst. Ich war nur noch der Beobachter im Raum. Folgte den Charakteren und schrieb alles nieder was sie taten und sagten. Nur ab und zu fror die Zeit ein und sie blickten mich an. Sie hatten es mal wieder geschafft. Meine geliebten Darsteller gingen ihren Weg und landeten mal wieder in einer unangenehmen, seltsamen oder schrägen Situation. Und wer durfte es geradebiegen? Natürlich ich ... Manchmal glaube ich, sie machen das extra, nur um mich zu ärgern.

Mir macht es unglaublichen Spaß Arbeiter Null zu schreiben und ich hoffe, ihr mögt meinen Humor, den ich in diese doch manchmal harte Welt einfließen lasse.

Die Buchreihe soll jährlich erscheinen, also erwartet euch Band 2 2019. Falls ihr Fragen oder was auf dem Herzen habt, einfach schreiben: ArbeiterNull@gmx.de
Ich freue mich auf eure Nachrichten :)
Auf jeden Fall vielen Dank fürs Lesen. Es bedeutet mir unglaublich viel, dass meine Geschichten von anderen gelesen werden und sie euch vielleicht genauso ans Herz wachsen, wie mir.

Hier noch ein wenig Schleichwerbung :D Falls ihr Zeit und Lust habt, schaut euch doch Das Mädchen im See an:

Dunkelheit und Licht.
Zwei Seiten einer Münze.
Leben und Sterben, so dicht beieinander wie zwei Atemzüge.
Das ist die Welt, in die Liesel zufällig gerät. Das uralte Bruchstück einer längst vergessenen Zivilisation. Schatten die gebrochene Menschen jagen und ihre Seelen rauben. Doch das Mädchen ist anders. Eine Lebende im Reich der Todgeweihten ...

Berlin 1943.
Der Krieg tobt, doch das 12 Jährige Mädchen Liesel bekommt davon zum Glück nur wenig mit. Nachdem sie Schulschluss hat und ihren Vater im altmärkischen Kettenwerk besucht hat, macht

sie sich auf den Heimweg und entschließt sich eine Abkürzung zu nehmen. An einem See erblickt sie ein Kind, welches am Ufer spielt. Als dies plötzlich hinein fällt, wirft Liesel, ohne zu überlegen, ihre Schuldtasche ab und springt hinterher. Doch das Kind ist nicht einfach hineingefallen. Ein dunkler Nebel hat es gepackt und zieht es in die Tiefe. Liesel greift nach ihm, kann es aber nicht loslösen und wird mit in die Finsternis gerissen. Sie erwacht an einem Strand aus Steinen. Die Luft ist giftig, undefinierbare Partikel, so groß wie Schneeflocken, schweben frei umher. Die Bäume am Ufer zum Waldrand sind knorrig und ohne Blätter, wie Knochen. Der Himmel düster, dunkel und grünlich. Eine weiße Sonne mit bläulicher Aura strahlt auf sie hinab. Liesel ist in einer düsteren Zwischenwelt gelandet. In einer Dimension die von Seelenfressern beherrscht wird. Doch als Lebende hat sie die Fähigkeit durch ihre Berührung die seltsamen Wesen zu töten und ihre Seele für sich zu beanspruchen ...

Für die nahe Zukunft könnt ihr euch Immergrün Band 1 merken. (Geplant Ende des Jahres 2019/Anfang 2020)

Immergrün.
Das Kaiserreich liegt seit fast 1000 Jahren im Krieg. Über zwanzig große Konflikte musste das Land schon ertragen. Zwischen den Kriegen, brüchiger Frieden. Doch nun scheint das Ende nahe. Die alles entscheidende Schlacht gegen den Schwarzen Drachen bahnt sich ihren Weg und schickt ihre Vorboten.

16 Jahre nach dem letzten großen Krieg folgen drei Gruppen ihrem Schicksal.

Die Brüder Sacul und Racul erledigen zusammen mit ihrer besten Freundin Fiina, die alle zusammen als Waisenkinder in ihrem Dorf aufwuchsen, kleine Aufträge und Botengänge. Doch eines Tages ergattert Fiina einen großen Auftrag von den mysteriösen

Paladinen, der alles verändert.

Shalsia wird bald 16 Jahre alt und möchte ihren großen Traum folgen und Immergrün erkunden, Abenteuer erleben und endlich ihre beste Freundin Sa'ina, die seit einigen Jahren im Tempel des Lichts ausgebildet wird, besuchen. Was als kleines Abenteuer beginnt, wird nicht nur ihr Leben verändern, sondern ganz Immergrün.

Der letzte große Krieg schien fast verloren, als fünf Helden aus dem sagenumwobenen Attacus nach Immergrün kamen und das Kriegsgeschehen wendeten. Doch dies bezahlten sie am Ende mit ihrem Leben. Fast 16 Jahre nach dem Krieg taucht der totgeglaubte Anführer der Helden plötzlich wieder auf ...

Viel Spaß mit meinen Büchern und Danke :)
Bis hoffentlich bald.
Euer Sascha